Christel Mouchard a écrit plusieurs livres sur l'histoire des voyages au féminin, dont *Aventurières en crinoline* et, avec Alexandra Lapierre, *Elles ont conquis le monde.* Pour écrire *Doña Isabel*, roman inspiré d'une histoire vraie, elle a voyagé dans les archives de Quito et, sur les pas de son héroïne, au cœur de la forêt amazonienne.

DU MÊME AUTEUR

Aventurières en crinoline
Seuil, 1987
et « Points actuel », n° 85

La Reine des boucaniers
Une aventurière en Océanie, 1850-1913
Seuil, 1989

La Rivière des âmes perdues au purgatoire
Les sang-mêlé au Far West
Seuil, 1992

La Reine antilope
Robert Laffont, 2001

La Princesse africaine
vol. 1 : Sur la route de Zimbaboué
Flammarion, 2006
vol. 2 : La Prisonnière de Zanzibar
Flammarion, 2007

Le Secret de la dame de jade
Flammarion, 2009

Elles ont conquis le monde
Les grandes aventurières : 1850-1950
(sous la direction de, avec Alexandra Lapierre)
Arthaud, 2009

Devî : bandit aux yeux de fille
Flammarion, 2010

Une fille dans la forêt
Flammarion, 2012

Christel Mouchard

DOÑA ISABEL

ou la Véridique et Très Mystérieuse Histoire d'une Créole perdue dans la forêt des Amazones

ROMAN

Robert Laffont

TEXTE INTÉGRAL

ISBN 978-2-7578-3474-9
(ISBN 978-2-221-12475-8, 1re publication)

À mon père

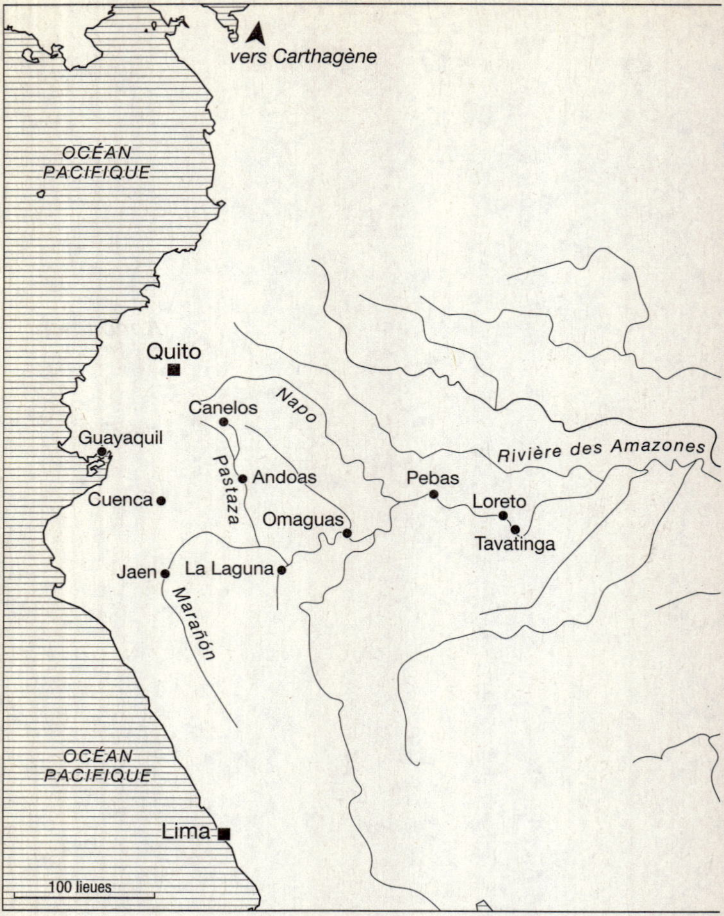

La rivière des Amazones au temps

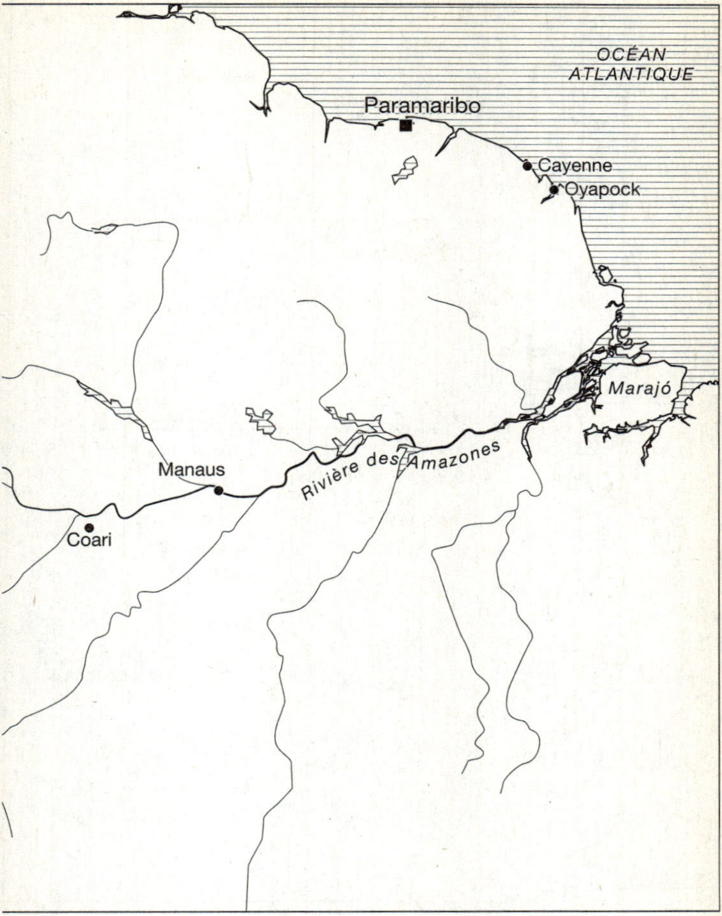

de Charles de La Condamine

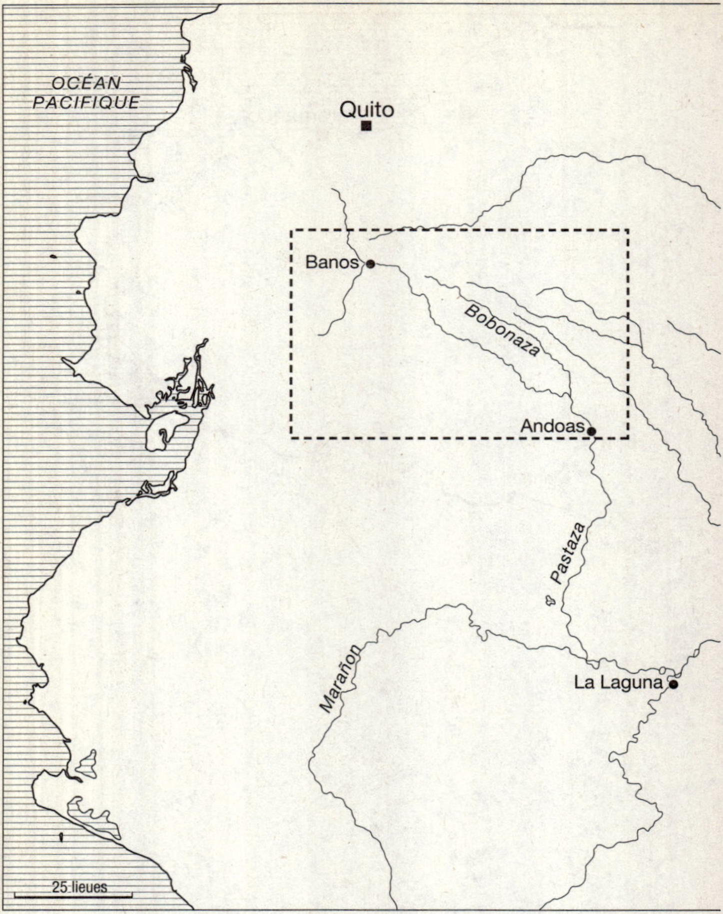

Carte de la région de la Bobonaza,

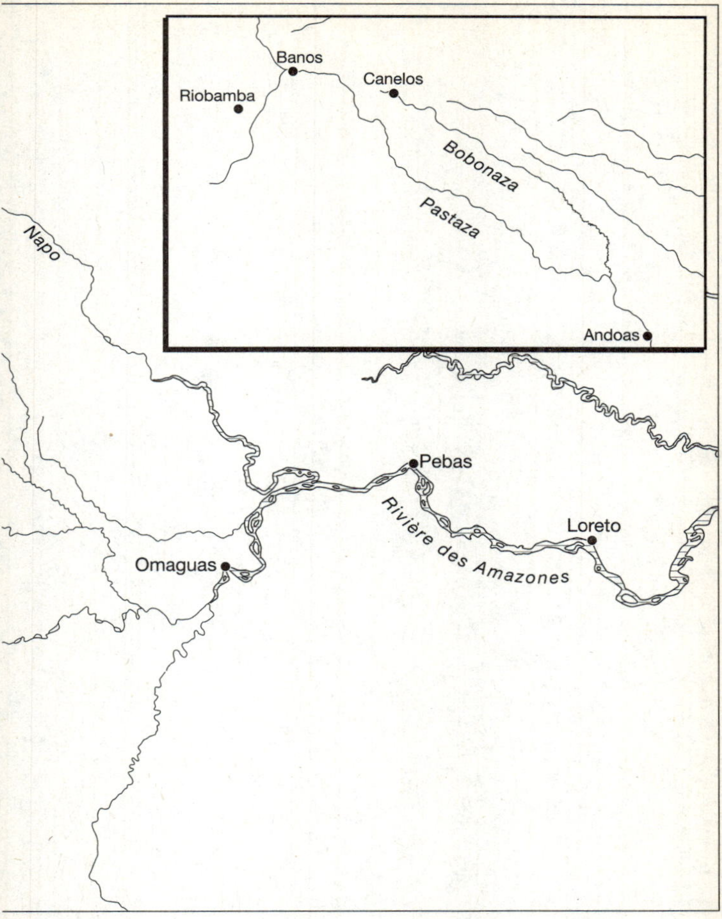

d'après le R. P. Magalli

Prologue

Je devais la voir. Le besoin s'en imposait à moi. La voir et l'entendre, autant qu'il est possible de voir et d'entendre à un vieillard sourd et aveugle. Cela seul pourrait dissiper l'ombre du mensonge.

Car elle avait menti, évidemment. Elle ou Jean – puisque son histoire n'était connue que par ce qu'en disait Jean.

En cet automne 1773, j'allais vers elle au rythme du pas de mes chevaux sur les routes du Berry, et je réfléchissais à cette curieuse affaire qui m'avait poussé à quitter ma confortable demeure et ma jeune épouse. Mener une enquête… ma dernière enquête.

Je réfléchissais, et je me demandais : pourquoi doutais-je de la véracité de l'aventure de Doña Isabel ? Alors que tout Paris s'était ému du récit que Jean m'avait envoyé…

Les premiers mots de sa longue lettre flottaient dans la rosée qui, à cette heure, couvrait les pâturages : « Vous me demandez, monsieur, une relation du voyage de mon épouse par le fleuve des Amazones. Les bruits confus vous sont parvenus du drame dont elle seule, de huit personnes, est échappée. Ils augmentent votre curiosité… »

Des bruits confus, en effet, qui avaient augmenté ma curiosité, mais aussi éveillé mes soupçons.

*
* *

Le premier de ces bruits m'était arrivé par M. de Choiseul, trois ans auparavant. Notre ministre de la Marine m'avait abordé. Nous étions, je crois bien, dans le salon de la princesse K. Diderot était-il là ? Cela me paraît douteux, pourtant, c'est bien lui qui a répandu l'anecdote survenue ce jour-là, et ainsi conforté ma réputation de distrait… à moins que ce ne soit son ami Grimm[1] ? Peu importe. Nous jouions aux charades, et j'étais le maître du jeu. Sauf que j'avais posé les charades sans m'apercevoir que les réponses en étaient inscrites au verso du papier que je lisais, et que tous les joueurs pouvaient lire. Paris a retenu cette soirée pour l'amusement qu'on avait pris à mes dépens. Moi, je l'ai retenue pour une autre raison.

M. de Choiseul, dès que je l'avais salué, m'avait appris l'étonnante nouvelle d'une voix forte, car il me savait déjà bien sourd.

– Ah, La Condamine ! Figurez-vous que le ministère a reçu un courrier d'un homme qui se réclame de vous. Une longue lettre de Guyane… D'un certain Godin…

– Godin… En Guyane ? Godin des Odonais.

– Des Odonais ? Je ne sais plus. Cet homme dit avoir été votre compagnon de voyage le temps que vous étiez dans les Andes pour votre expédition savante…

1. Les sources historiques sont détaillées en fin de volume.

La façon dont il avait prononcé le mot « homme » témoignait du peu d'intérêt de Choiseul pour le personnage. Pour lui, « Godin des Odonais » était le nom d'un vilain qui se pare d'une plume de paon, un de plus. Pour moi, il était une image remontée du passé. Oui, cet homme avait été mon compagnon durant notre expédition savante, pendant sept ans.

– Il a quitté le Pérou, dis-je à Choiseul, sept années après moi, en suivant la route que j'avais prise, le long de la rivière des Amazones...

– Justement, cette rivière où vous avez vu les Amazones...

Je ne les avais pas vues, mais je ne le détrompai pas, d'ailleurs il le savait, et nous nous connaissions assez pour qu'il ait deviné que c'était un des rares regrets de ma vie d'aventures. Je les avais cherchées, oui.

– Figurez-vous que ce M. Godin, continuait-il, m'a raconté une étrange histoire d'Amazone. Il ajouta, sans préciser s'il restait ou non dans le même sujet : Il avait une épouse restée au Pérou, semble-t-il ? Une dame Isabella...

Un autre nom, une autre image.

Ainsi prononcé par M. de Choiseul, le nom de Doña Isabel prenait une consonance bizarre. Notre ministre aurait essayé de désigner une soubrette de la comédie italienne, l'effet n'aurait pas été différent. Sauf que la comédie en question s'était jouée sur le théâtre de ma jeunesse. Je fus irrité que Choiseul connaisse Jean et Isabel Godin des Odonais ; au-delà de toute raison, je me sentais dépossédé. Ces gens m'appartenaient en propre. Il était incongru qu'ils soient sortis de moi sans mon consentement pour se disperser dans l'air d'un salon de Paris. J'en voulus à Jean comme d'une trahison de m'être réapparu de cette manière.

Certes, j'avais parlé tant et tant de mon voyage dans les Andes. Il m'avait rendu célèbre dans le royaume. J'en avais publié une relation, j'avais détaillé nos résultats savants sur la mesure d'un degré de méridien, donné divers mémoires à l'Académie des sciences, évoqué l'existence d'une résine élastique nommée « caoutchouc », d'une autre substance nommée « curare », de l'arbre à quinquina, si bien que cette expédition que nous avions faite à dix était devenue pour tout Versailles l'« expédition La Condamine ».

Cependant, dans aucun de mes livres, dans aucun de mes discours à l'Académie, je n'avais raconté l'histoire de Jean et Isabel. Tout juste avais-je mentionné le nom de Godin des Odonais pour signaler qu'il était le porte-chaîne de notre troupe de savants arpenteurs, et raconté en une ligne qu'il s'était marié à Quito avec une très jeune fille – celle que M. de Choiseul appelait « dame Isabella ».

– Doña Isabel de Grandmaison, rectifiai-je, d'une grande famille créole du Pérou.

– Eh bien, figurez-vous… cette épouse péruvienne a voulu rejoindre son mari en Guyane depuis les montagnes des Andes ; elle s'est enfoncée avec toute sa famille et sa domesticité dans les forêts terribles de l'Amérique équinoxiale ; cette troupe s'est perdue, a disparu… Les missions espagnoles et portugaises, de la cordillère à la côte, les tenaient pour morts, noyés par les crues ou mangés par les sauvages. Quand, soudain, une femme est sortie seule de la forêt en un point dont j'ai oublié le nom… et cette femme…

J'oubliai de cacher ma stupeur, qui était si grande que je dus en avoir l'air idiot.

– Doña Isabel, seule dans la forêt ?

– Vous la connaissiez ?

J'éludai la question pour m'étonner encore :

– Vous dites qu'elle a traversé seule la forêt des Amazones ?

– Traverser, je ne suis pas sûr… enfin son mari prétend que, pour le rejoindre, elle a été capable d'une prouesse inouïe, de survivre là où je ne sais combien d'hommes forts sont morts. Et que c'est un tel prodige que notre ministère doit lui envoyer l'argent de leur passage en France…

J'entendais un doute dans la voix de notre ministre, qui faisait écho à mon incrédulité. Un doute discret, cependant, qui ne savait pas encore s'il avait le droit d'exister. M. de Choiseul comprit vite que non. Un tel doute était interdit. Il devait être étouffé dans l'œuf.

Il faut rappeler que, dans les temps qui s'annonçaient – nous étions en 1770 –, l'amour conjugal était en passe de redevenir à la mode, ainsi que tous les grands sentiments et les nobles pleurs. Or Mlle de L., assise en contrebas de nous tandis que nous parlions, racontait à sa bonne amie Mlle J. de F. que, la veille au soir, elle avait tourné la dernière page de *La Nouvelle Héloïse*, et qu'elle avait encore les paupières battues du torrent de larmes versées.

Notre propre conversation avait interrompu ses confidences.

– Monsieur de La Condamine, dit-elle brusquement en levant vers moi un visage qu'elle s'était refusé à poudrer pour la première fois de sa vie (ce que je savais parce qu'elle avait cité sa décision à son amie comme un premier effet de sa dévotion à M. Rousseau), vous connaissez une telle femme ?

Sans en conférer, sans même nous entreregarder, M. de Choiseul et moi convînmes de balayer doute et incrédulité pour considérer l'histoire de Mme Godin comme véridique – Paris, de toute façon, déciderait qu'elle l'était. Et puis, faire briller les yeux de Mlle de L. était le rêve de tant d'hommes. Je n'allais pas me priver d'un tel plaisir.

– Je la connais, acquiesçai-je, avant de me laisser emporter par mon goût de l'anecdote : Une Créole, parmi les plus belles que j'aie rencontrées au Pérou. Ses yeux étaient des escarboucles, son profil celui d'une reine inca, son orgueil celui d'une infante… Une dame de qualité, au demeurant, dont la mère est la sœur du marquis de Valleumbroso et le père allié aux Grandmaison de France, un officier qui a suivi Philippe d'Anjou quand il est devenu roi d'Espagne, avant de gagner le Pérou où il a fait une grande fortune.

Je citai tout cela sans être sûr que je ne me trompais pas dans les noms et dans les époques, mais aucune erreur ne pouvait atteindre ma jeune auditrice. De nouvelles larmes, apparentées à celles de la veille, menaçaient de mouiller ses joues ; elle proféra un marmonnement qui devait être une question.

– Pardon ? dis-je en sortant mon cornet – ce que j'évitais encore, à cette époque, de faire en bonne compagnie.

Elle reprit en articulant comme si j'étais un crétin au lieu d'être un sourd :

– Et c'est cette femme qui a donné son amour à un jeune savant français, à ce M. des Odonais ?

Jean n'avait jamais été savant et n'était « des Odonais » que parce que sa famille avait acheté quelque pâturage de ce nom, mais ce n'était plus le moment de souligner ces mesquineries.

– Un bel événement que leur mariage, confirmai-je. Jamais, dans toutes les noces auxquelles j'aie assisté, l'amour n'a tenu une telle place… Elle avait dû affronter son père et ses frères pour leur faire accepter ce qu'ils estimaient une mésalliance – vous savez ce que sont ces grands d'Espagne. J'ai su par la suite, alors que j'étais moi-même rentré en France, que les deux époux avaient dû se séparer quand M. des Odonais avait voulu atteindre Cayenne par l'Amazone, mais je suis ébahi d'apprendre que cette dame de qualité a trouvé assez de force pour le rejoindre à travers la forêt des Amazones. C'est un fait bien extraordinaire pour qui connaît la terrifiante hostilité de ces bois impénétrables.

Mlle de L. n'était plus seule à m'écouter. D'autres jeunes visages s'étaient tournés vers moi. Le lansquenet et les charades ne valaient pas grand-chose devant une telle histoire. Ma foi, comment résister à la tentation de répandre autour de soi le bonheur ?

M. de Choiseul n'y résista pas plus que moi.

– Pourtant, confirma-t-il, c'est bien ce qui est écrit dans cette longue lettre qu'il m'adresse. Après que tous les autres furent morts, ses deux frères, son neveu et je ne sais qui encore, elle a survécu seule dans la forêt, dormant sur le sol, se nourrissant d'œufs trouvés dans les arbres, et buvant l'eau des ruisseaux, soutenue par la pensée que l'attendait son époux aimé, dont elle était séparée depuis je ne sais combien de temps.

– Vingt ans.

– Vous voulez dire, demanda Mlle J. de F., que cette dame a bravé la mort pour rejoindre l'homme qu'elle aime et dont elle était séparée depuis vingt ans ?

– C'est ce que j'apprends, avec le même étonnement que vous.

Un murmure parcourut mon auditoire. Nos jeunes amis communiaient, mesmérisés par une sorte de courant électrique qui leur appartenait en propre.

– Savez-vous, reprit Mlle de L., il me semble que je la vois, traversant la forêt, les pieds nus sur la mousse, sa chevelure d'ébène répandue sur ses épaules, magnifique créature ! Est-ce que l'un de vous, messieurs, ne va pas en faire un drame lyrique ?

– Il faudrait, mademoiselle, faire une correction avant de commencer, intervint le ministre, car sa chevelure n'est plus d'ébène. Son mari écrit qu'elle a blanchi en une nuit, sous l'effet des épreuves.

– Aahh !

À l'agacement que je ressentis en entendant ce « Aahh ! », je compris qu'il était temps que je quitte mon époque.

Je percevais de quel ingrédient était faite l'émotion de mes auditeurs, d'admiration pour une constance idéale, pour un amour le moins consommé possible, où il y avait plus de vertu que de chair. Quelque chose de romain, d'héroïque, de probatoire, du moins dans le tableau qu'on s'en faisait, car dans la réalité… Je commençais à me dire que je devais aller visiter plus à fond la réalité. Que s'était-il passé sur la rivière des Amazones ?

Je pris alors la décision de poser la question quand le temps serait venu.

*
* *

Nous étions en octobre de l'année 1773, trois ans plus tard ; le temps était venu. Ces questions, j'allais les poser à Jean et à Doña Isabel en personne.

Ma voiture longeait les routes du Berry au petit jour. J'étais parti avant l'aube de Bourbon-l'Archambault où j'étais censé prendre les eaux, et depuis, les mains enfouies dans un manchon de martre et les jambes enveloppées d'une peau d'ours, je regardais sans les voir les plates prairies berrichonnes voilées de rosée. Dans la malle arrière, une caisse protégeait des soieries, des colifichets, des cadeaux qui seraient un passeport pour entrer dans leur demeure, pensais-je naïvement.

À travers le voile de la cataracte, il m'était difficile de distinguer le paysage, et pourtant j'en jouissais.

Une gaze tachée de roux et d'or oscillait dans l'encadrement de la portière ; des aiguilles de soleil hérissaient les prairies mouillées… J'ouvris la vitre pour m'imprégner de ce que mon corps m'autorisait encore à percevoir du monde extérieur. L'air frais entra dans ma voiture et me caressa les joues, porteur d'odeurs de terre et de fruits blets, et du fumet de mes chevaux. Je fermai les yeux. Dans le silence de ma tête, rompu de temps à autre par le bruit des sabots, des roues, des naseaux, je me projetai par la pensée dans la rencontre à venir.

Jean et Isabel ne m'attendaient pas. Ils se cachaient. Ils ne me croyaient pas capable, infirme comme je l'étais, de traverser la France pour leur demander compte de l'invraisemblable récit qu'ils m'avaient servi.

J'en tenais la transcription entre mes mains : quarante pages écrites dans un style qui se voulait digne de Bossuet, sans doute pour camoufler les incohérences et les contradictions qu'elles contenaient.

Ces pages, j'ai l'intention de les publier sous le titre de *Relation du naufrage de Mme Godin sur la rivière des Amazones*à la fin de la nouvelle édition de ma propre *Relation abrégée*... de mon voyage sur le fleuve des Amazones.

J'en connaissais les mots par cœur.

*
* *

Les premières lignes de Jean étaient pour se justifier d'une impolitesse : il avait fait part de l'aventure vécue par son épouse à Choiseul plutôt qu'à moi, son ancien compagnon, son protecteur, moi qu'il savait intéressé par de tels prodiges.

« J'avais résolu de n'en parler jamais, écrivait-il, tant le souvenir m'en est douloureux... »

Je m'interrogeais : s'il n'avait pas eu besoin qu'on lui envoie l'argent de sa traversée de retour, aurait-il passé sous silence ce naufrage qu'il avait décrit dans le but d'apitoyer M. de Choiseul ? J'en avais l'impression. Il pensait, semble-t-il, que Choiseul ne m'en parlerait pas.

De fait, j'avais découvert qu'il était arrivé en France, sans m'en avertir, le 26 juin 1773 et qu'ils s'étaient installés, lui et Doña Isabel, dans sa ville de Saint-Amand, dans le Berry. Je l'avais sans peine localisé, et je lui avais écrit pour lui demander compte des faits exposés dans sa lettre au ministre des Affaires étrangères. Il avait bien fallu qu'il justifie son silence. Il l'avait donc fait au début de sa *Relation* mais d'une manière bien maladroite : « À notre arrivée à La Rochelle, je m'informai de vous et j'appris que vous étiez décédé depuis quatre à cinq mois. Ma femme et moi vous donnâmes des larmes que nous avons essuyées avec toute la joie possible en découvrant que les gens de La Rochelle sont bien mal informés. Recevez, monsieur, notre félicitation, ainsi que Mme de La Condamine, à qui nous vous prions de faire agréer nos respects… »

C'était parce qu'il m'avait cru mort qu'il ne m'avait pas écrit, mais il ne m'avait pas plus écrit en me sachant vivant ! L'explication ne faisait que renforcer ma certitude : Jean s'était délibérément abstenu de m'informer ; il avait fait exprès d'aller directement de La Rochelle à Saint-Amand en Berry sans venir à Paris. Pourquoi ? Bien sûr, si je m'étais posé cette question devant Mlle de L., elle m'aurait grondé : « Ne pouvez-vous comprendre ? Après tant d'épreuves et des retrouvailles merveilleuses, cette dame a voulu cacher son bonheur retrouvé dans la campagne, seul cadre assez pur pour des sentiments aussi nobles. »

Et j'aurais lu dans son regard ce qu'elle pensait de moi : « M. de La Condamine ne peut comprendre parce qu'il est un vieil homme du temps des libertins. Pour lui, l'amour n'est jamais vraiment noble ni pur. »

Cependant, moi, je savais que c'était anormal, car Jean et Isabel me ressemblaient plus qu'ils ne ressemblaient aux personnages de *La Nouvelle Héloïse*. Il était dans leur tempérament et dans leurs rêves de venir à Paris, surtout après que je leur eus décrit dans ma lettre le succès que l'aventure de Doña Isabel rencontrait dans les salons. Ils n'étaient pas venus, ils ne venaient pas, ils ne viendraient pas, jamais. Ils avaient leurs raisons.

*
* *

Jean avait-il pensé qu'enfouir Doña Isabel en province serait une protection contre ma curiosité ? Il avait oublié que celle-ci ne souffre pas de contrainte… Il me savait devenu à demi aveugle, à demi sourd, à demi paralytique. Croyait-il que mon esprit était lui aussi infirme ? Il reste fort agile, au contraire, même aujourd'hui, en l'année de mes soixante-douze ans. Il m'arrive de m'assoupir, de m'absenter, mais ce n'est pas que ma tête est en vacances, au contraire. Il y a du plaisir dans les somnolences du vieillard ; certains cherchent cette extrême sensibilité dans les drogues, mais les vieilles personnes n'ont pas besoin d'intercesseur : la faiblesse de leur corps est le chamane qui les emporte aux confins de la réalité, entre la veille et le sommeil, entre la vie et la mort. C'est un véhicule pour visiter le passé.

Or, pour cette enquête-ci, j'allais devoir explorer mon passé.

Ordinairement, je préfère explorer des lieux plus exotiques – selon moi, la mémoire est une prison ; on y connaît tout, même si on n'y retrouve pas tout, et donc l'esprit y tourne en rond. Mais pour cette enquête que j'allais entreprendre, il y avait des chances que se cachent dans mon propre passé des indices précieux. En effet, j'avais vécu les longues prémices du drame, il y avait trente ans de cela, entre 1736 et 1742. J'étais à la fois témoin et commissaire de police.

Cela me paraissait un avantage, alors, tandis que les roues de ma voiture écrasaient la rosée du Berry… Deux jours plus tard, quand je m'en reviendrais par la même route une fois mon enquête terminée, je penserais que c'était aussi un piège.

Le jour se levait sur la campagne, et je ne concevais pas à quel point je serais bouleversé. Je m'exerçais simplement à compulser ma mémoire comme si elle était un rapport de l'Académie et, n'y trouvant rien, je me confortais dans l'idée qu'il fallait que je la voie…

À force de vouloir la voir, je la vis. L'Amazone.

Les lumières du Berry s'effacèrent, les ombres de la forêt surgirent comme elles avaient surgi devant moi il y avait… longtemps.

*
* *

Languissante et perfide, la rivière Bobonaza creuse son lit entre les Andes et le grand fleuve des Amazones. Elle s'écoule du nord-ouest au sud-est depuis les terres du roi d'Espagne vers celles du roi de Portugal. C'est une route dangereuse pour rallier Quito à l'Amazone : ses eaux peuvent dévorer en une heure les voyageurs qu'elle a gentiment transportés pendant des jours. On peut se trouver en trois jours rendu à la mission de La Laguna, sur le Marañón, affluent du grand fleuve, ou ne jamais arriver, englouti par une crue soudaine.

Perfide est la rivière Bobonaza, et tortueuse. Ses méandres sont si incurvés, si rapprochés qu'ils se mordent presque eux-mêmes en certains points. Le voyageur est exaspéré de devoir parcourir une route qui le ramène sans cesse en arrière, et quand il voit les eaux gonfler, quand il sent la fièvre le gagner, il se dit qu'il aurait plus vite fait de couper par la forêt. Mais la forêt est une nasse dont on ne ressort pas.

Sept cadavres accrochés à la rivière comme à une corde.

L'un est à demi immergé le long d'un banc de sable, il reste tout juste assez de chair pour deviner qu'il s'agit d'un homme. Un autre est à l'état d'ossements dispersés à la lisière du banc de sable et de la forêt. Entre eux, des vêtements dispersés, jupons, chemises, bas, gagnés par une pourriture verte. Deux autres cadavres gisent plus loin, dans la boucle d'un méandre. Étendus côte à côte dans leurs vêtements, ceux-là sont moins abîmés. Ils paraissent bouger tant ils sont habités d'insectes. On peut encore distinguer les barbes, des hauts-de-chausses, un habit sacerdotal – il y avait donc un ecclésiastique ; ailleurs encore, un cadavre plus petit, un enfant – un petit garçon, voit-on à sa culotte.

Sept cadavres. Huit naufragés. La dernière proie de la Bobonaza résiste ; elle lutte, elle se bat seule contre une forêt grande comme un continent.

Un peu plus loin, une étroite plage de sable le long de la rivière. Quatre Indiens y ont campé pour la nuit. Deux hommes et deux femmes vêtus de tuniques de coton brodées de fils d'or. Leur physionomie est étrange ; ils semblent échappés d'une Atlantide engloutie : leur crâne curieusement allongé vers l'arrière suggère des capacités au-delà du naturel. À cela, on reconnaît qu'ils sont de la nation indienne des Andoas, jadis puissante, si puissante que les conquistadors pensaient qu'elle était gouvernée par *el Dorado*, l'homme qui se vêtait chaque matin d'une poudre d'or dont il se lavait chaque soir. Mais au moment où se déroule l'histoire, l'empire des Andoas est réduit à quelques villages disséminés le long des affluents de la rivière des Amazones, aux confins du Brésil et du Pérou. Ils ne gardent de leur grandeur passée que leurs fils d'or et cette coutume qu'ils ont de déformer le crâne des enfants.

En ce jour de février 1770, les quatre Andoas s'apprêtent à quitter le bout de plage où ils ont passé la nuit pour reprendre leur route. Quelle route ? Personne ne le saura jamais ; d'ailleurs, peu importe. Quelques mois plus tôt, on aurait pu les supposer sur le chemin de la mission de Canelos. Mais à cette date, en ce lieu, les missions catholiques sont le domaine de la mort rouge. Depuis six mois, l'épidémie court en direction de l'ouest, ruissellement d'infection ne laissant derrière lui que souffrance. Les Indiens survivant à la petite vérole fuient devant elle, descendent les rivières, se cachent… Les quatre Andoas sont de ceux-là.

Le seul d'entre eux dont l'Histoire retiendra le nom est Antonio. Un nom de baptême que l'homme est bien près d'oublier tandis qu'il s'éloigne des missions. Quels dieux sont plus puissants à conjurer la maladie, ceux des chrétiens ou ceux de la forêt ? Les Andoas sont les héritiers d'une civilisation qui dressait ses villes sur les îles et les berges de la rivière des Amazones ; ils n'ont que crainte pour la forêt. La forêt appartient aux créatures de l'ombre, aux prédateurs, aux insectes, aux fauves, aux *xibaros*. Plutôt que de s'enfoncer en elle, ils préfèrent se laisser porter par les rivières, qui sont leur univers.

Antonio arque le dos, les mains appuyées sur les bords de la pirogue. Le chuintement du bois sur le sable couvre un instant la rumeur de la rivière. La proue, déjà, pénètre dans l'eau. La Bobonaza a encore monté pendant la nuit ; elle enfle, elle gronde, elle est comme un jaguar qui rassemble ses forces ; bientôt, dans quelques heures ou dans quelques jours, elle va bondir hors de son lit et tout emporter sur son passage, mue par la force irrépressible qui conduit toutes les eaux de cette région du monde depuis les Andes jusque vers l'Atlantique. Antonio se prépare déjà à filer sur le courant, la pagaie à la main.

C'est alors qu'il perçoit une forme blanche, sur le côté. Son regard se lève. Et il retient la pirogue. Une tache pâle sur l'ombre verte.

La plage où se tiennent les Andoas est un havre étroit enserré entre les eaux et la forêt, où le voyageur peut tout juste tirer son embarcation et dresser un carbet. Avec la crue, la bande de sable n'est plus séparée des premiers fourrés que de quelques toises ; les menaces sont toutes proches.

Les Andoas ont oublié la pirogue et la rivière. Redressés, ils se tiennent tous les quatre face à la forme blanche surgie de l'ombre verte ; ainsi placés, avec leurs tuniques et leurs crânes ovoïdes, ils évoquent un bas-relief de l'Amérique ancienne.

Tandis que leur attention se fixe, la tache pâle se précise, ses contours se font plus fermes, et ce qui était un halo blanc se condense en lignes nettes.

Elle est à demi nue, les pieds chaussés de sandales nouées, la gorge dévoilée par les déchirures de la mantille qui la couvre à peine, le reste habillé de pantalons d'homme. Sa tête porte une auréole de cheveux blancs de nacre, et dans ce portrait irréel, le regard brûle, plus ardent encore que la bouche des volcans du pays d'où elle vient, par-delà la barrière des montagnes.

Une Amazone. Une Amazone comme celles que décrivaient les Andoas aux conquistadors deux siècles avant ce jour de février 1770, comme celles que j'avais guettées en vain tout le long de mon voyage sur le fleuve, quand j'avais quitté le Pérou pour regagner la France.

Dans la voiture qui m'emmenait à Saint-Amand en Berry, je me laissais envahir par la vision. Je ne connaissais pas encore tous les détails de la scène qui s'imposait à moi, mais j'avançais guidé par la créature fantastique autour de laquelle elle s'organisait. Une créature que j'avais quittée encore petite fille, et que j'allais retrouver femme mystérieuse.

I

Souvenirs des Andes

1

Je devais la voir, et pour la voir, j'avais quitté Paris. Un dernier voyage pour une dernière enquête, sans doute, car mes infirmités empirent de mois en mois. La mort me gagne par petits bouts. Elle a commencé par me prendre l'ouïe, puis la vue, et enfin le toucher… Je souffre, en effet, d'une affection inédite que le grand Tronchin lui-même n'a pu m'expliquer : mes extrémités sont insensibles ; ni mes pieds ni mes doigts n'éprouvent plus ni le chaud ni le froid. Comme si mon corps se mettait en grève, épuisé d'avoir subi tant de frimas et tant de canicules.

Mon dernier voyage aurait dû être un voyage secret. C'était sans compter avec Charlotte.

La tendresse que me porte ma jeune épouse l'autorisait à s'indigner de mon imprudence ; aussi avais-je essayé de ruser : j'avais évoqué une cure à Bourbon-l'Archambault. Mais Charlotte m'avait percé à jour. Elle me connaît depuis qu'elle est née. Et depuis que je n'ai plus d'yeux, elle les remplace.

– Bourbon-l'Archambault ? Pourquoi aller prendre les eaux dans cet endroit reculé ?

– J'y ai des attaches…

– Des attaches ? s'amusa-t-elle. Parce que c'est là que votre père a rencontré votre mère il y a quatre-vingts ans de cela ? Voilà une bien mauvaise excuse !

Vos attaches sont avec moi, dans notre domaine de Picardie, maintenant. Et il est tant d'autres villes d'eaux plus proches, plus courues.

– Je ne veux pas un endroit couru. Je veux un endroit à l'écart du monde…

– Espérez-vous que je le croie ? Vous avez horreur d'être à l'écart du monde.

– Pourtant, on n'entend parler que de cela, en ce moment, dans le monde : de s'en mettre à l'écart.

– Justement, vous vous moquez de cette nouvelle vogue, et vous vous en gardez parce que vous êtes honnête avec vous-même : vous aimez le monde.

Comment ne pas rendre les armes quand une femme enrobe son reproche d'un compliment sincère ? De toute façon, elle m'avait déjà deviné. Tout en arrangeant un foulard autour de mon cou, elle glissa :

– Cela aurait-il un rapport avec cette longue lettre que je vous ai lue au sujet du naufrage de Mme Godin ?

Je grognai en réponse :

– Cette lettre vient du Berry, non du Bourbonnais.

– De Saint-Amand, qui en est tout proche, si je ne me trompe. Allons, dites-moi que vous allez en Berry ; je n'ai pas le pouvoir de vous l'interdire, je n'ai que le devoir de vous répéter ce que vous savez déjà : votre curiosité, mon oncle, sera cause un jour ou l'autre de votre mort.

– Ne m'appelez pas « mon oncle », Charlotte.

Elle me répondit par un de ses sourires qui sont un mystère pour moi.

Ma nièce a voulu ce mariage, elle y trouve un plaisir que je ne peux comprendre, et qui dépasse de beaucoup son désir d'hériter de mes biens, que je lui aurais laissés quoi qu'elle fasse. Elle est bien incapable de me dire pourquoi elle a tant de bonheur à voir son vieil oncle affectueux devenu son époux impuissant. Quand je lui avais posé la question, après que ma sœur m'eut suggéré cette manière de mettre à l'abri sa fille sans dot, Charlotte m'avait répondu que j'étais le seul mari dont elle eût jamais rêvé, et que j'avais accompli dans ma vie tout ce qu'elle souhaitait qu'un homme ait accompli avant de l'épouser. Que mes exploits appartiennent à un temps où elle était à peine née ne la gênait pas. « Ne vous préoccupez pas, disait-elle, de savoir comment je mêle les époques dans mon cœur. Je suis l'alchimiste de mes sentiments. »

Une si jolie manière de me clouer le bec. Je l'avais donc épousée, malgré mes craintes – qu'elle justifiait en se permettant de rappeler mon principal défaut.

Je grognai encore :

– Ma curiosité, Charlotte ? Qu'elle cause ma mort à soixante-douze ans ne serait pas bien grave, convenez-en.

– Pas bien grave pour vous. Pour moi, si.

Elle voulait le dernier mot, je le lui laissai.

J'avais pourtant de quoi lui répondre… Cette curiosité, il est vrai, m'avait conduit plus d'une fois près de l'abîme. Les anecdotes abondent sur le sujet. Une seule, pour ceux de mes lecteurs qui ne me connaissent pas : dans le sud de l'Italie, intrigué par un culte populaire qui disait qu'un cierge devait toujours brûler faute de quoi la mer envahirait le village, j'avais soufflé dessus, pour voir. Et je m'étais ainsi trouvé poursuivi par des pêcheurs en furie qui m'en voulaient d'avoir éteint leur superstition en même temps que la flamme.

Cependant, ma curiosité m'avait aussi porté aux sommets de la renommée – tout ce que j'avais accompli au Pérou et ailleurs m'avait été inspiré par cette muse. Je m'étais toujours plié à ses caprices, mais au total, elle m'avait donné plus de bonheur que de souffrance, et donc je restais son esclave volontaire.

Charlotte avait pensé jusque-là que ma curiosité, maîtresse tyrannique, était sa seule rivale, et cela lui convenait. Cependant, ce jour où elle découvrit mes projets de voyage en Berry, elle éprouva le besoin d'avoir quelques précisions :

– Est-elle belle, cette Mme Godin ?

Je ne pouvais pas lui servir le tableau exotique que j'avais servi à Mlle de L. J'éludai :

– Je ne sais plus. Je l'ai à peine connue.

J'étais sincère. Pourtant, je me sentis coupable. Déjà à ce moment, sans soupçonner ce que j'allais découvrir, il me semblait que je ne disais pas tout à fait la vérité. Mais je ne savais pas comment, ni pourquoi.

*
* *

En route, dans ma voiture, je songeais à cela. Si je l'avais si peu connue, à quoi bon braver les ornières d'une terre humide – à quoi bon aller à Saint-Amand ? Pour le simple plaisir de confondre Jean et son texte suspect ? Peut-être. Peut-être pas. La voir… La voir telle qu'elle était devenue, mais aussi telle qu'elle avait été trente années plus tôt, et telle que j'aurais dû la regarder puisque les qualités qu'elle avait révélées dans son naufrage devaient déjà exister en elle alors.

Charlotte rassemblait près de moi les menues pendeloques des vieillards : cornet acoustique, loupe, bouillotte, besicles, toutes ces choses inefficaces dont on persiste à m'encombrer. Par moment je me demande si l'amour de ma jeune épouse n'est pas de la même catégorie.

Ma réponse ne lui plaisait pas ; je le voyais à la rapidité de ses gestes.

– « À peine » n'est pas rien, dit-elle. Même si vous ne l'avez vue qu'une fois, vous devez savoir si elle est belle.

De ce moment date ma première incursion dans les caves de la mémoire, à la recherche d'images qui pourraient m'aider à comprendre. Je fouillai honnêtement dans mes souvenirs du Pérou. Doña Isabel… Je ne l'avais pas vue qu'une fois, non. Des images se superposaient pour s'effacer les unes les autres à la vitesse du vent. Laquelle chercher à saisir au vol ? Celle d'une fillette ? D'une fiancée ? D'une épouse ? D'une mère ? Encore une fois, j'esquivai :

– À l'arrivée de notre expédition au Pérou, la future Mme Godin avait huit ans. Quand elle a épousé Jean, elle en avait treize.

Charlotte cessa de faire semblant de s'agiter ; elle tira un tabouret, s'installa et leva les yeux vers moi. J'avais éveillé son intérêt. Mais pas pour la raison que je croyais. Ce n'était pas l'âge de l'épousée qui la frappait.

– Huit ans ? dit-elle. Moi, à cet âge, je vous aimais déjà.

– Elle ne pouvait m'aimer à cet âge. Quand je suis arrivé à Quito, c'était une enfant enfermée dans un couvent.

– « Arrivé à Quito »… c'est-à-dire le 4 juin 1736, seul, par les montagnes, alors que tous vos compagnons prenaient un chemin plus facile…

Je répondis d'un sourire. Charlotte connaissait paragraphe par paragraphe le récit de mon expédition.

– Alors cette petite fille vous aimait, conclut-elle avec sa logique, aussi complexe que ses sentiments.

– Elle m'aimait sans même connaître mon existence ?

Elle pencha la tête contre mon épaule, glissa son bras sous le mien. Et daigna m'expliquer :

– Un couvent est comme un miroir sans tain. Ceux qui sont au-dehors ne peuvent voir ce qui s'y passe. Mais celles qui sont au-dedans voient tout.

*
* *

Ma voiture franchissait un ruisseau. Je sentis les roues cahoter sur les cailloux du gué, je perçus la danse lumineuse de l'eau… et je vis soudain ce que Charlotte avait essayé de me peindre, et plus encore. Des images connues, mais jusque-là mal comprises.

D'abord, une haute surface chaulée de blanc, uniforme, ouverte en un point unique, un porche surmonté de statues saintes : le mur d'un couvent de Quito. Les hommes, dans la rue, ne distinguent rien. À peine imaginent-ils ce qui s'y trouve en l'enjolivant : des pucelles nichées dans des alcôves que parfois elles partagent, les soupirs qui leur viennent au moment de s'endormir, ces grands baquets où on les lave ensemble… Ce ne sont que des rêveries. Les couvents de Quito sont impénétrables.

Mais les esprits qui y sont prisonniers s'en échappent comme autant de brises légères. Les pucelles savent tout, en effet, des hommes qui longent leurs murs aveugles. Ce n'est pas qu'il y ait des fenêtres secrètes dans les parois, c'est que les bruits de la ville passent le porche, portés par des langues agiles. Chaque demoiselle qui revient de sortie, chaque mère venue en visite, chaque tourière de retour du marché est une source vive de rumeurs et de nouvelles. À peine l'affaire a-t-elle commencé qu'on sait déjà que le vieux comte de Davalos a traîné son épouse en justice pour refus d'accomplir le devoir conjugal, que la belle esclave Luisa Conga vit maritalement avec son maître, que les rues de Lima ont été pavées de lingots d'argent pour accueillir le nouveau vice-roi, que des voyageurs français ont débarqué sur la côte et qu'ils sont en route pour rejoindre la vallée où ils vont étudier les étoiles, ou les montagnes, ou on ne sait quoi de savant.

Et que l'un d'eux a choisi de traverser les Andes sans passer par la route de Guayaquil. Il est parti d'Esmeraldas, et s'est enfoncé vers l'est pour rejoindre Quito en droite ligne. L'imprudent. Personne ne passe là… Depuis, on est sans nouvelles. Les autres membres de l'expédition sont déjà installés dans le palais de l'Audience. Il n'en manque qu'un, mais c'est à celui-là que rêve la petite fille.

*
* *

La pensée était nouvelle pour moi, mais je la berçais et je lui souriais avec un plaisir rétrospectif.

À l'époque, je m'étais dit que j'avais été bien imprudent, et trop confiant dans mes forces – s'enfoncer seul dans les montagnes juste pour savoir s'il existait une route à découvrir par là. À présent que Charlotte me montrait l'histoire à travers les yeux de Doña Isabel, je me voyais différent. « Figurez-vous, disait ma jeune épouse, une enfant enfermée, à l'esprit vagabond. La nuit, elle se lève pour regarder au-dehors et voit au loin dans la pleine lune les neiges éternelles des sommets des Andes. Quoi, il y a un homme seul dans ces montagnes terribles ? Quel courage et quelle audace il lui faut pour continuer d'avancer ! On dit qu'il est mort, mais elle rêve qu'il marche encore… Il vient vers elle. »

L'idée de Charlotte avait cela de bon qu'elle m'obligeait à me regarder, moi, en ce mois d'octobre 1773, et non plus le Pérou. Je croyais aller en Berry pour rencontrer Doña Isabel, et je découvrais qu'en même temps, il me faudrait me rencontrer moi-même. Peut-être était-ce pour cela que je me rendais à Saint-Amand au péril de ma santé ? Pour me voir, moi, dans les yeux de mes anciens compagnons de voyage. Les mensonges de Jean, le mystère que je devinais derrière n'étaient qu'un prétexte.

Quelle importance ? C'était un bon motif pour un dernier voyage.

Voyage dans une plate province qui me ramenait dans un pays de montagnes hautes comme le ciel… Les paroles de Charlotte me berçaient tandis que la voiture se balançait d'un essieu sur l'autre. Que faire d'autre que de dormir ?

Les souvenirs montèrent… Pas des images, mais des sensations. Moi qui perdais lentement quatre de mes cinq sens, j'étais habité des sensations qui m'avaient déchiré le corps en cette saison de 1736. J'étais ma fatigue d'alors, j'étais ma souffrance.

*
* *

La pente se lève sous ses pas, le voyageur a le souffle court ; chaque inspiration le brûle, ses pieds et mes mains ont enflé. Il a peur des Indiens qui l'accompagnent. Leur visage fermé qui semble un masque collé sur leur peau, leur indifférence, cette obsédante affection qu'ils ont pour leurs feuilles de coca, qui guérissent de tout, même de la vie. De part et d'autre, des rochers calcinés, des torrents furieux qui dévalent les à-pics, et roulent au fond de précipices si étroits que leurs bords se rejoignent par le haut presque à se toucher. L'air est devenu rare, le froid intense ; la veste et la chemise sont raides de sueur accumulée en dix jours de marche. Le chapeau et la culotte restent humides, détrempés chaque jour par les pluies de l'après-midi ; même les guêtres solides ont cédé sous les attaques répétées de la boue. Le cuir est éclaté, moisi.

Je tousse ; un étau de pointes se resserre sur mon front, une langue de feu grimpe le long de ma colonne vertébrale. Je suis efflanqué comme une vache malade. Je suis jeune encore et pourtant je sens mille ans peser sur mes épaules ; dans les images qui me passent devant les yeux, je vois un vieil homme à demi aveugle ballotté dans une voiture qui rêve d'une petite fille, et il est ma vieillesse, il est ma souffrance.

Au-dessus de moi tournent d'immenses oiseaux noirs, blancs, rouges – la fièvre, encore ? Non, des créatures de Dieu, d'une envergure au-dessus de l'imaginable, comme tout en ce lieu.

« Encore quelques jours comme celui-là et on ne trouvera de moi que des os, sur la piste ou au fond d'une gorge. »

Abandonner. S'asseoir. Laisser les oiseaux noirs se repaître de sa chair malade. Ci-gît Charles Marie de La Condamine, de l'Académie des sciences, victime de sa curiosité.

Mais les Indiens me relèvent, montrent la courbe du col, au-dessus de nous, et me gavent de coca.

*
* *

Je m'éveillai. Une seconde d'hésitation, et je soupirai d'aise ; j'étais bien. Pas seulement parce que je prenais conscience que la souffrance était irréelle, mais aussi parce que son souvenir me rendait la jeunesse ; elle était une eau de jouvence à laquelle je puisais.

Charlotte avait vite compris qu'elle devait me laisser partir faire ce dernier voyage. Dès lors, elle l'avait préparé avec moi. « Je vais réunir des présents, m'avait-elle annoncé, des cadeaux de bienvenue à faire de ma part à cette dame du Pérou… Des étoffes, peut-être, et des patrons, pour qu'elle se mette au goût du jour, elle vient de si loin ! (Elle se toucha le front pour montrer qu'une idée lui venait.) Et cette robe que m'a donnée la duchesse de Chaulnes, vous savez… en satin cerise… ajustée, à garniture de pouf. Je ne veux pas la mettre, car elle brille trop, mais je suis sûre qu'une Créole l'appréciera, qu'en pensez-vous ? »

J'en pensais que, par ce geste de bonté, ma jeune épouse faisait en sorte que je ne puisse l'oublier, elle, pendant que je serais auprès d'une autre, mais bien sûr je ne lui avais rien dit et j'avais emporté les cadeaux.

La route faisait un coude. Une fois le tournant pris, brusquement, le soleil entra par la vitre de ma voiture. Il m'aveugla. Je refermai les yeux ; j'en voulais encore.

Où en étais-je de ma souffrance ?

J'étais seul sur la crête des montagnes, au nord du volcan Pitchincha – seul Français. Mes compagnons savants avaient tous pris une autre route, la seule praticable, qui passait par le sud et la vallée de Guayaquil, pour atteindre Quito, le but du voyage, le lieu où nous devions commencer nos calculs sur le méridien et la triangulation de la région. Mais moi, qui voulais être le héros de l'histoire, j'avais décidé de traverser les Andes d'ouest en est en remontant la rivière des Émeraudes, et j'étais sur le point de mourir sur la roche nue, mangé par les condors.

*
* *

Comme souvent en montagne, la fin de l'épreuve arrive en un instant. Le bonheur est brutal, proche de l'extase. Ce n'est pas comme le port qui grandit sur l'horizon, déjà annoncé par l'oiseau et le parfum de la brise. La fin est toute contenue dans un seul pas, celui qui hisse le corps dans la courbe du col. Un pas de douleur… puis un pas de plus, et le regard passe par-dessus la barrière qui semblait inaccessible ; tout à coup, plus rien ne l'arrête. Le monde est en contrebas, donné, offert, soumis au vainqueur.

Juin 1736. Un an s'était écoulé depuis le départ de France de notre expédition qu'on n'appelait pas, alors, « expédition La Condamine », mais « voyage fait par ordre du roi à l'équateur pour mesurer un degré de méridien ». J'avais atteint le but – du moins sa première étape. Tout allait commencer là.

Un condor se laisse glisser vers la vallée ; ses ailes immenses fendent l'air en oblique, je voyais l'oiseau dans son profil, et mon regard s'accrochait à lui comme à une monture. J'étais sur l'oiseau, et je survolais avec lui la vallée, loin de la poussière de pierre qui couvrait le versant septentrional du volcan de Pitchincha. D'un coup d'aile, je prenais la mesure de ma jouissance, je parcourais la vallée de Quito du nord au sud.

Autour de moi d'autres volcans, le Cotopaxi, le Chimborazo, le Tunguragua, le Sangay…

Entre les murailles noir et argent défilent des champs, des plaines, des pâturages, des frondaisons, des sentes, des huttes… Un lieu où la nature n'a pas de règles, du moins pas les mêmes que chez nous. Il semble que tout a jailli d'un coup à la suite d'un tremblement de terre, que la vallée s'est ouverte en un jour, dans la déchirure d'une montagne. Elle semble neuve, remplie à la va-vite d'un humus léger. Les saisons n'existent pas ; dans un même verger des arbres couverts de fleurs et des arbres couverts de fruits, puis du blé en herbe et plus loin un champ moissonné, la terre grasse des sillons fraîchement labourés…

Tout au bout de ce désordre se niche une ville. Rose, blanche, décor de massepain, féminine promesse à demi cachée, à demi visible. Quito, cité lovée entre deux plis des Andes, cité pendue à la ligne de l'équateur comme un corail à une chaîne d'or.

L'éclat m'en aveuglait… Aveugle, j'étais aveugle. L'éclat de l'or m'avait percé les prunelles. Tout cet or. L'or du Pérou. Je gardais les yeux fermés, crispés, j'en voulais encore… Mais la route avait repris son orientation normale. Le soleil avait disparu derrière ma voiture, et l'éblouissement était fini. Dans la nuit rouge de mes paupières closes, je ne voyais plus rien.

Soudain ma voiture fit un bond, le pavé d'une rue sonna sous ses roues. Nous étions à Saint-Amand.

L'heure des rencontres arrivait.

2

Je sentais cette odeur propre aux villes de province du Centre de la France. Il y avait là-dedans de la vase, de la tuile, un peu d'ardoise, des caves et leurs tonneaux de cidre, du cierge, beaucoup de cierge. Je pensai à Doña Isabel enfermée là. Lui arrivait-il, à elle aussi, de rêver aux pentes enneigées du Chimborazo ?

En tout cas, sa présence modifiait les lieux. Saint-Amand en Berry était plus près des sources de l'Amazone que nul autre point en Europe, même si personne ne le savait sauf moi. J'allais revoir mes compagnons d'aventure.

Mon valet se chargea de demander où était la demeure de la famille Godin des Odonais.

– Laquelle ? entendis-je qu'on lui demandait. Il y a plusieurs gens du nom de Godin, ici, par naissance ou par mariage.

Au prénom de Jean, le quidam ne réagit pas. Mais à la précision que ce Godin-là revenait des Amériques, les bras se tendirent, la direction fut aussitôt donnée. Ma voiture roula encore quelques instants, jusque devant une porte cochère aménagée dans un mur haut d'où fusaient des toits de tuile et un parfum de roses fanées.

Je ne m'occupai de rien, et ma passivité ne pouvait qu'accentuer le choc à venir.

J'entendis des bruits de voix, de bois qui grince, un remue-ménage ; ma portière s'ouvrit et mon valet me présenta son bras. On me descendit de ma voiture.

Je vis la masse floue d'un modeste hôtel, sa cour pavée, son premier étage, ses œils-de-bœuf, son petit vitrail enchâssé dans la porte d'entrée, et, dessous, un groupe de domestiques qui sentaient le paysan, les joues bien rouges et les linges bien rugueux.

Aujourd'hui, je repense à cet instant et la scène m'apparaît teintée des émotions qui m'attendaient dans cette demeure bourgeoise ; je ne lui trouve plus rien de pittoresque, et ces rustres gentils me semblent les gardiens d'un secret indicible.

Mon entrée commença comme une comédie : à peine eus-je franchi le pas de la porte que la maison fut sens dessus dessous. Du premier valet à la fille de cuisine, tout le monde se bousculait pour mieux considérer mon arrivée. « M. de La Condamine est chez nous… » ; « Le monsieur de l'Académie… » ; « M. le savant… » ; « M. de La Condamine est ici, vite… »

Ma célébrité avait donc atteint de si modestes lieux… Je me souviens avoir eu alors une pensée pour Voltaire : « Mon ami, je vous vaux ! » Mais bien sûr, la maison de Jean n'était pas n'importe quelle maison ; même la cuisinière pouvait y être sensible aux choses savantes.

Je n'eus pas à attendre longtemps. Parmi les figures aux joues rouges, une m'apparut plus haute, et mieux vêtue que les autres, que je reconnus en entendant la voix. Jean était là.

– Monsieur… ma surprise, mon bonheur… sont au-delà…

Il en avait la gorge étranglée, et moi aussi, je le confesse.

Sans doute avait-il changé, depuis ces trente ans, mais je n'en vis rien. Miracle des mauvais yeux : les autres ne vieillissent pas. Leur peau ne montre aucune ride, leurs yeux aucun filament rouge, Jean Godin des Odonais se présentait à moi tel qu'il avait toujours été, son beau visage aussi franc et ouvert que toujours, ses épaules plus larges que jamais, la jambe ferme sur le sol, son galbe souligné par des bas de coton noir.

Nous sommes tombés dans les bras l'un de l'autre. Aucune affectation ni de ma part ni, bien sûr, de la sienne. Toujours inconsidérément spontané dans ses réactions, il pleurait de me voir. Sans doute ne s'attendait-il pas à me trouver aussi vieux, aussi infirme.

La dernière fois qu'il m'avait vu, je m'apprêtais à traverser le continent américain le long du fleuve des Amazones. J'avais quarante et un ans. J'étais maître de mon corps, et les douleurs que je cachais ajoutaient encore au personnage de savant voyageur que je m'étais taillé.

Et Jean, quel âge avait-il, en ce mois d'octobre 1773 ? Treize ans de moins que moi… soixante ans ! Il me semblait encore si juvénile…

Il parlait et parlait encore, trop bas pour que je puisse l'entendre, tout en me secouant la main entre les deux siennes, qu'il avait brûlantes. Si bien que j'en fus fatigué, au bout d'un moment.

– Je suis heureux, Jean, non de vous revoir, car ma vue est fort basse, mais de vous retrouver.

– Ah, notre jeunesse, monsieur… ! Où est-elle ?

– Elle s'accroche à vous alors qu'elle m'a fui depuis longtemps.

Heureusement, je n'entendis pas ce qu'il me dit. Ce devait être une banale parole rassurante.

– Il faut faire descendre mon bagage, dis-je, et aussi cette caisse, derrière la voiture, qui contient des cadeaux de la part de ma femme pour Doña Isabel.

Il donna les ordres en égrenant des remerciements, puis glissa son bras sous le mien.

Précautionneux, il me conduisait le long d'un vestibule obscur qui sentait la pierre humide et le chou refroidi. Puis il ouvrit une porte, et le meilleur de la province succéda au pire sans transition.

*
* *

La pièce dans laquelle je me trouvais était inondée de soleil. Une tiédeur idéale y régnait, d'un doux orangé, quasi maternelle. Je n'eus pas le temps de détailler de quoi elle était faite : trois servantes au moins approchaient un large fauteuil où je m'enfonçai malgré moi ; j'aurais préféré rester debout pour inspecter la pièce. Mais j'étais comme un pantin qui reste affalé là où on le pose. Je poussai ce soupir d'exaspération propre aux séniles, qu'on ne sait jamais interpréter.

Jean me parlait encore puis, voyant que je restais sans réaction, il se baissa vers moi et répéta :

– Je vous abandonne le temps de prévenir mon beau-père.

Je n'eus pas plus de réaction. Je ne comprenais pas qui pouvait être ce beau-père qu'il voulait me montrer, et moins encore pourquoi il ne prévenait pas plutôt son épouse.

Percevant ma perplexité, il précisa :

– Vous rappelez-vous Don Pedro ? Le père de mon Isabel ? M. de Grandmaison ?

Grandmaison surgit en effet à ma mémoire. Une figure d'un autre temps.

– Ce Français parti de France en Espagne avec Philippe d'Anjou, au temps du Grand Roi, n'est-ce pas ?

– Non, celui-là est le père de Don Pedro, le grand-père d'Isabel. Mon beau-père, lui, est né en Espagne, à Cadix, et il a émigré à l'âge de vingt ans dans l'Amérique espagnole… Quand vous l'avez connu, il était corregidor… Et lié au marquis de Valleumbroso par sa femme.

J'avais mélangé deux générations. Pourtant, c'était bien la figure d'un autre temps qui me restait en tête. Don Pedro devait avoir à peu près mon âge mais, dans mon souvenir, il était du temps de Louis XIV et du mien à la fois.

Sans doute parce que les modes vestimentaires, au Pérou, passent moins vite qu'en France. Je l'avais connu à Quito. Il avait un poste de corregidor, en effet, c'est-à-dire chargé par l'Espagne d'administrer un district en se payant sur le commerce avec les Indiens. Il était fort riche, à la fois très entiché de ses ancêtres français et tellement espagnol. Son nom se disait Grandmaison ou Grameson ou Casamayor. C'était étrange de le savoir dans le Berry, encore plus que d'y savoir Doña Isabel, sa fille.

J'eus l'air si étonné que Jean m'expliqua :

– Don Pedro est venu avec nous en France, ayant perdu ses deux fils dans la tragédie que je vous ai racontée. Depuis, il vit ici, où ma famille est devenue la sienne, mais sa santé est chancelante. Je ne veux pas le faire prévenir par un valet. Je vais moi-même le préparer à la nouvelle de votre venue.

– Et annoncez-moi à Doña Isabel, bien sûr.

Je n'entendis pas sa réponse. Il quittait déjà la pièce.

J'étais seul dans la pièce baignée de lumière. Tandis que je m'évertuais à percer le brouillard qui me voilait les yeux, le décor se précisait lentement – réel ou imaginé par moi, comment le savoir ? Des boiseries peintes, d'un vert pâle, un dallage blanc et noir et de grands miroirs qui reflétaient un jardin envahi de roses. Sans doute par la porte-fenêtre voyait-on tomber les feuilles… Oui, le décor devait être celui-là, puisque nous étions, nous les quatre personnages de la confrontation à venir, à l'automne de notre vie. En tout cas, ce salon était beau, j'en suis sûr. À nous trois, autour de Doña Isabel, nous allions en faire la scène d'un théâtre qui contenait les deux mondes et un demi-siècle de vies.

Il faisait soleil au-dehors. C'était une de ces journées d'octobre où la chaleur est celle de l'été et les couleurs celles de l'automne, un de ces merveilleux retours d'une saison qu'on pensait finie. La lumière était si vive qu'elle me força à ramener mon regard au plus près, sur la fourrure de mon manchon qui reposait sur mes genoux, tiède et voluptueuse. La lumière y était plus douce, mais tout aussi changeante ; la martre paraissait sur le point de renaître, comme l'été. Quelque chose gonfla en moi à tel point que je crus mon cœur près d'éclater. Mon goût de la vie, cette vie qui fuyait en douce, que je contenais comme je pouvais, mon goût de la vie était trop fort pour mon corps débile… il pouvait me tuer si je continuais à l'entretenir. Il fallait que je trouve un aliment plus cérébral à mes réflexions – les émotions ne me valaient rien.

À la recherche d'un dérivatif, je fixai mon attention sur le meuble qui se trouvait à ma droite, contre mon fauteuil. C'était une table de jeu – un jeu de l'oie.

Ma première pensée fut que cet amusement convenait bien à Jean, dont le rôle avait été, dans notre expédition, de porter les chaînes d'arpenteur, pion agile sur un vaste parcours qui couvrait toute la vallée de Quito. Ma deuxième pensée fut que c'était un jeu qui convenait à tous les voyageurs, poussés par le hasard autant que par leur volonté.

Je touchai le dé, il roula. Cinq. Un, je partais de l'embouchure de la rivière des Émeraudes, deux, trois, quatre, j'étais dans Quito, cinq, je voyais le mur blanc d'un couvent, une fenêtre à barreaux de fer forgé, ce genre de barreaux qui donnent envie de s'évader.

*
* *

La petite fille enfermée dans le couvent… Le voyageur français occupe sa rêverie, avait affirmé Charlotte sans l'ombre d'un doute. On l'a cru mort dans les montagnes, mais il est arrivé à Quito, et tout le monde ne parle plus que de lui. C'est un homme de qualité, de grande fortune, un savant plus savant encore que les autres.

Et mystérieux. On dit qu'il se cache depuis qu'il est entré dans la ville. Que personne ne l'a vu. Il ne se montrera, dit-on encore, que lorsqu'il aura retrouvé ses bagages, qui doivent arriver par la route de Guayaquil. Il veut un habit digne de son rang avant de se présenter au vice-roi du Pérou, Don Antonio de Mendoza, marquis de Villagarcia. En attendant, il se cache.

C'est ce qu'on dit en ville, et la rumeur est entrée dans le couvent, bien sûr. Isabel s'émerveille. Quel homme peut être assez noble pour refuser d'entrer dans Quito sans un beau costume ? Un grand prince, comme ce Philippe d'Anjou que servait le père de son père, le fils du Roi-Soleil. Des épaulettes aux flots de rubans, des nœuds sur des chaussures, des manchettes comme des nuages de gaze… Un prince voyageur. La petite fille murmure un nom, avec de gros efforts pour effacer les rondeurs que l'espagnol met sur les consonnes.

– Charles Marie de La Condamine.

Je tournai la tête ; est-ce qu'on n'avait pas chuchoté à mon oreille ? N'avais-je pas entendu mon nom prononcé tout près de moi, avec cet accent des Péruviennes qui sonne comme une pavane ? J'étais sûr de l'avoir entendu.

Une vibration pénétrait les muscles de mon cou. Je concentrai mon attention, mis mon esprit aux aguets… La vibration venait d'en haut. On devait marcher, à l'étage, dans la pièce au-dessus du salon où j'étais. Un plancher grinçait, sans doute, ce qui produisait cette palpitation dans ma surdité. Aussitôt, je fus persuadé d'être au-dessous de la chambre de Doña Isabel. Ce chuchotement dans mon oreille, c'était elle.

Je n'avais pas su l'entendre en 1742, du temps où j'avais tous mes sens ; je l'entendais par-delà les murs et les années, à présent.

Oui, Charlotte avait raison : la jeune Isabel de Grandmaison devait savoir qui j'étais bien avant de m'avoir rencontré, et elle devait rêver de moi. J'étais le héros de l'histoire.

Vraiment ? Le héros de l'histoire ?

Le temps est venu d'avouer ; la raison pour laquelle la petite Créole avait entendu mon nom plutôt que ceux des autres savants de l'expédition n'avait pas tant de panache que cela. Elle répondait à un calcul.

J'étais arrivé à Quito le dernier des savants de l'expédition, au mois de juin 1736. Certes, ma traversée des Andes depuis la rivière des Émeraudes était propre à soulever l'admiration, mais je jugeais essentiel que cet exploit ne me définisse pas. J'étais homme de qualité et de talent ; l'aventure n'était qu'une fantaisie, je voulais qu'on le sache. Pour qu'on le sache, je devais me présenter non comme un gueux, mais comme un ambassadeur.

Ainsi commença un épisode de ma vie qu'il sera peut-être difficile à la génération montante de comprendre, elle qui affecte de mépriser les atours, qui prétend que le négligé sied à la science autant qu'à la vertu. Quelle sottise ! L'habit ne fait peut-être pas le moine, mais il est son langage. Pour aller à Saint-Amand, j'avais revêtu une redingote à l'anglaise sur un habit noisette et un grand manchon de martre. Le vêtement à l'anglaise signifiait que je donnais encore le ton des modes malgré mon âge, l'habit noisette que je savais rester simple, le manchon de martre que j'avais de la fortune.

En juin 1736, je n'avais ni habit, ni redingote, ni même de bas. La chemise déchirée, la culotte salie, les jambes nues, je ne pouvais signifier que la misère – comment en ces conditions obtenir l'appui et la considération des Espagnols de Quito ? Il fallait donc me terrer le temps de retrouver un équipage digne de moi.

Le terrier, en l'occurrence, fut le collège des jésuites de Quito. J'avais une recommandation, donnée à moi par le père Tournemine. Je m'y faufilai, me présentai au recteur, et donnai interdiction à mes hôtes de répandre la nouvelle de ma survie. Puis, de là, j'envoyai un message à mes confrères savants de l'expédition – il le fallait bien si je voulais récupérer mes bagages.

L'un après l'autre, ils vinrent me visiter.

Je les nomme dans l'ordre qui me vient, celui de l'affection, je crois bien, même si ce n'est pas dans cet ordre qu'ils franchirent la porte de ma chambre.

D'abord, Joseph de Jussieu, notre botaniste et médecin, sensible, mélancolique et seul désintéressé de nous tous ; Jean Seniergues, notre excellent chirurgien, homme de feu et de flamme dont le nom reviendra dans ce récit, écrit en lettres de sang ; Verguin et Morainville, nos ingénieurs efficaces et discrets ; Hugo, l'horloger. Il y avait aussi nos aides, qui tous deux étaient là par faveur de famille : Couplet, neveu du trésorier de l'Académie, et Jean Godin des Odonais, cousin de Louis Godin, qui était le chef en titre de l'expédition.

Louis Godin était, avec Pierre Bouguer, mes pairs et mes rivaux, tous deux académiciens, comme moi, tous deux mathématiciens et astronomes honorés, contrairement à moi. Je dis « mes pairs »… Eux pensaient que je n'étais pas aussi savant qu'eux. Ils avaient raison. Mais d'autres qualités ont fait que je suis resté le seul célèbre de cette troupe. S'ils les avaient reconnues tout de suite, notre expédition n'eût pas si tristement fini. De ces dix hommes, cinq sont morts, un autre est devenu fou, un autre est interdit de retour. Et Jean… ma foi, Jean s'est marié.

Qu'aurions-nous fait si nous avions su cela quand nous nous sommes tous retrouvés, à mon arrivée dans le collège des jésuites ? Aurions-nous fui ? Il était déjà trop tard. Nous manquions déjà d'argent, et nous avions mis un an rien que pour venir de France au Pérou.

Notre mission était glorieuse : mesurer un degré de l'arc du méridien sur l'équateur. Une autre expédition partie en Laponie avec M. de Maupertuis effectuait le même travail au plus près du pôle Nord. Les recherches simultanées établiraient, enfin, qui de Newton ou de Descartes avait raison : la Terre avait-elle la forme d'un œuf ou celle d'un melon ? Admirable.

Mais notre premier souci était l'argent – ou l'or, selon.

– Nos affaires, m'apprit Louis Godin, sont fort mal engagées. Nous n'avons plus de liquidités pour mener nos travaux et à peine pour survivre chichement. De surcroît, le vice-roi du Pérou se montre envers nous soupçonneux à l'extrême…

Bouguer, venu après, confirma la situation, et trouva le moyen de me glisser que la faute en revenait à Louis Godin.

– Un homme qui n'a que lui-même pour souci, qui n'est prêt à aucun sacrifice pour la science, pas même celui de sa vanité. Les sommes allouées par le roi à notre transport ont toutes été dépensées chez sa maîtresse, à l'escale de Martinique. Il ne reste rien, même pas de quoi entretenir nos instruments.

Mes confrères m'apprirent aussi qu'ils n'avaient pas emporté mes malles avec eux, ce qui était plus grave à mes yeux ; elles étaient toutes restées à Guayaquil. Je n'avais ni mes frusques, ni mes fusils, ni mes livres, ni même mon lit ! Mes compagnons avaient-ils été à ce point persuadés que je ne survivrais pas à ma traversée des Andes ?

Ravalant ma colère, je leur exposai que, de ce fait, je resterais caché jusqu'à ce qu'un domestique aille les chercher. Ce serait, entre autres, une bonne façon de les punir d'avoir à ce point manqué de confiance en mes capacités.

– Mais le vice-roi sait que vous êtes en ville !

– Comment peut-il le savoir ?

– Rien ne reste secret bien longtemps, à Quito, vous le verrez.

– Dites-lui que c'est une illusion. Je ne suis pas vraiment ici. Du moins, il n'y a que la moitié de moi-même, celle qui est invisible. L'autre est dans mes malles.

Mon attachement aux formes les agaça peut-être, mais ils durent en prendre acte, et je restai caché. Ainsi fut-il vite chuchoté dans Quito que le nouveau Français devait être un seigneur plus grand que les autres, puisqu'il ne supportait pas de paraître autrement qu'en grand équipage.

Jean fut le seul à se montrer simplement joyeux de mon arrivée. Son plaisir de me revoir était sans arrière-pensée. De mon côté, j'aimais sa compagnie. Je le voyais alors comme un enfant, un ange blond aux épaules de cuirassier, ou comme un double en plus humble, plus libre et plus léger.

Le jour de nos retrouvailles à Quito, il était hilare, car j'étais, parmi ses maîtres, son plus solide soutien, et son confident.

– Quel soulagement, monsieur ! Je regrettais tant de vous avoir laissé seul. Vous devez me raconter les merveilles que vous avez vues, et dont je me suis privé pour suivre ces messieurs de l'Académie qui se montrent bien ennuyés dans ce pays où pourtant tout est beau.

Il me montra par la petite fenêtre grillagée le ciel brumeux de la vallée.

– Vous seul pourrez comprendre ces beautés, vous qui avez déjà goûté l'aventure… Les parfums, les fleurs, l'air même, monsieur ! Avez-vous senti l'air de ce pays ? Et l'or, en plus ; il y a de l'or partout, même sur les dessous des femmes.

Et d'esquisser une caresse imaginaire avec un toucher qui m'assura qu'il avait déjà regardé de fort près les dessous d'or des Péruviennes.

– Dites-moi cela, Jean…

C'était un code entre nous. Il savait ce que j'attendais de lui.

J'aimais l'entendre raconter ses bonnes fortunes, et il ne me demandait pas pourquoi. Il m'avait déjà décrit les odeurs de vanille des mulâtresses de Guadeloupe, les moiteurs de celles de Carthagène au fil de nos escales sur la route de l'Amérique. Et moi à qui il était interdit d'y goûter – oui, déjà à cette époque –, je me réjouissais à travers lui.

Il se pencha.

– Monsieur, il est ici des courtisanes qui se donnent des airs de pucelle que c'en est un délice. La Mariquita en est une. Elle ne prend pour protecteurs que les plus grands noms de la colonie. Il y a une semaine, nous étions à une réception de bienvenue, son éventail s'est retrouvé dans la poche de mon habit je ne sais comment. J'ai bien dû aller le lui rendre…

Il prenait l'air étonné, puis embarrassé, et son regard limpide réclamait par avance une indulgence qu'il savait lui être acquise…

J'interromps ici brièvement mon récit – une idée me vient : cet appel tacite à l'indulgence, Jean n'avait-il pas essayé de le reproduire au moment de m'écrire sa *Relation* du naufrage de Doña Isabel ? En ce cas, il s'était bien fourvoyé. Au temps de nos aventures au Pérou, son procédé me semblait plein de charme ; il était l'expression d'une complicité bénigne, de celles qui colorent plaisamment les relations humaines. Mais le mélange des genres était impossible. Les méthodes que nous employions dans les saynètes libertines que nous jouions ensemble – celles où le valet affriole le maître en feignant la naïveté – ne pouvaient être transposées dans un tel témoignage.

Revenons à l'année 1736 et aux saynètes.

Jean me décrivait sa conquête du Pérou.

– Je me suis donc présenté chez la Mariquita. Elle m'a reçu dans son lit. Le désordre de sa mise était… mais il faut que je vous dise… vous verrez, monsieur, que les Péruviennes sont bizarrement enveloppées. Toile fine sous dentelle blanche sous velours noir sous dentelle d'or sous alpaga, tout cela superposé au point qu'on a l'impression d'approcher un matelas. Et on se demande si l'on aura le courage de tout dérouler… Tandis que leurs yeux nous encouragent à tenter l'entreprise.

– C'était le cas de la Mariquita ?

– Non, justement. Tout était déjà déroulé, tombé par terre en un tas. Sa mise et sa pose se passaient de…

Il comprit à un mouvement de moi perceptible pour lui seul qu'il devait aller plus loin dans les détails.

– Eh bien… elle avait le bras relevé, le drap était chiffonné autour de ses jambes, mais je pouvais distinguer entre deux plis ce creux à la naissance de la cuisse qui est si tendre, et même, car j'ai bonne vue, vous le savez, quelques frisettes noires comme le diable et comme lui prêtes à me garrotter…

Il s'interrompit, un point d'interrogation au bout de sa phrase. D'un battement de paupières, je lui signalai qu'il pouvait reprendre le cours principal du récit.

– Il m'était impossible de prétendre ne pas comprendre. Je lui dis donc combien je regrettais de n'avoir pas de fortune à mettre à ses pieds. Elle me répondit que si, j'avais une fortune, un trésor que toute femme pouvait apprécier, que toute femme… en somme qu'elle n'avait jamais vu d'homme d'une figure aussi engageante que la mienne.

Jean irradiait d'une fierté si bon enfant que je ne pouvais être jaloux de ses succès. La simplicité de ses étonnements, la justesse de ses descriptions qui jamais ne versaient dans l'indécence, me touchaient car il était simple, mais non vulgaire. Je me contentai de profiter de son talent, comme on profite de l'œil perçant d'un faucon sans jalouser son aptitude. En fait, mon goût de l'esprit fait que je pouvais apprécier le récit en lui-même en même temps que la chose décrite, et donc je goûtais les historiettes de Jean autant pour sa manière de les raconter que pour la chaleur qu'elles me donnaient.

– Vous êtes reparti de chez elle en gardant son éventail dans votre poche, mon Jean.

Suivant le doigt que je tendais vers lui, il leva le bras, baissa le regard, sortit l'objet qui dépassait de son revers.

– Mais non, ce n'est pas l'éventail de la Mariquita, je le lui ai rendu ; c'en est un autre.

Il le sortit, l'ouvrit, examina la soie noire, le motif.

– Par Dieu, je crois que c'est celui de la señora de Alzedo y je ne sais quoi. Je le lui ai vu à l'église, tout à l'heure.

– Y je ne sais quoi... ?

– L'épouse du gouverneur général.

Je lui conseillai de rendre l'éventail au portier du gouverneur plutôt qu'à sa propriétaire, surtout si elle était souffrante mais prête à le recevoir dans sa chambre.

– Contentez-vous des courtisanes, ne risquez pas si tôt votre vie.

C'était le genre de conseil pour lequel il m'appréciait et pour lequel il me réservait à coup sûr ses confidences. Plus d'une fois, il m'avait dit : « Je ne sais refuser. C'est toute ma vie ! » Et toujours suivait le récit délicieux d'un dilemme qui avait pour origine une chose qu'il n'avait pu refuser à une dame qui le lui demandait par les yeux, les mains, la bouche, que sais-je. Ainsi commençaient nos conversations ; il me faisait plaisir, il savait qu'il me faisait plaisir et en jouait pour entrer sous ma protection. De l'un et de l'autre – le succès auprès des femmes et ma protection – il allait bientôt user d'une manière que je n'avais pas prévue.

Il me demanda en partant si j'allais bientôt sortir de mon couvent.

– J'ai une idée de commerce à vous exposer, pour un profit rapide...

Je ne sais plus quelle affaire il me décrivit alors. Il m'en a décrit tellement durant ces sept années au Pérou ! Presque autant que de femmes. Laine de vigogne, cannelle, cacao, cascarille, mercure en pierre et antimoine... les noms des marchandises supposées l'enrichir étaient aussi évocateurs que les prénoms de ses conquêtes, Juana, Yolanda, Francisca, Rafaela…

– La Fortune, monsieur, est de mon côté, je le sens.

Ainsi concluait-il toutes ses histoires de trafic, sans que je puisse deviner s'il mettait ou nom une majuscule au mot « fortune ». D'ailleurs, je n'ai jamais su pourquoi il était si avide de réussir en ce Nouveau Monde. Il avait pourtant des espérances dans le Berry, disait-il lui-même volontiers quand cela le servait, des biens dont il hériterait à la mort de son père. S'il avait demandé à son cousin Louis Godin, notre chef d'expédition, de l'accompagner en Amérique, c'était, disait-il encore, par passion de s'instruire. Cependant, depuis son départ de France, il semblait intéressé surtout par deux domaines peu liés aux sciences, les femmes et le commerce, l'un dans lequel il excellait et l'autre… ma foi, beaucoup moins. Je le savais pour avoir été son confident dans toutes ses entreprises, réussies ou ratées.

À celle qu'il voulut me décrire, le jour de nos retrouvailles, je répondis qu'il m'était impossible de sortir de mon couvent tant que je n'aurais pas mes bagages. Il parut peu sensible à ma réponse ; encore moins que les autres, il voyait l'utilité de mes frusques. Et, je le confesse, j'eus du mal à résister à le suivre ; ses descriptions m'avaient mis l'eau à la bouche.

Je fis bien, cependant. Au bout de quelques heures, toute la ville savait qu'un grand seigneur français se cachait chez les jésuites et, le temps que mes bagages arrivent, je tenais salon dans mon collège comme nos dames dans leurs alcôves – en déshabillé, en quelque sorte.

*
* *

Je relevai le menton. Jean était de nouveau là – l'ange aux épaules de cuirassier. Mais ce n'était plus le même Jean ; pour la première fois, je vis que sa blondeur était ternie, que ses lèvres étaient marquées de rides. Il portait un habit de bourgeois sage et simple, mais une cravate de batiste rehaussait son teint chaud de voyageur et sa beauté d'homme mûr.

– Vous dormiez ? demanda-t-il.

– Une simple rêverie.

Jean ne m'avait pas connu rêveur. Il marqua son étonnement d'un instant de silence puis reprit :

– Don Pedro se joindra à nous dès qu'il se sentira assez fort pour vous revoir. Il est très ému, vous le pensez.

– Et Doña Isabel, quand aurai-je le plaisir… ?

– Mon Dieu, monsieur, mon épouse, hélas, n'est plus la femme que vous avez connue…

– Je m'en doute. Trente années ont passé depuis mon départ de Quito.

– Ce n'est pas cela. Vous avez lu ma *Relation* ?

– Oui, mais elle n'a pas totalement comblé ma curiosité.

– Je croyais, monsieur, avoir satisfait à ce que vous désiriez…

Je sentais à sa voix qu'il était comme l'élève auquel on reproche une faute qu'il sait avoir commise. Son bonheur de me revoir en devenait incertain. Dans un corridor obscur de son esprit, il s'interrogeait sur la raison de ma présence. Il s'effarait, il s'inquiétait : « Va-t-il me demander de recommencer ? Va-t-il chercher à en savoir plus que je n'en ai dit ? » C'est pourquoi il me répéta avec de l'insistance dans la voix :

– Je vous ai écrit pourtant tout ce que je savais… Les détails où je suis entré m'ont beaucoup coûté, nous aimerions tout oublier.

– Sans doute, mais étant dans une région voisine, j'ai voulu rendre à Doña Isabel l'hommage que son calvaire et son courage méritent. Et remplir les vides de votre récit au moyen de quelques questions.

Je changeai de ton, redevins le maître que j'avais été pour lui trente ans plus tôt :

– Jean, dis-je, je compte interroger Doña Isabel.

Il se leva brusquement, et je craignis, un instant, qu'il ne s'offusque, qu'il me demande compte d'un mot si choquant. C'eût été humiliant. Bien que pas tout à fait nouveau pour moi car, sans aller jusqu'à la mort que prophétisait Charlotte, ma curiosité indiscrète m'a bien souvent conduit à la vexation. Ainsi M. de Choiseul, alors notre ambassadeur à Rome, m'a-t-il en 1756 prié de quitter son bureau après m'avoir surpris en train de fouiller dans ses papiers – pourtant, je ne pourrais dire ce que j'y cherchais, ni même si j'y cherchais quelque chose en particulier !

Mais Jean ne songeait pas à se fâcher. Plutôt embarrassé qu'irrité, il se mit à marcher lourdement. En trois grands pas, il fut à la porte-fenêtre, dont il ouvrit bruyamment les deux battants en un mouvement si brusque qu'un courant d'air entra dans la pièce, chargé de l'odeur des roses ; tel était son élan qu'il semblait décidé à sortir dans le jardin comme sous l'effet d'un coup de chaud.

Aujourd'hui que j'en fais le récit, je comprends qu'il ne s'agissait pas, comme je l'ai cru alors, d'un accès de nervosité qui montrait que je conservais tout mon ascendant sur lui, mais bien d'un signal.

Le temps que je cherche les mots pour l'apaiser, il était déjà revenu dans son fauteuil, où il s'installa à peine, le postérieur sur le bord, en homme prêt à fuir. Il posa ses larges mains sur les genoux, se racla la gorge. Enfin, il parla.

Mais je n'entendis rien.

Il ignorait encore ma surdité. Je ne réagis pas tout de suite, pourtant. Cet entre-deux me donnait le loisir de profiter de sa simple présence, de me laisser flotter sur sa voix… Combien de fois avions-nous vécu cette situation, lui parlant, moi écoutant ? Cependant, les mots qui me parvenaient étaient moins gais qu'autrefois : « … toujours triste… ses malheurs… toujours présents… elle m'a tu les détails… elle ne voulait pas… »

Ces bribes me révélaient que Jean expliquait l'absence de son épouse. Il fallut bien avouer :

– Jean, je suis sourd comme un pot.

– Vous me voyez confus.

– Ne le soyez pas, vous n'y êtes pour rien, mais articulez. Habituellement, j'affecte d'entendre et je réponds selon ma fantaisie. Cependant, ce que vous dites m'importe.

Pour l'encourager, je sortis mon cornet de ma poche. Avec empressement, il fit grincer son fauteuil sur les dalles pour s'approcher de moi. Puis il répéta ce qu'il venait de me dire, et cette fois, j'écoutai attentivement.

– Quelques soins que l'on se donne pour égayer mon épouse, commença-t-il, elle est toujours triste ; ses malheurs lui sont toujours présents. Que ne m'a-t-il pas coûté pour tirer d'elle les éclaircissements dont j'avais besoin pour vous les exposer ! Et je pense qu'elle m'a tu, par délicatesse, des détails dont elle voudrait perdre le souvenir et qui ne pouvaient que m'affliger. Elle ne voulait même pas que je l'interroge…

Je ne pus m'empêcher de lever les sourcils. Pensait-il me décourager en arguant de la délicatesse de Doña Isabel ?

Le résumé de l'aventure – une femme a survécu seule dans la forêt amazonienne, là où sont mortes sept personnes – pouvait faire douter que Doña Isabel soit si délicate ; tout démontrait au contraire qu'elle ne l'était pas. Pourquoi Jean me faisait-il de tels contes ?

Je demandai d'un ton innocent :

– Pensez-vous que Doña Isabel se souvient combien j'aime traquer la vérité, vérifier, comparer, observer ?

Jean laissa échapper malgré lui un énorme soupir. Lui, en tout cas, s'en souvenait. Cela pouvait expliquer pourquoi il avait emmené son épouse directement de La Rochelle à Saint-Amand sans passer par Paris, où j'étais.

Au gros soupir succéda une flatterie à laquelle il me savait sensible :

– Vous aviez cette réputation. À Quito, avant même que vous soyez sorti de chez les jésuites, on se racontait déjà l'anecdote du siège de Rosas…

Un sourire de moi l'encouragea à la raconter une fois de plus.

– L'année de vos dix-huit ans, commença-t-il, quand vous serviez dans l'armée, en Espagne… Et que, devant la ville de Rosas, vous étiez monté sur une colline particulièrement exposée aux boulets parce que là était le meilleur point de vue pour observer le siège.

J'ai de l'affection pour cette histoire ; c'est le plus souvent par mes soins qu'elle me précède partout où je vais. Oui, j'ai de l'affection pour le jouvenceau de la colline. Vous, lecteur, qui vous moquez de mon entregent et de mes mondanités, reconnaissez que le jeune homme de dix-huit ans ne pensait pas, en agissant ainsi, à se tailler une réputation. Il ne pensait à rien ; il était tout entier projeté dans le spectacle révélé par les lentilles de sa lorgnette.

– Connaissez-vous la fin de l'histoire ? dis-je à Jean. Je fus sauvé par l'officier qui commandait sur cette colline. Il m'ordonna de descendre, non pour mon bien, mais parce que le manteau d'écarlate que j'avais par-dessus mes habits était cause qu'une batterie avait pris la colline pour cible. Il faut bien l'admettre : cet exemple de sotte témérité a nourri ma réputation de distrait autant que celle de curieux.

– Et de brave. Une bravoure mise au service de la passion d'apprendre…

Je l'arrêtai d'un geste. La flatterie devenait encombrante. Il s'interrompit et se fit plus subtil :

– Mon Isabel n'a rien oublié de vous. Elle rougirait de la confidence que je vais vous faire, aussi la fais-je en son absence : elle n'était qu'une enfant lorsque nous sommes arrivés au Pérou, en cette année 1736, et pourtant, elle m'a dit souvent que votre nom était le premier qu'elle avait entendu.

Cette réponse rejoignait si bien ma reconstruction du passé qu'aujourd'hui, je me dis que je l'ai peut-être inventée – j'entends si mal… Il poursuivit, me voyant enchanté :

– Cela n'avait rien d'étonnant après tout. Rappelez-vous… quand vous étiez chez les jésuites, à attendre vos bagages…

Jean avait raison. Quel moment de jubilation ! Je n'allais pas à l'Amérique, l'Amérique venait à moi.

*
* *

Cela avait commencé quelques jours seulement après mon arrivée à Quito, à l'occasion d'une messe.

Je ne crois pas que les offices de mes jésuites étaient très courus, à Quito. Mais quand on sut que j'étais chez eux, l'affluence y fut grandissante. Entrevoir le seigneur français qui se cachait… c'était devenu un but de promenade.

Je restai obstinément derrière un pilier de la chapelle, n'ayant toujours pas de costume digne de moi ; cependant, j'avais conscience d'être le centre de l'assemblée – de quoi faire pâlir Notre Seigneur, dont on voyait l'effigie (encore plus mal lotie que moi en matière de costume) sur un immense crucifix pendu dans le transept. On affectait de respecter mon incognito, mais les têtes se tournaient comme attirées par un aimant. Et moi, je feignais de n'en voir aucune tout en les observant toutes.

Les femmes, surtout, excellaient à ce jeu de cache-cache. Œillades en ligne de fuite, espionnage de résille… Leur tenue était propre à ce genre d'amusement. La grande mante noire qui les enveloppait des pieds à la tête jusque sur la moitié du visage glissait aisément sur les épaules si la main ne la retenait pas. Un rai de lumière tombait sur une rose rouge, une croix d'or, une mouche au-dessus d'une lèvre. Je n'avais rien vu. Je chantais avec entrain, les yeux levés sur Notre Seigneur.

Enfin, un jour, à la fin de la messe, un fidèle m'approcha et susurra dans un français rocailleux :

– Je respecte votre discrétion, mais je ne résiste pas au plaisir de vous faire savoir toute l'admiration que j'ai pour vous ; j'ai hâte que vous puissiez honorer la demeure de ma famille de votre présence, et nous raconter tous les dangers que vous avez courus pour traverser ces montagnes jusqu'à nous.

Lequel était-ce ? Je ne sais plus. Le marquis de Maenza, le marquis de Lizes, Don Joseph Davalos ou Don Fernando Guerrero ? Les grands noms de Quito. Tous, dès lors, vinrent se présenter, et toujours de telle façon que la moitié de moi qui était restée dans mes malles ne pouvait s'en trouver offusquée. Ils étaient la courtoisie incarnée. Je présentais chaque fois des excuses d'être encore invisible, promettais de venir rendre mes devoirs sitôt que je pourrais retrouver mes bas de soie et mes manchettes de valenciennes. Et je m'échappais, passant le reste du jour à lire ou à parler latin avec mes jésuites.

Est-ce à cette occasion que j'ai rencontré pour la première fois les Grandmaison ? Certainement… Comme je l'ai évoqué, les Grandmaison étaient entichés de France et riches. Don Pedro était corregidor. Il pensait avoir trouvé en moi un compagnon, puisque j'étais français et d'une famille de receveurs des finances – certes à demi ruinée par le système de Law, mais cela même ne pouvait que le séduire : il en aurait fait autant. Nous étions gens d'argent, tous deux. D'argent, et d'aventures.

C'était une autre raison pour que l'écho de mon nom soit parvenu jusque dans le couvent où la jeune Isabel était enfermée. Les demoiselles du Pérou sont doubles, ombre et lumière, femmes et enfants – quel que soit leur âge. Trop pressées de grandir quand elles ont neuf ans, et confites dans l'enfance quand elles en ont trente. Elles ne quittent les lisières que pour d'autres liens, ceux que leurs mères ont passés au cou d'un homme bien né et bien fortuné. Elles connaissaient, j'en suis sûr, l'identité de tous les humains du sexe fort entre vingt et cinquante ans couchant dans l'enceinte de la ville. Notamment celle des étrangers venus d'Europe, prisés plus que tous les autres, parce que non suspects d'avoir en eux du sang indien. Je parie que les Grandmaison eux-mêmes s'étaient fait un devoir de dire à leur fille cloîtrée qu'il y avait en ville un étranger noble et français de surcroît.

Cependant, je n'ai pas en mémoire cette première rencontre avec la famille Grandmaison. Je ne faisais pas d'effort pour retenir les noms qu'on me donnait, puisque le temps des présentations officielles était encore à venir. Et ces visages étaient tous pareils. L'ombre de l'église y mettait des contrastes anormaux, faisant les joues et le front plus pâles, et les cernes plus bistre ; pour un peu, je me serais attendu à ce qu'ils portent encore la fraise, comme sur les portraits du Greco.

*
* *

La mémoire est une magicienne qui produit des artifices troublants. J'en étais là de mes souvenirs quand, dans le salon vert de Jean Godin des Odonais, à Saint-Amand, une apparition traversa les brumes de mon champ de vision. Une de ces figures crayeuses, celles-là mêmes qui me visitaient dans le couvent des jésuites quand j'y attendais l'arrivée de mes bagages.

Dans ce salon de province aux couleurs douces fait surtout pour une digestion tranquille, l'apparition avait aussi peu de chair qu'un fantôme ; il me semblait voir au travers.

L'apparition parlait :

– Monsieur dé La Condamina… Quelle joie dé vous rrevoirr…

3

Don Pedro… J'avais imaginé le voir, et il était devant moi.

À travers le flou de mes yeux, il m'apparaissait comme un crâne sur une peinture flamande. Les nobles créoles du Pérou sont si attachés à garder leur peau blanche et cachent si bien leur teint sous la céruse qu'ils finissent tous dans leur vieil âge par avoir ces allures mortuaires. Sans doute les deuils supportés par le vieil homme avaient-ils encore accentué cet effet. Je remarquai qu'il portait un rosaire autour du cou. Un bijou de grains d'or, ostentatoire, selon la mode créole.

– *¡ Santa María Madre de Dios !*

Il s'écroula dans le fauteuil à côté du mien et mouilla de ses larmes ma main, qu'il portait à ses lèvres. Plus haut, des reniflements me signalaient que Jean suivait respectueusement son beau-père dans ses épanchements. Comment interrompre cet accès d'humidité ?

– Jean, lui dis-je, m'a écrit que vous aviez retrouvé une famille, à Saint-Amand.

Il ne lâcha pas ma main, mais cessa de s'y moucher et se dressa sur sa nuque. J'ai évoqué son accent, désormais j'en épargnerai à mon lecteur l'effet comique, mais lassant. Sa gravité était plus notable encore.

– J'y attends la mort entouré de tendresse, quoique avec quelque hâte.

– Voyons, Don Pedro, vous devez vivre encore pour ne pas ajouter aux peines de Doña Isabel.

– Ma fille sait ce que c'est, que de désirer mourir.

– Vous me laisserez la revoir, je l'espère, avant qu'elle ne prive le monde de sa présence charmante.

Ma légèreté, d'ordinaire, sème sur les visages des sourires au mieux enchantés, au pis indulgents, mais il me sembla que, cette fois, elle avait été imperceptible – trop légère, si j'ose dire.

Don Pedro abandonna ma main pour agripper le rosaire passé autour de son cou, et dit d'un ton qui sentait déjà la tombe :

– Du moins m'écoutera-t-elle plaider votre cause.

Je m'irritai. Devrais-je repartir sans l'avoir vue ? Personne, jamais, n'avait mis ma curiosité en échec, sauf les Amazones. Et puis, la survenue du vieil homme ne faisait pas mon affaire. J'étais là pour une enquête. Or la délicatesse m'empêchait de questionner Jean devant lui sur une affaire dans laquelle avaient péri ses deux fils et un de ses petits-fils.

Jean, au contraire, semblait ravi de ne pas être mis à la question.

– Nous évoquions l'arrivée de M. de La Condamine à Quito.

Un hoquet qui pouvait passer pour un rire lui répondit. Don Pedro se pencha vers moi et dit d'une voix trop forte (il devait être un peu sourd, lui aussi) :

– Nous avons joué de bons tours au vice-roi, vous et moi, n'est-ce pas ?

« De bons tours »… Par le diable ! Je n'avais pas eu du tout l'intention d'évoquer ces bons tours. Ni dans mes livres ni dans mes conversations, je ne les mentionnais jamais ; aux yeux des Français, j'étais un savant et un découvreur, rien d'autre. Je pensais ne plus jamais revoir personne qui ait eu connaissance de mes autres qualités, plus pratiques ; il fallait que ce damné vieillard... Avait-il exposé à son beau-fils le détail des bons tours en question ? Je le prévins à demi-mot :

– Je ne m'en suis pas trop vanté, depuis mon retour.

– Moi non plus, dit-il sobrement, montrant par là qu'il m'avait compris.

Trop tard. Jean avait saisi que les allusions l'excluaient de l'entretien. Il essayait tout de même de s'y raccrocher :

– Vous évoquez ces dentelles que vous avez vendues, n'est-ce pas ?

Don Pedro hoqueta encore plus fort, et je m'empressai de répondre avant que son beau-père périsse étranglé de rire.

– Oui, bien sûr. Nous nous sommes bien amusés, mes amis de Quito et moi, quand mes bagages sont enfin arrivés de Guayaquil.

– Vos bagages ! s'esclaffa Don Pedro.

*
* *

Mes bagages, à Quito. Des habits de drap, des habits de gros de Naples, des habits de velours, des habits de peluche, des fracs à coqueluchon, des fracs à la bavaroise, des culottes de calmande, des culottes de satin de soie, des manteaux à l'italienne, des gilets de tricot, des tresses d'or, des galons d'argent, des bas de soie, blancs, gris, rayés, beaucoup de bas de soie. Soies peintes et soies brodées. Des perruques. Des manches de dentelle, des cravates. Des bottes et des souliers, encore des bottes et des souliers, des cannes, des chapeaux de feutre, des dentelles et encore des dentelles, des fusils… Et puis mes bijoux, des épingles, des médailles, des boutons de diamant, des…

– Oui, mes bagages.

Je souris en réponse à Don Pedro. Et nos regards en se croisant firent apparaître entre nous une scène dont je me souvenais fort bien à présent. Et qu'il revivait pareillement.

Nous étions dans la demeure des Grandmaison, un jour de l'été 1736. Mes bagages étaient arrivés, enfin, et mes devoirs rendus au vice-roi, le marquis de Villagarcia. J'avais commencé d'accepter les invitations des grandes familles curieuses de me voir. Comme la demeure des Grandmaison était une des plus riches, à Quito, elle avait été parmi les premières danslesquelles je m'étais montré.

Étranges endroits que ces maisons… On se demandait chaque fois qu'on les longeait s'ils étaient palais ou prisons. Une muraille aveugle était seule visible. Puis, soudain, un bourgeonnement minéral autour d'une porte cloutée, un enchevêtrement de symboles de puissance sculptés dans la pierre, autour de l'unique ouverture. À Quito, la splendeur des familles n'était pas déployée vers l'extérieur. Comme dans un coquillage, elle était toute tournée vers l'intérieur.

Une fois passé la porte cloutée, on se trouvait vite dans une cour bordée de galeries de bois et pavée de galets de rivière. Là palpitait le cœur de Quito.

– Monsieur de La Condamine !

Ah, le friselis que provoque la renommée d'un arrivant sur une petite foule qui l'attend, comme une brise sur une mer calme… Doux souvenir que celui de ces réceptions données en mon honneur. J'étais le héros de l'histoire, oui.

Guirlandes de jasmin, fontaines moussues, pyramides de grenadilles et d'avocats, bois précieux sombres et lourds, étoffes brochées… Les réceptions étaient honorables, les pâtisseries surtout – maintenant que je suis un vieil oiseau au bec sucré, je m'en veux de n'avoir pas plus profité de ces friandises baroques, et saintes.

– Beignets au miel saupoudrés de paillettes d'or, *mazamorra* au carmin, confiture de volaille au lait d'amandes… Goûtez-les. Elles sont l'œuvre des nonnes, ici, à Quito, qui rivalisent dans l'art pâtissier.

Le faste suppléait à l'art, en ces lieux. Seuls leurs tapis étaient véritablement admirables, venus du Chiloé et tissés à la façon de Turquie. Le reste croulait d'or : la vaisselle, les miroirs, les boiseries, les pots de fleurs, les crucifix et les madones… Jean ne s'était pas trompé : au Pérou, même les femmes semblaient trempées dans l'or.

Bien qu'averti, j'avais été surpris par leur apparence. Une fois les longues mantes noires empilées dans le vestibule, ce qui était caché dessous déambulait dans le patio, dans les escaliers, sur les galeries… Des poupées de velours noir et de velours rouge, mantilles et guipures, jupons et jupes au galon de dentelle, broderies d'or, médailles d'or, boutons d'or…. Tout cela assez court pour que, sous les falbalas, les jarretières semées de perles, les bas de soie blanche et les pieds chaussés de satin soient visibles – si petits qu'ils semblaient incapables de soutenir l'ensemble, ce qui achevait de faire ressembler ces créatures à des pendeloques. Le spectacle inspirait cette pensée : aussi ventrus qu'aient été les navires espagnols qui deux siècles durant avaient rapporté vers l'Europe les trésors des souverains incas, ils en avaient laissé dix fois ce qu'ils avaient emporté, me semblait-il.

Et semblait-il à Jean.

Je l'avais emmené avec moi chez les Grandmaison, mon double à figure d'Apollon. Il souriait et riait tant qu'il pouvait, je me rappelle. Je me rappelle aussi que, déjà, on ne s'adressait pas à lui comme au porte-chaîne qu'il était. Il avait dû se présenter comme le neveu de Louis Godin ou sous son nom de Saint-Amand : Godin des Odonais. De toute façon, tous nos gens étaient devenus nobles du seul fait d'être français, et c'est pourquoi on nous invitait toujours tous.

Les femmes les plus dignes demandaient à être présentées à lui. Certaines étaient assez audacieuses pour le frôler par mégarde en descendant l'escalier qui menait aux galeries. Jean marmonnait des excuses en s'inclinant à reculons, et les dames en profitaient pour pointer une pantoufle minuscule. Elles ignoraient que nous, Européens, sommes beaucoup moins sensibles que les Péruviens au pouvoir échauffant du pied des femmes. Ce qui importait peu puisque Jean se comportait comme si tout, dans cette soirée, avait sur lui un pouvoir échauffant : les pâtisseries autant que les pantoufles, les épices autant que l'eau-de-vie. Ses yeux brillaient de fièvre, la fièvre d'un désir qui ne doutait pas d'être bientôt assouvi.

– Surveillez vos poches, Jean, lui dis-je, si vous ne voulez pas y trouver un éventail, tout à l'heure.

– Je me sens d'humeur à rendre son éventail même à la reine d'Espagne, ce soir !

Chacun de nous deux faisait commerce de ce qu'il avait, déjà. Lui de sa belle figure, moi de mes dentelles.

Car ce fut ce soir-là que commença mon affaire.

Nos finances étaient fort basses, rappelez-vous. Je m'étais donc vêtu richement. J'avais un habit de drap bleu rebrodé de paillons de nacre et son gilet assorti.

Telle, mon allure différait considérablement de celles des mes hôtes. Leurs basques étaient trop courtes, leurs culottes trop larges, leurs perruques trop bouclées et trop peu poudrées. Ils ne le savaient pas avant de me voir mais, me voyant, ils en prirent cruellement conscience. Aussi l'intérêt que j'éveillai n'était-il pas dû seulement à ma traversée des Andes. La longueur de mes pleureuses – ainsi appelait-on, ces années-là, les longues manchettes en dentelle fine – me rendait encore plus intéressant.

Des petits maîtres tournaient autour de moi comme les mouches autour du miel. Enfin, l'un d'eux osa me faire compliment sur un point de ma tenue, ma cravate ou mon gilet, que sais-je…

Ma réponse était toute prête :

– Nous donnerions jusqu'à nos chemises pour avoir un peu de crédit et mettre en œuvre nos travaux scientifiques, qui sont le but de notre voyage.

La suite se fit sans avoir à y réfléchir. Je donnai en effet jusqu'à mes chemises en échange de piastres du Pérou. Mais comme j'en avais emporté des malles pleines, le sacrifice n'était pas bien grand.

Les transactions se faisaient chez les jésuites où j'avais pris demeure en attendant mieux ; il était entendu que je ne m'en mêlerais point, et c'est un domestique que j'avais engagé qui se chargeait de déballer mes malles. Des messieurs et même des dames venaient dans ma chambre comme conduits par le hasard et s'en repartaient avec une pièce de batiste, une ruche de satin brodé, ou, plus substantiel, un fusil de prix, un brillant monté en bague, et une croix de saint André enrichie de quelques diamants…

Bien sûr, un académicien, noble de surcroît, n'était pas censé faire ce genre de commerce ; si la chose s'était sue à Paris, j'aurais été radié de l'Académie des sciences. Mes confrères savants, compagnons de l'expédition, se gardèrent bien cependant d'en informer notre institution mère – après tout, ils en tiraient profit directement. Ainsi tout le monde était satisfait. Sauf l'administration du roi d'Espagne. Si la discrétion était nécessaire, ce n'était pas seulement par égard pour mon statut d'académicien, mais aussi et surtout par égard pour la douane espagnole. « Les *chapatones* sont obsédés de contrebande, m'avaient averti mes amis créoles. Ils voient une fraude dans le moindre échange de mouchoir. »

Les *chapatones*: c'était ainsi que les Créoles appelaient les Espagnols.

Espagnols, Créoles, Indiens, esclaves, c'est le moment de décrire les figurants de nos comédies et drames exotiques. Y aurait-il eu seulement drames et comédies si la société de Quito n'avait pas été séparée en quatre castes étanches ? Faute de l'avoir compris, un de nos compagnons, le médecin Seniergues, allait en mourir.

Les Espagnols, d'abord. Ils étaient les maîtres. Ils représentaient le roi d'Espagne dans sa lointaine colonie, son bras armé – armé de fer mais aussi de plume, car l'ordre était plus judiciaire que militaire, sans être moins dur. Ils vivaient dans le luxe et la méfiance, conscients des colères qu'ils suscitaient en captant au seul profit de Madrid les flux d'or et d'argent qui s'écoulaient des Andes, et, plus encore, en empêchant tout commerce avec d'autres royaumes que l'Espagne. Leurs regards étaient inquiets et soupçonneux, leurs mains avides… Quelques-uns d'entre eux semblaient de vrais gentilshommes, mais ils avaient des tentacules cachés : les fonctionnaires dispersés et multiples, énormes ou minuscules, tous sinistres et tous rattachés à un genre de tribunal dont le nom était l'alpha et l'oméga des problèmes de l'Amérique espagnole : l'Audience royale – *la Audiencia real*.

Les Créoles étaient leurs sujets. Mais en même temps des égaux, jaloux de leurs droits et pleins d'orgueil. Nés dans les Andes, certains descendaient des premiers conquistadors, tous portaient un nom espagnol et cachaient les traces de sang indien que des aïeules pas toujours identifiables avaient laissées dans leurs veines. Le système des colonies leur interdisait de faire prospérer librement cette terre qui était leur terre natale. C'était donc dans le secret et la colère qu'ils en pompaient les richesses, ou dans le rire, quand ils pouvaient jouer aux *chapatones* un bon tour. Ils admiraient et détestaient tout ce qui venait d'Europe – une ambiguïté dont nous ferions les frais.

Les Indiens étaient les vaincus. Un peuple qui me semblait incompréhensible, insaisissable, inconsistant, inconstant… Les signes de leur puissance passée étaient pourtant partout : ruines, mines, langue, mais j'étais incapable d'associer ces pierres à ces visages, d'imaginer qu'ils avaient été jadis des seigneurs. Aujourd'hui, je me rends compte que j'ai manqué de pénétration, mais à l'époque, je ne pensais qu'aux dangers que me faisait courir leur versatilité. Ils apparaissaient comme une peinture qui s'écaille, lentement. Ils étaient tristes et troublants.

Les esclaves nègres, au contraire, étaient nos plus solides compagnons. Sans eux, rien n'était possible. Ils étaient la pierre angulaire et invisible de cette colonie. Nous en parlions moins que des Indiens, en raison même de leur efficacité. Dans nos écrits, leur travail est en creux. Mais les rares noms qui y apparaissent témoignent du rôle qu'ils avaient auprès de leurs maîtres.

Espagnols, Créoles, Indiens, esclaves, ces quatre castes se croisaient sans cesse, partageaient les mêmes rues, les mêmes demeures, et se mêlaient de temps à autre pour forniquer. Cependant, l'existence de chacun de leurs membres tournait autour du sentiment de leurs différences.

Doña Isabel était une jolie incarnation de mon propos ; l'idée me vient aujourd'hui, alors que je n'y avais pas songé sur place. Elle portait un nom français, descendait par sa mère d'un conquistador et d'une princesse inca, avait sucé le lait d'une nourrice indienne qui lui parlait en quechua, et confiait sa vie à un esclave nègre devenu son ange gardien. Pourtant, elle pensait n'avoir rien à faire avec tous ces humains : Espagnols, Indiens, Nègres.

À la réflexion, elle n'était pas plus à son aise avec les Créoles. Du jour où nous, les dix voyageurs français, sommes arrivés à Quito, elle n'a plus eu un regard pour eux non plus.

*
* *

Don Pedro soupira.

– Vos dentelles… comme ce souvenir me ramène à des jours heureux ! J'en avais acheté, bien sûr. Ma femme et ma fille les portaient, je m'en souviens. Retaillées pour elles, bien sûr. *¡ Ay, por Dios !* Cela est si loin, et pourtant, il me semble que je peux les voir, devant moi, la mère et l'enfant, si fières de leurs ornements qu'elles avaient là, et là…

Sa main de squelette suivait un itinéraire tremblant d'une épaule à l'autre pendant qu'il parlait. Aussi incertain que soit son simulacre, il créait les images féminines des deux Créoles en décolleté, la gorge voilée de gaze et d'arabesques.

Le détail était frivole, mais Don Pedro en était inconscient, tout à sa nostalgie du bonheur perdu. J'avais vendu mes frusques pour alimenter les caisses de l'expédition ; des dames les avaient découpées pour en agrémenter leurs robes, leurs dessous, leurs oreillers, peut-être. Quoi de plus dérisoire ? Pourtant, je ne pouvais empêcher mes sens de naviguer sur ces bouts de dentelle. Je les avais fait emballer à Paris, je les avais déballés à Quito. Ils étaient allés de mes chemises jusque sur celles d'une petite vierge sur le point de sortir du couvent.

Je m'étonnai avec ravissement :

– Les religieuses ont autorisé votre fille à porter ces pièces de vêtements venues d'un homme ?

Un instant de silence me révéla qu'il découvrait l'incongruité de la chose. Il fit cliqueter son rosaire, et concéda :

– Je n'y ai jamais pensé ! Pourtant, vous avez raison… Il est vrai que c'était dangereux, ces petites filles… parlaient de vous… J'aurais dû être plus prudent.

Don Pedro resta pensif un instant, puis ajouta en inclinant la tête vers moi :

– À moins que mon épouse l'ait fait à bon escient. Vous étiez un parti qu'elle souhaitait.

Un ange passa. Je lui imaginai le visage d'une petite fille voilé de gaze… Je n'avais pas su ces projets de Mme de Grandmaison, et peut-être Don Pedro les inventait-il à l'instant. Cependant, leur énoncé fit sur Jean un grand effet. Je voyais ses joues se marbrer de rouge, je sentais cogner contre moi les ondes de son humiliation.

Il se racla la gorge et grogna :

– Ce ne pouvait être qu'avant…

– Avant quoi ? demanda sottement Don Pedro.

Jean rougit plus encore et cacha ses mains sous son derrière sans répondre. Cependant, je pouvais compléter à sa place ce qu'il avait osé commencer et non finir :

– Que Doña Isabel ait vu ma figure.

Un silence accueillit ces mots. L'ange passait dans l'autre sens, et je lui trouvai des allures de frelon, maintenant.

– Vous prendrrez une tasse de tchocolaté ? demanda soudain Don Pedro avec un accès d'accent.

– Volontiers. Je deviens gourmand, avec l'âge.

Il tendit la main vers la poignée de la clochette posée sur le guéridon le plus proche de lui, la secoua longuement, mais le silence revint tout de même, glacé. Après quelques instants, une table apparut entre nous, apportée par une de ces servantes aux joues rouges qui sentaient la pomme. Sur cette table, un plateau chargé de bols blancs et d'un pot en grès.

– Nous avons commandé un service à chocolat, s'excusa Don Pedro, mais il n'est pas encore arrivé. Il faudra du temps pour civiliser ce pays.

Je ne répondis pas et pris entre mes mains le bol fumant.

L'ange infernal s'attardait entre nous ; je ne faisais rien pour le chasser. Je me taisais au contraire, pour laisser à Jean le temps de se punir lui-même de sa bêtise ; je nageais dans le noir de ma vie, en deuil de moi-même.

*
* *

Isabel n'avait pas encore vu la figure de M. de La Condamine, et c'est pourquoi elle rêvait de lui. Mais un jour elle la vit. Quand cela ? Aussitôt après qu'on l'a sortie du couvent, sans doute, sur le chemin de la messe, sans doute. Quel âge avait-elle alors ? Onze ans… L'âge d'être bientôt mariée, au Pérou.

Elle marche à côté de sa mère, enveloppée de la même mante noire, précédée de quelque esclave, suivie de sa nourrice. Au-dessus des toits de tuile de Quito, au loin, elle voit les nuées qui pèsent sur les cordillères des Andes, une à l'est et l'autre à l'ouest, et une autre plus lointaine, au nord. Mlle de Grandmaison pourrait se satisfaire de sa vallée ; c'est la plus belle du monde. Mais la muraille des montagnes en fait une prison, pense-t-elle, plus encore que les grilles du couvent.

Elle regarde le bout de la rue. Un homme vient, au loin. Sa mère lui chuchote de se tenir droite, inutilement car la pucelle a déjà deviné. C'est lui. Aucun homme à Quito ne porte des habits de cette coupe, si bien pincés à la taille, ni de ces perruques à catogan… Une épée traverse les basques de l'habit. Un chapeau noir aux trois larges bords cache ses traits.

Il approche, il va croiser les deux Créoles et leurs domestiques. Il relève la tête. Les yeux d'Isabel s'écarquillent. Elle le voit, enfin. Mais il n'a pas de visage.

À la place des joues, du nez, du front, la petite fille a entrevu un mufle sans expression. C'est un homme au masque de lion. Charles de La Condamine, le prince des voyageurs, est une bête.

*
* *

Jean n'avait pas voulu me blesser en faisant allusion à mes traits ravagés par la petite vérole, je ne le pense pas, même aujourd'hui… Je m'étais moqué moi-même tant de fois de ces horribles cicatrices. Lorsque, autrefois, il me confiait ses fredaines, il savait que ma laideur était cause que je devais me contenter des plaisirs de l'imagination, et s'il se montrait plus benêt qu'il n'était, c'était pour que je puisse me réjouir sans que mon amour-propre en souffre – sa naïveté le rendait comme transparent, et ainsi je pouvais faire l'amour à sa place tandis qu'il me détaillait ses victoires. Ami, amie qui me lisez, soyez indulgents : je m'interdisais de courtiser les dames pour ne pas leur faire horreur, mais je n'en étais pas moins né homme et bien constitué ; j'étais simplement défiguré.

Je n'avais pas vingt ans le dernier jour de ma maladie. Et mon faciès était celui d'un cadavre boursouflé. Devant le miroir, j'ai regretté alors de n'être pas vraiment mort. Regret fugace. Les plaies de la petite vérole se sont refermées une à une, et j'ai vécu dix vies plutôt qu'une. Mais la blessure de la honte ne s'est jamais refermée.

Pourquoi Jean, qui le savait, qui si longtemps et avec tant de finesse avait feint de ne pas comprendre pourquoi je me régalais de ses récits grivois, avait cru bon, ce jour-là à Saint-Amand, d'y mettre le sel d'une méchanceté ? Parce que Don Pedro l'avait humilié. Il avait rappelé que son épouse avait pu souhaiter un autre mari que Jean Godin des Odonais pour Isabel, leur fille aînée, leur petite reine, la prunelle de leurs yeux. C'était un vilain jeu entre eux deux, je n'avais pas à en être victime. C'est pourquoi je me taisais.

J'en profitai pour monter à mes lèvres la tasse de chocolat ; la saveur en était forte, épaisse, à l'espagnole. La faïence et le grès lui convenaient mieux que la plus fine des porcelaines. Le bord rond du bol ajoutait à mon agrément. Je savourais.

Des tintements nerveux m'avertissaient que mes hôtes m'imitaient avec moins de plaisir. Ils cherchaient comment réparer leur bévue, et moi, je me contentais de les laisser chercher.

Un bruit, tout à coup, vint ajouter au trouble.

Une vibration… La même que tout à l'heure. Ce genre de son que les sourds perçoivent sans les entendre. Il venait d'en haut, bel et bien… Une personne marchait au-dessus de nos têtes. Je me concentrai avec une émotion nouvelle sur ce signe d'une présence cachée. Mon enquête, si anodine *a priori*, devenait inquiétante. Le témoin principal prenait les dimensions d'un fantôme insaisissable.

Cependant, mon silence leur était si pénible que, bientôt, mes deux hôtes me semblèrent enclins à lui préférer n'importe quelle parole. C'était le moment.

Je reposai la tasse, sortis un mouchoir de ma manche, en tapotai mes lèvres, émis un claquement de langue et formulai cette question en espérant qu'ils l'entendraient comme un ordre :

– Doña Isabel daignera-t-elle descendre voir ma figure, malgré tout ?

Un frémissement me répondit. La confusion de Jean était palpable. Il paraissait prêt à tout pour se faire pardonner.

– Monsieur, dit-il précipitamment, ç'eût été avant le drame qu'elle a vécu, elle serait déjà ici à pleurer de vous revoir. Mais…

Il ne s'était pas rendu. J'essayai une autre méthode, tellement dérisoire que j'en ai honte aujourd'hui.

– Ne veut-elle pas me remercier de la caisse d'étoffes et de la robe que je lui ai apportée, de la part de mon épouse ?

– Elle est éperdue d'émotion, croyez-moi, mais…

– Le noir est désormais sa couleur, monsieur de La Condamine.

Don Pedro n'avait trouvé, pour soutenir la défense de Jean, que cette lourde chose. Comme je levais les yeux au ciel, il crut que j'en appelais au Très-haut.

– C'est à Lui seul, dit-il, que nous rendrons compte de nos vanités.

Je me penchai pour mieux distinguer le visage de cet homme qui, quelques instants plus tôt, riait en me rappelant les bons tours que nous jouions aux *chapatones*. Sa face funèbre n'était-elle pas un masque ? Un masque qu'il m'opposait sitôt qu'il s'agissait de faire sortir Doña Isabel de sa réclusion. Mes soupçons se renforçaient.

Ces deux hommes qui se défiaient devant moi se réconciliaient pour m'empêcher de voir la femme que j'étais venu interroger.

*
* *

Je ne perdais rien à attendre. Comme les souvenirs de jeunesse étaient les meilleurs pansements pour nos menues blessures, je revins à mes bons tours :

– Vanités…, dis-je avec un sourire léger. J'ai dû prononcer ce mot quand les juges de l'Audience m'ont demandé le compte de ces frusques que je vendais… De si dignes personnages, s'occuper de dentelles parisiennes !

Ils n'attendaient que cela. Don Pedro répéta sur un ton tout différent du précédent : « Vanités, vanités… », et le rire de Jean résonna dans la pièce, inchangé depuis trente années, ce rire clair de celui qui ne craint pas de montrer ses dents.

– Ah, s'exclama-t-il, ce procès que les *chapatones* vous ont fait pour avoir vendu vos bagages sans payer de droits de douane ! Cette accusation de contrebande qu'ils ont lancée contre vous, cet inventaire qu'ils ont dressé de vos vêtements pour démontrer qu'il y en avait trop pour un seul voyageur, que vous aviez importé du linge ! Cette aisance avec laquelle vous leur avez démontré ce que devait être le train d'un gentilhomme français en représentation… Vous les avez ridiculisés publiquement, monsieur, les oreilles doivent encore leur en cuire.

Don Pedro et moi échangeâmes un regard. Jean n'avait pas compris. Il croyait toujours que la vente de mes dentelles avait été inspirée par la seule urgence de pourvoir aux besoins de l'expédition. Je le mis sur la piste :

– C'est qu'ils avaient lu cette phrase de Colbert : « La mode est à la France ce que les mines d'or sont au Pérou. »

– Ah bon, il a dit cela ?

– Ne dirait-on pas qu'il l'a dit pour parler de notre petit commerce dans le collège des jésuites ?

Je disais « notre » pour lui faire plaisir, et il y fut sensible.

– Nous, les membres de l'expédition, avons tous bénéficié, il est vrai, de votre sacrifice.

– De ma prévoyance.

Le mot était lâché. Jean se figea. Seuls ses yeux remuaient, allant de mon sourire à celui de Don Pedro. Enfin, il comprenait. J'avais ridiculisé les juges de l'Audience, et pourtant les juges avaient raison ; toutes ces malles que j'apportais de France, pleines de produits de Paris qu'on ne trouve pas au Pérou…

– Quand je pense… ! s'exclama-t-il. Quand je pense que vous reprochiez à vos confrères de l'Académie de ne pas avoir emporté avec eux vos malles depuis Guayaquil. Des malles qui contenaient du linge de contrebande !

Soudain, il eut l'air abattu. Ma « prévoyance » forçait son admiration, mais ne l'amusait pas. Pis, sa découverte, à trente ans de distance, lui inspirait des pensées semblait-il amères. Au bout d'un moment, il secoua la tête.

– Vous aviez ce don, monsieur, de faire croître la fortune sous vos pieds.

J'entendais son désarroi, et je compatissais : décidément, il ne mettait pas de majuscule au mot « fortune ». Et à ce point de sa vie, face à moi, à mon manchon de martre, à ma prospérité visible, il se disait que lui n'avait pas ce don de faire fleurir les piastres, il n'avait pas la main dorée. Pourtant, si souvent il avait cru être un bon jardinier… encore plus souvent que je ne le croyais. Il continuait, de plus en plus sombre :

– Tous se sont ruinés, dans ce voyage. Jussieu est revenu fou, mon cousin Godin discrédité, Couplet, Seniergues, Hugo sont morts là-bas…

– Morainville a disparu…

Il reprit son idée avec un ton pénétré de respect :

– … alors que vous, monsieur de La Condamine, vous ! Il semble que vous soyez revenu plus riche que vous n'étiez parti.

J'eus envie, soudain, de lui faire une confidence. Don Pedro ne lui avait jamais dit, je le constatais, comment j'avais gagné de l'argent au Pérou – il venait de découvrir que j'étais capable de faire commerce de dentelles, mais il n'imaginait pas encore le reste. C'est qu'il ne me connaissait pas avant de se trouver avec moi sur le bateau qui nous emmenait vers l'Amérique espagnole. Il ne savait pas que je suis assez fin pour piper les dés même au jeu de l'oie.

– J'ai toujours aimé les bons tours, lui dis-je, et je me tournai vers Don Pedro : Vous connaissez l'histoire de la loterie, avec Voltaire ?

Le vieux Créole avait oublié son rosaire ; il voulait tout savoir.

– Avec Voltaire ? Ah non, dites-moi…

– C'était en… 1730, je crois bien. Voltaire avait des obligations sur la ville de Paris. Comme celle-ci ne pouvait payer les annuités, elle avait imaginé de lancer une loterie au bénéfice de ses souscripteurs… lamentablement montée. Voltaire et moi, nous avions trouvé le moyen d'acheter tous les billets d'un tirage mensuel.

– Vous n'avez jamais été vraiment ruiné, finalement, murmura Jean d'un ton abattu.

De mon index déformé, je fis signe à Jean d'approcher encore de moi.

– Je vais vous raconter à vous, parce que je vous aime bien, ce que je n'ai raconté à personne.

Il s'était penché vers moi. Je le voyais tout près, à présent. Il avait les paupières marquées de plis sombres jusque sur les tempes. Et pourtant, il n'en était que plus beau, le coquin. Le visage équilibré, le profil droit, la mâchoire déterminée, le sourire ouvert, le regard rassurant.

Mon envie de confidence me passait, soudain, mais je continuai puisque j'avais commencé :

– Sur les sources de ma fortune, au Pérou…

Sa main vint se poser sur mon revers de manche, pour m'interrompre. Une familiarité qu'il n'aurait pas dû se permettre, mais je ne réagis pas. Mes infirmités m'obligeaient à être moins sourcilleux en matière de préséance.

Il s'expliqua :

– Monsieur, vous n'avez rien à raconter. Je sais déjà l'histoire du vieux prêtre et de la mine d'or…

Pour le coup, j'en fus bouche bée. Non qu'il connaisse cette histoire-là, mais qu'il la cite en relation avec ma fortune.

– Ce vieux prêtre, continuait-il, grâce auquel vous avez eu connaissance de l'existence d'une mine d'or oubliée du côté de Pitchincha, où vous vous êtes rendu.

Il fit une pause pleine de sous-entendus, puis proféra une suite de chuchotis pour moi inaudibles qui, je le supposai, signifiaient que j'avais trouvé et exploité cette mine d'or.

Quand le silence revint dans la pièce, je laissai libre cours à mon rire. La mine d'or oubliée !

Certes, j'avais raconté cela dans le *Journal du voyage fait par ordre du roi*…

*
* *

C'était au mois de juin… de quelle année, déjà ? Certainement pas 1736, mais plus tard. M. Bouguer et moi, écrivais-je, avions formé le projet d'aller visiter le cratère du volcan Pitchincha. Nos fonds, à cette époque, avaient été assez renfloués pour nous permettre de louer une maison bien à nous, et de commencer nos calculs pour mesurer un degré de méridien sur l'équateur. M. Bouguer était déjà parti et je m'apprêtais à le rejoindre.

Ce jour-là, un religieux franciscain demanda à me parler en particulier. C'était un de ces moines couverts de crasse, les pieds nus, les dents malades, qui se présentent à vous comme si tous ces attributs étaient autant de signes de sainteté. Il parlait avec des regards furtifs et se penchait à mon oreille bien que nous soyons seuls :

– Vous allez vers Pitchincha… Enfin, je trouve l'homme de la situation. Vous seul pouvez… Le sort de l'Église est entre vos mains.

Il s'interrompit, et, devant mon silence, reprit son récit d'une autre manière :

– Il y a sept ans, je me suis trouvé au chevet d'un Indien malade. Je voulais le baptiser, mais lui voulait que je le guérisse. Et avant que j'aie pu lui parler de la vraie religion, il m'avait déjà promis une fortune en échange de la santé. Je n'ai pas pu faire autrement que de l'écouter. Il m'a tracé un plan sur un bout de tissu.

– De l'or, bien sûr !

– Une mine d'or inconnue. Je sais où elle est.

– Vous avez averti votre supérieur, je suppose.

Quand il secoua la tête, je pensai que ce bon père était fatigué de son vœu de pauvreté, qu'il rêvait à de grands vins et de douces flanelles… Pas du tout. Il destinait sa part de ce trésor, me confia-t-il, à fonder à Quito un tribunal de l'Inquisition !

– Le sort de l'Église est entre vos mains, répéta-t-il. Je n'ai besoin que d'un peu d'argent pour acheter une mule et des vivres et… J'ai le plan, là, sur moi.

Il était déjà en train de fouiller dans les replis malodorants de son costume quand je l'arrêtai d'un geste.

– Ne me montrez rien. Accompagnez-moi plutôt. Vous aurez une monture, un abri sous ma tente, et de quoi manger, mais rien de payé d'avance.

Il s'agita sur son tabouret, remuant ses remugles, se leva précipitamment et recula vers la porte.

– Partez d'abord. Quand je serai prêt, je vous rejoindrai.

Il ne m'avait jamais rejoint, et je ne l'avais pas attendu.

*
* *

C'était cette anecdote qui, semblait-il, avait inspiré à Jean l'idée que je m'étais enrichi en extrayant l'or de la terre !

– Je n'ai pourtant pas écrit, lui fis-je remarquer, que j'avais trouvé cette mine, au contraire.

– Votre récit, monsieur, était écrit pour nous laisser croire que ce prêtre délirait, qu'il ne vous avait jamais rejoint et que la mine n'existait pas. Vous écartiez les soupçons en vous moquant de son projet d'Inquisition, certain d'amuser la société avec ces folies de fanatique.

– Mais vous ne vous y êtes pas laissé prendre.

– Sur le moment, si. Puis j'ai repensé à ce que vous étiez, à Quito. Votre équipage, votre générosité… Et j'ai repensé au voyage que vous avez fait à Lima de janvier à juin 1737.

Je cessai de rire. Mon voyage à Lima… Jean n'était pas si loin de la vérité, après tout. Il se trompait d'or, voilà tout.

Je voulus en savoir plus :

– Quel but, pensez-vous, avait mon voyage de Quito à Lima ?

– Vous nous avez dit que vous alliez chercher du crédit pour l'expédition, qui de nouveau n'avait plus une piastre pour les travaux de triangulation que nous avions commencés, ni pour manger. Et vous êtes revenu avec soixante mille livres – douze mille piastres que vous avait données un marchand anglais qui avaient trop de numéraire du Pérou et préférait du crédit en Europe.

– Soixante mille livres, c'est bien peu pour l'or d'une mine.

– En effet, donc, vous n'avez pas tout dit sur ce voyage.

Il avait raison. Mais la vérité était bien prosaïque comparée à la poésie de son histoire. Un vieux prêtre, un plan tracé par un Indien mourant… Mon compagnon était devenu vieux et provincial, mais son rêve de fortune ne l'avait pas abandonné. Il était aussi brûlant qu'à son arrivée à Quito. Simplement, il avait changé de côté. Au lieu de le voir devant lui, Jean devait se retourner pour le regarder ; il était derrière lui.

La vérité le ferait enrager, sans doute, autant la lui taire. D'ailleurs, il se trompait dans ses dates, puisque l'histoire du vieux prêtre était postérieure à mon voyage à Lima. Le roman qu'il s'était inventé m'offrait une occasion trop tentante de lui jouer une farce.

Je fis mine d'avoir été confondu, si je puis dire.

– Jean, il ne me reste plus qu'à tout vous raconter. Vous avez deviné. Bien sûr, le prêtre m'a rejoint ; il m'a conduit en un repli de roche au pied du volcan Pitchincha. Il ne s'y trouvait pas de mine, comme il l'avait dit, mais les ruines d'un temple ancien ; des encoches visibles signalaient qu'il avait déjà perdu les plaques d'or dont il était revêtu, enlevées par les Espagnols deux siècles plus tôt ; depuis, il avait été laissé à sa ruine, et s'écroulait sur ses dieux épouvantables. Instruit de son existence par une de ses ouailles indiennes, le prêtre était venu là pour démolir les statues, mais alors il avait découvert ceci que n'avaient pas vu les soudards de Pizarre : le ciment qui liait les pierres de l'édifice était mêlé de poudre d'or.

– Des murs de poudre d'or…

Jean, à cet instant, eut la figure d'un soudard de Pizarre ; une concupiscence de brute troublait ses yeux d'un bleu candide. Mais il se reprit et redevint le bourgeois de Saint-Amand qu'il était désormais.

– Je me rappelle avoir lu dans Garcilaso qu'à Cuzco on trouvait pareille merveille…

J'avais moi aussi lu ce passage, qui avait excité mon imagination comme la sienne. Je poursuivis avec une verve renouvelée :

– Le sort de ce temple fut celui des temples de Cuzco. Le prêtre avait mis ses ouailles indiennes à tamiser pour lui la poussière. S'il s'était adressé à moi, c'était pour me demander un procédé savant qui accélérerait la chose, et je lui conseillai le mercure. Je suis revenu plusieurs fois tandis que le vif-argent faisait son effet. Au bout d'un mois, j'avais de quoi remplir les sacoches de cinq mules.

– Vous avez chargé l'or à Pitchincha et vous l'avez emporté vers Lima.

Le ton était celui du reproche, mais il me reprochait d'avoir fait cela sans lui, non de l'avoir fait.

– On croirait que vous y étiez, dis-je. Le marchand anglais avait encore une frégate à partir ; en échange de l'or, il m'a donné des piastres, que j'ai rapportées au vieux prêtre.

– Et vous avez pris une part pour ce passage.

Je ne répondis pas. Quel besoin avait-il de souligner le trait ? Un soupir déchira la sérénité du salon. Suivi d'un commentaire :

– J'en ai rêvé, du temps que j'étais à Cayenne. Je m'en mordais les lèvres au sang de n'avoir pas compris, alors j'aurais pu vous accompagner, vous aider dans le danger… Pourquoi ne m'avoir rien dit ?

– Jean, je vous en aurais parlé, vous étiez mon plus fidèle compagnon, mais le vieux prêtre m'avait fait jurer le secret. Il fallait que je sois seul.

Il n'objecta rien, étant convaincu que les choses s'étaient ainsi déroulées. Mais il demanda encore, au risque de creuser sa blessure :

– Comment s'est passée votre descente vers Lima ? Vous n'avez pas eu peur des brigands, des soldats espagnols ? Si l'or avait disparu ? Avez-vous eu la tentation de tout garder ?

Toutes ces questions… Je pris conscience que j'étais venu questionner et que j'étais questionné, que j'étais sur le point de faire un aveu. Mon enquête n'avait pas encore commencé… et le monde tournait autour de moi. Une position qui m'était coutumière, et que je savais organiser, dans un salon, dans une assemblée scientifique. Mais là, un curieux silence régnait dans la pièce. Plus épais que le coton de ma surdité, percé par la respiration sifflante de Don Pedro.

*
* *

J'entendis une pierre rouler sous les sabots de mes mules.

J'étais sur le chemin de Lima, où je conduisais un train de bêtes chargées d'or. L'air sentait la roche chaude, l'herbe macérée, le souffle animal. Il y avait de l'or dans les sacs, mais je ne pensais pas aux brigands ni aux soldats de l'Audience. Et pour ne pas y penser, je composais un madrigal. Je ne m'en souviens plus, car celui-là, je ne l'ai pas écrit, et nul Grimm ne se trouvait là pour le répandre. Cela parlait d'Alcyon, de Triton, d'Amalthée ou que sais-je – j'ai toujours eu cette manie de convoquer le petit personnel de l'Olympe pour chasser mes peurs et donner une forme à mes désirs ; plus leurs noms sont à coucher dehors, mieux je crois avoir sublimé mes sentiments.

Il y avait de l'or dans les sacs, mais ce n'était pas l'or d'un temple inca. C'était l'or que m'avaient confié les plus riches Créoles de Quito en cachette du gouvernement espagnol pour le faire sortir du pays clandestinement, au meilleur taux. Les piastres que me remit en échange le marchand anglais s'en furent à mon retour se cacher au plus profond des coffres de leurs demeures.

Ni le gouverneur ni les juges de l'Audience n'avaient de preuve de mon entremise – personne n'en aura jamais –, mais ils s'en doutaient, car ils sont moins sots qu'on le dit. C'est pourquoi ils me firent ce méchant procès sur mes dentelles, dans lesquelles se pavanaient les petits maîtres de Quito.

Les chemins que prend l'or, dans la vice-royauté du Pérou, sont aussi diffus et multiples que ceux que prend l'eau sur les pentes orientales des Andes. Ils ruissellent, s'enfoncent dans la terre, sourdent plus loin, se rejoignent ou se dispersent, dans la forêt ou dans la mer. Mais à la différence de l'eau, l'or toujours se retrouve dans la banque d'Amsterdam ou de Londres.

*
* *

– En effet, avez-vous eu la tentation d'emporter l'or qu'on vous avait confié ?

La question, cette fois, était posée par Don Pedro. Le vieux Créole n'y mettait pas tout à fait le même sens puisque l'or dont il parlait était le sien, en partie du moins. Décidément, je m'étais placé sur la sellette ; il était urgent de reprendre l'avantage, de faire une réponse qui satisfasse Don Pedro en même temps que Jean, et qui, surtout, me remette en position d'enquêteur.

Pour avoir le temps de réfléchir, je repris mon bol en tâtonnant. Le parfum du chocolat apaise les nerfs et excite l'esprit. Mes deux hôtes avaient le regard pendu à mes lèvres.

– Peut-être, dis-je enfin, ai-je eu la tentation que vous évoquez, mais si j'y avais cédé, j'aurais dû fuir le Pérou, et j'aurais eu le chagrin de ne plus vous revoir ni l'un ni l'autre.

Le vieux Créole soupira. Était-ce de soulagement ? Pourtant, il savait bien que je n'avais pas cédé à la tentation de lui voler son or puisque j'avais rapporté de Lima autant de piastres qu'ils en attendaient, lui et ses amis. Bien sûr, j'avais pris ma commission – ce qu'avait pressenti sinon deviné Jean.

Celui-ci soupira aussi, mais de dépit.

– Moi, dit-il avec le ton plaintif d'un enfant qui a subi une injustice, quand je suis rentré de mon voyage à Carthagène, je n'avais plus rien…

Son voyage à Carthagène, bien sûr ! Voilà pourquoi il se souvenait si bien que j'avais quitté l'expédition pendant six mois pour revenir chargé de piastres. Il avait tenté la même excursion, non vers le sud mais vers le nord, vers Carthagène, le port des Indes péruviennes sur l'Atlantique.

– Quand était-ce, déjà ? Au moment de votre mariage, n'est-ce pas ?

– Un peu avant. J'étais parti avec un chargement de drap…

Jean ne le mentionnait pas, mais sans doute le chargement en question avait-il été fourni par Don Pedro – la fabrique de drap était la spécialité de Riobamba, la ville où s'était installée la famille de Grandmaison, où vivait sa petite fiancée.

– … et vos collections, vous vous rappelez ?

Je me les rappelais, en effet, mieux que le drap.

– Oui, je vous les avais confiées pour que vous les embarquiez à destination de la France. Triste souvenir.

– Je ne suis pour rien dans leur perte.

Certes, la perte de mes collections si patiemment amassées était imputable à une attaque des Anglais sur le port de Carthagène, et pourtant, je ne pouvais me retenir d'en vouloir à Jean. Quelle valeur avaient-elles ? Des curiosités de l'ancien Pérou ; quelques vases d'argile ornés d'animaux dont certains faits de manière que l'eau faisait un sifflement lorsqu'on la versait ; plusieurs autres vases de calebasse de différentes formes ornés de dessins faits à la main et parfois montés en argent ; des incrustations pierreuses du ruisseau de Tanlagua ; plusieurs marcassites taillées ; de la pierre appelée « miroir de l'Inca » ; deux pièces de bois pétrifié ; plusieurs pierres de différentes formes ayant servi de haches ; divers mortiers et vases d'une espèce d'albâtre de Cuenca ; un petit crocodile de la rivière de Guayaquil ; la tête et la peau empaillées de la belle couleuvre appelée *coral* dont les anneaux sont feu et noir… Et surtout, une caisse entière d'os monstrueux, prétendus de géants, qui me venait du Tucumán… Rescapée des Anglais, embarquée à destination de France, elle avait été jetée à la mer par des matelots superstitieux après une délibération signée de tous les passagers !

– Moi aussi, j'ai tout perdu dans ce voyage….

Jean me rappelait cela avec une nuance qui signifiait que je n'avais perdu que des objets sans grande valeur alors qu'il avait perdu une fortune, du moins une fortune en puissance, la première.

– J'y ai mis pourtant du courage…

Il était si sincère et si affligé qu'il réussit à m'attendrir, le pauvre diable. Il avait été mon compagnon préféré, je ne pouvais l'oublier. Jean était de mon étoffe, celle des ambitieux, dans une version pleine de fraîcheur – ainsi le voyais-je alors.

Je posai ma main sur son bras et murmurai en guise de consolation :

– Les fortunes qu'on a perdues pèsent autant que celles qu'on a gagnées, mesurées en aventures.

– Alors je suis revenu lourdement chargé.

Il avait dit cela avec un sourire triste. Puis, comme frappé par une idée, il ajouta :

– En est-il de même des travaux savants ? Il précisa, craignant que je n'aie pas compris : Les travaux qui ne servent à rien valent ceux qui servent beaucoup, mesurés en aventures…

– Ah, Jean ! Si je ne vous aimais tant, mon ami, je vous penserais méchant… Je mets cela sur le compte de votre franchise.

– Je ne l'aurais pas dit à un autre qu'à vous, monsieur, protesta-t-il avec sa simplicité désarmante. Vous pouvez m'en croire, insista-t-il. Je sais que vous ne pouvez vous froisser, étant revenu avec des résultats si utiles de votre voyage, le quinquina, le caoutchouc, des cartes, des…

– Vous comptez donc notre degré de méridien pour rien ?

– En poids d'aventures, il faudrait dix tombereaux pour le rapporter. Mais en poids de science…

J'éclatai de rire de bon cœur. C'était quand son fond paysan revenait qu'il me plaisait le plus. Et, je le lui reconnais volontiers, il savait de quoi il parlait. Il avait tiré ces tombereaux.

J'eus envie de continuer sur ce terrain ; le naufrage de Doña Isabel attendrait. J'étais comme un ivrogne repenti qui tout à coup décide qu'il va retomber dans son vice. Il ne sent plus rien que le vin dans sa gorge, le feu de l'alcool dans sa tête ; moi, je sentais le feu de ma jeunesse voyageuse.

Je bus encore une gorgée de chocolat, puis demandai :

– Dites-moi, Jean, quel est le plus terrible de vos souvenirs, vous que nos mesures savantes n'amusaient guère ?

Il allongea les jambes et, pour la première fois, se renfonça dans son siège. Il retrouvait sa bonne humeur, se détendait, en homme qui a écarté le danger.

Il secoua la tête et dit en souriant :

– Ces signaux que vous me faisiez planter…

– Ils étaient de première importance.

« Première importance ». Comme les mots me paraissent vains aujourd'hui, autant que l'objet lui-même : ce signal, monticule dont la terre des Andes ne garde aucune trace. Pourtant, il est vrai qu'à l'époque, notre grande recherche dépendait entièrement de ces fragiles constructions qui marquaient les pointes de nos triangles.

Ce n'est pas l'endroit d'expliquer la triangulation, ses buts et ses moyens, mais au risque d'éloigner le lecteur de mon enquête, il me faut la résumer, ne serait-ce que pour témoigner de la rigueur de nos méthodes, que j'avais l'intention d'appliquer à mes interrogatoires. Je sens combien cette note peut être indifférente à la plupart. Je prie celui qui n'y prend aucun intérêt de passer jusqu'au paragraphe d'après sans l'ombre d'un remords.

Voici le problème posé : comment mesurer une distance d'un degré de méridien sur une carte ? Et voici la réponse. Premièrement, choisir une vallée orientée du nord au sud – la vallée de Quito avait cet avantage. On imagine que la ligne du méridien la parcourt en son milieu. À son bout, tracer une base transversale, donc orientée est-ouest, la plus plane possible – nous avions choisi pour cela la plaine de Yarouqui. La mesurer le plus bêtement du monde, en mettant bout à bout des toises bien étalonnées. Cette base est celle d'un triangle, dont la troisième pointe se trouve d'un côté ou de l'autre de la vallée – l'important est que l'on puisse voir de cette pointe les deux bouts de la base, qui sont les deux autres pointes du triangle. Pour connaître les longueurs inconnues des deux côtés du triangle, il faut mesurer l'angle du triangle au moyen d'un instrument, le quart de cercle, et de tables trigonométriques. Une fois ces longueurs connues, il faut placer un autre signal en un autre endroit de la vallée, sur le versant d'en face, qui reste visible du point précédent, et recommencer l'opération.

Dessiné sur le papier, cela semble un jeu de mail en zigzag. Chaque piquet est la pointe d'un triangle. En vérité, entre les deux bouts du terrain, il y avait près de cent lieues, et chacun des piquets, pour rester visible du point précédent, devait être installé sur les montagnes qui bordaient la vallée. L'opération dans son ensemble nous prit trois années. Il fallut ensuite faire des calculs de trigonométrie pour résoudre tous les triangles collés les uns aux autres en partant de celui qui s'appuyait sur la base.

Les signaux auxquels faisait allusion Jean étaient ceux que nous placions aux pointes des triangles. Faits de toile blanche et de pierres, ils nous servaient de repères.

*
* *

Un ronflement me fit sursauter. Don Pedro réagissait comme le lecteur ennuyé par mes explications ; il s'endormait. C'était mieux ainsi. Dans cette partie de nos souvenirs, Jean et moi n'avions que faire du Créole. Notre degré de méridien avait été une quête dont nous seuls pouvions apprécier la grandeur et les misères.

– Chaque signal que j'ai placé a failli me coûter la vie.

Jean disait cela sans point d'exclamation. Et dans la simplicité de son constat, je revis tout à coup ce que j'avais oublié, qui avait été effacé par les rapports savants et les colonnes de logarithmes.

4

Il courait, le jeune homme. Dans les rues de Quito, il courait, il se faufilait hors d'une maison dont la maîtresse l'avait retenu pour la nuit, jusque chez moi passer des bottes et un manteau. Puis il courait loin de la ville, suivi d'une troupe de portefaix indiens.

Jean ne cessait de courir que pour escalader, soit un volcan, soit un gouffre. Il dressait un de nos signaux de pierres et de toile, et redescendait pour honorer un autre rendez-vous à Quito, puis dans d'autres lieux tandis nos mesures progressaient vers le sud, vers les villes de Riobamba, Cuenca…

Mais un message de moi venait le cueillir où il était, qui le renvoyait sur son rocher, car le signal était placé trop loin ou bien avait été démoli par des Indiens ou par la tourmente. Il fallait le reconstruire. Alors Jean repartait après un baiser à son hôtesse et la promesse de revenir finir ce qu'il avait commencé.

– Mon plus terrible souvenir, c'est la première fois.

J'eus un doute. Je ne savais plus bien de quoi nous parlions. Un instant, je crus qu'il allait me raconter comment il avait perdu son pucelage. Le récit, après tout, m'intéressait, et je l'encourageai d'un mouvement du menton tout en reposant le bol sur la table, mais je me trompais.

– La première fois que j'ai dressé le signal, vous en souvenez-vous ?

J'eus un instant de perplexité, puis j'opinai :

– La première fois ? Oui, bien sûr, je me la rappelle. Nous campions, M. Bouguer et moi, sur le Pitchincha, au sommet d'un rocher pointu, dans une hutte de perches inclinées les unes sur les autres.

Notre première station d'altitude. Placée à deux mille quatre cent trente toises au-dessus de la mer, à une hauteur que personne avant nous n'avait atteinte. Nous avions terminé de calculer notre base, et nous commencions à mesurer les triangles. Nous avions choisi une montagne haute, pensant qu'il serait plus commode, ainsi, de voir M. Godin qui campait sur un sommet de l'autre côté de la vallée, sur la montagne Pamba-Marca. Mais nous n'avions pas pensé que plus nous étions haut, plus nous approchions du ciel… et des nuages.

– C'était un choix bien malheureux, n'est-ce pas ? dis-je. J'y ai autant souffert que dans ma traversée des Andes, et, en plus, je m'y suis ennuyé. Attendre, toujours attendre…

Je n'avais même pas besoin de fermer les yeux pour retrouver le décor de ces vingt-trois jours. Il était devant moi. Un brouillard blanc, pâteux, collant, habité de millions d'aiguilles de glace. Au fond du brouillard, quelques bouts de bois posés contre la paroi rocheuse et, sous le bois, deux lits de camp, des caisses, des ballots…

*
* *

Ce doit être le matin, car une lueur grise traverse la neige dans laquelle est enfouie notre hutte. Allongé sur son lit de camp, il a triste figure, le voyageur français.

Je me dresse sur un coude pour voir Bouguer ouvrir la porte, qui frotte sur le sol gelé. Un instant d'espoir…

– Rien.

Bouguer referme la porte. Je sais ce que cela veut dire : on ne voit pas à sept pas, nous ne pourrons faire aucune mesure ce jour, pas plus qu'hier, pas plus que le jour d'avant, et le jour d'avant… Je n'ai pas besoin de me lever pour le vérifier ; je le devine au sifflement étouffé du vent d'altitude. Et voilà que l'onde d'un bruit sourd monte du sol, me traverse le corps : un morceau du volcan que le gel a fait éclater dévale la pente dans un fracas que la masse de la montagne répercute d'un versant à l'autre… Quand notre étroite plateforme va-t-elle à son tour dévaler la pente ? Ce n'est pas de la peur. Je suis insensible à la peur – un effet de la jeunesse, je pense. Je suis immortel. C'est plutôt de l'agacement. Et puis j'ai mal. Cette petite douleur causée par les fentes de mes lèvres gercées qui saignent chaque fois que je souris est intolérable – peut-on s'abstenir de sourire ? Mais une autre blessure menace d'être plus grave ; je la sens tracer son chemin au plus profond de mes oreilles comme une vrille : déjà mon tympan commence à battre ; le son du vent s'étouffe. Je porte la main à mon cou, sous l'oreille, et je m'irrite. Il y a tant à faire et je suis dans ce lit transporté au sommet du Pitchincha à attendre que le brouillard se déchire.

Dans ce séjour au Pérou, les heures consacrées à l'action n'auront duré que le temps d'un clin d'œil, et celles consacrées à l'attente une éternité. C'est le propre du voyage. Je le sens bien aujourd'hui que la vieillesse, la surdité et la cécité me mettent dans ce même brouillard ; j'attends encore quelque chose, le dernier saut dans l'inconnu, l'aventure suprême, ou bien mes retrouvailles avec une femme qui se cache.

Quand je pense à elles, l'aventure suprême et les retrouvailles, je les imagine comme un autre matin vécu dans notre perchoir sur le Pitchincha, que j'avais oublié et qui me revint ce jour-là, dans le salon de Saint-Amand.

Les nuages qui enveloppaient notre hutte s'étaient affaissés sous leur propre poids. Nous avons découvert cela en ouvrant la porte. Il faisait beau et l'air était limpide… Enfin ! Pourtant, nous ne nous sommes pas précipités sur nos instruments. Le spectacle était trop extraordinaire. Un ciel bleu sombre au-dessus d'une mer blanche d'où émergeaient les pics des Andes comme les pointes de glace sur les mers polaires. Depuis la terre, loin sous les nuages, montait le bruit d'un orage. Des éclairs traversaient l'ouate par-dessous en halos fugitifs.

Nous nous sommes assis côte à côte, Bouguer et moi, comme sur le rivage d'un monde inconnu où nous aurions été transportés par magie, et nous avons admiré en silence cette féerie qui nous entourait.

– Vous rappelez-vous Jean, ces vagues de nuages qui léchaient notre île ? Ce sentiment d'être des dieux au-dessus des hommes ?

– Non, car j'étais au-dessous des nuages.

Je battis des paupières comme si cela pouvait éclaircir mes souvenirs.

– Vous n'étiez pas avec nous ?

– Jamais plus que le temps de porter un message de la part de M. Godin. De dégager la neige qui bloquait la porte de votre hutte, où vous étiez enfermés. Une fois aussi, je vous ai aidé à installer une horloge sur un des piliers de la hutte.

– Grâce à quoi j'ai pu faire l'expérience du pendule simple, à l'exemple de M. Newton, et cela à la plus grande hauteur où jamais elle ait été faite.

J'eus un sourire pour cette image de moi plus conforme à la légende que celle du voyageur malade. J'avais peu parlé de mes otites, à mon retour, mais beaucoup de mes mesures, même si, maintenant, les premières m'apparaissent plus dignes d'intérêt que les secondes.

Jean, lui, suivait son idée.

– C'est plus tard que j'ai planté le premier signal. Vous ne vous rappelez pas ?

Par Dieu non, je ne me rappelais pas… J'avais le souvenir de Jean se hissant sur la paroi d'une falaise, de Jean dévalant les pierriers, de Jean pataugeant dans les marais, de Jean commandant une troupe de portefaix indiens, mais je n'avais pas le souvenir de l'ordre de ses gestes. Je ne l'avais pas noté à l'époque. Je n'avais noté que ceux des académiciens, pas ceux des aides. Je crains que les exploits modestes de M. Godin des Odonais restent ignorés de la postérité ; même ceux qui voudront faire le récit de ses amours contrariées avec Doña Isabel manqueront de dates précises et de faits détaillés pour en exposer les infortunes.

– Ne m'en voulez pas, Jean, je mélange parfois. Dans ce voyage, j'ai gravi trente-cinq montagnes pour y relever la position des signaux que vous aviez placés sur le versant d'en face.

Il aurait pu me répondre qu'il avait bien dû en gravir quatre-vingt-dix pour porter les messages de M. Godin à M. Bouguer, de moi à M. Godin, et inversement. Mais je crois qu'il avait vite cessé de compter.

– Mon premier signal, précisa-t-il, je l'ai planté sur la montagne Cota-Catché, vers le nord.

– Et ce fut là le plus dur de tous les épisodes que vous avez vécus durant notre aventure ? Pourtant, cette montagne-là n'était pas la plus difficile que nous ayons gravie. Nous avons vécu tellement pis… Les avalanches de sable mêlées de neige, les ouragans qui arrachaient nos abris, les parois de la tente raides de verglas, les averses de grêlons si gros qu'ils nous blessaient, cette nuit où nous avons dû dormir sous une tente improvisée faite de notre cape de taffetas ciré soutenue par nos couteaux de chasse. Et l'éruption du volcan de Sangay ?

Les images se ruaient en torrent tandis que je parlais… Quel bonheur imprévu je trouvais dans ce voyage en Berry ! Mes aventures dansaient en ballet sur le dallage du salon de Saint-Amand comme un spectacle sur une scène, plus vraies, plus belles que nature.

Le volcan de Sangay.

Je campais seul, ce soir-là, par paresse, pour ne pas refaire encore les six lieues qui nous séparaient de la ferme où nous avions trouvé à loger. Le mugissement du volcan m'avait réveillé dans la nuit.

J'étais sorti de ma tente. Tout un côté de la montagne s'était déchiré. Il en coulait un fleuve de bitume enflammé qui se creusait un lit au milieu de la neige. Mais j'étais seul à contempler cela et je n'ai jamais pu partager mon émotion avec quiconque, pas plus avec Jean qu'avec les autres, ce qu'il me rappela *illico :*

– Je n'ai pas vu l'éruption du volcan. Cette nuit-là, je dormais dans la ferme – avec la fermière, penserez-vous. Cependant, je me souviens du reste, les tempêtes, la glace, les grêlons, et aussi les marécages, les précipices, les torrents, les pierriers… Mais mon pire souvenir a bien été ce premier signal. Car il s'est révélé tout aussitôt inutile, et cela fut cuisant.

Je voulus me lever. Mes mains agrippèrent le fauteuil résolument, mais le reste de mon corps refusa de suivre l'ordre qu'elles donnaient ; je renonçai aussitôt et m'effondrai plus profondément encore dans les coussins, tandis que Jean se dressait droit sur ses jambes pour me venir en aide. Je lui commandai d'un geste un peu vif de se rasseoir.

– Vous voulez me faire avouer, Jean, je le vois bien.

Je ne pouvais lui en vouloir. Le moment n'était-il pas venu de tout nous dire ? Si je me montrais humble, peut-être lui aussi avouerait-il ce qu'il avait à avouer quand j'en viendrais aux questions sur le naufrage de sa femme.

– Aujourd'hui que personne ne nous entend, continuai-je, pas même Don Pedro qui dort comme un enfant, disons-le : combien de choses inutiles n'avons-nous pas faites ! Ces vingt-trois jours que nous avons passés sur notre rocher suspendu au-dessus de l'abîme ont été les plus inutiles de tous puisque nous n'avons pas pu prendre une seule vraie mesure pour notre triangulation à cause du brouillard et des nuages.

– Et même après, renchérit Jean, profitant de l'autorisation que je lui donnais de vider son sac. Ces mesures que nous répétions, et qui se doublaient parce que MM. Bouguer et Godin ne voulaient pas partager leurs résultats entre eux et ni l'un ni l'autre avec vous… à quoi servaient-elle puisque M. de Maupertuis avait déjà, de son côté, apporté la solution de l'énigme ?

Jean s'était rassis comme je le lui avais commandé, mais même ainsi, il paraissait debout devant moi, accusateur. Pourtant je n'avais pas envie de me défendre. Il fallait que, pour la première fois, ces choses soient dites.

Irrésistiblement, inconsciemment, je baissai le menton jusqu'à le noyer dans ma cravate, et la douleur que le mouvement diffusait dans ma nuque se mêla à mes pensées.

*
* *

« Combien de choses inutiles… » En effet, il m'arrive de douter que l'entreprise dans son entier ait été utile. Je ne peux oublier qu'un jour, Voltaire a souri en me désignant ainsi à son voisin : « Ce pauvre La Condamine qui croit avoir mesuré l'axe du méridien… » J'ai manqué répondre que le pauvre Voltaire croyait, lui, pouvoir débarrasser l'homme du fanatisme. Je n'en ai rien fait. Il y avait de la jalousie dans son propos, mais aussi un peu de vérité, qui m'empêchait de m'indigner.

La vérité était que Maupertuis avait bel et bien apporté la solution de l'énigme.

En septembre 1738 m'était arrivée une lettre à Quito ; Maupertuis était de retour de Laponie, avec ses propres mesures, qui confirmaient l'hypothèse de Newton : la Terre avait bien la forme d'un melon. Autrement dit, notre expédition ne servait plus à rien.

Pourtant, nous n'étions pas rentrés ; nous avions mis déjà trop de temps, de souffrances et d'argent dans l'entreprise. Nous imaginions que poursuivre nos mesures était essentiel. Et nous étions restés à mesurer, mesurer, mesurer…

Au total, il nous avait fallu sept années pour mesurer un degré de méridien.

Pourquoi tout ce temps ? Mes livres et mes rapports sont pleins de justifications : comment nous avions attendu trois mois un bateau à Saint-Domingue, comment les Indiens volaient les signaux que nous plantions pour procéder à la triangulation, comment les brouillards empêchaient les mesures, comment les fêtes religieuses nous privaient de nos domestiques, comment les tremblements de terre renversaient nos instruments, comment la fièvre avait tué un de nos assistants, M. Couplet, comment l'esclave de M. Godin avait été assassiné, comment notre chirurgien M. Seniergues avait été mis en pièce par une populace, et comment j'avais encore prolongé ces contretemps en exigeant des enquêtes de justice, que j'avais tenu à suivre de près – mille pages de procédure pour ce qui concernait Seniergues.

Tout cela n'excusait-il pas que l'expédition n'ait pu agir aussi vite que celle de Maupertuis en Laponie ?

Jean devinait mes pensées ; il m'empêcha de me raccrocher à ces bonnes raisons.

– Bien sûr, dit-il de l'air candide qu'il savait encore prendre malgré ses soixante ans, nous n'y étions pour rien… Tous ces aléas, les querelles entre MM. Godin et Bouguer, les querelles entre M. Godin et vous-même, les crises de mélancolie de M. de Jussieu, les amours de M. Godin avec une courtisane en

Martinique, et celles de M. Seniergues à Cuenca qui, justement, ont été cause qu'il a été massacré…

C'était retors, mais juste, car ces motifs-là, je ne les avais pas mentionnés dans mes livres académiques. En les rappelant, Jean suggérait non seulement qu'ils étaient indignes, mais que j'avais commis une autre faute en n'en faisant pas état.

Cuenca, surtout, me hantait et me hante encore. Je n'étais en rien coupable du drame de Cuenca. Alors pourquoi l'angoisse me prend-elle chaque fois que j'y pense ?

Mes sentiments devaient se lire sur mon visage, aussi troué soit-il, car Jeanresta sur le sujet, complaisamment :

– Savez-vous que mon Isabel en faisait des cauchemars à l'époque de notre mariage, et pourtant l'affaire était survenue deux années plus tôt – les taureaux, les poignards, tout cela, c'était inoubliable…

Inoubliable… Je détournai la tête. Le jeu de l'oie s'imposa à ma vue ; on croit avancer, puis on se trouve projeté en arrière. J'étais précipité vers l'année 1739, celle de Cuenca. Celle du cauchemar.

*
* *

La case cauchemar avait une couleur double : sable et sang. Sable de l'arène, sang du taureau et sang de l'homme.

C'est jour de corrida, à Cuenca, ce 28 août 1739. Une place étroite à la lisière de la ville, entre un couvent et une église, et sur cette place une arène, un taureau, la terre brûlante, la lumière brute, et du sang. Le sable boit le sang ; l'odeur du taureau, son souffle, les mantilles, les pieds minuscules. La lumière est si violente que l'or des bijoux ne peut plus briller ; les reflets du soleil sont dans les lames.

Sinistre corrida qui entre pour longtemps dans les nuits des demoiselles du Pérou. Le quatrième jour de la fête de Cuenca, le sang versé est celui d'un Français. L'homme en habit de soie tombe. La foule l'a encerclé. Les couteaux le percent, ressortent rougis, et percent encore. La soie noircit. Le Français meurt pour une putain. La putain de Cuenca. Les femmes se cachent le visage de leurs éventails, mais elles boivent des yeux le sang de l'homme qui meurt pour une putain.

– Mon Isabel avait honte d'être créole, quand elle en parlait, continuait Jean. À ces moments-là plus qu'à d'autres, elle voulait quitter le Pérou, elle se voulait française.

Je ne pouvais que renchérir.

– Je ne pensais pas, Jean, que vous reviendriez sur cet épisode si pénible de nos aventures, mais vous avez raison. Il me semble que nous ne sommes jamais allés au fond des sentiments qui ont traversé ce jour-là.

– Vous avez fait, cependant, une recension très complète de la mort de M. Seniergues, n'est-ce pas ? Le titre en était, je crois, *Lettre sur le meurtre…*

– *Lettre sur l'émeute populaire de Cuenca*, que j'ai publiée en 1745.

Jean avait insisté sur les mots « très complète », car ma recension ne l'était pas. Elle était longue, mais incomplète.

Que disais-je de ce meurtre ? Que M. Seniergues, membre de notre expédition et chirurgien de grand talent, s'était attiré la haine d'un certain Diego de Leôn pour avoir défendu contre lui une certaine Manuela. Cette jeune fille poursuivait Léon pour une rupture de promesse de mariage. Seniergues avait pris son parti et ridiculisé le parjure, qui avait manigancé de venger sa honte dans le sang. Au cours d'une course de taureaux, il avait soulevé contre M. Seniergues une foule en furie armée de couteaux et d'épées. Notre malheureux compagnon s'était trouvé percé de toute part au pied des gradins d'où Manuela attendait le début de la course.

Installés de l'autre côté, nous n'avions pas deviné l'objet du pugilat aperçu de loin. J'étais arrivé trop tard sur les lieux, et je n'avais pu que faire transporter le blessé dans le logement que j'avais loué pour moi. Il avait mis quatre jours à mourir, tandis que la foule assiégeait ma porte pour nous envoyer tous deux *ad patres*. L'émeute s'était calmée comme elle avait éclaté, sans que personne soit capable d'énoncer clairement pourquoi on en était venu à haïr les Français. Toutes mes actions pour que justice soit rendue avaient échoué.

Ces faits étaient compliqués ; aussi ma *Lettre* était-elle longue. Et ingénieuse. On y trouvait tout, sauf le mobile véritable du meurtre. J'écrivais de Seniergues qu'« il s'était fait une réputation par son habileté et son désintéressement », et que « la voix publique retentissait du bruit des charités qu'il y distribuait aux pauvres malades ». Mes lecteurs ont cru au portrait que j'y faisais de notre chirurgien, parce qu'il montrait un Français savant, chevaleresque, protecteur d'une jeune fille pauvre indignement trompée face à des brutes fanatiques… Seniergues était tout cela. Mais pas seulement. Depuis notre arrivée, il avait exercé son métier auprès des nobles du Pérou pour un immense profit. Avide d'argent et de plaisir, Seniergues était moins un ambitieux, cependant, qu'un jouisseur. Quant à la jeune fille humiliée, c'était une courtisane. Ce León l'avait laissée pour se marier, mais il ne voulait pas qu'un autre y mette la main. Or Seniergues, amoureux au point d'en être stupide, s'était laissé attraper dans la querelle entre les deux anciens amants. Sans imaginer jusqu'où pouvaient aller les sentiments dans ces latitudes chaudes, il avait déployé une sotte bravoure avec l'illusion, je le crains, que le pays l'avait adopté parce qu'on le payait fort cher pour ses soins.

Moi-même j'ai pu avoir cette illusion, et Jean, combien ! Pourtant, ce jour-là, devant le corps transpercé de notre compagnon, dans la chaleur de ce jour de fête, dans l'odeur des taureaux et des corps en sueur, dans le silence qui a suivi les rugissements des assassins, j'ai su que jamais ce nouveau monde ne nous adopterait, et qu'il faudrait en partir au plus vite.

Jean n'était pas à Cuenca. L'eût-il été, peut-être n'aurait-il pas été si avide d'épouser une riche héritière créole.

*
* *

– Vous avez raison, Jean, concédai-je une nouvelle fois, de rappeler ces retards qui avaient pour cause notre appétit de stupre et de lucre. Cependant…

Il ne me laissa pas poursuivre.

– Savez-vous que je m'en apercevais parfois ? dit-il. Mais face à des académiciens, mes paroles étaient sans poids !

– Cependant, repris-je, de votre côté…

– De mon côté, j'ai couru dans tous les sens, à vos ordres. Je ne sais pas refuser. C'est toute ma vie !

Jean me disait déjà cela autrefois, en parlant de ses bonnes fortunes, mais trente années avaient coulé ; je le connaissais par cœur à présent, et comme il était dur avec moi, je jugeai équitable de l'être avec lui.

– Jean, puisque nous en sommes aux aveux, dites-moi… de votre côté, si vous étiez si serviable, c'était moins par bonhomie que pour rester ouvert à toutes les occasions de faire fortune, n'est-ce pas ?

Je le vis hésiter : allait-il protester ou rester dans le registre où nous étions engagés ? Il choisit de faire appel, comme jadis au Pérou, à son charme.

– Monsieur, dit-il, ne me jugez pas…

Alors que je levais les mains pour me récrier, il se corrigea :

– Sinon vous, d'autres m'ont jugé. Laissez-moi plaider ma cause. Reconnaissez qu'en Europe, mes talents étaient inutiles ; je n'avais pas assez d'ancêtres ni d'esprit pour monter. Mais dans ces terres nouvelles, dans ces villes où les portes les plus nobles s'entrouvraient pour me laisser passer… je me sentais capable de conquérir un trône.

– En courant d'une montagne à l'autre ?

– Oui, puisque vous étiez dans ces montagnes et que c'est en vous suivant au plus près que j'avais la meilleure chance de décrocher ma couronne.

Il disait cela comme une évidence, et je ne doutai pas un instant qu'il avait agi ainsi. Il avait reconnu ma supériorité en matière d'intrigue et d'aventure dès la première année de l'expédition, et il en avait tiré une règle de conduite.

Pourtant, il avait eu beau me suivre au plus près, il n'avait eu sa part dans aucune de mes mines d'or.

C'était une autre couronne qu'il avait trouvée. Était-ce de celle-là qu'il parlait ? Je ne pense pas. Il ne m'aurait pas fait un aveu qui manquait à ce point de panache. Pourtant, c'était bien ainsi qu'il fallait l'entendre ; nous avions quitté le terrain des trésors et des chargements de drap pour entrer sur celui plus rentable des contrats de mariage.

Car sa couronne, il l'avait prise sur la tête d'une femme – d'une fillette, plutôt. Doña Isabel avait douze ans.

J'avais dû la voir, aux temps qui ont précédé ses fiançailles… Oui, je l'ai vue, certainement.

Qu'avait répondu Charlotte quand j'avais prétendu ne pas me rappeler Mme Godin ? « Même si vous ne l'avez vue qu'une fois, vous devez savoir si elle est belle. »

Mon épouse et nièce tant affectionnée se prétend incapable de me concevoir autrement qu'en séducteur. J'ai cessé de la détromper. La vérité, pourtant, est qu'au temps de ma jeunesse, lorsque je voyais qu'une femme était belle, je m'efforçais de ne pas m'en souvenir. Je me détournais d'elle par crainte que ses traits ne s'impriment dans ma mémoire. Il m'avait suffi de lire une fois l'horreur sur un joli visage pour mettre au point cette conduite : faire de la distraction un bouclier contre le mal d'amour. Aussi, sur les femmes en général, ma science est-elle fort courte ; je ne les ai pas mesurées, moi qui mesurais tout. Le lecteur comprend pourquoi il m'était difficile de retrouver en moi une image précise de la petite Créole.

Cependant, cet après-midi à Saint-Amand, j'éprouvais le besoin de me souvenir d'elle dans le moindre détail. Je fis donc appel à ce que je connaissais de ses parents, de sa position, de sa réputation, bref à ma raison pour construire un portrait vraisemblable… Le reste me viendrait sans que j'y pense, mes rêveries y pourvoyaient.

*
* *

Douze ans. Elle avait douze ans quand elle avait organisé sa propre capture. Était-elle devenue femme à cet âge ? Si Doña Isabel rêvait des Français à neuf ans déjà, peut-être que oui, elle était en train de le devenir. En tout cas, il est sûr qu'elle a voulu ce mariage de toute sa force, et contre ses parents.

On l'avait sortie du couvent car le temps approchait de la marier. Il fallait la montrer, montrer ses grands yeux, ses longs cils, ses tétons déjà ronds, montrer son or, ses terres, ses Indiens… Isabel de Grandmaison, bien élevée, devinait pour quoi elle se trouvait souvent dans les réunions où les Français étaient invités.

Des fruits, des candélabres qui fument, du bois sombre, les lueurs de l'or, et le vide absolu du velours noir. Une estrade au fond de la pièce, où se tiennent les femmes. Parmi elles, la petite reine, regards en dessous et jambes repliées sous la jupe. Elle étale son tablier pour que les broderies d'or tournent en spirale autour d'elle, elle guide sa natte sur la courbe de son sein, jusqu'à sa taille, glisse un bout de son pied sous l'ourlet.

Ce jour-là est un jour de promesse. Les Français sont en ville.

Parfois, des semaines entières passent sans eux. Ils sont sur les volcans, dit-on, à prendre des mesures avec des instruments de bois et de cuivre. Ils partent conquérants et gras, reviennent maigres et sales comme des chiens, les mains noires d'engelures, les pieds gonflés, la poitrine déchirée par la toux. Mais il ne faut pas se moquer d'eux. Les Français sont des esprits supérieurs. Ils placent leurs pensées dans des sphères que personne à Quito ne pénètre.

« Moi, si », pense la petite reine.

Elle ne comprend rien aux mots qu'on trouve dans ces sphères, triangle, secteur, degré, lunette, mais elle s'y meut avec ivresse. Ils la transportent loin, par-delà la barrière des Andes. Rien que la voix de M. de La Condamine est un arc-en-ciel qui relie Quito à Versailles. Le voici qui improvise un quatrain sur le méridien ; il sait assez l'espagnol pour versifier sans jamais manquer la rime. Ce soir même, dit-il, il en enverra un autre en français à la duchesse de Chaulnes.

Il se tient devant l'estrade en perruque poudrée. Mais il ne regarde pas la pucelle à marier. Il ne regarde aucune femme, ou plutôt il les regarde toutes également comme on regarde des collines lointaines. Autour de lui, on fait cercle pour écouter un madrigal, une charade. Il a ce talent. Il a ce sourire des yeux. Pourtant, M. de La Condamine n'a pas pris de maîtresse, chuchotent les dames accroupies sur l'estrade. Cela restera son mystère.

Isabel de Grandmaison non plus ne regarde pas M. de La Condamine ; son mufle rongé de cratères lui fait peur. Ce matin, il lui a donné un cadeau : une petite boîte parfumée qui lui restait, au fond de ses bagages. Cependant elle ne l'a pas regardé même pour dire merci. Mais elle aime l'écouter. Il raconte une péripétie de son dernier séjour dans les montagnes :

– Mes guides m'avaient abandonné à la tombée du jour, seul avec ma mule, au pied du volcan Pitchincha.

Je marchai dans un taillis jusqu'à être environné d'un brouillard épais. J'étais à cette hauteur où il cesse de neiger et où il commence à pleuvoir. Ce qui tombait sans être à proprement parler ni pluie ni neige était aussi pénétrant que l'une et aussi froid que l'autre. Je m'arrêtai au milieu d'un tas d'herbes foulées qui paraissait avoir servi de gîte à quelque bête fauve : je m'accroupis, enveloppé dans mon manteau, le bras passé dans la bride de ma mule pour la laisser paître plus librement. C'est ainsi que je restai toute la nuit, le corps mouillé et les pieds dans la neige fondue…

Il ne s'attarde pas sur ses malheurs ; il a l'élégance de s'en moquer : il est capable de donner le plus trivial des détails sans qu'aucune dame ne puisse s'en offusquer :

– Vers les quatre heures du matin, je ne les sentais plus : je crus les avoir gelés et je suis encore convaincu que je n'aurais pas échappé à ce danger difficile à prévoir sur un volcan si je ne m'étais avisé d'un expédient qui me réussit : je les réchauffai par un bain naturel que je laisse à deviner à mes auditeurs…

Il amuse et enchante, mais il l'ignore et reprend comme sous le coup d'un étonnement qui n'en finit pas :

– Lorsque l'aube donna ses premières lueurs, figurez-vous que je crus ma mule pétrifiée : elle était immobile, un caparaçon de neige frangé de verglas couvrait la selle et son harnois ; mon chapeau et mon manteau étaient enduits du même vernis et raides de glace. Enfin, sur les sept heures, je retrouvai la ferme. La fermière fut si effrayée à mon aspect qu'elle prit la fuite…

Il fait rire à ses dépens avec tant de grâce !

Cependant, voici qu'un mouvement se produit à l'entrée de la pièce. L'attention des femmes n'ose pas se détourner du conteur, mais on ne l'écoute plus. Le centre d'intérêt est derrière, maintenant. Voici M. des Odonais.

Comme à son habitude, il est essoufflé, les pieds écartés et les mains rouges. Il a tout juste pris le temps de changer son costume de voyage pour un habit, mais un de ses bas tirebouchonne et son gilet est boutonné à faux ; il est le seul des Français à n'être ni mathématicien, ni astronome, ni ingénieur, ni médecin, ni horloger. Il paraît qu'il n'est que le porteur de chaînes de l'expédition, mais ce doit être un titre digne d'attention, car sa personne l'est tellement. M. des Odonais a vingt-huit ans, et son visage est celui d'Amadis des Gaules – seuls les romans de chevalerie ont eu assez de poésie pour décrire tant de perfection. On le dit aussi serviable qu'il est beau.

Benêt, aussi. Cela est faux, certainement, car il a tout de suite vu que les yeux de la fille à marier ne se sont pas baissés quand il est entré dans la pièce. Isabel de Grandmaison a été élevée comme une reine ; elle aime à le dire : elle a du sang royal, inca, mais royal tout de même ; son aïeul était un gentilhomme d'Estrémadure et son aïeule une héritière d'Atahualpa, pour le moins. Elle ne baisse pas les yeux facilement. Du reste, elle est sûre de plaire, et sûre d'avoir le pouvoir de choisir. Elle a posé son regard sur le chevalier porte-chaîne tandis que M. de La Condamine continue son récit plein d'esprit ; elle détaille la carrure et les traits réguliers du premier en écoutant un nouveau sonnet improvisé par le second.

M. des Odonais marche vers elle, mais elle ne détache pas de lui ses yeux d'enfant ; il en a capté la lumière comme on capte une source, source d'eau vive qui brille au soleil, l'eau d'une rivière aurifère.

*
* *

Quel fond de rancœur recuite avait réveillé ces réminiscences ? On s'étonne de si peu se connaître soi-même. On s'étonne de n'être pas capable de retenir son propre fiel quand on le sent monter. Je le laissai sourdre en ces quelques mots que j'adressai à Jean :

– Cette entreprise, du moins, vous l'avez bien réussie.

– Monsieur… de quelle entreprise parlez-vous ?

Mon allusion n'était pas claire, certes, car il n'avait pu suivre le fil de mon ressentiment. Cependant, si Jean ne comprit pas ma remarque, il devina qu'elle était mauvaise, et mit quelque méfiance dans sa question.

Son hésitation suffit à me rendre à la raison. En un instant, je noyai le fiel sous le miel de mon indéfectible affection. Étais-je homme à me montrer jaloux de la beauté de mon porte-chaîne ?

Je raclai des talons sur le dallage pour m'avancer au moins un peu sur le fauteuil, et posai la main sur son genou.

– Jean, ma remarque n'était qu'un radotage de vieillard. Oublions-la. Rajeunissez-moi, faites-moi revivre… Repartons vers cette année 1740. Parlez-moi de Doña Isabel. Racontez-moi comment vous avez fait votre déclaration… Votre fiancée était bien amoureuse, n'est-ce pas ?

Je pensai faire montre de bienveillance en le ramenant aux souvenirs de leur rencontre – elle était si jolie, la petite poupée créole, je la voyais bien, à présent, toute en or et en escarboucle, les joues veloutées comme des fruits, la natte trop lourde pour son visage… Mais sa seule réponse fut un regard inquiet vers Don Pedro. Il était clair qu'il ne tenait pas à le voir s'éveiller en ce moment ; son mariage était un événement que lui et son beau-père n'avaient pas vécu avec le même bonheur. Quant à moi, le souvenir m'en revenait tandis que je l'évoquais, de plus en plus précis, jusque dans les sentiments doux-amers qu'il m'avait inspirés alors.

– Vraiment, insistai-je, vous ai-je déjà dit que nous étions fort émus, nous, vos amis français, le jour de vos épousailles ? C'était… quand était-ce, déjà ?

– Le 27 décembre 1741.

– Quelle fête !

Nous étions tous là, en effet, les dix Français. C'était la première fois depuis bien longtemps. Dispersés par nos travaux de triangulation, mais aussi par nos dissensions, nous avions tous, sans nous concerter, décidé de revenir à Quito pour le mariage de notre porte-chaîne. Nous avions fait taire nos orgueils pour assister à sa réussite.

La fête avait commencé comme d'autres, avec les reflets des bougies dans l'or des bijoux et l'argent de la vaisselle. Mais soudain, un objet avait rompu l'ordonnancement habituel, un clavicorde. Comme tombé des nuées, comme envoyé par magie depuis Versailles jusqu'à cette demeure en briques crues, il soulevait des exclamations d'admiration, même si personne, à vrai dire, ne savait le manier. On a dû en parler longtemps à Quito et Riobamba, j'en suis sûr, de ce clavicorde offert par les Grandmaison à leur fille tendrement aimée lors de ses noces avec son beau voyageur, autre fantaisie venue de France.

Je m'attardai sur un lambeau d'image.

– Il suffit que je ferme les yeux, continuai-je, pour entendre votre épousée écorcher les touches de cet instrument déjà bien abîmé par la traversée…

La petite mariée jouait et se désolait du son qu'elle produisait. Pour elle, toute la soirée n'était qu'une mauvaise copie d'une autre vie qui l'attendait de l'autre côté de l'océan.

– Vous m'emmènerez au bal de l'Opéra, monsieur de La Condamine, n'est-ce pas ?

Est-ce ce soir-là qu'elle m'a posé cette question ou un autre soir ? Ou pas du tout ? Si elle ne l'a pas formulée, elle l'a pensée, du moins, si fort que je pouvais la lire dans ses yeux. De grands yeux où les prunelles luisaient d'une pierre noire liquide – des yeux où je ne voyais, moi, nulle paillette mais la surface d'un lac de naphte. C'était, je crois bien, le souvenir de ces yeux insondables qui faisait monter en moi une amertume indéfinissable.

– Puisque vous ne voulez pas raconter, dis-je sans égard pour la mine renfrognée que mon hôte m'offrait, je vais dresser la scène à votre place. Voyons… Un décor de montagne et de vergers…

Machinalement semblait-il, j'avais attrapé un pion du jeu de l'oie, puis un autre, avant de poursuivre tout en les montrant, l'un ou l'autre, en appui de mon historiette :

– … un damoiseau blond, beau et brave comme un chevalier, une damoiselle brune, jolie et fortunée comme une infante. L'Amour décoche ses flèches… Les parents disent non : le chevalier n'a pas de position ni de biens. Mais l'infante est obstinée, tant et si bien qu'elle brise leurs réticences. Après quelques larmes et menaces de cloître, ils accordent enfin leur confiance à leur beau-fils éperdument reconnaissant.

– Vous vous moquez…

C'était l'évidence ; je lui en voulus d'une si pauvre réponse.

– Vraiment ? N'est-ce pas ainsi que cela s'est passé ?

– Eh bien, si, c'est ainsi que cela s'est passé !

Sa réplique, cette fois, ressembla à un coup de bâton qu'un domestique rend au maître qui le frappe.

– Personne ne peut le nier ! insista-t-il.

Non, personne. Pendant les noces de Jean et Isabel, tandis qu'on dansait le fandango au son du clavicorde, les chuchotements des convives disaient tous la même chose : la petite Isabel de Grandmaison était trop aimée de ses parents ; ils n'avaient pas su résister à son caprice. D'autant moins qu'elle avait des arguments que son éducation, plus poussée que celle des autres filles créoles, lui permettait de bien formuler : M. des Odonais n'était-il pas français ? N'avait-il pas *el sangrelimpio* – c'est-à-dire propre d'ascendance indienne ? N'avait-il pas, sinon des biens, du moins des espérances dans le Berry, des terres qui lui reviendraient à la mort de son père ? N'était-il pas un jeune homme plein de mérites, qui ne répugnait pas à la tâche ? N'avait-il pas, enfin, la faveur de M. de La Condamine, qui pourrait l'introduire dans les meilleurs cercles, à son retour en France ? Tout cela était vrai. Aussi le mariage s'était-il fait.

– C'est donc pour cela que vous me parliez d'« entreprise », tout à l'heure, reprit Jean du même ton de défi. Eh bien, je vais vous dire quel était son capital : une dot de sept mille sept cent quatre-vingt-trois pesos, des joyaux, des caisses d'argenterie, de linge, des esclaves…

– Ce jour-là, c'était vous, le héros de l'histoire !

Il se renfrogna encore. Curieuse façon de faire du mal à un homme que de lui rappeler le plus beau jour de sa vie.

– Oui, répéta-t-il. Pourtant…

Sa voix s'était brisée sur le deuxième mot, et il ne termina pas sa phrase, mais je pouvais le faire à sa place. Pourtant… pourtant, nous avions trouvé ces noces aussi tristes que n'importe quelles autres. Était-ce parce que, nous Français, ne pouvions considérer une petite fille de treize ans comme un être doué de suffisamment de raison pour savoir ce qu'est un homme de vingt-huit ? Était-ce parce que les ombres dorées de ces réunions créoles semblaient toujours cacher une menace ? Ou n'est-ce qu'une illusion rétrospective qui me vient de ce que je sais ce qui est arrivé après ? En tout cas, à Saint-Amand, ce jour d'octobre, Jean était de la même humeur que moi. Le souvenir de son mariage ne lui arrachait pas un sourire.

Attrapant les deux pions du jeu de l'oie que je venais de reposer, il les serra dans sa main comme pour les broyer l'un contre l'autre. Cependant, le plomb dont ils étaient faits était trop dur même pour ses doigts solides ; ses jointures blanchirent sous l'effort sans qu'il s'en aperçoive.

Enfin, il me dit d'une voix étouffée :

– Monsieur, vous m'avez fait la grâce de me confier vos doutes quant au bien-fondé de vos recherches savantes, je vais vous dire… Si j'ai du mal à me réjouir en pensant à ce jour…

– Vous murmurez, Jean, je n'entends rien…

– C'est que…

Il ne voulait pas forcer la voix, c'était évident. Comme pour expliquer sa retenue, une autre de ces vibrations me parvint, tombée du haut de la pièce ; on marchait encore à l'étage. Est-ce que Jean percevait ce son étrange ? Ce n'est pas sûr, car la surdité produit parfois de ces hypersensibilités inaccessibles aux oreilles saines. Il était urgent, en tout cas, de l'empêcher d'entendre.

Je posai ma main sur la sienne,

– Partageons aujourd'hui, lui dis-je à voix très haute, les secrets que nous nous sommes tus autrefois.

Il reprit, cette fois distinctement :

– Si j'ai du mal à me réjouir en pensant à ce jour, c'est qu'il a été aussitôt suivi de grandes douleurs…

Pourquoi m'étais-je attendu à une confidence grave ? Rien n'était moins caché que ses deuils. Inutilement, il insista :

– Une année n'était pas passée que nous avions perdu notre premier enfant…

– Je m'en souviens très bien, Jean.

En effet, je m'en souvenais. J'avais trouvé la nouvelle dans la première lettre qu'il m'avait écrite à Paris.

Quelle année était-ce ? Doña Isabel devait avoir… quatorze ans.

*
* *

Pleurait-elle ? Ce n'était pas nécessaire. Il y avait des femmes payées pour cela. Et d'autres pour rire, car lorsqu'un enfant meurt, au Pérou, il faut rire. Les funérailles sont une mascarade.

Doña Isabel ne pleure ni ne rit. Elle donne l'impression d'être une toile peinte, sans rien derrière. Peut-être parce qu'elle est encore elle-même une enfant. Les invités entrent, passent, sortent, une fleur blanche agrafée sur le côté de leur costume. Ils s'attendrissent sur le petit mort. Il est si joli, on croirait qu'il sourit, il est bien heureux, il ne connaîtra jamais les larmes de ce monde. *Un angelito*, lui dit-on. Il entrera dans le royaume de Dieu sans avoir commis un péché.

Je peux décrire la scène, car, intrigué par ces étranges cérémonies dont j'avais eu connaissance, je m'y étais rendu, une fois. J'y avais observé le corps miniature avec la même attention que j'observerais en 1759 les stigmates sanglants des convulsionnaires. Et j'avais trouvé que sa vue, qui arrachait des soupirs d'admiration aux visiteurs, était insoutenable.

Une robe de dentelle fine se répand en flots autour de lui, dans l'écrin de satin blanc de son cercueil mis debout pour qu'on puisse mieux le voir, les fleurs qui l'environnent sont odorantes, les fruits qui dégorgent des corbeilles sont mûrs à point, les gâteaux sentent l'amande douce. Il a les yeux ouverts et les lèvres fardées de rouge. Il est mignon comme un jésus en sucre. Il faut se réjouir de cette mort si fraîche et si jolie. En guise de pied de nez à Dieu, on fait semblant de ne pas voir sous le rouge et le rose les teintes du cadavre qu'on va mettre en terre tout à l'heure.

Un vagissement se fait entendre plus loin ; celui d'un enfant moins richement vêtu, mais animé autrement que par le rouge du fard. Une esclave de la domesticité des Grandmaison a donné naissance à un petit garçon qu'on a prénommé Joachim.

Bien sûr, à l'époque, je ne savais rien de ce Joachim. C'est dans le salon de Jean, seulement, que je me fis cette réflexion, que l'esclave qui jouerait un rôle si crucial dans le naufrage de Doña Isabel avait dû naître à l'époque même où elle avait perdu son premier enfant.

– Mon épouse n'a pas oublié combien vous avez déployé de bonté envers elle, poursuivit Jean, après notre mariage.

Je ne trouvai qu'à hausser les épaules. De la bonté ?

Je la revoyais très distinctement à présent. Si distinctement, même, que je ne pus éviter de m'en faire l'aveu : j'avais menti à Charlotte. J'avais dit à ma jeune épouse avoir à peine connu la petite Créole, et c'était faux. Je m'en rendais compte au fil de la conversation, et je ne comprenais pas comment j'avais pu oublier cela ; il suffisait que Jean remue les eaux de la mémoire pour qu'elle m'apparaisse, telle qu'en cette année 1742.

Je l'avais fort bien connue, oui, chez elle, à Quito.

– Il ne s'agissait pas de bonté, grommelai-je, mais de plaisir. Venir chez vous entre deux mesures de l'étoile Epsilon d'Orion était un plaisir, voilà tout.

– Epsilon ! s'exclama-t-il gaiement. Ce nom m'échappait.... Je savais qu'elle était dans Orion, mais je ne me rappelais plus sa lettre. Que de travail elle vous a demandé, n'est-ce pas ?

En effet. Chaque fois que je prononce son nom, Epsilon d'Orion, je sens autour de mon œil le froid de ma lunette d'observation. C'est que je devais la mesurer, et dans toute ma vie, rien n'a été plus difficile à mesurer que cette étoile-là...

Je dois au lecteur intéressé par la science encore une explication – que les autres peuvent passer. Nous avions terminé de mesurer la longueur de notre portion de méridien : cinq mille deux cent cinquante-neuf toises. Mais il nous restait à déterminer quelle portion de la circonférence de la Terre répondait à la longueur de l'arc du méridien. Pour parler le langage des géographes et astronomes, il nous restait à savoir combien la longueur que nous connaissions en toises valait de degrés, de minutes, de secondes, ou, enfin, quelle était l'amplitude de l'arc dont nous savions la longueur. Pour y parvenir, il fallait observer la hauteur d'une même étoile aux deux extrémités de la méridienne mesurée. J'avais choisi Epsilon d'Orion.

Epsilon d'Orion occupait toutes mes nuits, sauf celles où je restais dormir dans la jolie maison des jeunes époux.

– Quels bons moments nous avons passés ensemble, s'exclama Jean, ces mois qui ont précédé votre départ, tandis que vous traquiez votre étoile !

Sur ce point, nous étions d'accord. Nous avions passé de bons moments ensemble à boire du maté sous les canneliers de leur patio, au son du clavicorde que nous écorchions tour à tour, elle et moi.

Doña Isabel attendait son premier enfant. Elle avait les joues roses et les yeux brillants. Elle avait abandonné les robes de velours brodées d'or pour des déshabillés vagues, mis dans ses cheveux dénattés des fleurs de jasmin et, sur mes conseils, posait sur sa pommette ou sur son nez tantôt une galante tantôt une effrontée pour suivre la mode des mouches. Galante, effrontée, passionnée... elle essayait toute sorte de mouches et toute sorte d'humeurs. Elle parlait beaucoup, riait beaucoup, boudait parfois, soupirait rarement, badinait toujours. De moins en moins souvent ses yeux se détournaient de mon visage. Lui avais-je jamais fait horreur ? Cela ne semblait pas.

Comment avais-je pu oublier cela ? Pourquoi ?

– Vous rappelez-vous, dit encore Jean, que mon Isabel s'amusait à remercier cette étoile d'être si réticente à se laisser mesurer ?

Une joie inexplicable monta en moi, aussi inexplicable que l'oubli dont j'avais recouvert cet épisode de notre passé commun ; j'en avais la gorge serrée.

Je me rappelais, oui, que Doña Isabel plaisantait :

– C'est moi, monsieur de La Condamine, qui lui souffle de frétiller, à votre Epsilon, quand vous voulez la saisir dans vos instruments.

Elle aura frétillé, en effet, mon étoile ! On aurait bien dit qu'elle voulait m'empêcher de repartir, la maudite… comme la petite Créole. Elles se ressemblaient toutes les deux, points lumineux sur un décor obscur, mi-gaies, mi-tristes.

Un jour, elle s'était presque mise en colère.

– Vous ne partirez pas sans nous, monsieur de La Condamine ! Je vous l'interdis.

J'aimais ce pli qu'elle avait entre ses sourcils si noirs quand elle faisait un caprice. Mais je ne la prenais pas au sérieux. Je ne voulais pas voir en elle une femme.

*
* *

La grand-place de Quito. Une tente y est dressée. Une vieille tente canonnière qui a supporté toutes les neiges et tous les orages des Andes depuis sept ans. Mais elle est mieux fréquentée que le palais du vice-roi. On y trouve les grands noms du Pérou, Maldonado, Chiriboga, Davalos…

M. de La Condamine reçoit.

Pour mes adieux, j'ai fait dresser ma tente au milieu de la grand-place de Quito et étaler tous mes biens pour les vendre. Comment ai-je pu conserver tout cela en sept ans de voyages au service du roi de France ? Encore du linge, encore des dentelles…

Doña Isabel est là, qui regarde les frusques et les meubles du voyageur français. M. de La Condamine s'en va. Doña Isabel pleure.

– Nous partirons bientôt, lui dit Jean. Notre tour viendra. Bientôt, quand notre enfant sera né, nous irons en France.

Je répète après lui :

– Quand votre enfant sera né, Doña Isabel, vous me rejoindrez en France, et je vous ferai venir à Versailles. Vous porterez une robe à la française, avec une traîne et des manches en pleureuse, je garderai pour vous les derniers tissus, les derniers croquis. Je vous ferai faire une perruque, vous mettrez de la poudre et des mouches.

Doña Isabel ne retrouve pas le sourire, et secoue la tête. Son parfum de bergamote et de pomme-cannelle s'envole dans la tente. Elle a l'habitude des Créoles du Pérou de s'envelopper d'odeurs. À son entrée dans le monde, avant ses fiançailles, M. de La Condamine lui a offert une orangette, dont il a apporté avec lui une quantité pour faire des cadeaux aux dames. Il lui a appris que la mode en France est alors à ces petites boîtes confectionnées avec des écorces de bergamote, qui diffusent subtilement leur essence sur les étoffes.

Mais les Péruviennes ignorent la subtilité ; il leur faut de la puissance, de l'expression. Ce jour-là, sous la tente, il semblait que la petite Mme des Odonais pleurait des larmes de parfum tant sa personne exhalait l'ambre et l'agrume.

M. de La Condamine se détourne pour répondre à d'autres visiteurs. Il trace sur un papier la route qu'il compte prendre : par le Marañón et la passe de Pongo jusqu'à La Laguna, puis la rivière des Amazones jusqu'à Pará en passant par Omaguas, San Paulo, et Manaos. Comme il passera dans les terres du Portugal, il a pris soin d'écrire en France pour en obtenir l'autorisation.

On lui dit de prendre garde, non à la rivière mais aux assassins de Seniergues qui veulent se venger du procès que le Français leur a fait. La Condamine rit et promet d'éviter ces hidalgos forcenés. Sur le papier, le dessin s'élargit et se déploie en carrés collés les uns aux autres le long d'une spirale. Le voyage est un jeu de société, mais M. de La Condamine ne tombe jamais dans les mauvaises cases, lui.

Il n'a pas d'épouse, pas d'enfant à naître.

Isabel se penche sur une table où sont étalés des vêtements, des rubans. Elle me montre, entre les doigts de ses deux mains levées, deux boutons de diamant dont elle veut faire une épingle pour ses cheveux, deux étoiles sur sa nuit. Jean ne peut les acheter pour elle, il n'a que l'argent des Grandmaison, rien qui lui viendrait de son industrie ou de ses talents. Il est mortifié de voir sa petite épouse sortir d'une bourse des pièces d'or.

– Nous partirons bientôt, dit-il à M. de La Condamine, dès que notre enfant sera en état de voyager, et je ferai en France ma propre fortune.

M. de La Condamine le prend dans ses bras.

– Merci pour ces chaînes d'arpenteur portées partout à notre service. Pour ces jours et ces nuits donnés à l'Académie, donnés au roi. Merci pour le dévouement avec lequel vous avez accompli votre tâche obscure pour l'avancée de la science. Jean, considérez-vous comme mon protégé. Si Dieu me donne le bonheur de revoir vivant notre patrie, je ferai ce qui est mon pouvoir pour vous aider tous les deux.

M. de La Condamine a vendu même sa tente. Il part vers la rivière des Amazones… il jette les dés – un double six.

*
* *

Tout à mon désir de partir, je ne voyais pas le sien. Je ne prenais pas la petite épouse de Jean au sérieux. Je lui souhaitai gaiement l'au revoir. Comment imaginer alors qu'un jour elle prendrait la même route que moi, seule ?

Cet autre jour, à Saint-Amand, je faisais le chemin en sens inverse : je revenais vers elle. Mais elle se cachait de moi. J'entendais vibrer ses pas au-dessus de moi, en moi. Elle était là et me le faisait savoir ; pourquoi se cachait-elle ?

Il y avait un lien entre tous ces faits passés et présents, j'en étais convaincu. Ce n'était pas un raisonnement logique qui me conduisait à tant de certitude ; c'était un pressentiment, mais qui devait être fondé sur un enchaînement de pensées que je ne démêlais pas.

Curieusement, Jean avait lui aussi fait faire à son esprit des aller et retour entre Riobamba et Saint-Amand.

– Avez-vous remarqué, me demanda-t-il, l'ironie de notre conversation ? Nous brûlions tous de quitter le Pérou, sans savoir qu'un jour nous passerions une après-midi entière à énumérer nos souvenirs de ce pays comme les plus heureux de notre jeunesse ?

Sa remarque me frappa. Je n'y avais pas pensé. Pourtant, c'était vrai : nous brûlions tous de quitter le Pérou.

Quoi d'étonnant ? Nous voulions rentrer chez nous. Tant d'années avaient passé depuis qu'un navire nous avait emportés loin de France ! S'y souvenait-on de notre existence, seulement ? C'était moins la fatigue qui nous donnait l'envie de partir que cela, la peur d'avoir été oubliés.

Deux d'entre nous étaient morts, et deux encore allaient mourir : Hugo allait tomber d'un échafaudage pendant un tremblement de terre pour s'être engagé à réparer l'horloge de la cathédrale de Quito ; Morainville se perdrait en forêt pour avoir voulu suivre la même route que moi.

Jussieu allait rester encore près de trente ans au Pérou. Il n'est rentré qu'il y a deux ans, en 1771, fou. Il a sombré dans la mélancolie qui le menaçait depuis longtemps, et nul n'a plus accès à son esprit.

Louis Godin, lui, ne rentrera jamais. Il est interdit de retour. Pour s'être trop dispersé dans des plaisirs dispendieux, il a dû gagner sa vie en donnant des cours de mathématiques, et l'Académie l'a su. Destitué de son poste, déchu, il est repoussé par sa patrie. Réfugié en Espagne, il tente d'obtenir un passeport pour la France, en vain. Verguin est rentré sain et sauf, mais il végète dans quelque province, dans un obscur poste d'ingénieur. Finalement, des dix voyageurs français, je suis le seul à avoir recueilli le fruit de mon labeur.

Et Bouguer ? Il est mort en 1758, rattrapé par ce que nous redoutions le plus : l'oubli. Pourtant, il avait été le premier de tous à quitter l'Amérique. Le premier à traverser l'océan, à faire route sur Paris, à monter en chaire devant l'Académie. Pour me devancer. Si bien que, lorsqu'au terme de mon voyage sur le fleuve des Amazones, j'étais rentré, il avait fallu que je me batte contre lui pour que mon nom soit associé à ce damné degré de méridien, que je fasse valoir que ses résultats étaient incomplets sans les miens. C'était faux… mais j'avais gagné.

J'ai gagné. Bouguer est mort, Bouguer est oublié, pas moi. Il y a une « expédition La Condamine ». Il n'y a pas d'expédition Bouguer.

*
* *

– Les plus heureux de notre jeunesse…

Je réfléchissais. Était-ce une bonne façon de conclure l'évocation de ces années passées au Pérou ? Sans doute. Avant que je vienne à Saint-Amand, celles-ci avaient été réduites à une suite de dates et de mesures consignées dans une relation de voyage, des rapports, les minutes de divers procès… Grâce à Jean, parce qu'il l'avait formulé, elles devenaient bel et bien les souvenirs heureux de ma jeunesse.

Mais il était temps de les ranger dans une armoire, noués d'une faveur bleue. Il était temps de passer à autre chose. J'avais une enquête à mener.

– Jean, lui dis-je d'une voix la plus affectueuse possible, mais assez ferme pour signifier que mon autorité ne supporterait pas d'être mise en échec. J'ai eu un grand plaisir à revivre ce grand voyage en votre compagnie, cependant je suis venu…

À ce moment, un mouvement attira notre attention du côté de Don Pedro. Je crus que le vieux Créole se réveillait ; ses doigts sautaient sur les accoudoirs de son fauteuil comme des petits animaux indépendants de son corps. Ce n'était qu'une activité réflexe, mais je le pris pour un signal. Il fallait se dépêcher.

Je continuai :

– … pour autre chose. La lecture de votre *Relation* a éveillé mes soupçons, et dans vos propos, dans ceux de Don Pedro, dans l'air même de cette maison flotte comme une arrière-pensée, un souffle perceptible qui me conforte dans ma certitude : il y a un secret, ici. Lequel ?

Il se raidit d'abord, surpris de mon changement, puis secoua vivement la tête avec un air de vaincu.

– Monsieur, monsieur… je croyais avoir satisfait…

– Non ! Cessons cela. Donnez-moi du consistant, à présent.

Il se leva alors comme sous le coup d'une résolution subite.

– Monsieur, dit-il, je vois bien que c'est cette histoire de naufrage qui vous met de méchante humeur. Je vais donc vous la raconter à nouveau de la manière que vous le souhaitez…

Il semblait avoir compris, et comme il regardait Don Pedro endormi tout en parlant, j'eus encore une fois l'impression qu'il était au bord de me dire une vérité terrible contre l'avis de son beau-père. Aujourd'hui, quand j'y repense, j'en suis convaincu.

Mais soudain, il se passa quelque chose dans la pièce qui changea tout. La vibration au-dessus de nous s'était faite plus précise ; un grincement lui succéda, venu d'au-dehors, du jardin sur lequel était ouverte la porte-fenêtre, puis le claquement d'un volet sur un mur, tout cela étouffé, déformé, deviné plutôt que perçu par le conduit de mon cornet.

Jean, cette fois, avait entendu. Il s'était immobilisé, le visage tourné vers l'extérieur de la maison. Je ne voyais plus que son dos, le drap de son habit tendu par ses épaules, ses cheveux sans perruque, noués, d'un blond terni désormais, mais encore trop fournis pour le ruban. Il serra les poings sous l'effet d'un débat intérieur qui devait être douloureux. Quelle tempête de sentiments avais-je déclenchée en lui, qui croyait avoir gagné le repos, enfin ! Il se retourna vers moi, se racla la gorge.

Je l'encourageai :

– Je vous en prie, Jean, racontez-moi cette histoire qui m'intrigue tant.

– Vous serez déçu.

Je compris qu'il ne me livrerait pas ce qu'il avait été sur le point d'avouer. Du moins pas sans que je le torture. J'y étais prêt.

II

La lettre perdue

1

Le dos appuyé au manteau de la cheminée, les bras croisés, les jambes aussi, Jean avait pris l'attitude d'un homme décidé à parler longtemps. Il commença d'une voix claire et distincte, sans doute pour montrer qu'il ne dissimulerait rien :

– Vous vous souvenez, commença-t-il, que la dernière fois que j'eus l'honneur de vous voir…

– En juillet 1742, tandis que je vendais ma tente et mes affaires, à Quito.

– Je vous dis alors que je comptais prendre la même route que vous alliez suivre. Cependant, l'état de mon épouse, la naissance de nos enfants, leur maladie, leurs morts si rapides ne me permettaient pas de l'exposer aux fatigues d'un long voyage. Sur la fin de 1748…

Je levai la main :

– Ne reprenez pas tout depuis le début, Jean, surtout pour répéter ce que vous m'avez dit dans votre *Relation*. C'est inutile : je sais tout cela. En 1748, vous avez reçu la nouvelle de la mort de votre père, ici même, à Saint-Amand. Vous vouliez recevoir la succession, Doña Isabel était alors enceinte de votre…

– Quatrième enfant – ou premier… les trois précédents étant morts en bas âge. De grandes douleurs…

– Vous avez décidé alors de quitter le Pérou seul, par la rivière des Amazones, et vous avez réussi, sans incident. Vous êtes arrivé en avril 1750 à Cayenne, où vous êtes resté jusqu'en avril dernier… soit vingt-trois années exactement.

– Pour mon malheur.

– Je me rappelle les dates, que notre correspondance m'a permis de suivre, mais je comprends mal la raison de ces durées si longues.

– À peine arrivé à Cayenne, j'ai entrepris les démarches nécessaires pour remonter l'Amazone, aller chercher ma famille et l'amener par la même route…

– Pourquoi donc par la même route ?

– Je l'avais moi-même empruntée, autant pour le désir que j'avais de la connaître que pour procurer à mon épouse la voie la plus commode pour une femme…

Nous y étions. Il venait de commettre sa première erreur. Je pris vivement mon cornet et le plaçai sur mon oreille.

– Pardon ?

– La voie la plus commode pour une femme…

– La plus commode, dites-vous ? Mais au Pérou, à cette époque, tout le monde pensait que c'était la voie la plus dangereuse, la plus inconnue, on disait que seul un téméraire ou un imprudent pouvait l'emprunter… Au contraire, la voie par Carthagène passait pour la plus normale ; la preuve en est que, lorsque vous étiez coincé à Cayenne, je recevais chez moi à Paris des nobles de Quito qui, le temps que vous avez attendu votre épouse, ont eu celui de faire le voyage aller et retour et plus que cela.

Il quitta sa posture de conteur. Nous étions sortis du champ fleuri des souvenirs communs ; il allait devoir se montrer vigilant pour sauter les obstacles que j'allais dresser devant lui. Perceptiblement, je le vis bander les muscles.

– Un autre que vous, monsieur, peut être surpris que j'aie entrepris si lestement un voyage de quinze cents lieues uniquement pour en préparer un autre, mais vous savez que dans ce pays-là, les voyages exigent moins d'appareil qu'en Europe…

Je secouai la tête. « Vous savez… » Cette façon qu'il avait de m'impliquer dans sa démonstration, comme si rappeler que j'avais de ce pays-là des connaissances que d'autres n'ont pas allait suffire à bâillonner ma lucidité. Non, je ne savais pas.

– J'ai au contraire le souvenir que les voyages demandaient un grand appareil…

Cherchait-il un argument ? Son regard fouillait l'espace comme s'il en pouvait trouver dans son salon. Il se posa sur le miroir en trumeau. Et, sembla-t-il, le reflet qu'il contemplait lui inspira une nouvelle stratégie. Il prit une voix douce, de celle qu'on offre aux vieillards infantiles et agressifs :

– Rappelez-vous, monsieur… Les voyages que j'avais faits depuis douze ans pour reconnaître le terrain de la méridienne de Quito, pour poser des signaux sur les plus hautes montagnes, aller et revenir à Carthagène, m'avaient aguerri… Vous vous souviendrez que, lorsque vous avez quitté Quito et que je vous avais dit que je comptais prendre la même route, vous avez eu la bienveillance de prévenir les missions espagnoles et portugaises établies sur les bords de la rivière des Amazones qu'un de vos camarades devait vous suivre. Figurez-vous qu'ils n'avaient pas perdu le souvenir de votre passage… Ils me rappelaient comment vous aviez installé une table et une écritoire sur votre radeau, pour travailler encore tandis que vous descendiez au fil de l'eau. Grâce à leurs bons soins…

Je croyais être attentif, tel un limier sur une piste fraîche… quelle misère ! Il avait à peine commencé que je me sentais déjà enveloppé d'ouate. Jean avait-il baissé la voix ? Mon fauteuil s'était-il creusé ? Je devais me résoudre à l'admettre : le limier s'endormait. La douceur et le rythme égal des paroles du conteur, la respiration bruyante de Don Pedro, le peu d'intérêt des détails… si tout cela était une tactique, elle marchait à merveille. Les efforts de concentration qu'exigeait le besoin de dépasser ma surdité avaient eu raison de ma capacité d'attention. Je laissai tomber mon cornet.

Je me sentais dériver au fil de sa voix comme les canots indiens sur l'eau brune du grand fleuve. Des images parasites s'interposaient, tels des insectes autour de mon voile de gaze… j'eus même une sensation sur ma peau, la première depuis bien longtemps – mais ce n'était qu'un souvenir qui remontait, celui des perles de sueur autour de ma bouche – il faisait si chaud, dans ce canot indien, qu'on aurait dit que le bois lui-même transpirait. Des rubans d'odeurs m'entouraient la tête, fétides et suaves.

Lorsque je repris conscience, c'est cela qui me frappa. L'odeur… Capiteuse, elle me rappelait… sur l'instant, je ne sus pas quoi. Jean en était à un point de son récit où il devait m'interpeller :

– Je vous écrivis alors, monsieur…

Je sursautai.

M'avait-il vu assoupi ? C'était probable. Il n'avait pas cessé de parler, cependant, mais comme son récit ne s'était, semblait-il, pas éloigné de sa *Relation*, je n'avais rien manqué. Sans doute avait-il raconté qu'une fois arrivé à Cayenne, il avait écrit à M. Rouillé, alors ministre de la Marine, pour obtenir des passeports de la cour du Portugal, indispensables pour retraverser vers l'ouest la terre du Brésil. Il avait inévitablement ajouté que ses lettres n'avaient point de réponse, qu'il avait donc écrit encore et encore, « quatre, cinq, six fois chaque année pour avoir les passeports et toujours infructueusement ». Alors, finalement, il m'avait écrit, à moi, ce qui avait bien été plus efficace : j'avais pu lui faire avoir ces passeports et les lui envoyer.

Cependant, pourquoi ne me regardait-il pas tandis qu'il parlait ? Son visage s'était détourné de moi. Cela me ramena définitivement à la réalité. Je clignai des yeux pour chasser les dernières brumes de somnolence, et suivis son regard.

Au-delà du profil de gisant de Don Pedro, à droite de la cheminée, il y avait une ombre grise sur le mur, que Jean surveillait de biais. Pour tenter de la changer en une quelconque forme reconnaissable, je fermai à demi les paupières. Cela fit apparaître une barre verticale plus sombre, croisée de lignes dorées. L'esprit suppléa aux sens. C'était une porte entrouverte sur une pièce aux volets fermés dont les lattes laissaient passer le soleil, une pièce à demi close sur ses odeurs.

Je refermai tout à fait les yeux, mais cette fois pour mieux me concentrer. Ses odeurs... Papier, tabac, cuir... Une bibliothèque, un cabinet de travail... Cire d'abeille, frangipane, pomme-cannelle, bergamote... Soudain, elle me revint, cette odeur que j'avais perçue à mon réveil. Elle se faufila en moi jusqu'à un autre de mes souvenirs endormis ; il se réveilla avec moi, ahuri d'être encore si vivant après tant d'années.

*
* *

Doña Isabel avait gardé l'habitude des Créoles du Pérou de s'envelopper de parfums…

Je fermai les yeux, cette fois volontairement, sur mon souvenir. C'était ce même jour, sous la tente dressée sur la grand-place de Quito. Penchée sur un mouchoir, Doña Isabel pleurait… Ainsi, elle ne m'offrait d'elle que sa chevelure, bien au-dessous de moi – elle était si petite. Relevée et torsadée en couronne, sa tresse était un écrin de senteurs. Le noir mange la lumière, dit-on, c'est pourquoi il diffuse tant de chaleur. La chaleur qui émanait de la petite épouse, ce jour-là, était celle d'un verger du Levant en plein midi. Dans le salon gris des Godin, l'ivresse me revenait en même temps que le parfum.

J'avais lu dans la *Relation* de Jean que les cheveux de son épouse étaient devenus blancs comme neige sous l'effet du drame vécu sur les bords de la Bobonaza. En même temps que je me rappelais ce détail, les vagues de la rivière perfide vinrent noyer l'image de ma jolie pleureuse. Déchets d'herbes et poissons morts, l'eau submergeait les impressions plus anciennes. Comme en cette année 1743 où je cherchais les Amazones sur les rives du grand fleuve que mon canot longeait.

J'ouvris les yeux. Jean continuait à parler sans s'écouter plus que moi. Il avait encore le regard fixé sur la porte entrouverte – curieuse comédie que ce texte dit par cœur, écouté par un sourd, qui flottait dans l'air plein du parfum d'une absente.

Cette porte n'était ouverte que depuis que je m'étais endormi, j'en étais certain. Pourquoi Jean l'aurait-il ouverte ? Pourquoi la surveillait-il ?

J'aurais dû alors me lever brusquement pour aller voir ce qui se cachait dans la pièce aux volets clos. Mais je reculai devant l'humiliation. « Brusquement » est un mot qui n'a plus de sens pour moi. Mon corps ne peut se mouvoir qu'au ralenti ou pis, comme un bègue parle, par à-coups désagréables. Si Doña Isabel était en ce lieu, elle aurait dix fois le temps d'en sortir par une autre issue avant que je puisse mettre mon idée à exécution.

Je choisis d'agir par la parole.

– Que regardez-vous, Jean ? demandai-je, grondeur.

Il sursauta, s'excusa :

– Une broutille… Je… je vois que j'ai laissé la porte de mon cabinet ouverte.

– Vraiment ? Elle était fermée tout à l'heure. Ce ne peut être que quelqu'un d'autre.

– Oui, mais je… Oui, sans doute.

– Si c'était Doña Isabel ? Pourquoi n'iriez-vous pas voir, et la prier d'entrer nous retrouver ?

Le temps s'arrêta. Nous étions figés, lui et moi, dans une attente muette.

Vaine attente, que Jean choisit de rompre en allant fermer la porte d'un geste sec.

– Mon épouse est dans sa chambre, dit-il, croyez-moi, elle n'en sort guère que pour aller à la messe, je suis désolé pour vous.

Les rais de lumière et le flot de parfum disparurent, enfermés dans la pièce invisible. Jean et moi échangeâmes un regard, où je lus, me sembla-t-il qu'il était désolé pour lui autant que pour moi.

– Il vous faudra donc répondre seul à mes questions…, grognai-je en me rencognant dans mon fauteuil.

Il ne répondit pas ; à la place, un grommellement soudain emplit l'espace. Le claquement de la porte refermée avait réveillé Don Pedro ; il ouvrit les yeux et la bouche en même temps.

– *¿ Donde están, dígame ?*

La voix avait jailli comme lancée depuis le bas d'un escalier en sous-sol. Jean se précipita vers le vieillard, affolé de pitié, mais celui-ci n'attendait pas de réponse à sa question ; sagement, il referma et les yeux et la bouche pour replonger dans l'inconscience.

Passé ma stupeur, je levai le menton vers Jean. Il se tenait toujours devant son beau-père, les mains encore tendues mais immobiles. Nous avions la même pensée : les mots de Don Pedro : « Où sont-ils, dites-moi ? » donnaient à mon enquête un autre motif que la simple curiosité. Ils suggéraient, mieux que mon insistance à vouloir interroger Doña Isabel, que tout n'avait pas été élucidé, dans ce drame. Serait-il survenu en des lieux plus civilisés que la forêt sauvage de l'Amérique équinoxiale, c'était devant la police que sa seule survivante aurait dû témoigner.

Aussi fut-ce avec moins de distraction et plus de gravité que Jean reprit ses explications, interrompues sur une histoire de passeports.

– Vous aviez eu la bonté, monsieur, dit-il en regagnant sa place, le dos à la cheminée, de solliciter mes passeports et de me les faire envoyer. Seulement, ils ne sont jamais arrivés ! Plusieurs de mes lettres ont été perdues ou interceptées par des navires en guerre. Je n'en puis douter, puisque vous avez cessé de recevoir les miennes…

– Alors que je reçois régulièrement des lettres du Pérou.

– Du Pérou, il est plus facile d'envoyer une lettre en France que de Guyane, semble-t-il. Il fit un mouvement de tête vers la porte ouverte et ajouta : Nous en avons reçu une aussi ce mois-ci. Partie de Riobamba il y a trois ans. Si je voulais l'envoyer en Guyane, il faudrait compter encore une année, au moins…

C'était exact. Et pourtant, plus il parlait et se répétait, plus il rendait ses explications suspectes. Déjà, je les avais trouvées excessives, dans sa *Relation*. Moi seul, d'ailleurs, car personne d'autre ne doutait qu'il ait véritablement passé vingt ans à attendre que le roi de Portugal l'autorise à faire en sens inverse sa traversée du continent.

Je ne résistai pas au plaisir de le confondre :

– Vous n'avez pourtant pas fait que cela, Jean, durant toutes ces années : écrire…

– À Dieu ne plaise, non, coupa-t-il. Je profitai de cette occasion pour envoyer plusieurs morceaux d'histoire naturelle au jardin du cabinet du roi, entre autres la graine de salsepareille, la *butua* dans les cinq espèces, et une grammaire imprimée à Lima de la langue des Incas, dont je faisais présent à M. de Buffon, de qui je n'ai reçu aucune réponse.

J'avais voulu le confondre, j'étais confondu. Jean reconstruisait son passé pierre à pierre, feuille à feuille – non selon sa guise, mais pour le faire conforme à ce qu'il pensait qu'on attendait de lui en ces années 1770 : des larmes, de la vertu, de la science.

– Ce n'est pas à cette occupation que je songeais…

Le plissement de mes yeux lui fit comprendre qu'il jouait sa petite comédie sans spectateur ; il concéda :

– Oui, il est vrai que j'ai commercé le bois et pêché le lamantin, je l'avais presque oublié…

– Et aussi proposé vos services pour aller rechercher des Nègres fugitifs des colons de Guyane. Et aussi tenté de convaincre la France d'envahir le Brésil à partir de la Guyane. Vous avez même pour cela construit une tartane avec laquelle vous vouliez remonter l'Amazone pour en rapporter des informations sur les terres portugaises…

– C'est M. de Choiseul qui vous a dévoilé tout cela ?

Il était choqué, à juste titre.

– Non, le rassurai-je. Il était tenu par le secret. Mais vous connaissez ma curiosité. Je suis allé le voir dans son bureau pour qu'il me montre la lettre que vous lui aviez écrite depuis Cayenne, dans laquelle vous lui racontiez le naufrage de Doña Isabel, il y avait une liasse de papiers, dans le même dossier. Or, à un moment, il a dû sortir de la pièce je ne sais plus pourquoi…

– Le dieu des curieux est toujours de votre côté, monsieur.

– Presque toujours. Ce jour-là, certainement, car, le croirez-vous, j'avais par hasard la loupe à la main. J'ai pu constater que votre correspondance avec le ministère des Affaires étrangères ne parlait pas autant de Doña Isabel que je l'aurais cru. Vous proposiez surtout vos services comme commerçant, et puis comme espion… et comme conquistador, mais un conquistador qui néglige de brûler ses vaisseaux, puisque le vôtre, la tartane, a fait demi-tour dès l'embouchure du grand fleuve pour rentrer à Cayenne…

– La tartane ! Un misérable rafiot qui s'est démantelé à peine en vue de l'île de Marajó… je ne pensais pas qu'il aurait eu les honneurs des archives des Affaires étrangères !

– Ne vous effrayez pas, lui dis-je, je n'en ai rien dit à personne.

– Oh ! lança-t-il d'une voix sourde en esquissant un geste désabusé. Ce ne serait plus bien grave, tout ça me semble si loin… maintenant et ici.

Maintenant et ici. Ces deux mots redessinaient le décor autour de nous, et nous restions silencieux, aspirés par le vertige qu'ils nous donnaient.

Je lançai un regard circulaire sur le salon où nous étions. Don Pedro était comme déjà mort, la bouche ouverte. Par la fenêtre, le soleil s'était fait plus oblique. L'or d'un rayon d'automne touchait la table de jeu, à ma droite, en même temps que le coin de ma manchette. Une belle oie dodue se dandinait le long de la spirale sur un fond de forêt profonde, en avant, en arrière, pour toujours se retrouver au même point. Jean avait raison : maintenant et ici, ses entreprises ratées n'avaient pas plus d'importance que les traces d'usure sur son jeu de l'oie. Elles en avaient bien moins que les dernières caresses de l'été sur nos peaux ridées.

Pourtant… À l'époque, ses velléités d'espionnage auraient pu lui valoir la mort si le Portugal, maître du Brésil, dont Cayenne est voisine, avait eu vent des étranges propositions qu'il envoyait au ministre de nos Affaires étrangères. Cela semblait ridicule, à présent : ce petit bonhomme tout seul échoué en Guyane qui proposait au roi de France d'envahir le Brésil… Mais c'était grand en même temps. Son courage m'impressionnait malgré tout. En cela, Jean Godin des Odonais était plus proche de moi que mes autres compagnons d'expédition, mes pairs par la science. Il avait essayé, d'une manière brouillonne et sans beaucoup de pénétration. Tout de même, il avait essayé. Je l'aimais comme cela.

Je l'aimais moins quand il réécrivait sa vie pour la faire à la mode.

« Histoire naturelle », « graine de salsepareille », « *butua* dans les cinq espèces »... Son énumération était une imitation de mes propres contributions à la science – qu'on exagère autant qu'on ignore celles de Jean. On m'attribue aujourd'hui la découverte du caoutchouc, du curare et du quinquina, que j'ai rapportés d'Amérique, et c'est tout juste si on ne fait pas de moi l'inventeur de l'inoculation simplement parce que je me suis fait le promoteur de ces choses-là à mon retour de voyage. Pourtant, celles-ci étaient connues avant moi et je ne l'avais pas caché dans mes rapports à l'Académie, mais il semblait que plus je criais fort les noms des premiers inventeurs, mieux on glorifiait le mien. À la fin, j'ai laissé faire la renommée, fille entêtée et susceptible dont j'avais la chance d'être aimé.

Quant à sa « grammaire de la langue des Incas », M. Godin des Odonais, lui, ne susurrait même pas que Doña Isabel y avait contribué, elle qui possédait parfaitement le quechua. Il ne se doutait pas que je m'en souvenais. Cette particularité m'avait frappé, quand je venais les voir. L'agilité de la petite épouse à passer du français à l'espagnol et de l'espagnol aux sonorités inhabituelles de la langue des Indiens était une de ces étrangetés dont j'ai toujours aimé m'étonner.

Jean ne tirait aucun profit de son omission : ses travaux restaient entassés, inutiles, dans les resserres de M. de Buffon et des académies. Tant pis pour lui. Il n'avait pas compris qu'en rendant à Doña Isabel ce qui lui appartenait, il se serait au moins acquis la faveur de quelques relais féminins plus efficaces pour séduire la fille entêtée que j'évoquais plus haut.

Il continuait à égrener ses démarches épistolaires… Les années défilaient à toute allure. Quand il en arriva à l'année 1765, il était à Cayenne depuis quinze années et il était encore question de passeports !

– Enfin, disait-il, ayant ouï dire que le comte d'Hérouville avait la confiance de M. le duc de Choiseul, je m'avisai de lui écrire. Je lui dis qui j'étais et le suppliai d'intercéder pour moi au sujet des passeports. Je suppose que c'est grâce à lui que, dix mois plus tard, je vis arriver à Cayenne un bateau portugais venu de Pará : une galiote pontée, avec son capitaine et un équipage de trente rameurs ! Elle m'était envoyée par ordre du roi de Portugal, pour me conduire sur le fleuve jusqu'à la frontière du Pérou. De là, je devais continuer seul tandis que ce bateau devait m'attendre, moi et ma famille, pour nous ramener à Cayenne…

Ouf, nous y étions… Jean ne pouvait plus faire autrement que de s'en retourner chercher sa famille à Quito puisque le roi de Portugal lui offrait une galiote et trente rameurs pour lui permettre de remonter la rivière des Amazones !

Son enfant, qu'il n'avait pas vu naître ni grandir, était à présent une jeune fille de dix-huit ans. Doña Isabel avait trente-sept ans et n'avait reçu aucune nouvelle de son mari depuis son départ. Jean comblait le temps écoulé de la liste des courriers qu'il avait envoyés en France, mais cette liste tombait en flottant dans le vide trop vaste des dix, des quinze, des vingt années comme une minuscule feuille d'arbre dans un précipice. De quelle manière son épouse avait-elle occupé ses nuits et ses jours ? Il semblait que cela n'avait aucune importance pour lui, qu'elle n'avait tout simplement pas existé, dans l'intervalle.

– Le temps file d'une drôle de manière dans votre histoire, Jean, dis-je pensivement.

– Ne l'avez-vous éprouvé vous-même quand vous étiez à Cayenne ?

C'était cela qui m'avait rendu pensif, la connaissance que j'avais d'un temps qui enfle et désenfle comme le fleuve.

*
* *

J'avais connu Cayenne six ans avant Jean. Comme il l'avait rappelé, j'avais, longtemps avant lui, pris cette route si peu usitée de la rivière des Amazones pour rentrer en France. Et j'étais donc arrivé dans notre colonie française par l'ouest, en février 1744. J'y avais attendu un bateau pour passer en Europe mais, de bateau, il n'y avait jamais. Cayenne, banc de vase où s'enlisent les espoirs.

Je n'avais eu jusque-là de la mélancolie que les images qu'en offrait M. de Jussieu. Je l'ai éprouvée pour la première et la dernière fois de ma vie en Guyane.

On regarde la côte, le large, on laisse peser sur soi l'air chargé d'eau et de miasmes. On nage dans sa sueur et dans la sueur du ciel. On s'efforce de ne pas bouger pour ne pas ajouter à toute cette eau.

– Il est vrai qu'à Cayenne, concédai-je, le temps ne file plus du tout, il s'arrête.

– Pas tout à fait, si vous me permettez, monsieur. On le croit arrêté, mais il continue. Il passe comme nos joues se creusent, insensiblement. L'on vieillit.

Nous nous tûmes tous deux, et dans le silence, la tiédeur du jardin prit un goût de larme. Remontée avec les souvenirs jusqu'à la surface de ma mémoire, la mélancolie sourdait en un point sensible de mon esprit. Je n'en voulais pas ; j'étais trop près de la mort pour me laisser submerger.

Je secouai vivement la tête.

– Oui, mais moi, je n'ai pas attendu des dix et quinze ans qu'on m'envoie un passeport. Au bout de six mois, plutôt que d'attendre ce qui ne venait pas, je suis passé en Guyane hollandaise, où j'ai pu trouver un embarquement pour Amsterdam. Vous auriez pu de la sorte aller de colonie en colonie jusqu'à Carthagène, et ainsi retrouver Doña Isabel et votre enfant bien plus tôt !

Il quitta la cheminée, s'avança vers moi d'un pas et commença :

– Monsieur, vous m'accusez…

Curieusement, je n'avais pas réussi à l'indigner. C'était de l'étonnement que j'entendais dans sa voix, qu'il appuya en écartant les bras d'un geste piteux avant de poursuivre :

– … mais je ne sais pas de quoi !

Il fallait donc que j'insiste, car je le voulais mal à l'aise.

– Ne vous trompez pas, dis-je en tendant le doigt vers lui, mes accusations ne portent pas sur ce que vous avez pu faire à Cayenne ou Doña Isabel à Quito pendant votre séparation. Mes accusations portent sur la façon dont vous avez, dans votre récit, favorisé l'illusion d'une histoire d'amour entre deux époux qui pleurent chaque jour de ces vingt années pour se retrouver…

– Mon intention n'était certainement pas de cacher ce que j'ai pu faire pendant ces vingt ans !

– Jean…

Cette fois, je voulais marquer de tout mon corps ce que j'allais dire. Et puis j'en avais assez d'être enfoncé dans ces coussins, entre un jeu de l'oie éraillé et un vieillard endormi. Je m'accrochai aux bras du fauteuil, les ongles plantés comme des serres dans la tapisserie qui le recouvrait. Passé le moment délicat où mon arrière-train se trouva en dehors de ma base de sustentation, je répétai : « Jean… » pour mieux le prévenir de la gravité de mes paroles.

Enfin debout, les deux mains sur le pommeau de ma canne, mes osselets divers retrouvant leur place dans un concert de petites douleurs, je déclarai :

– Jean, mon garçon, vous venez de vous trahir. Votre intention, en favorisant l'illusion, n'était pas de cacher ce que vous avez pu faire pendant ces vingt ans. Répondez-moi… Quelle était votre intention ?

Il prit sa respiration, baissa la tête… et Don Pedro se réveilla.

*
* *

Nous nous étions tournés ensemble vers la figure de spectre levée vers nous.

– Vous nous quittez, demanda Don Pedro, monsieur dé La Condamina ?

Je craignis que Jean en profite pour me donner mon congé dans les formes. L'occasion était si belle. Mais il n'en fit rien.

Au contraire, il se pencha vers son beau-père, et dit d'un ton enjoué :

– Pas du tout, M. de La Condamine me fait l'honneur de m'accompagner au jardin, pour que je lui montre mon orangerie.

– Ah, votre orangerie, commenta le vieillard avec un haussement d'épaules. Ne croirait-on pas que c'est le Jardin du Roi ? Vous ne verrez, monsieur, que quelques pots qui sentent la vase.

– Aussi je ne vous oblige pas à nous accompagner, lui répondit Jean. Restez ici, je vais aller demander qu'on vous apporte un peu plus de chocolat.

– Oui, très bien, du chocolat, répéta Don Pedro.

– Et pour moi, intervins-je, demandez à mon valet d'apporter ma chaise roulante.

D'un geste, Jean me montra la porte-fenêtre ouverte.

– Si vous voulez m'attendre là devant, je reviens…

– Apportez aussi un foulard un peu chaud !

– Moi aussi, un foulard, marmotta Don Pedro avec un soupir, je sens un courant d'air.

2

J'étais sur le seuil du jardin, attendant ma chaise roulante et un foulard – un foulard de laine pour le voyageur des Andes !

Le temps que je passai là, les roses attirèrent mon attention par toute sorte de moyens depuis leurs parterres sous les fenêtres. Elles s'étiraient, se courbaient, soupiraient… Leurs pétales explosaient avec lenteur, tombaient, un instant retenus par une feuille, par une autre, se posaient sur la terre nue sans une salissure. Une ombre écarlate m'apparut entre deux follicules, le dernier bouton de l'année. Je voyais l'ombre s'agrandir, pâlir – le soleil ou mon pauvre cerveau produisait-il cet effet ? Le temps s'emballait après s'être suspendu si longtemps. Combien m'en restait-il ?

L'arrivée de ma chaise m'empêcha de m'appesantir sur le spectacle. C'était mieux ainsi.

Un instant plus tard, je regardais le sable d'une allée défiler sous moi, une hideuse pièce de laine à carreaux croisée sur ma poitrine creuse, les mains de Jean sur les poignées de mon siège, si vigoureuses et si chaudes que j'en sentais l'émanation contre ma nuque.

– Vous trouverez que le mot d'« orangerie » est bien pompeux, mais nos moyens… Pour la construire, je suis à la lettre les plus récentes instructions, que j'ai lues dans…

Des fleurs et des fruits bordaient le chemin, des haies de buis, des touffes d'asters et de pois de senteur, des vignes en espaliers, parfaites de forme et d'harmonie, chef-d'œuvre d'un jardinier inconnu. Pourtant, Jean ne me les désignait pas. Les splendeurs du sol berrichon lui étaient indifférentes ; seule son orangerie inachevée l'occupait.

– Il s'agira en fait d'une serre humide. Je la contrôlerai grâce à un feu fermé en hiver, de façon à évacuer la moiteur et la fumée. La nuit, si nécessaire, je couvrirai mes carreaux de bâches.

Je voyais grandir devant moi une paroi de verre étroite et longue où le soleil flambait.

– Nous y entrerons par un tambour…, continuait Jean.

Nous passâmes la limite du chantier, là où sans doute serait le tambour. Une tache sombre sur ma droite signalait une culture. Une simple caisse suffisait à la contenir, si bien que, aussi petite que soit la future serre, elle paraissait dix fois trop grande pour elle, misérable poussière sans un germe apparent.

– J'y ai mis des graines rapportées de Guyane. Je caresse l'espoir d'en faire une observation. Et si j'ai le bonheur d'en voir assez pour en tirer une publication, je me permettrai de vous l'envoyer.

Encore ce besoin de m'imiter. Jean continuait à penser sans en avoir conscience que s'il touchait tout ce que je touchais, il finirait bien par faire de l'or. La botanique, la géologie, les mathématiques, la géométrie, et tant d'autres choses… Il n'y arriverait pas, bien sûr. En avait-il seulement besoin ? Quand on possède de telles roses, quel besoin de rêver d'or ?

– Voyez, là, des pousses…

Il montrait quelque chose d'invisible. Je me penchai. Et je refermai les yeux. La texture de l'air qui flottait au ras de l'humus me transportait. J'étais revenu au bord du grand fleuve. Il ne manquait rien, même pas l'imperceptible pourrissement du sol.

*
* *

La rivière des Amazones était derrière moi, je lui tournais le dos. Accroupi sur la rive, une main sur le sable mouillé, je scrutais les replis en abîme de la forêt. J'avais cru y apercevoir une forme humaine. Je m'étais caché et je cherchais du regard, sans franchir la lisière. Jamais, jamais je n'ai pénétré à plus de dix mètres de la frontière entre les arbres et l'eau ; je me suis contenté de glisser sur l'eau ; j'étais fatigué de risquer ma vie ; j'espérais qu'elles viendraient à moi. À Omaguas, un Indien me dit que je trouverais à Coari un vieillard dont le père avait vu les Amazones, mais à Coari j'appris que l'homme était mort ; son fils cependant me certifia que l'histoire était vraie, et le croyant, je ne pouvais empêcher mes yeux de fouiller les frondaisons. Moi aussi, j'avais eu ma faiblesse.

Je demandai :

– Avez-vous vu les Amazones, Jean ?

– Ma foi… je ne les ai pas cherchées. Mais… n'est-ce pas un conte que les Indiens colportent ?

Il avait dit cela d'un ton hésitant. Lui aussi était étonné que je m'attache à ce sujet. Je regardai distraitement les quelques points blancs qu'il avait appelés « pousses » et soupirai.

– Je ne sais pas. Peut-être. Cet Indien, à Coari, m'a dit que son grand-père leur avait parlé – elles étaient quatre et il m'a même cité leurs noms. Et puis… à Cayenne, un vieux soldat m'a assuré qu'il avait visité la nation des Amicouanes dont les femmes portaient au cou de ces pierres vertes qu'on appelle des « amazonites ». Il avait demandé à ces Indiens d'où elles les tiraient, et ceux-ci lui avaient répondu que les pierres venaient de chez les femmes « qui n'avaient point de mari », dont les terres étaient à sept ou huit journées de marche du côté de l'occident. Ces pierres vertes…

J'éprouvai le besoin de relever la tête pour terminer mon plaidoyer.

– Ces pierres vertes, répétai-je, je les ai vues moi-même, chez les Indiens de Topayos… Elles existent. Alors pourquoi pas les Amazones ?

Jean fit un demi-cercle de façon à me regarder de face, par-dessus son terreau que je humais toujours comme si c'était du tabac. Il ne me savait pas capable de telles lubies. Il n'avait pas lu l'enquête que j'avais faite sur la sauvagesse de Songi, cette petite fille qu'on avait trouvée errant dans les bois près de Châlons-en-Champagne, et dont j'étais arrivé à penser qu'elle était une Esquimaude échue là on ne savait comment. Mes confrères ne comprennent pas mes fantaisies, eux non plus. Les moins aimables disent que c'est la preuve d'un dilettantisme dépassé, d'un manque de profondeur. Ils négligent le fait que la diversité même de mes sujets d'intérêt est cause que j'ai eu les fulgurances scientifiques qui me seront un jour reconnues.

Et puis, j'aime les femmes à mystère.

– Ne soyez pas étonné, Jean, de ma question. J'aime les femmes à mystère. C'est pourquoi je suis là.

Comprenant que sa serre n'avait déjà plus d'intérêt pour moi, il me ramena dans l'allée ; je sentais sa lassitude peser sur ma chaise dont les roues s'incrustaient profondément dans le gravier.

– Je le comprends bien, dit-il d'une voix nouvelle, plus grave, mais vous devez aussi comprendre… Monsieur, je ne cache pas mon épouse. C'est elle qui se cache.

Je tournai la tête vers la maison. La façade était poudrée de soleil. Les roses y grimpaient amoureusement, et leur parfum parvenait jusqu'à nous, mêlé d'une once de vanille, peut-être celle du chocolat de Don Pedro.

Un reflet attira mon attention ; le ciel se mouvait sur les vitres d'une fenêtre du premier étage, au-dessus du salon, une fenêtre ouverte que la brise devait appuyer sur un rideau flottant… La lumière du soleil pénétrait, indiscrète, jusque dans les profondeurs d'une chambre. D'où j'étais placé, j'y aurais vu beaucoup de choses si je n'avais été à demi aveugle, du mobilier, des tentures, une silhouette…. Au rez-de-chaussée, la porte-fenêtre était ouverte, elle aussi. D'une pièce à l'autre, on devait entendre toutes les conversations, surtout lorsque l'un des interlocuteurs était sourd.

Jean disait la vérité. Il ne cachait pas sa femme. C'était elle qui se cachait, tout en suivant le détail de mon interrogatoire. Je me rappelai la façon dont il avait fermé et rouvert la porte-fenêtre, puis ce volet claqué contre un mur au-dessus de nos têtes. C'étaient des signaux qu'ils se faisaient l'un à l'autre. « Je ne dirai rien », disait l'un. « Je t'en conjure », répondait l'autre – ou bien : « Je te l'ordonne » ?

– Doña Isabel, se cacher…, m'étonnai-je sans quitter du regard la fenêtre ouverte. Ce n'était pas dans sa nature. Elle aimait le grand jour, les regards posés sur elle, les bijoux d'or, la danse. Cela ne me semble pas ordinaire de sa part.

– Cela ne l'est pas. Vous savez combien elle désirait venir en France…

– En France et plus encore à Paris et plus encore à Versailles. Elle me parlait du bal de l'Opéra… Vous l'y emmèneriez, aujourd'hui, qu'on s'arracherait le plaisir de la recevoir. Pour tous et surtout pour toutes, elle est cette dame de qualité qui a traversé la pire forêt de l'autre monde poussée par un sentiment sublime. On ne cause que d'elle, en ce moment.

– Hélas, monsieur, cela ne la convaincra pas de faire le voyage.

– Mais quelle répugnance l'empêche de me voir, moi qui l'ai connue non seulement pucelle innocente et épouse heureuse, mais aussi mère souffrante ?

– Des souffrances plus grandes encore, sans doute. Vous avez lu ce qu'elle a vécu dans son naufrage.

– Je n'imaginais pas qu'on puisse vivre souffrance plus grande que de perdre ses enfants.

Il ne répondit pas, et je crus alors l'avoir mouché sur son propre terrain, celui de la grandiloquence.

Nous nous éloignions de la maison. Je perçois encore le crissement du sable sous les roues de ma chaise. Nous passions entre deux murs de végétation, dans quelque chose comme un cabinet de verdure. Il y faisait plus frais et je resserrai contre moi le foulard de laine. Jean ne parlait plus. Un instant, je sentis le froid de l'hiver poindre sous la douceur de l'automne. Il fallait que je parle.

– Jean, que vouliez-vous me dire en m'entraînant dans ce charmant jardin ?

– Rien de particulier, monsieur. Simplement, j'ai pensé que par votre évocation du temps que j'avais passé à Cayenne, vous m'accusiez d'avoir folâtré plutôt que travaillé à rejoindre mon épouse…

Sa voix avait perdu sa maturité de l'instant précédent, et j'eus l'impression qu'il cherchait à s'éloigner du récit que je lui avais demandé pour me remmener sur d'autres fausses pistes. À cet instant, j'aurais dû revenir à mon enquête… Mais le désir de repousser l'hiver pour rester en automne m'enjoignait de le laisser parler.

– Donc vous avez folâtré…

– Monsieur, ma maison est telle que les paroles y restent rarement secrètes. Si vous vouliez que je vous raconte, il fallait sortir…

– Je ne suis pas sûr que le récit de vos frasques m'enchante comme il m'enchantait autrefois. Ces filles de Guyane étaient d'une tristesse…

– J'en ai pourtant connu une qui… Mais vous avez raison, ces filles n'avaient pas cette fraîcheur-là.

La façon dont il avait prononcé le « là » me fit réagir.

– Là ? Où ?

Je l'entendis rire d'une manière qui signifiait : « Ah, je vous retrouve ! » Alors seulement, je me rendis compte qu'il avait arrêté ma chaise devant un spectacle dont le souvenir aujourd'hui encore me réchauffe.

*
* *

Nous avions passé le cabinet de verdure, et le soleil de l'après-midi, outre qu'il me caressait la nuque, baignait les arbres d'un verger qui se déployait devant moi. Il y avait du monde. Des échelles étaient posées contre les troncs, des flots de tissu dansaient dans les effluves de fruits blets et d'herbe coupée.

– Qu'est-ce cela, Jean ? Je vois si mal, il faut me décrire…

Il arrêta ma chaise et se pencha sur moi.

– Elles font la cueillette des poires, dit-il à voix basse, tout contre mon oreille. Elles sont perchées sur les échelles, et comme elles doivent lever les bras, leurs jupons découvrent leurs chevilles. Il y a là Babet, la femme du fermier de ma terre des Épourneaux, venue à la rescousse, et Roseline, la fille de cuisine, et Nicole, la camériste de ma femme. Et là, voyez-vous au plus haut de l'échelle, celle qui s'est mise pieds nus et dont nous voyons le rond du mollet… Pimpette, notre petite nouvelle…

Bien sûr, je ne voyais pas le rond du mollet ; il allait devoir m'aider.

– Comment sont-elles ?

– Bien fraîches, je vous dis ! Moins étrangères que mes connaissances du Pérou, et cela me convient, à cette heure. Je ne vous parlerai que de Pimpette. Dès qu'elle me voit, monsieur, elle a les joues qui fleurissent et la poitrine qui se soulève, si bien que son corselet ne la contient plus, c'est comme un nuage tiède qu'elle transporte avec elle, et qui m'enveloppe dès que je passe à côté.

– Vous passez à côté jusqu'où, dites-moi ?

– Jusque là-bas, le plus souvent… (Son bras se tendit devant moi.) Il y a un séchoir où l'on met des herbes à tisane, avec une cheminée et des claies… L'odeur y est délicieuse, la température tropicale. Pimpette est chargée de la garde de cet endroit. Une charge qui ne lui pèse pas trop ! Quand j'y entre, il me semble qu'elle a passé tout son temps à se rouler dans la verveine et le tilleul pour m'en faire goûter la saveur sur sa peau.

Il repartit de son rire complice, et je me sentis rajeuni plus que par toutes les couches de camphre dont Charlotte me frictionnait les reins. Nous restâmes un moment à contempler la corolle blanche qui devait être le jupon de Pimpette.

Je soupirai.

– Vous avez là un beau domaine, Jean. Je le contemple et je m'étonne que vous ayez eu l'envie d'aller chercher fortune ailleurs…

– N'était-ce pas la même chose pour vous ? Et plus encore puisque vous n'aviez qu'une sœur et donc la charge de perpétuer le nom de votre famille. Pourtant, vous avez quitté votre mère pour courir des risques insensés. Je sais, monsieur, quelle distance il y a entre nous, mais…

– En effet, Jean. Soyez sans crainte, je vous conserverai toujours ma protection.

Il avait failli dire que nous nous ressemblions. J'embrassai d'un geste le verger, ses poires et ses cueilleuses.

– À qui transmettrez-vous cela ? Vous avez des neveux ?

– Mon Isabel songe à faire venir le fils de son frère décédé ; il est encore fort jeune, moins de dix ans, je crois. Nous pourrions l'adopter.

Il avait énoncé cette nouvelle avec quelque réticence. Je ne savais si c'était parce que le fait même ne lui plaisait qu'à moitié ou parce que ses paroles me ramenaient à l'objet de ma visite… à moins que les miennes lui aient rappelé que tous ses enfants étaient morts.

– Je pensais à ce neveu disparu avec son père dans le drame de la Bobonaza.

– Vous parlez de Martin. Celui qui doit venir ici est son frère cadet, Juan-Antonio. Encore trop jeune, au moment du voyage sur la Bobonaza, il était resté à Riobamba avec sa mère, Marcelina, avec laquelle nous restons en correspondance.

– C'est d'elle que vous avez reçu une lettre partie il y a trois ans ?

– Oui, cette lettre a beaucoup ébranlé mon Isabel, car Marcelina l'a écrite alors qu'elle venait tout juste d'apprendre la mort de son mari et de son fils aîné qui n'avait pas dix ans, et qu'en plus, les autorités de Quito, loin de respecter son deuil, l'ont traitée comme une coupable.

Je ne compris pas tout de suite, je l'avoue, ce que cette allusion avait d'intéressant. Ce ne fut que plus tard que j'y songeai. Sur le moment, je restai absorbé par ces trois années qu'il avait fallu à une lettre pour venir du Pérou, pour transporter la douleur d'une femme, qui venait inopinément raviver celle d'une autre femme.

– Avoir ici cet enfant serait certes une consolation pour Doña Isabel.

Devant son silence, j'insistai :

– Et pour vous…

– Pour moi ?

Son étonnement m'obligea à expliquer :

– Vous avez eu la tristesse de perdre tous vos enfants en bas âge… Ce jeune Jean-Antoine les remplacera…

– Oh ! Ces deuils… sont si lointains… Quand j'y pense, il me semble qu'ils sont à quelqu'un d'autre que moi. Voyez-vous… je me félicite même qu'une mort prématurée ait préservé ces fruits de notre union du sort funeste qui les attendait sur la Bobonaza… Songez qu'ils seraient morts comme Martin, sous les yeux de leur mère qui n'aurait sûrement pas survécu à ce spectacle.

L'étrangeté de l'idée me laissa coi. Elle figurait dans sa *Relation*, tout aussi dénuée de sens. Comment pouvait-on se réjouir que des enfants soient morts avant que de mourir ? Pourtant, d'une certaine manière, je la comprenais. Jean avait quitté Quito pour rejoindre la France en laissant son Isabel enceinte pour la quatrième fois… Lorsque l'enfant était née, il était en route sur le fleuve des Amazones, et j'avais appris la nouvelle avant lui, par les lettres que je recevais régulièrement de Quito ; c'était donc moi qui lui avais annoncé sa naissance dans un courrier envoyé à Cayenne, en 1752. C'était moi aussi qui lui avais annoncé sa mort, dix-neuf années plus tard. Jean avait passé plus de vingt ans à Cayenne. Vingt ans, le temps d'une vie, celle de cette enfant inconnue de lui.

Nous avions quitté les bords du verger, et nous arrivions devant un bassin. Il y avait un banc, un vieux mur et un chèvrefeuille. Je fermai les yeux pour goûter mieux l'instant. J'entendais les guêpes autour de moi, j'entendais des rires de femme au loin. Cette jeune fille inconnue dont la vie occupait vingt années de vide s'insinuait dans mes pensées sans que je le veuille.

Elle m'appartenait autant qu'elle avait appartenu à ses parents, me semblait-il, parce que j'avais su sa naissance et sa mort avant son père. Elle était morte de la petite vérole, cela aussi était une raison pour qu'elle m'appartienne… Elle était baptisée Carmen et devait être bien belle si elle ressemblait à son père et à sa mère à la fois. J'en aurais fait une débutante recherchée si elle était venue à Paris, peut-être l'aurais-je dotée… peut-être l'aurais-je inoculée, et alors elle n'aurait pas eu la petite vérole.

Je rouvris les yeux. J'avais dû somnoler, une fois de plus. Devant nous, la façade de la maison était plongée dans une ombre mauve. Le soleil avait décliné. Il n'en restait qu'un rayon unique qui éclairait ma chaise comme une lampe de scène. Sous l'eau du bassin, une flamme cuivrée se faufilait entre les herbes noires – une carpe ? Je sentais une vie légère flotter autour de moi dans les brumes du retour à la conscience, la vie d'une créature qui aurait pu vivre et n'avait pas vécu. La jeune fille morte de la petite vérole, qui avait échappé au drame de la Bobonaza – quelle chance ! disait son père. Je frissonnai.

– Voulez-vous que nous rentrions ? demanda Jean. Vous avez fait un somme, vous devez vous être refroidi.

Je secouai vivement la tête. Carmen continuait à me hanter ; je voulais avoir froid. Elle serait remplacée bientôt par un enfant plus jeune encore, un neveu qui venait hériter les biens de Jean. Il n'avait pas accompagné son père, son frère et sa tante jusqu'à cette plage de la Bobonaza et donc il n'était pas mort… Pourquoi aurait-il dû mourir ? Doña Isabel, elle, n'était pas morte… Vain jeu de l'esprit. Toutes les mathématiques que je possédais ne m'aidaient pas à remettre en ordre les fils du temps. Tant que je ne serais pas allé moi-même sur cette plage de la Bobonaza, ils resteraient emmêlés. Il fallait que je remonte la rivière des Amazones avec Jean, en même temps que le cours du temps.

*
* *

Je le voyais devant moi, à présent. Il me tournait le dos, face au bassin, et regardait sa maison, semblait-il, sans doute la fenêtre ouverte du premier étage où il devait voir bien plus de choses que moi.

– Jean !

Il sursauta, se retourna à demi.

– Votre raisonnement, lançai-je, sur ce qui serait arrivé ou ne serait pas arrivé si… on pourrait le poursuivre. Si vous n'aviez pas reçu cette galiote portugaise, vous n'auriez pas écrit à Doña Isabel de vous rejoindre, elle n'aurait pas monté d'expédition… et personne ne serait mort du tout.

– Il m'arrive de le penser, dit-il en montrant son profil parfait sans se tourner plus.

– Parlez-moi de cette damnée galiote.

Il se mit à marcher nerveusement, trois pas d'un côté, trois pas de l'autre, tout en parlant :

– Ayant ouï dire que le comte d'Hérouville avait la confiance de M. le duc de Choiseul, je m'avisai d'écrire au premier sans avoir l'honneur d'en être connu…

– Non ! Cela, vous l'avez déjà dit ! Nous en étions à l'arrivée d'une galiote pontée avec un équipage de trente rameurs, conduite par un capitaine de la garnison de Pará, tout cela armé par ordre du roi de Portugal, et chargé de vous conduire sur le fleuve jusqu'au premier établissement espagnol.

– Ah, je vous ai déjà dit cela ? C'est que je le raconte tant et tant, je ne sais plus à qui…

– Vous l'avez appris par cœur, car chaque fois vous répétez les mêmes mots.

– Quels autres pourrais-je dire ?

– Vous pourriez les agencer différemment, mais vous craignez de vous contredire, alors vous préférez répéter le discours conçu mot à mot pour ne rien révéler. Du moins est-ce ainsi que je l'interprète.

– Je crains que votre esprit ne soit trop philosophe pour moi, monsieur.

– Plus policier que philosophe, en l'occurrence… Je vous en prie, poursuivez. Pourquoi n'avez-vous pas pris cette galiote grâce à laquelle vous auriez rejoint votre épouse dès l'année 1766 ?

– Je l'ai prise, du moins jusqu'à Oyapock, où je résidais à cette époque, à trente lieues de Cayenne d'où nous étions partis les derniers jours de novembre 1765. Mais alors je tombai malade. M. de Rebello, commandant de la galiote, eut la complaisance de m'attendre six semaines. Voyant que je n'étais pas en état de m'embarquer et craignant d'abuser de la patience de cet officier, je le priai de se mettre en chemin, et d'embarquer quelqu'un que je chargerais de tenir ma place au…

Je l'interrompis.

– Malade ?

– Oui, et même assez dangereusement.

– Ne serait-ce pas plutôt que vous avez eu peur ?

– Peur, moi, monsieur ?

Certes, c'était une curieuse attaque à lancer contre un homme que j'avais vu traverser les pires dangers à ma suite. Pourtant j'insistai :

– Peur.

– Pourquoi aurais-je eu peur d'un voyage que j'avais fait seul en sens inverse ?

– Parce qu'entre-temps, vous aviez envoyé en France un rapport qui démontrait la possibilité et l'utilité d'une invasion du Brésil par la France. Et que, en conséquence, vous pouviez craindre que la venue de cette galiote ait eu pour objet véritable de vous enlever jusqu'aux geôles de Pará, sur ordre du roi de Portugal.

Jean reprit son va-et-vient, les mains dans le dos, puis se posta devant le bassin et resta à fixer quelque chose que je ne voyais pas, sans doute les carpes qui elles aussi allaient et venaient pour épuiser une énergie inutilisée. Quand il parla, ce fut d'une voix sourde :

– Est-ce cela que vous vouliez m'entendre confesser ?

Il poursuivit sans attendre, avec un soulagement visible.

– Je le confesse... L'arrivée de cette galiote après tant d'années de silence me paraissait suspecte. M. de Rebello était un gentilhomme courtois mais sa courtoisie pour moi, homme de si peu d'importance, me semblait excessive. J'ai craint qu'en passant les frontières de la Guyane pour entrer au Brésil, qu'en quittant une terre française pour une terre portugaise, je me jette dans la gueule du loup. Si mes lettres à M. de Choiseul étaient tombées entre des mains étrangères, j'aurais été fait.

– D'autant qu'il s'était passé quelque chose de nouveau en Guyane, n'est-ce pas ? En l'année 1763, le Canada étant perdu, M. de Choiseul avait entrepris de faire envoyer quinze mille hommes et femmes pour relancer la colonisation, ce qui avait quelque peu inquiété les Portugais... L'arrivée de cette galiote et l'intérêt soudain des Portugais pour vous pouvaient être liés à cette inquiétude.

– C'est pourquoi j'ai tout fait pour que parte seul ce M. de Rebello.

– Je comprends votre souci. Mais tout cela n'avait plus grand rapport avec votre famille !

– Je ne l'oubliais pas, et finalement, quand M. de Rebello a compris qu'il ne pouvait pas me piéger, il a accepté de prendre à son bord un homme que je connaissais depuis longtemps, Tristan d'Orcaval, que je chargeai de transmettre ma lettre à ma femme et de la raccompagner par la même route.

– Et vous, vous êtes resté à Oyapock, où vous avez repris vos commerces…

– Vous voilà satisfait dans votre curiosité : tout le mal est venu de là, par ma faute. Voilà le mystère que vous perceviez dans mon texte où j'ai fait ce mensonge de ma maladie. Tout est ma faute.

Étais-je satisfait ? Certainement pas ! Il croyait s'en être tiré à bon compte. Mais ce mensonge-là, je l'avais perçu depuis longtemps, depuis que j'avais lu les lettres qu'il avait envoyées à M. de Choiseul longtemps avant de recevoir son récit écrit. Le vrai mystère était ailleurs. Dans ces vingt années écoulées, d'une part, et dans le voyage lui-même, de l'autre.

Je secouai la tête pour moi-même autant que pour Jean.

– Cet aveu-là, Jean, ne sert qu'à masquer d'autres mensonges plus graves que je ne conçois pas !

Un autre frisson me fit crisper les mains sur le foulard de laine.

– Pourrions-nous rentrer ? Le jour baisse et je vois sur la façade de la maison qu'une chambre de l'étage a de la lumière ; à moins que ce soit un reflet du couchant ?

Jean leva la tête vers la façade, resta un moment plongé dans le spectacle qui devait être magnifique.

– Non, ce n’est pas un reflet du couchant. Vous voyez mieux que ce que vous dites, monsieur…

– Je ne vois pas, je devine, la mémoire reconstruit des éléments transformés d’après ce que je me souviens du monde, et mon esprit me donne la clé.

– Votre mémoire et votre esprit vous ont donné une bonne clé. Je vois, moi, que mon épouse est dans sa chambre et qu’elle a fait de la lumière.

Il baissa la voix, comme si Doña Isabel pouvait nous entendre, si loin soit-elle.

– Sa chambre est son univers… Sa chambre, et l’église de notre paroisse.

La frustration m’inspira une irritation irraisonnée ; j’étais un enfant qui refuse l’évidence.

– Je ne comprends pas ! m’écriai-je. Elle rêvait d’océan, de villes inconnues, elle a eu le courage de se lancer à l’assaut d’un continent !

– Il faut que je vous dise…

Je retins mon souffle. Il reprit d’une voix qui n’était plus qu’un murmure :

– Plusieurs fois, alors que j’entrai chez elle après qu’elle n’eut pas répondu à mes coups sur la porte, je l’ai trouvée penchée sur une boîte qu’elle dissimulait à mon entrée. Un jour qu’elle était aux vêpres, je suis allé voir ce que la boîte cachait. C’est une indiscrétion que vous me pardonnerez, monsieur, je le sais, et c’est pourquoi je m’autorise à vous la raconter sans m’en montrer confus.

– Qu’y avait-il dans la boîte ?

– Une paire de sandales.

– De votre fille décédée ?

– Non, des semelles qu’elle s’était elle-même fabriquées en découpant les bottes de ses frères morts, au moment où elle a dû s’enfoncer dans la forêt, seule…

– Et ?

– Et rien, voilà tout.

Je ne savais que faire de ce détail. En me le racontant, Jean se plaçait de mon côté, en position d'enquêteur, mais il avait beau faire, je n'arrivais pas à me défaire de cette méfiance qui montait en moi.

Il fit un grand geste circulaire vers le crépuscule.

– C'est l'heure qu'elle redoute, dit-il, celle qui précède la tombée de la nuit. Pour repousser ses fantômes, elle se retire dans un coin de sa chambre où elle fait un oratoire, allume une forêt de bougies et prie jusqu'à ce que le ciel soit noir.

Nous restâmes un instant recueillis sur cette évocation d'une femme assaillie par les spectres venus avec elle depuis les rives de la Bobonaza. Le respect, à ce moment, me pénétra. Bien sûr, au-delà de ma quête de la vérité, c'est cela que j'étais venu contempler : la femme qui était entrée et sortie d'un cercle de l'enfer que Dante n'avait pas imaginé. Moi le mesureur, moi l'ami de Voltaire, je me sentais dépassé, submergé par le sentiment d'une transcendance que la raison seule ne pouvait apprécier.

– Rentrons, dis-je, j'ai terriblement froid.

3

On avait fait du feu dans la cheminée, et mis de la lumière. Don Pedro, le menton sur sa cravate, faisait cliqueter son rosaire en marmottant. Jean s'étonna :

– Vous n'êtes pas monté vous coucher ? Pimpette ne vous a pas apporté votre soupe au lait ?

– J'espère que vous ne vous attardez pas à veiller pour moi, intervins-je.

– Aussi impotent que je sois, monsieur dé La Condamina, je conserve le sens de l'hospitalité.

– Je n'en doutais pas, mais vous me chagrineriez en vous fatiguant par ma faute.

– Je suis trop heureux d'avoir près de moi un homme d'esprit. Cela varie mes soirées, je vous en suis gré.

Sans relever l'insinuation, Jean marcha droit vers la porte du couloir en annonçant qu'il allait donner des ordres pour servir un repas.

J'étais seul avec Don Pedro. Pour combien de temps ? Je n'attendais pas grand-chose de ce témoin-là, mais je devais pourtant tenter l'impossible.

– Aurons-nous le plaisir d'avoir Doña Isabel pour souper ? demandai-je au risque de passer pour stupide.

– Il m'est impossible de vous répondre, répondit-il avec moins d'affectation que précédemment. Ma fille ne fait que ce que sa fantaisie lui ordonne. Vous vous en souvenez peut-être.

– Je m'en souviens, oui. Et telle que je m'en souviens, sa fantaisie lui aurait ordonné de descendre voir le voyageur français.

– Les années passées ont orienté sa fantaisie dans d'autres directions.

Les années passées… Nous revenions sur le sujet du temps.

– Une si longue séparation ! m'exclamai-je avec un attendrissement appuyé, puis j'ajoutai, l'air d'avoir une pensée subite : Vous qui étiez aux côtés de Doña Isabel, racontez-moi ce moment précieux : celui où, enfin, elle a reçu des nouvelles de son mari…

– Elle n'en a pas reçu. Mon gendre vous a dit le contraire ?

Le cliquetis accéléré de son rosaire trahissait son trouble.

– Pour le moment, il ne m'a rien dit, mais j'ai lu dans sa *Relation* qu'il avait fait envoyer une lettre par ce M. d'Orcaval qu'il avait chargé de remonter la galiote sur la rivière des Amazones.

– La lettre de mon gendre ne nous est jamais arrivée. Jamais je n'ai eu entre les mains un papier de lui, jamais !

Sa manière de marteler ce non-événement avait quelque chose d'insolite. Pourquoi nieravec tant de force un fait sans conséquence sur le drame ? Il ne se doutait pas que, par la faute de sa véhémence, j'entendais l'exact contraire de ce qu'il affirmait.

Inutile d'essayer d'en savoir plus. Si Jean ne me donnait pas lui-même la solution des énigmes, ce ne serait pas Don Pedro qui le ferait, car il pouvait avoir une raison de plus que Jean de ne rien révéler :

l'honneur. Et j'avais pu constater, avec cette histoire de dentelles, qu'il savait garder les secrets même anodins. Quant à lui demander ce que Doña Isabel avait fait de ses années de solitude au Pérou, je ne pouvais m'y abaisser, quelle qu'en soit mon envie.

Lui, de son côté, se montra très désireux de m'apprendre ce que Jean avait fait de sa solitude.

– Mon gendre vous a dit qu'il avait passé tout ce temps à demander des passeports pour sa femme et sa fille ?

Dans la façon de poser cette question, il n'y avait plus aucune trace du vieillard que nous avions vu dormir comme un mort ; Don Pedro était à nouveau le corregidor qui m'avait confié son or à transporter vers Lima.

– Oui, c'est ce qu'il a écrit à M. de Choiseul, répondis-je, tout prêt à entendre la suite, après cette annonce prometteuse.

Il lâcha son rosaire, et attendit que je me sois réinstallé dans mon fauteuil. Puis il parla avec un regard lourd de sens, le menton incliné, en homme qui pèse ses mots.

– Peut-être cela vous a-t-il échappé, mais j'ai séjourné à Cayenne avec eux, je veux dire avec ma fille et mon gendre, le temps que nous avons attendu un bateau pour la France, donc trois ans. J'y ai rencontré les gens qui ont côtoyé M. des Odonais durant toutes les années de son séjour dans la colonie de Guyane.

– Le gouverneur en place, je ne sais plus quel est son nom…

– M. de Fiedmont.

– … a dû vous parler de ses commerces, j'imagine, de son exploitation du bois et de la pêche au lamantin…

– Vous savez cela ?

Il aurait été inconvenant d'ajouter ce que je savais d'autre, qui appartenait aux archives secrètes du ministère des Affaires étrangères. Je me contentai d'opiner en silence. Il reprit, d'un air plus grave encore :

– Et savez-vous ce que M. de Fiedmont pensait de ces activités ?

Il commençait à m'intéresser. Mes sourcils me trahirent. Se haussant tous les deux malgré moi, ils l'encouragèrent.

– Eh bien, c'est édifiant, continua-t-il. Il m'a confié que M. des Odonais, enfin… M. Godin, car il était connu de M. de Fiedmont sous ce nom, avait eu une conduite bien équivoque. Il m'a dit, je vous répète ses mots, que « sous les apparences trompeuses d'un citoyen zélé, il développait un esprit artificieux et hypocrite, et capable pour son intérêt particulier de faire de mauvaises manœuvres ».

« Artificieux », « hypocrite » : les mots étaient surprenants, mais d'une certaine manière, ils rejoignaient mon impression récente. Cependant, Don Pedro, trouvant sans doute que je n'étais pas assez indigné, monta d'un degré sur l'échelle des forfaits :

– Il m'a aussi révélé qu'il avait refusé à M. Godin de lui renouveler sa concession de pêche au lamantin dans la rivière de Maiacare, parce qu'il avait, disait-il, « pris un ascendant sur les Indiens qu'il maltraitait et qui, pour éviter ses vexations, s'éloignaient de Guyane ». Il paraît que c'était, de tous les traiteurs, celui qui a le plus aliéné des Français ces populations…

Pour le coup, j'étais stupéfait. Don Pedro enfonça le coin :

– … et celui qui a le plus, je cite encore M. de Fiedmont, « dégradé les bois du roi », surtout sur la rivière d'Oyapock, payant l'abattage à coups de tafia sans pour autant planter de quoi faire vivre ses esclaves, « parce qu'il escomptait qu'il en trouverait toujours de nouveaux dans la forêt ». Mais le pire…

Il s'était mis à chuchoter, et je dus sortir mon cornet pour l'entendre. Dans le conduit de métal, sa voix résonna comme un souffle de forge ; j'en eus les tympans étrillés, à moins que ce soit ce portrait d'un Jean inconnu qui m'ait chahuté la tête.

– … le pire est qu'il a demandé au ministre l'argent de notre traversée vers la France, alors que, selon M. de Fiedmont, il faisait des gains de deux et trois cents pour cent sur une grande quantité de marchandise.

– Impossible !

Je n'avais pu retenir mon exclamation, tant ce point différait de ce que je savais du caractère de Jean, si candidement affligé de ses échecs successifs.

– J'ai pensé de même, me fit remarquer Don Pedro, l'ayant connu bien malhabile en affaires, au Pérou. Mais je constate, depuis que je suis ici, qu'il tient cette maison sans regarder à la dépense.

Je secouai la tête. Je ne savais que penser du portrait que m'offrait Don Pedro. D'un côté, il allait dans le sens de mes doutes récents ; de l'autre, il me gênait en ce qu'il signifiait que je n'aurais rien vu de toute cette noirceur. Je tâchai de prendre du recul pour mieux juger, comme toujours.

– Ce que vous a confié M. de Fiedmont, demandai-je, tous les gens de Cayenne le pensaient ?

– Non, certes, d'autres le voient comme vous : maladroit, bon compagnon, avide de bonnes fortunes, mais inoffensif.

– Cependant vous avez retenu le portrait donné par M. de Fiedmont.

Il accrocha une main à son rosaire, fronça les sourcils, et oublia de chuchoter :

– Monsieur dé La Condamina !

À mon sursaut, il comprit qu'il avait sauvagement agressé ma pauvre oreille. Il reprit avec plus de douceur :

– Vous allez me comprendre… Le pays que j'ai quitté, ce Pérou que vous croyez avoir si bien mesuré, échappe au bon sens. C'est un monde de faux-semblant. Les fortunes les plus visibles sont souvent les plus illusoires, et les dames les plus vertueuses les courtisanes les plus expertes…

Don Pedro ne vit pas que je plissais les yeux. Ses confidences remplissaient le gouffre des vingt années côté péruvien d'une manière qu'il ne souhaitait certainement pas.

Le vieux Créole continuait, occupé à se justifier :

– J'ai été entraîné à voir tout visage comme un masque. Le vôtre, abîmé comme un plâtre mouillé, cache une belle âme. Celui de mon gendre…

Il ne put continuer, car le beau masque dont il allait parler s'encadrait dans la porte du salon. Je m'efforçai de chasser les vilaines pensées qui m'avaient été si complaisamment susurrées, mais il en demeurait des traces en moi, comme du bois brûlé puis mouillé – le feu est éteint, mais l'odeur n'en est que plus forte, amère.

*
* *

Jean n'entrait pas seul. Il était suivi d'une silhouette de femme. Jeune, vive, l'arrivante avait sur ses cheveux frisottés un bonnet rond de batiste plissé, et sur sa jupe de calmande indigo un tablier de toile à carreaux rouges. Mais surtout, elle était habillée de l'odeur du verger, ce mélange de fruits sucrés et d'herbe coupée qui m'avait enflammé l'imagination. À cela, je reconnus la mignonne Pimpette dont Jean m'avait si bien parlé. Derrière elle entrèrent deux valets dont elle ordonnait les gestes en chef d'orchestre.

Dans un concert de sabots et de fortes respirations, on installa une table entre nous, on y mit une nappe de gros fil brodé, puis des faïences, assiettes, terrines, pichets, jattes…

Bien sûr, je notai que, tout le temps que dura le ballet, Pimpette passait au plus près de son maître, lui frôlait le genou de son jupon, se mettait debout contre son fauteuil, inclinait le buste, cambrait la taille. Les gestes étaient légers, les œillades tranquilles et satisfaites. Ces amours-là se montraient comblées ; elles n'auraient jamais leur place dans aucune relation. Jean avait trouvé chez lui la fortune qu'il avait tant cherchée ailleurs, lui, l'éternel jeune homme, mon hôte dans ce temple rupestre du bonheur berrichon… Enfin, Pimpette partit en reculant, la dernière, laissant dans son sillage un peu de sa tiédeur.

Je soupirai en reportant mon attention sur un festin plus à ma portée.

Don Pedro n'avait pas laissé ses regards s'égarer du côté de Pimpette. Il avait remplacé le cliquetis de son rosaire par celui de ses dents branlantes, et supportait fort bien d'être privé de sa soupe au lait, constatai-je. Pâtés, jambon en gelée, fromages à la crème, biscuits manqués, gaufres fines, pains d'épices, poires tapées, quatre mendiants, rien n'échappait à sa main agile. Je me concentrai à mon tour sur les sens qui me restaient, l'odorat et le goût.

Quand nous en fûmes au compotier de raisin doré, un bien-être qu'il est impossible de ressentir dans une maison plus grande ou plus petite, plus riche ou plus pauvre que celle-là, s'empara de mon être.

Le soupir que je laissai échapper fut, cette fois, si perceptible que Jean s'en saisit aussitôt.

– J'ai fait préparer une chambre sur le jardin, vous pouvez monter vous y reposer, si vous le souhaitez…

– Je ne suis pas fatigué !

Le raidissement dont j'avais accompagné ma réponse lui fit comprendre qu'il n'en avait pas fini avec moi. Il battit aussitôt en retraite avec une lassitude résignée.

– Je dois reprendre mon récit, donc, n'est-ce pas ?

À mon signe d'assentiment, il se racla la gorge et s'offrit un préambule :

– J'en arrive à un passage que Don Pedro pourra confirmer, et ainsi vous m'exempterez de votre soupçon de dissimulation.

Je ne lui dis pas que Don Pedro m'avait paru plutôt prêt à infirmer qu'à confirmer ; au lieu de cela, j'entrepris de me nettoyer les dents avec un morceau de plume d'oie posé parmi d'autres dans une soucoupe à cet effet. Cette activité, outre que je la trouve revigorante, avait l'intérêt de m'obliger au silence ; ainsi le narrateur avait-il le temps de s'étendre sur son récit.

*
* *

– La commission dont je chargeai Tristan d'Orcaval, commença-t-il, était de remonter le fleuve jusqu'à La Laguna, chef-lieu des missions espagnoles. Là, il devait remettre des ordres au supérieur résident des jésuites, qui ferait porter par le truchement de ses prêtres une lettre jusqu'à Riobamba afin que mon épouse soit avertie de l'armement fait par ordre du roi de Portugal, à la recommandation du roi de France, pour la conduire à Cayenne…

Je craignis de m'endormir de nouveau, et Don Pedro avec moi, mais Jean se leva brusquement.

– Pour mieux entendre ceci, il serait bon d'avoir sous les yeux une carte… J'ai dans mon cabinet celle que vous avez levée du cours de l'Amazone, et qui est insérée dans votre *Journal du voyage à l'équateur*. Je vais la chercher.

Il se dirigea vers la porte qui était à droite de la cheminée, l'ouvrit et disparut. De nouveau, je vis les fenêtres aux volets fermés, et je sentis l'odeur de la bergamote, à ceci près qu'une lueur mauve avait remplacé les rais ensoleillés, et que le parfum n'était plus qu'une empreinte diffuse. Une lumière se fit, cependant, celle d'une bougie, et la silhouette de Jean se dessina devant, fouillant sur ce qui devait être un secrétaire. Quand il revint vers nous, il était chargé d'un livre ouvert qu'il posa sur la table après avoir écarté des miettes de pain et des couverts.

Le fleuve serpentait sous mes yeux, tortillon noir dont un bout touchait la cordillère et l'autre l'océan. J'attrapai ma loupe au bout de son cordon – l'instrument était peu utile puisque je connaissais le moindre délié de ce dessin que j'avais passé plusieurs semaines à dresser, mais j'aimais à relire ces noms au fur et à mesure que Jean les énonçait dans un espagnol parfait.

– Tristan partit du poste d'Oyapock sur le bâtiment portugais le 24 janvier 1766. Il arriva à Loreto, premier établissement espagnol, dans le haut du fleuve, au mois de juillet ou d'août de la même année… M. de Rebello, le capitaine de la galiote, après avoir débarqué Tristan à Loreto, revint à Tavatinga, car c'était là qu'il devait attendre l'arrivée de mon épouse et de Tristan…

Tout en parlant, il montrait du doigt ces établissements sur la carte, et je ne pouvais m'empêcher d'observer ce doigt si ferme et si large qu'il masquait les noms au lieu de me les souligner ; il devait transmettre bien de la chaleur lorsqu'il caressait les tétons de Pimpette, pensai-je – pensée hors sujet, je le confesse. Heureusement, les détails de l'entreprise, devenant plus précis, remirent mon attention sur le bon chemin.

– Mais Tristan, au lieu de se rendre à La Laguna – que vous voyez là –, ayant rencontré à Loreto un missionnaire jésuite qui retournait à Quito, lui remit la lettre par une bévue impardonnable.

Je remarquai, sous son doigt, des croix qu'il avait tracées à la plume sur chacun des noms de lieux imprimés sur mon livre – pourquoi ? Parce qu'il avait déjà fait ce récit à quelqu'un d'autre ? À Doña Isabel, peut-être, pour tenter de lui expliquer comment et pour quelle raison il n'était pas venu lui-même…

– Mais en quoi, demandai-je, cela était-il une bévue puisque le prêtre retournait à Quito ?

– La lettre était adressée à La Laguna, à quelques journées de distance du lieu où se trouvait Tristan : celui-ci l'envoya à près de cinq cents lieues plus loin, au-delà de la cordillère, et lui, il resta dans les missions portugaises à faire du commerce. Notez que je lui avais remis plus que suffisamment de quoi subvenir aux dépenses du voyage dans les missions d'Espagne.

Je ne fis pas remarquer qu'il était mal placé pour reprocher à son ami d'avoir préféré faire du commerce plutôt que de s'occuper de Doña Isabel, et je l'attaquai sur l'autre point :

– Vous ne me répondez pas. Quelle différence cela faisait-il, puisque le missionnaire devait aller à Quito ?

Il continua comme s'il ne m'avait pas entendu :

– Malgré la mauvaise manœuvre, un bruit vague se répandit dans la province de Quito et parvint jusqu'à mon Isabel, selon lequel il était venu une lettre pour elle qui avait été remise à un père jésuite…

– Oui, mais…

– Le deuxième frère de mon Isabel, Don Juan, qui était religieux de Saint-Augustin, fit de grandes instances auprès des jésuites de Quito pour recouvrer cette lettre ; le jésuite comparut enfin et dit l'avoir remise à un autre ; celui-ci se disculpa de la même manière sur ce qu'il en avait chargé un troisième ; mais quelque diligence qu'on ait pu faire, la lettre n'a jamais paru.

Je cessai d'insister. Par sa façon de ne vouloir parler que de la lettre perdue, je compris qu'il importait qu'elle ait disparu ; pour lui comme pour Don Pedro, qui avait affirmé avec tant de véhémence qu'il ne l'avait pas lue.

Mes regards furent irrésistiblement attirés par la porte ouverte sur le cabinet de travail ; je voyais le secrétaire où brûlait encore la bougie, couvert de papiers désordonnés… des lettres, encore des lettres, dont une qui avait mis trois ans à arriver, de cette Marcelina qui racontait ce qui s'était passé à Quito quand la nouvelle du naufrage de Doña Isabel y était arrivée. J'aurais bien aimé lire cette lettre-là.

– Savez-vous ce que je pense, Jean ? dis-je l'air pensif. Que les lettres sont longues à nous parvenir, mais se perdent rarement, et c'est heureux, car nos destins y sont si souvent suspendus. Elles se perdent rarement… sauf les vôtres.

Je n'eus pas de réponse, mais je n'en attendais aucune. La bougie du cabinet produisait sur mon esprit un effet hallucinatoire. Les lettres se perdent rarement, en effet, surtout celles que transportent les pères jésuites, en tout lieu du globe. Quel que soit tout le mal qu'on dise d'eux ces temps-ci, les jésuites sont gens éduqués, raisonnables et bien organisés, au contraire des moines d'autres ordres. Ils ne flânent pas dans les rues, ni ne sèment leurs bagages. Ils ordonnent, ils exécutent, ils transmettent… Le paquet de lettres remis par Orcaval n'avait pu s'égarer dans une auberge, ni dans un domicile privé. Il était arrivé dans un couvent, et les couvents, s'ils sont nombreux à Quito, se visitent tous, surtout si le visiteur est un prêtre, fût-il augustinien.

La flamme de la bougie oscilla, me sembla-t-il, comme pour confirmer cette certitude qui me venait : la lettre était arrivée à bon port ; Doña Isabel l'avait lue, mais on n'avait pas voulu que cela se sache.

Que disait Jean à Isabel dans sa lettre qu'il ne voulait pas qu'on sache ? Qu'il l'aimait toujours, qu'il l'attendait depuis quinze ans et plus ? Peut-être… Mais cela ne suffisait pas. Qu'une galiote l'attendait avec le sieur Tristan d'Orcaval en un point du fleuve des Amazones ? Cela ne suffisait pas non plus. Il devait lui dire quelque chose qui justifiait son emportement envers Orcaval qui s'était déchargé trop tôt du message, faisant courir à Jean le risque d'être lu par un tiers.

Bien sûr, si j'attaquais de front les deux hommes sur le sujet, je n'obtiendrais que des dénégations indignées. Je classai donc ma certitude dans le dossier de l'enquête que j'avais en tête, et je le priai d'avancer dans son récit.

– Comment, Jean, Isabel a-t-elle su qu'un bateau l'attendait ?

– La lettre était perdue, mais la rumeur l'atteignit que son mari avait fait envoyer pour elle un bateau dans les missions les plus hautes des terres portugaises. Je vous laisse à penser l'inquiétude où se trouva ma femme, sans savoir le parti qu'elle avait à prendre. On parlait diversement dans le pays de cet armement : les uns y ajoutaient foi, les autres doutaient de sa réalité. Se déterminer à faire une si longue route, arranger en conséquence ses affaires domestiques, vendre les meubles d'une maison sans aucune certitude, c'était remettre tout au hasard… Elle a donc envoyé un esclave d'une fidélité éprouvée.

– Joachim.

– Vous l'avez connu ? s'étonna Jean.

– Bien sûr que non. S'il était né, il devait être encore un Négrillon dans le domestique des Grandmaison quand j'ai quitté le Pérou. Mais je sais son nom parce qu'il revient souvent dans cette histoire. On peut dire de sa personne, même, qu'elle va et vient sans cesse.

– Je ne m'étais pas fait la réflexion, mais vous avez raison, ce Nègre vaillant aura fait l'aller-retour des Andes à l'Amazone sur la rivière Bobonaza… ma foi… trois fois, plus un autre aller et retour de la plage fatale à Andoas et d'Andoas à Quitoen faisant le détour par Omaguas, soit six expéditions en tout !

J'aurais donné cher pour rencontrer ce coursier de l'impossible. Il devait en avoir tant à raconter, sur Doña Isabel.

– Vous êtes-vous déjà interrogé, Jean, sur cet homme ? Réfléchissez… Un esclave, c'est-à-dire un homme qui ne s'appartient pas, qui n'a pas d'intérêt personnel à l'affaire, ni financier, ni familial. On le charge de traverser les Andes, de descendre les rivières jusqu'à Loreto à la recherche d'une galiote hypothétique… et il revient comme si une chaîne le retenait à la maison de sa maîtresse – non seulement il revient, mais il repart parce qu'il n'a pas réussi à atteindre du premier coup le but de son voyage, et revient encore pour annoncer qu'il a bel et bien trouvé la galiote et ce M. d'Orcaval qui attend Mme des Odonais ! Pourquoi donc est-il revenu ? N'aurait-il pas gagné sa liberté en ne revenant pas ?

La réponse me vint d'un autre côté, d'une voix chargée d'émotion solennelle.

– Monsieur de La Condamine, intervint Don Pedro, je comprends que vous ne compreniez pas. Vous êtes victime des idées de votre nation, des philosophes, de vos amis qui pensent que la liberté est le bien le plus précieux qu'un homme puisse souhaiter…

– Quel bien est plus précieux à un homme que sa liberté ?

Je jouais les provocateurs, n'étant pas si philosophe que semblait le croire Don Pedro. Je ne fus pas déçu. Il se redressa, agrippa son rosaire à deux mains, et porta sur le soleil couchant, très loin au-delà du jardin bleui, un regard où se reflétaient des restes de lumière. Enfin, il accoucha du mot dont sa bouche était grosse :

– L'amour.

Je ne pus m'empêcher de hausser les épaules. Ce principe qu'on m'opposait à tout bout de champ dans cette histoire sonnait de plus en plus faux. Don Pedro, d'ailleurs, ne lui donnait pas le même sens que mes Parisiennes persuadées que l'« amour » avait donné à Doña Isabel la force de survivre. Celui dont parlait Don Pedro était chrétien, sacré et prescrit. Celui de Mlle de L. était, non pas charnel, mais profane, naturel et personnel. L'un et l'autre avaient cependant en commun d'être éthéré. Et d'exister dans l'esprit de ceux qui en parlaient plus manifestement que dans le cœur de ceux censés l'éprouver.

Attentif à ma réaction, devinant mes pensées, Jean commenta :

– Mon Isabel a toujours traité ses gens comme des parents ; il n'y a rien d'étonnant à ce que ce jeune esclave, qui a l'âge qu'auraient nos premiers enfants, qui aurait été élevé avec eux s'ils avaient vécu, voue à sa maîtresse l'amour d'un fils pour sa mère…

Ce que m'avait répété Don Pedro des propos de M. de Fiedmont me revint : Jean traitait mal ses esclaves. Était-il possible que j'aie accordé ma confiance à un tartuffe ? Cependant, il ne me gênait pas de renchérir, ne serait-ce que pour qu'ils continuent à parler :

– Je vous crois, Jean. Ce Joachim… quel dommage qu'il ne soit pas venu en France avec vous ! Un héros, dans cette histoire.

– Le seul. C'est ce que vous pensez, n'est-ce pas ? dit Jean d'une voix sourde.

– Mais enfin, explosa Don Pedro, vous oubliez que mon fils Antonio et ma fille lui avaient promis de l'affranchir pour prix de ses…

Don Pedro n'acheva pas. Le mot « prix » avait éclairé sa contradiction. Inutile de lui faire la remarque que la liberté, finalement, avait été peut-être plus précieuse à Joachim que l'amour de sa maîtresse. Comme la porte s'ouvrait, nous fûmes dispensés de chercher comment rendre la face au vieux Créole.

*
* *

Pimpette entrait, suivie des deux valets. La charmante avait un panier à la main, qu'elle posa devant la cheminée dans un mouvement qui éclaira ses joues d'une lueur de fête. Puis elle nous tourna le dos et se pencha pour tisonner le feu.

Tandis que disparaissaient la vaisselle, les plats, la nappe, la table, notre attention à tous les trois fut invinciblement capturée par le spectacle de cette jolie jupe qui remontait sur des bas de coton blanc bien tirés, le nœud du tablier étalé sans un faux pli au creux des reins.

Une voix nous parvint, comme une musique pour accompagner la danse.

– J'vous ai apporté des châtaignes, monsieur, pour le jeu.

Jean sursauta.

– Euh… le jeu ? Oui, bien sûr, le jeu !

Il se tourna vers moi et demanda comme si c'était la question la plus naturelle à poser en ce moment :

– Aimeriez-vous jouer, monsieur ?

Je regardai Pimpette qui, sans se relever, me dévisagea par-dessus son épaule, ses frisottis blonds éclairés en contre-jour. Après un instant de perplexité qui me fit monter le feu aux tempes, je redescendis sur terre à la même allure.

– Jouer ! Par le diable, Jean, parlez-vous de trictrac ou d'un quelconque piquet avec vos voisins ? Sans moi ! C'est une maladie qui m'épargne, au moins une.

– Non, rien de cela, rassurez-vous. Il est vrai que quelques-uns de nos voisins s'adonnent à cette passion. Mais l'état de mon épouse et de mon beau-père nous fait fuir cette sorte de plaisir. Non, ici, entre nous, nous avons l'habitude, le soir venu, de faire un jeu de l'oie.

Un jeu de l'oie ! Je coulai vers l'objet toujours placé sur le guéridon, à ma droite, un regard nouveau. J'en étais venu à ne voir en lui qu'une métaphore de nos aventures ! Se pouvait-il qu'il soit une activité ? Je n'y avais pas joué depuis mon enfance, lorsque je retrouvais ma mère et ma sœur à la sortie du collège Louis-le-Grand.

Je détaillai les cases assombries par la nuit venue, les pions brillants d'usure et le centre de la spirale, ce non-lieu sans intérêt qu'il fallait s'acharner à atteindre. Je demandai doucement sans relever la tête :

– Votre épouse viendrait-elle jouer avec nous ?

– Monsieur…

Il afficha une mine découragée. Je ne reculerais devant aucun moyen, il en avait à présent la certitude. Comme je m'y attendais, il se leva, se dirigea vers la porte-fenêtre et la rouvrit bruyamment. Encore un signal, et je comprenais ce qu'il signifiait, à présent : « Non, ma mie, nous ne nous débarrasserons pas de ce monsieur. »

– Je suis fatigué.

Ces mots de Don Pedro semblaient prolonger ceux de Jean. Ils étaient tous les deux fatigués. Fatigués de moi. Mais le vieux Créole, au moins, pouvait s'échapper. Je préférais qu'il ne soit pas là, d'ailleurs.

– Si vous me permettez, continua-t-il, je monterai me coucher. Vous pouvez jouer sans moi, certainement.

– Je préfère m'abstenir, Jean et moi avons une longue soirée devant nous, nous n'en sommes encore qu'à la moitié de son récit.

– Alors je vous dis bonsoir, et, cette fois, je l'espère, nous nous retrouverons sans attendre si longtemps.

– M. de La Condamine nous fera peut-être l'honneur de rester quelques jours, intervint Jean tout en souhaitant visiblement le contraire.

– J'espère avoir élucidé notre affaire avant demain matin.

Jean ne fit aucun commentaire. Aurait-il dû ? C'était la première fois que je définissais en termes aussi durs l'objet de ma visite : il y avait une affaire, elle était nôtre, et j'étais venu l'élucider.

Le départ de Don Pedro le laissait seul face à moi.

Cependant, est-ce que je n'avais pas le même âge que le vieux Créole ? La digestion me poussait doucement vers les territoires du sommeil, si bien que je devais lutter pour rester en possession de mes moyens. Je me levai dans un bruit de jointures à faire regretter celui des dents de Don Pedro.

– Jean, irions-nous prendre l'air au-dehors ? Je ne veux pas aller au lit sans avoir entendu la fin de l'histoire, et je me sens un peu embrumé.

– C'est que la fraîcheur nocturne, en cette saison…

– La fraîcheur nocturne du Berry ne peut être plus dangereuse que celle du Pitchincha ou de la plaine de Yarouqui, auxquelles j'ai survécu.

– Ma foi, monsieur, je n'oublie pas.

Mais si, il avait oublié, et c'était pardonnable. Le craquement de mes jointures, ma voix de sourd, mes endormissements irrépressibles… il fallait certainement faire un effort pour se rappeler l'homme qui préférait passer la nuit couché dans un marécage plutôt que d'interrompre ses observations.

– La nuit est claire, il est vrai, reprit Jean pour se faire pardonner. Peut-être pourrons-nous voir Epsilon d'Orion.

– Epsilon d'Orion ?

– Elle est au-dessus du verger.

Tout simplement, l'étoile que j'avais traquée durant trois ans était au-dessus du verger.

– De la façon dont vous dites cela, je me demande pourquoi j'ai parcouru la moitié de la terre pour la mesurer.

Il éclata de rire, puis subitement s'arrêta, sans expliquer pourquoi. C'était inutile : la même pensée avait traversé nos deux esprits. L'étoile était au-dessus de nos têtes, à Saint-Amand comme à Riobamba, et nous étions les mêmes à la contempler, nous usés, elle comme neuve.

– Allez, dis-je, rendons visite à mon étoile. Emmenez-moi voir Epsilon d'Orion.

En un pas, nous fûmes dans la nuit.

*
* *

Il faisait froid, à présent, mais le feu du vin me tenait chaud. Sans demander ma chaise roulante, je pris le bras de Jean pour m'appuyer dessus et avançai en traînant les pieds dans le gravier. Combien de nuits s'étaient écoulées depuis mes observations d'Orion ? Des milliers. Pourtant, cette nuit-là à Saint-Amand, je la retrouvai, et je me retrouvai, moi, comme au dernier soir que j'avais passé avec Jean et sa petite épouse, à Riobamba, dans leur patio fleuri d'abutilons dorés et de suzannes aux yeux noirs.

Doña Isabel s'était vantée auprès de moi :

– J'ai appris le latin, monsieur de La Condamine.

– Vraiment ? Et que savez-vous dire en latin, madame ?

– Je sais dire « loin de l'étoile ».

J'étais entré dans le jeu :

– Voyons… « étoile », *sidus.* « Loin de »… absence, manque… j'utiliserais le préfixe *de-* « privé de »…

– *De sidus.Desirare*. Dé-sir. N'est-ce pas que c'est surprenant ?

Elle avait accompagné sa pirouette savante d'un regard vers son mari, de complicité, pensais-je alors.

La nuit de Saint-Amand était tellement moins légère. L'émotion m'enserrait la nuque, et j'avais mal au crâne de chercher à la place du faîte des poiriers la ligne lointaine de la cordillère.

Quand nous fûmes à la limite du carré de lumière tracé par les reflets du foyer sur l'allée, Jean me montra le ciel de son bras tendu. Je levai la tête… un peu trop vite, ce que je ne dois jamais faire. Et je perdis connaissance.

III

L'expédition

1

Combien de temps passa avant que je reprenne mes sens ? Je ne sais, je ne le sais jamais quand ce genre d'accident me saisit. Je sais seulement qu'il survient lorsque je lève la tête trop brusquement, et cela depuis ce jour où, dans mon observatoire à Quito, je tendis le cou pour regarder sur ma pendule l'heure de mesurer Epsilon d'Orion.

– Où suis-je ?

– Sur la méridienne.

Je regardai Jean tout en me demandant qui, de lui ou de moi, avait glissé dans la folie. Il lut mes pensées dans mes yeux quelque peu hagards, et expliqua :

– La méridienne, dans le salon, à Saint-Amand. Vous êtes à Saint-Amand. Chez moi, en Berry…

– Je le sais bien, que je suis à Saint-Amand ! Jean, cessez de me parler comme à un vieillard sénile !

Je me redressai ; j'étais en effet étendu sur une méridienne, une chaise longue en bois et tapisserie que je n'avais pas vue avant, placée derrière nos fauteuils, sous un grand miroir en trumeau.

– Vous avez perdu connaissance. Vous devriez écouter votre fatigue, monsieur.

– La fatigue n'y est pour rien. C'est un mouvement que je fais pour tendre le cou qui me provoque cette sorte d'étourdissement. La première fois que cela m'est arrivé, j'étais encore au Pérou et je surveillais mon étoile. J'ignore l'origine de ces malaises.

– Cependant, vous devez être fatigué.

Il s'essayait au rôle de gouverneur de ma santé, mais y réussissait moins bien que Charlotte. Son seul résultat fut que je m'irritai.

– Je ne veux pas rester ici une semaine, allez-vous me conter le naufrage de votre épouse, à la fin ?

– Je ne cesse de le faire, mais vous m'interrompez à tout bout de champ.

Il fallait bien sourire, il avait raison.

– J'ai tant de plaisir à évoquer mes souvenirs, il est vrai ! Mais ne nous laissons plus distraire. La soirée ne fait que commencer, vous avez le temps de mener votre narration jusqu'au bout.

– Nous en étions restés à ce moment où le Nègre Joachim était revenu de Loreto, où se trouvait Tristan d'Orcaval, pour confirmer ce que ma lettre n'avait pu apprendre à mon épouse…

Je l'interrompis une fois encore :

– Pardonnez-moi, je ne veux pas rester sur ce lit, aidez-moi à me rasseoir. Rapprochons-nous du feu.

– Vous avez froid ?

À la façon dont il avait posé la question, on devinait que lui-même était en nage. Cependant, j'avais une double raison pour vouloir être devant le feu. J'avais froid, en effet, mais aussi l'expérience m'avait appris qu'il n'est rien de mieux qu'un beau foyer pour favoriser les confidences. Les reflets dansants des flammes posent des bornes dans la pièce, la conversation se resserre.

Il poussa une bergère et une chaise tout près du feu, mit une bûche dans la cheminée tandis que je soufflais les bougies laissées sur la console, près de la méridienne. Enfin, en m'aidant des meubles, j'arrivai seul jusqu'à la bergère, où je me laissai tomber sans retenue. Lui-même posa les fesses sur le bord de la chaise, les mains sur les genoux, dans cette position d'accusé qu'il prenait sans en avoir conscience.

D'un même mouvement, nous portâmes nos regards sur les flammes, et il poursuivit son récit interrompu.

2

– Vous vous rappelez que nous avons laissé mon Isabel à Riobamba, recevant de son esclave Joachim la nouvelle qu'en effet, j'avais envoyé une galiote portugaise l'attendre à Loreto, sur la rivière des Amazones. Comme je vous le disais, elle se détermina pour lors à se mettre en chemin ; elle vendit ce qu'elle put de ses meubles, laissa le reste ainsi que sa maison de Riobamba, le jardin et les terres de Guaslen, un autre bien qu'elle possédait entre Galté et Maguazo, à son beau-frère. Vous évoquiez la manière dont le temps passe sur l'équateur… Jugez plutôt : depuis le mois de septembre 1766, que les lettres furent remises au jésuite par d'Orcaval, au moment où elle partit, il s'écoula encore trois ans… C'est en effet le 1er octobre 1769 qu'elle quitta pour toujours Riobamba.

– Voilà, au moins, qui est précis et facile à confirmer. Mais qu'en est-il des gens qui l'accompagnaient ? Cela m'a semblé plus flou.

– Pas du tout. J'ai été très clair sur ce point. D'abord, ses deux frères. Ils partaient aussi pour l'Europe et ne balancèrent pas à suivre leur sœur. L'un, le padre Juan, se rendait à Rome pour les affaires de son ordre ; l'autre, Don Antonio, en Espagne pour ses affaires particulières. Celui-ci emmenait son fils aîné, de neuf à dix ans, Martin.

– De la manière dont vous parlez, ne croirait-on pas qu'ils avaient l'habitude de partir pour l'Europe chaque fois que la fantaisie les en prenait ? Traverser près de mille cinq cents lieues d'une région infernale et déserte, c'est le voyage d'une vie, surtout pour eux qui n'étaient pas des aventuriers. Avaient-ils seulement l'intention de revenir ?

– Je n'en sais rien. Je n'ose le demander, le sujet est trop douloureux pour mon Isabel.

Pour son Isabel et peut-être pour lui-même… Lui ferais-je une remarque sur le sujet ? Il avait été témoin de mes préparatifs pour cette périlleuse expédition. Il savait que j'avais écarté l'idée de partir en groupe par cette route. En effet, d'après mon calcul, il fallait pour deux personnes un grand canot et huit rameurs. Donc, pour huit personnes sans même compter les serviteurs, il fallait monter une expédition de huit fois huit rameurs, ce qui était impossible à trouver dans des régions aussi peu pourvues en hommes, surtout en hommes capables de comprendre des Européens. C'était pour cela que je m'étais décidé à partir en petit équipage. À quoi pensait Jean en demandant à son Isabel de le rejoindre par la même voie ? Il y avait quelque chose de coupable dans la lettre qu'il lui avait envoyée, la lettre « perdue »… J'en étais de plus en plus sûr.

– Et pourquoi cet enfant sur une route aussi dangereuse qui ne conduisait pas naturellement à l'Espagne, loin s'en faut ?

– Don Antonio voulait le faire élever en France, je crois bien.

– Donc il avait prévu de le laisser à sa sœur, comme une sorte de cadeau ? Pourtant, compte tenu du temps de voyage, il avait toute chance d'arriver en France déjà élevé, avec trois ans de plus et pour seul professeur la forêt !

– Le sujet de l'enfant est plus cruel encore que celui des frères. Rappelez-vous que le jeune Martin est mort dans les bras d'Isabel.

Sa remarque ne me mit pas en compassion ; j'avais décidé d'avancer vite, à présent. On reparlerait de l'enfant plus tard, le moment venu.

– Et Don Pedro ? demandai-je.

Jean avait une réponse toute prête que, cette fois, il me débita très vite :

– M. de Grandmaison, mon beau-père, avait pris les devants. Il était parti seul pour tout disposer sur la route de sa fille jusqu'au lieu de l'embarquement sur l'Amazone, au confluent de la Bobonaza et du fleuve.

– Voilà qui est inouï ! Deux hommes dans la force de l'âge envoient leur père déjà bien vieux ouvrir la route de l'expédition !

– N'est-ce pas lui, monsieur, que vous devriez interroger à ce sujet, plutôt que moi ?

Je soupirai sans livrer ma pensée. Don Pedro, je n'en doutais pas, répéterait ce que me disait Jean, comme il m'avait répété qu'il n'avait jamais reçu la lettre de son gendre. L'armure de Jean était moins bien ajustée, j'avais l'espoir d'y trouver un défaut.

– Et pour ce qui est des serviteurs ?

Jean dissimula un haussement d'épaules et se leva.

Un mince éclair bleu attira alors mon regard. Je vis qu'il avait un canif à la main. Où l'avait-il pris ? Dans quelque poche de son habit, sans doute – il est vrai qu'à la campagne, on a toujours son couteau sur soi.

Un pincement me serra la poitrine ; allait-il me sauter dessus, mis hors de lui par mon inquisition ? Mais l'instant d'après, il s'était penché sur le panier de Pimpette et avait attrapé une châtaigne qu'il entreprit de fendre.

Il attendit, pour me répondre, d'avoir fini et pris une poêle trouée qui était glissée derrière les tisonniers :

– Ma foi, monsieur, vous avez beau jeu de me confondre sur ce sujet. Qui se rappelle le nombre de domestiques qu'on emmène avec soi ? Vous-même, dans votre récit, vous mentionnez à peine mon existence, moi qui n'étais pourtant pas un simple serviteur…

– Ne me faites pas ce procès-là, grondai-je. Si je n'ai pas cité le nom de mes aides, et encore moins ceux de mes valets, je n'en ai pas pour autant perdu le souvenir. C'étaient eux qui me retiraient mes bottes le soir, c'est l'un d'eux qui m'a relevé la première fois que je suis tombé en malaise. Leurs traits de visage et de caractère ne m'ont point quitté. Et je pourrais vous en citer…

Le petit brouhaha de la poêle se nichant dans les braises m'empêcha de poursuivre.

– Mon épouse, dit-il, parle de Joachim, et de trois petites servantes.

Il avait bougonné plutôt que parlé, montrant ainsi qu'il n'avait guère envie de prendre à son compte ces habitudes créoles de s'entourer d'enfants dont on ne sait s'ils sont adoptés, esclaves, serviteurs ou animaux de compagnie.

– Notons, dis-je. Doña Isabel, ses deux frères, son neveu, trois servantes et un esclave : nous voici à huit. Venons-en à deux autres compagnons de voyage – fort imprévus, ceux-là… et pour le moins surprenants !

Ceux que vous appelez « le sieur R. et son compagnon » dans la *Relation*. Pourquoi cette initiale ? Qui sont-ils ?

– Des médecins, et des Français – du moins se sont-ils présentés ainsi à mon épouse. Un certain Roche et un certain Baugé. J'ai trop de griefs contre eux pour donner leur nom en entier par écrit. J'ignore où ils sont à présent, mais je ne veux en rien risquer un procès.

– Vous les connaissiez ?

– Moi ?

Me trompais-je ou avait-il cillé ? Il secoua la tête avec véhémence.

– Comment les aurais-je connus puisque j'étais à Cayenne et eux à Lima ?

– Depuis si longtemps que vous étiez là, vous auriez pu faire connaissance de ces gens à Cayenne, et leur donner une mission que j'ignore, comme vous l'avez fait pour Tristan d'Orcaval.

– Pourquoi ne l'aurais-je pas dit dans ma *Relation* ?

– Il y a bien des raisons. Vous n'avez pas dit dans votre relation que vous aviez un plan d'invasion par la France des terres du Portugal.

Il accusa le coup en remontant les épaules et en rentrant la tête, puis martela d'une voix sourde :

– Non et non, je ne les connaissais pas ! Et Isabel non plus !

Pour le moment, cela n'avait rien d'invraisemblable ; bien sûr, il se pouvait que ces deux Français aient eu avec Jean un rapport qu'il cachait, mais d'un autre côté, deux étrangers séjournant à Lima et entendant qu'une expédition bien pourvue se préparait à descendre l'Amazone pouvaient avoir eu l'envie de vivre cette aventure. C'étaient les événements ultérieurs et le rôle sombre joués par les deux hommes qui donnaient des idées de complot à leur sujet.

Jean continuait de fendre ses châtaignes, avec une violence accrue chaque instant qui passait. À voir la pression de son pouce sur le canif et l'éclat du métal sur la coque brune, je me sentais heureux de ne pas être à leur place. L'un après l'autre, les fruits rejoignaient avec un petit bruit de gong le fond de la poêle.

– C'est à son corps défendant que mon épouse a dû les admettre, continua-t-il avec la même force qu'il mettait à éventrer ses victimes.

– Comment peut-on s'immiscer dans une expédition malgré la volonté de sa commanditaire ?

– Comme ceci : le sieur Roche, soi-disant médecin français qui revenait du haut Pérou et allait à Panamá chercher un embarquement pour retourner en Europe, apprit qu'une dame de Riobamba se disposait à partir pour le fleuve des Amazones et s'y embarquer sur un bâtiment armé par ordre du roi de Portugal pour la conduire à Cayenne.

– Et cette simple rumeur suffit à lui faire faire la route de Guayaquil à Riobamba ?

– Elle est plus facile que de notre temps.

– Et pourquoi Doña Isabel, si elle ne voulait pas d'eux, les a-t-elle emmenés ?

– J'y viens. Le sieur Roche promettait qu'il veillerait sur sa santé, qu'il aurait pour elle toutes sortes d'attentions. Elle lui répondit d'abord qu'elle ne pouvait pas disposer du bateau qui était venue la chercher. Le sieur Roche eut recours aux deux frères de mon Isabel, qui arguèrent auprès de leur sœur qu'un médecin pouvait lui être utile dans une si longue route, et insistèrent pour qu'elle consente à l'admettre dans sa compagnie.

– Doña Isabel, qui avait survécu à quatre grossesses et quatre deuils, et même été épargnée par la petite vérole de sa fille, avait largement prouvé que son exceptionnelle santé rendait inutile l'art de tous les médecins du monde.

– Une Péruvienne ne peut opposer de refus à ses frères et à son père.

Mes deux mains se levèrent ensemble en signe de protestation ébahie : cela était un pur mensonge ! Doña Isabel avait toujours su s'opposer à son père, et Jean lui-même avait bénéficié de sa force de caractère. Il le savait si bien que je négligeai d'en faire la remarque, et passai à autre point plus important :

– Et tout ce monde avait ses passeports ?

Jean se leva brusquement. Il avait des fourmis dans les jambes ou bien le sujet était délicat. Il me répondit en refermant lentement son canif :

– J'aurais parié que vous m'interrogeriez sur ce point.

– C'est que je sais, et vous aussi, combien le roi d'Espagne et les autorités de Quito sont sourcilleux quand il s'agit de laisser partir ses habitants vers les terres portugaises ! Moi-même, il m'avait fallu faire demander par M. d'Argenson, notre ambassadeur au Portugal, des passeports qui m'autorisaient à passer la frontière entre les terres du Pérou et celles du Brésil.

– Il est vrai qu'il se trouva d'abord des difficultés de la part du président et capitaine général de la province de Quito. Mais elles furent bientôt levées. J'avais rapporté de Carthagène, en 1740, un passeport qui nous laissait la liberté de prendre la route qui nous paraîtrait le plus convenable pour retourner en France…

– Et Doña Isabel aurait gardé ces documents pendant vingt ans ? Et ils auraient couvert ses deux frères et l'enfant, sans parler de Don Pedro qui était parti devant ?

Dans la *Relation* qu'il m'avait envoyée, Jean avait expédié l'explication absurde du vieux passeport ressuscité en une demi-ligne avant de passer à un sujet sans grand rapport : l'excellent accueil réservé à Doña Isabel six mois plus tard et cent lieues plus loin par les autorités espagnoles de la province du confluent de l'Amazone. Cette fois, il n'osa pas une si naïve manœuvre.

– Il est possible, je l'avoue, que Doña Isabel et ses frères soient partis discrètement…

– Sans passeport, donc.

– On peut le supposer. Je n'ai pas sondé trop avant ce terrain.

– Et pourtant le « sieur Roche » a entendu la rumeur du départ depuis Guayaquil ?

L'étonnement se peignit sur ses traits. Était-il surpris de n'avoir jamais lui-même noté cette contradiction ou bien que je l'aie découverte alors qu'il la croyait indécelable ?

– En effet, cela paraît étrange, admit-il, dérouté.

Il fouillait l'ombre, derrière moi, à la recherche d'une parade – qu'il trouva.

– Cela prouve qu'ils avaient un passeport, autrement ils auraient caché la nouvelle de leur départ !

Je ne pouvais que lever les yeux au ciel devant sa ruse paysanne.

– Laissons, dis-je, et reprenons le déroulement des événements.

Il ne s'exécuta pas aussitôt. Il se retourna, contempla un instant les braises, et enleva d'un seul geste la veste de son habit, qu'il jeta plutôt qu'il la posa sur le fauteuil le plus proche. Il devait avoir chaud, certainement, mais son geste lui donnait l'air de vouloir se mettre à l'aise avant l'affrontement. Devant lui, dans la poêle, toutes les châtaignes gisaient, leurs petites blessures blanches à nu sur leur peau brune ; il s'accroupit et les secoua sans ménagement en agitant le manche, ce qui ranima le feu. Son visage fut un instant le miroir d'une flamme toute proche ; avec ses poignets solides, ses épaules trop larges pour le gilet, dont la ligne était encore accentuée par les plis vagues des manches de sa chemise, je lui trouvai soudain l'air d'un forgeron. Vulcain, le dieu infortuné.

Sans s'écarter, il reprit :

– Vous savez que ce chemin qui part de Riobamba pour rejoindre le cours du fleuve des Amazones n'est pas praticable pour des mulets. Les hommes en état de marcher le font à pied, et les autres vont en chaise. Ma femme partit avec une escorte de trente et un Indiens, pour la porter elle et son bagage. Ils arrivèrent à Canelos, une mission de jésuites et le lieu où l'on s'embarque sur la petite rivière Bobonaza, qui tombe dans la Pastaza et celle-ci dans la rivière des Amazones…

« Ils arrivèrent à Canelos… petite rivière Bobonaza, qui tombe dans la Pastaza et celle-ci dans la rivière des Amazones… » Comme il avait expédié cela ! J'étais frustré. C'était, depuis mon arrivée à Saint-Amand, un moment que j'attendais avec un plaisir anticipé, et il m'en privait sans ménagement.

Je l'arrêtai d'un geste.

– Mais encore, comment fut son voyage ? Vous a-t-elle parlé de l'eau qui dévale les pentes ? Des nuages qui serpentent entre les arbres, des feuilles larges comme des parasols, qui brillent comme des émeraudes, des morphos bleus larges comme les deux mains déployées, du hurlement des singes laineux, du souffle rauque de l'oiseau hoazin…

– Vous connaissez tout cela, monsieur, puisque vous l'avez vécu. Et moi aussi…

– Est-ce une raison pour ne pas le raconter ?

– Oui.

Je ne pouvais lui en vouloir. N'ayant pas réussi à me détourner des faits que je voulais examiner, il cavalait dans son récit pour arriver à l'essentiel. Cependant, j'aurais tant aimé me poser à nouveau dans ce décor incommensurable du versant oriental des Andes. Me poser en sa compagnie. En sa compagnie à elle. Décrit par Doña Isabel, ce décor que lui et moi avions observé avec des yeux d'aventuriers pressés devait prendre d'autres couleurs. Des couleurs, imaginais-je, de songe fantastique, de légendes millénaires.

*
* *

Je la voyais, encombrée de ses atours, sur une chaise à bras soulevée par deux Indiens.

Elle aurait pu se mettre en costume confortable pour cette étape, robe vague ou tenue de chasse. Mais non, car en voyage, justement, il importe de donner l'image de son rang. Même sans passeport ou parce qu'elle n'en a pas, il faut en imposer. Elle a donc gardé son corps de robe et sa jupe de velours rouge, peut-être cachée sous une redingote ; un vaste chapeau enveloppé d'un voile protège son teint.

Elle n'a pas à craindre de se salir, car nul, dans sa troupe, ne la laisserait poser un pied sur le sol. À l'étape, elle est portée par Joachim jusqu'à l'intérieur du carbet et, si la sueur la gêne, ses trois petites servantes sont là pour délacer, laver, frictionner, poudrer.

Autour d'elle, cependant, l'eau qui ruisselle jour et nuit du sommet des Andes jusqu'au fleuve des Amazones charrie des masses de végétation en putréfaction. Les arbres se diluent dans ces écoulements perpétuels, et le ciel avec eux. Les jambes mêmes des porteurs indiens semblent faites de boue, une boue solide et jaune qui se meut comme se meut toute chose, d'ouest en est, du sommet vers le marécage.

Dans sa litière, Doña Isabel n'a d'autre occupation que de chasser les insectes qui convergent vers sa peau fragile. Éventail, mousseline, essences sont ses armes de défense. Ses mains sont comme des papillons autour de son visage, auquel la sueur donne des tons d'ivoire.

Que lui inspirent les profondeurs qui l'enveloppent ? Ces cascades, ces chutes, ces sources, ces torrents qui dévalent les pentes en emportant la forêt sur leur passage ? Ces ombres superposées, ces faisceaux de lumières mobiles ? Cette décomposition audible d'êtres indistincts, dessous, dessus ? Cette vapeur d'eau qui s'agglomère en masses cotonneuses, qui se condense et dégoutte le long des milliards de feuilles alentour puis s'évapore à nouveau et recommence un cycle sans fin ? Ces mousses qui pendent des arbres en draperies si lourdes qu'elles en cassent les branches ? De la frayeur ? Je ne l'imaginais pas ayant peur. De l'inquiétude, sans doute.

Enfant du Nouveau Monde, elle a été nourrie des récits des missionnaires, des Indiens, des conquistadors. Elle sait ce qui se cache dans le brouillard : des araignées velues, des serpents tueurs de taureaux, des fauves aux yeux jaunes… Peut-être aussi des hommes couverts de poudre d'or et des femmes aux jambes nues, l'arc bandé et les cheveux fous. Il n'y a pas que la peur, l'inquiétude. Il y a aussi la délicieuse anxiété de l'inconnu, l'émerveillement et la conscience de vivre mieux chaque instant qui passe.

Le regret me vint, fugitif, de n'avoir pas été de cette expédition menée par une dame. J'avais vu la forêt, ses vapeurs et ses grouillements, mais j'aurais tant aimé voir en surimpression la Créole en robe de velours, si peu à sa place qu'elle en était irréelle. Je l'aurais vue comme si c'était la première fois. Je serais devenu amoureux de cette Isabel transfigurée par sa décision de partir malgré tout… pourquoi ? Non, elle n'était pas fragile ni docile, je l'aimais curieuse, le regard fouillant l'ombre à la recherche de l'El Dorado ou de l'Amazone, toute projetée vers l'extérieur, comme sur le point de descendre pour aller voir.

*
* *

Cependant, à force d'appesantir mon esprit sur la vision de l'expédition en marche, il fallait bien que je finisse par y distinguer, en avant et en arrière de la voyageuse, les quatre hommes qui la suivaient. Je revins à la réalité.

– En effet, Jean, vous n'avez nul besoin de décrire cette partie du voyage qui s'est bien déroulée et que nous avons fait, vous et moi.

– C'est à Canelos que l'histoire commencera à vous intéresser. C'est là qu'elle a mal tourné.

Je n'accordai aucune attention à l'ironie amère de sa réponse, et fis cette remarque :

– Donc le passage préparatoire de Don Pedro n'avait pas eu d'effet.

– Il était passé dans la mission de Canelos environ un mois plus tôt. Il avait trouvé les lieux propres à accueillir sa fille dans les meilleures conditions. Les locaux étaient confortables malgré le climat éprouvant de cette région, le village était habité d'Indiens convertis fort civils, bien pourvu en vivres, en canots, et en rameurs prêts à louer leurs services… Don Pedro avait tout arrangé pour que l'expédition puisse s'embarquer sur la rivière Bobonaza, puis il avait continué sa route jusqu'aux missions portugaises, de l'autre côté de la frontière. C'est dans cet intervalle que l'horreur a frappé Canelos.

Un claquement ponctua la dernière phrase, suivi d'un gémissement confus, comme un soupir suivi d'un chuchotis mouillé. Quelqu'un souffrait, semblait-il – en fait, quelque chose, car c'était une châtaigne qui avait ainsi expiré, mais elle nous avait paru à cet instant si humaine que nous regardions la poêle avec la même consternation.

Heureusement, un fumet chaleureux nous rappela à notre gourmandise.

– Vous en voulez une ? dit Jean en secouant la poêle pour faire taire l'agonisante. Elles me semblent à point.

Autant prendre des forces avant ce qui nous attendait. Je fis signe que oui. Jean se pencha au-dessus de la poêle, attrapa un fruit avec une maladresse de grand gaillard et le laissa tomber sur le dallage en secouant ses doigts douloureux.

Je tendis la main vers le petit cadavre noirci.

– N'y touchez pas ! Elle brûle.

– Ne vous inquiétez pas, parmi toutes les maladies qui me frappent, il en est une qui rend mes extrémités insensibles. Ainsi je pourrais me louer dans les fermes comme décortiqueur de châtaignes.

Joignant le geste à la parole, j'entrepris d'extraire de sa coque la chair de notre victime, tendre à souhait.

Je prenais mon temps, comme pour retarder la description de l'horreur qui attendait l'expédition de Doña Isabel à Canelos. Outre que j'en connaissais déjà le nom, ayant lu la *Relation*, les détails ne m'en intéressaient pas, quoi qu'il suppose. Au contraire, ils me révulsaient pour des raisons que mon lecteur comprendra vite.

– La petite vérole…

– Une épidémie. Vous savez que les Indiens sont plus perméables aux miasmes de la petite vérole que nous. Isabel ne m'a dit que quelques mots du spectacle qu'elle a trouvé…

– Je ne vous les demande pas.

– Sachez seulement que les premiers attaqués étaient morts sur place et que les autres, terrifiés, s'étaient dispersés dans la forêt… aucun n'était resté pour enterrer les… corps.

Canelos, le pays des arbres à cannelle. Ainsi baptisé par le conquistador Díaz de Pineda dans sa quête de l'El Dorado. Canelos, un joli village sur les bords de la Bobonaza. Des maisons de paille habitées de cadavres.

La mort rouge est passée là, elle a tué tous ceux qu'elle a touchés, et puis elle est partie. Ses victimes gisent partout sous les toits de palmes, et la Créole en robe de velours marche au milieu d'elles, son voile plaqué sur la bouche, et chaque cadavre entrevu lui rappelle le cadavre de sa fille morte. La jolie Carmen était partie au cimetière un mouchoir de dentelle posé sur ses traits défigurés. Dix, vingt, trente visages indiens dans leur nudité mutilée lui renvoient cette image. Ses frères peuvent vomir leur dégoût et leur terreur à la lisière du lieu maudit, pas Doña Isabel. Elle a veillé sa fille moribonde, elle est sortie de l'épreuve dotée de cette sorte de force qu'on acquiert malgré soi dans les soins intimes aux blessés. Elle seule peut parcourir le village des morts à la recherche de survivants.

Pour en être sûr, je n'avais pas besoin qu'elle me le raconte. Nous avions la maladie, elle et moi, dans notre passé.

– Et les missionnaires ?

– Ou morts ou enfuis comme les autres. Isabel ne l'a pas précisé.

– Il est vrai que d'eux, on peut attendre le pire ou le meilleur, rarement la voie moyenne. C'est un prêtre qui, sur la rivière des Amazones, m'a décrit qu'il pratiquait avec succès l'opération de l'inoculation sur ses ouailles, tandis que d'autres hurlaient que c'était une punition envoyée par Dieu.

– Quel mal avaient fait les Indiens convertis de Canelos ?

Il n'y avait rien à répondre. Les châtaignes étaient toutes refroidies sur le dallage, à présent, mais nous n'avions plus envie d'y toucher. La conversation avait changé de nature. La cruauté s'y était fait une place qu'elle n'abandonnerait plus.

– Doña Isabel, repris-je au bout d'un long moment, a-t-elle évoqué l'origine possible de l'épidémie dont elle a vu les conséquences ?

– Comment aurait-elle pu ?

– Elle savait qu'un homme blanc venu de Quito était passé à Canelos un mois environ avant elle.

– Seigneur ! Vous supposez que… Don Pedro…

– J'espère que Don Pedro lui-même ne l'a pas supposé. Penser qu'il avait pu transmettre sans le savoir les germes… qui seraient cause de la mort de centaines d'Indiens et indirectement de celle de ses fils…

– C'est aller loin, vous ne trouvez pas ?

Difficile de ne pas remarquer que Jean n'était pas aussi indigné qu'il aurait dû l'être. L'audace de l'hypothèse semblait présenter pour lui quelque agrément confus. Ce fut moi qui vins au secours de son beau-père.

– Très indirectement, il est vrai… car, à ce point, la catastrophe était encore loin d'être consommée.

Mais il enfonça le clou.

– Permettez-moi de vous contredire, c'est bien à ce point que les trente et un porteurs ont disparu, terrifiés par l'épidémie.

– Ils disparaissent pour un oui ou pour un non, vous le savez pour l'avoir vécu avec moi. Combien de fois nous ont-ils abandonnés sur nos montagnes pendant le cours de nos opérations ?

Il se leva pour secouer bruyamment la poêle où restaient des débris calcinés tout en me disant quelque chose que je n'entendis pas.

– Si vous marmonnez, Jean, vos pensées seront perdues pour moi !

Il remit l'instrument de fer à sa place, se tourna vers moi et articula comme s'il s'adressait à un crétin :

– C'est que la méfiance de ces malheureux est quelquefois bien fondée.

Je me laissai le temps d'imprégner mon esprit de ces paroles, repensai aux accusations de M. de Fiedmont… puis rétorquai :

– Vous avez lu les philosophes depuis votre retour ?

– Cette question appartient à votre enquête ?

Il marquait un point. J'avais voulu me moquer de sa facilité à s'imprégner des modes, certain qu'il allait me parler de la douceur naturelle des sauvages et de l'oppression dont les avait accablés l'homme civilisé, qu'il allait m'accuser implicitement d'avoir traité de dégénérés les Indiens des Andes – ce que j'ai fait, avec un grand tort, je le confesse, pour n'avoir pas assez essayé de les comprendre –, mais non, il se contentait de me barrer le chemin avec une logique tout immédiate. Je le contrai.

– Oui, d'une certaine manière, oui, cette question appartient à mon enquête. Je reconnais leur vocabulaire, non seulement dans cette phrase que vous venez de dire, mais aussi dans votre manière de décrire le naufrage. En attendant, je garde à l'esprit que vous connaissez leurs idées…

– « Leurs » ? N'en êtes-vous pas, monsieur de La Condamine, vous, l'ami de Voltaire ?

– Je ne pensais pas à Voltaire.

J'aurais pu ajouter que je n'étais pas sûr que Voltaire soit un ami. Mon vieux complice, oui, mais mon ami ? Cependant, je ne pouvais partager mon désenchantement avec mon porte-chaîne – ou plutôt je n'avais pas envie de faire des confidences à cet homme que j'avais cru transparent et qui me semblait à présent fort trouble. Je suivis mon idée :

– Les lecteurs de M. Rousseau, je l'ai remarqué depuis que le naufrage de votre épouse est connu, sont plus attentifs à ses malheurs que les autres. Cela a à voir avec ces vingt années de séparation, avec ce voyage qu'elle a fait pour vous retrouver alors qu'elle ne vous connaissait plus, avec ce qu'il y a de sublime dans tout cela…

– À Canelos, certes, mon Isabel a révélé le sublime en elle. Elle se voyait entourée de cadavres, sans plus un seul porteur… Quel parti pouvait-elle prendre ? Elle n'en a considéré qu'un : continuer. Le désir de revoir son époux après vingt ans d'absence lui a fait braver tous les obstacles…

– Des mots. Ils figurent dans votre *Relation*, mais non dans la lettre que vous avez envoyée à M. de Choiseul. Vous dites dans cette lettre par laquelle vous demandiez de l'argent : « Son être n'était plus que la machine soutenue par je ne sais quoi. » Ce n'est pas la même chose que d'affirmer que Doña Isabel a pu survivre par le seul désir de vous revoir. Il y a donc là un conte que vous avez forgé en France, une fois que vous avez senti la manière dont on voulait écouter cette histoire. Une brume d'émotion facile projetée sur les esprits bien disposés. Dites-le, Jean, à moi qui connais la région : pouvait-elle faire demi-tour ? Sans porteurs, environnée de trente bagages, au pied d'une descente abrupte de trente lieues de distance…

– D'autres qu'elle font communément le chemin de Loreto à Quito…

– Oui, mais par la rivière Napo ou par la rivière Pastaza, pas par la Bobonaza. C'est une route sans retour que celle-là, il me semble. Surtout que Doña Isabel avait réalisé ses biens, les transportait avec elle, et n'avait probablement pas de passeport… Elle…

Elle m'apparut soudain tandis que je l'évoquais. Une présence fugace, mais bien réelle. Une femme, droite dans sa robe mouillée de sueur, face à la rivière dont les eaux coulaient vers le grand fleuve, vers l'océan, tournant le dos aux Andes qui s'effaçaient sous un brouillard bleu. Elle disparut comme elle était apparue, et je ne vis plus que les flammes du foyer.

Je continuai ma phrase interrompue :

– … elle avait brûlé ses vaisseaux, elle, comme Cortez. Vous, Jean, vous aviez imprudemment promis au gouverneur de Cayenne de conquérir la rive nord de l'Amazone sur votre petite tartane, mais vous avez fait demi-tour, vaincu par quelques intempéries. Doña Isabel savait en partant de Riobamba ce 1er octobre qu'elle ne pourrait pas rebrousser chemin.

– Sans doute…, murmura Jean, le regard étréci comme sous l'effet d'une mauvaise pensée – envers moi ou envers sa femme ?

Il cédait trop vite à mon goût. Je le trouvais bien pressé de continuer le récit sans expliquer pourquoi il travestissait les raisons de Doña Isabel de continuer sa route.

– Toujours est-il, énonça-t-il comme une évidence, qu'elle se retrouva sur cette maudite rivière, ayant finalement déniché deux Indiens des environs échappés à la contagion, qui entreprirent de construire un canot pour la conduire à la mission d'Andoas, environ douze journées plus bas, sur une distance qu'on peut estimer de cent quarante à cent cinquante lieues de…

Je ne voulais pas qu'il quitte Canelos sans avoir donné une précision absente de sa *Relation*.

– Qu'a-t-elle fait du chargement des trente et un porteurs ?

Au lieu de répondre, Jean s'accroupit, tendit le bras, attrapa une de ses châtaignes et la décortiqua avec lenteur. Ce silence encombré de gestes annonçait un mensonge plus sûrement qu'une rougeur subite.

– Ma foi, je ne le sais pas, et le devenir de ces biens m'importe fort peu !

– Êtes-vous sûr ? Un chargement qui constituait tous les biens de votre épouse…

– Les trente et un ballots sont perdus, alors à quoi bon ?

– Certes pas les trente et un. Doña Isabel en a laissé à Canelos et en a emporté d'autres, n'est-ce pas ? Combien ?

– Votre goût des chiffres m'a toujours confondu, monsieur. Je le suppose, oui, mais… Comment aurais-je pu poser des questions si mesquines à mon Isabel, sachant ce qui était arrivé ensuite ? Dans l'état de mélancolie où elle était !

Il était revenu à sa ligne de défense – délicatesse, fragilité… Une ligne habile, il est vrai. Comment pouvais-je être, moi, si mesquin ?

– Laissons cela, grognai-je, nous y reviendrons, car c'est un point important, bien que matériel.

Il continua :

– Le canot prêt, ils partent tous de Canelos, ils naviguent deux jours ; on s'arrête pour passer la nuit. Le lendemain matin, les deux Indiens ont disparu à leur tour…

– Doña Isabel les avait payés d'avance.

– Le moyen de faire autrement ? Vous l'avez constaté, ils n'acceptent pas le marché, autrement.

– Cette infernale dépendance où nous sommes envers de plus faibles que nous… Me donneriez-vous une châtaigne ?

Jean s'exécuta, et je la pris, toute nue au creux de sa paume.

– Monsieur, je dois vous dire quelque chose…

Je rouvris les yeux aussitôt. Jean se mit à rire.

– Non, ne prenez pas cet air de chat, je ne vais pas révéler de secret ! Je veux simplement vous dire… Je me rends compte tout en parlant que je ne sais pas tout, dans cette histoire ; peut-être avez-vous raison, il s'y cache des choses que je n'ai pas percées. C'est cela que je voulais vous dire.

– « Il s'y cache » ? Vous voulez dire : « On vous a caché. »

Il ne répondit pas, et reprit son décorticage. Il était sincère, me semblait-il.

– Où en étais-je ? dit-il.

– Doña Isabel et quatre chevaliers servants sans compter les domestiques des Grandmaison et celui des deux médecins, soit huit personnes en tout, se trouvent au matin, dans leur campement, devant un canot creusé par les Indiens survivants de Canelos, seuls sur les bords de la Bobonaza…

– Vous savez que le mot « canot » convient mal à ces embarcations, qui peuvent faire jusqu'à quarante pieds de long, et sont difficiles à gouverner ; pourtant, la troupe infortunée se rembarque sans guide, sur le fil de l'eau. Comme la rivière est calme, la première journée se passe sans accident. Le lendemain, sur le midi, ils rencontrent un autre canot, de petite taille, arrêté sur la rive, devant un carbet. Ils y trouvent un Indien malade. Ou plutôt un Indien convalescent de la petite vérole qui consent d'aller avec eux et de tenir le gouvernail…

Je fermai les yeux de nouveau pour arrêter le flot du récit, plus rapide encore que celui de la Bobonaza.

*
* *

Le canot filait sur la rivière, vers sa perte assurée, trop vite, trop vite.

Deux Indiens désertent, un autre Indien surgit… Ces sauvages, le long des rivières, chassés par l'épidémie… Qu'a-t-il en tête, celui-là, seul survivant de sa famille, encore tremblant de fièvre sous son carbet ? Il ne peut retourner à Canelos, territoire de la mort, et il craint de s'enfoncer dans la forêt, territoire des fantômes. Il gît à demi conscient quand il voit surgir sur la rivière la longue barque conduite par des étrangers ; la barque glisse sur le sable, devant lui, une femme en descend, brillante comme un plumage d'ara ; la femme s'approche de lui et lui parle en quechua. Dans son regard luit la compassion. « Viens avec nous », dit-elle. La *Santa Virgen* descendue sur la rivière. L'Indien convalescent s'est relevé et a suivi la femme étrangère. Il gouvernait le canot sur la rivière Bobonaza…

– Le troisième jour, conclut Jean, cet Indien, en voulant ramasser le chapeau du sieur Roche qui était tombé à l'eau, y est tombé lui-même et s'est noyé.

Bête épilogue de ma légende indienne.

– Vous me dites, Jean, que nos voyageurs ont perdu leur seul guide parce qu'il a voulu rattraper un chapeau tombé à l'eau ?

– C'est proprement incroyable, mais Isabel est claire sur ce point. Cet homme est mort pour avoir voulu ramasser un chapeau tombé à l'eau… Il était trop faible pour nager. Il ne s'en était pas rendu compte et il a plongé, ou bien le sieur Roche lui en a donné l'ordre. Cela ne m'a pas été dit.

– Ce Roche est un imbécile ou c'est l'Indien qui l'était.

– Je n'aime pas cette interprétation. Même si Roche n'en a pas donné l'ordre, habitué qu'il était d'obéir à des Européens, l'Indien a pu entendre un ordre qui n'était pas donné…

Je ne pouvais que le lui concéder, ce que je fis.

– Et c'est par ce geste que l'enchaînement fatal s'est remis en branle !

– En effet. La rivière n'était plus si calme, à ce moment. Voilà donc le canot dénué de gouvernail et conduit par des gens qui ignoraient la moindre manœuvre. L'eau est entrée par-dessus bord, ce qui les a obligés à s'échouer. Ils ont débarqué les bagages et les vivres, et les deux domestiques mâles ont dressé un carbet. Cependant, la situation ne paraissait pas encore si catastrophique. Ils n'étaient plus qu'à cinq ou six journées d'Andoas. C'est pourquoi le sieur Roche s'offrit à y aller dans le canot qui était encore en fort bon état, et de revenir les chercher avec d'autres canots et des rameurs chevronnés. Il partit donc avec le sieur Baugé et Joachim, le fidèle Nègre de Doña Isabel, qu'elle leur donna pour les aider.

– C'est là que plus rien ne va.

– Je le sais bien.

Machinalement, étouffant de malaise et de chaleur, il avait défait sa cravate. Toujours accroupi, le profil éclairé par le feu en clair-obscur, il se tenait maintenant la chemise ouverte, la tête baissée… Il y avait quelque chose de grand dans son attitude de vaincu. Il me rappelait ces statues romaines de captifs dont la force met en valeur celle de leur vainqueur. L'affrontement devenait mythologique.

– Réfléchissons. M. Roche a emporté ses effets, m'avez-vous écrit…

– Je l'ai reproché depuis à mon épouse, dit-il sans cesser de tirer sur sa cravate, qui pendait nonchalamment dans l'échancrure de sa chemise. Je lui ai dit qu'elle aurait dû aussi envoyer un de ses frères chercher du secours à Andoas, elle m'a répondu que ni l'un ni l'autre n'avaient voulu se rembarquer dans le canot, après l'accident qui leur était arrivé.

*
* *

L'image d'un tourbillon s'imposait à moi, tourbillon dans le temps, tourbillon dans la rivière. Les flux contraires se rencontraient, s'unissaient, se retournaient sur eux-mêmes. Sentiments et action, passé et avenir, espoir et désespoir, toute l'histoire de ce naufrage se resserrait en un tourbillon dont les bords léchaient le sable d'une plage de la rivière Bobonaza. Qu'est-ce qui avait infléchi le cours des événements ? La lâcheté de deux hommes. Pas d'un homme, mais de deux hommes, car il eût suffi qu'un seul ait eu le courage d'embarquer pour que l'autre ait été assuré qu'on reviendrait, coûte que coûte, le sauver, lui et leur sœur, Doña Isabel. Au lieu de cela, ils avaient confié leur sort à des étrangers, et à un esclave qui vivait dans l'attente de son affranchissement.

Jean avait la même perplexité que moi devant ce tumulte des causes et des conséquences. Lui qui avait toujours été brave jugeait soudain invraisemblable cette justification de la décision de ses beaux-frères de rester tous les deux en arrière. Comment un homme pouvait-il arguer de la peur qu'il avait eue pour prendre le risque de confier à des inconnus ou presque la tâche d'envoyer une expédition de secours ?

Le narrateur continua d'un ton que je trouvai distrait :

– Le sieur Roche avait promis en partant à Mme Godin et à ses frères que, sous quinze jours, ils recevraient un canot et des Indiens…

Il récitait mot à mot ce qu'il m'avait écrit, à présent, sans doute pour laisser son esprit libre de creuser le fond de l'histoire, ou parce qu'il craignait de se couper.

– Au lieu de quinze ils en attendirent vingt-cinq.

J'attrapai le compte au vol.

– Ils savaient, dis-je, que dans de telles circonstances on ne pouvait donner un rendez-vous aussi précis… Je me demande, et sans pouvoir répondre : au bout de combien de temps doit-on dire : « Ils ne reviendront pas » ? Dix jours de plus que le délai promis, est-ce assez pour perdre l'espoir, dans ce monde où le temps, nous l'avions vu, file sans logique ?

J'étais sincère en posant de telles questions, mais en même temps, j'avais une arrière-pensée. Que les deux frères aient perdu l'espoir si vite ne m'étonnait pas. J'y avais réfléchi. S'ils avaient à ce point manqué de patience, c'est qu'ils pensaient avoir confié leur vie à des individus qui pouvaient, qui devaient les trahir ; au moment où ils avaient vu partir le canot, ils savaient déjà, d'une manière ou l'autre, que les deux Français Roche et Baugé ne reviendraient pas. La mort de Juan et d'Antonio était inscrite dans le regard que les deux hommes posaient sur le bateau qui s'en allait dans le courant.

– Ces vingt-cinq jours, cette attente trop longue ou trop courte, selon le point de vue, ne fait que souligner l'erreur d'être resté avec Doña Isabel. Pourquoi cette erreur commise quasi consciemment ?

C'est alors qu'une voix se fit entendre. Plus exactement un son filé au milieu d'échos indistincts, une plainte… La pièce était plongée dans l'ombre. Nous étions seuls. Ensemble, nous regardâmes le feu ; c'est de là que montait la voix, et pourtant elle semblait si lointaine.

Jean fut le premier à comprendre. Je le vis se redresser, puis lever les yeux sur les moulures du plafond où dansaient les ombres dessinées par les flammes. Doña Isabel.

3

Jean resta les yeux levés longtemps après que la plainte eut cessé. Il attendait… et moi aussi. Quoi ? La voix s'était tue, et ne se ferait plus entendre. Le son qu'elle avait émis s'était échappé malgré elle. Jean tourna enfin la tête vers moi.

– Il y a des silences, monsieur, que ce cri remplit mieux que ne pourraient le faire des explications circonstanciées. N'exigez pas des révélations qui ne cachent rien qui puisse vous intéresser, que moi-même je n'ai pas demandées. Respectez notre retraite.

Je fus tenté, pour la deuxième fois, d'abandonner mon enquête. Cette plainte…

– Croyez-vous qu'on nous entende, de là-haut ?

Il observa encore une fois le plafond, puis la cheminée.

– Je ne sais pas. Je n'entre que rarement chez mon épouse.

Ce n'était pas l'aveu que je recherchais, mais c'en était un. Le lien conjugal des époux aimants n'avait pas résisté aux vingt ans d'absence, finalement.

Vingt ans d'absence… Vingt-cinq jours d'attente. Ma passion pour les chiffres avait cet effet imprévu de faire monter les images.

*
* *

Un abri de palmes. D'un côté, l'eau de la rivière qui enfle jour après jour et grignote la plage, autour du campement. De l'autre, la masse poreuse de la forêt, qui exsude moiteurs, piaillements, relents. Le ciel pâlit ; c'est l'aube. Des formes prostrées sortent de l'immobilité de la nuit. Elles se déplient, se relèvent au milieu des linges sales. Trois hommes, une femme, des enfants lovés contre elle… Ils sortent du carbet l'un après l'autre. Et, l'un après l'autre, ils regardent la rivière. Elle a encore monté. Leurs regards se tournent vers l'aval, vers la courbe du méandre. Rien. Le padre Juan de Grandmaison tombe à genoux – c'est un ordre qu'il donne à sa troupe pour conjurer l'angoisse. Ils sont agenouillés en rond entre le carbet et la rivière, rosaires en main :

– *Dios te salve María, llena eres de gracia…*

Le velours de la robe est lourd d'eau et de sable. La sueur colle les tissus. Un reflet de plomb tombe des nuages, brûlant. L'aube est le seul moment où l'on ose sortir du carbet. Tout le reste du temps, on se tient serré sur un châlit de branches, à l'abri des mousselines dont on s'est enveloppé pour défendre un peu d'espace contre les mouches, les moustiques, les tarentules, les araignées, les tiques, les vers. La nuit est à l'obscurité, le midi à la chaleur, l'après-midi à la pluie. Et au crépuscule… la chaleur ne baisse pas, la pluie tombe encore, et les insectes arrivent. Le ciel est d'un rouge de sang, des cris fusent loin dans la forêt – est-ce qu'ils ne se rapprochent pas ? demande une petite servante. Doña Isabel la rassure.

Le padre Juan commence la prière du soir. Les répons sont murmurés, si bas qu'ils semblent un autre bruit de la forêt, indistinct, animal.

C'est le temps de distribuer la ration de maïs ou de plantain prélevée sur les vivres, que la petite servante fait chauffer sur un foyer qu'on se relaie pour entretenir. Doña Isabel procède au partage. Les fillettes se serrent contre elle et lèvent des yeux noirs écarquillés ; leurs gestes sont devenus lents sous l'effet de l'inaction et de la mauvaise nourriture.

La nuit est là. Les insectes volants s'évanouissent comme par magie ; les insectes rampants tentent de franchir les barrières de mousseline, il faut les combattre, écraser, essuyer, évacuer… Le sommeil n'est qu'une torpeur habitée de spectres, et les heures passent, lourdes d'une fièvre qu'aucun remède ne peut chasser. La cinq centième, la cinq cent unième, la cinq cent deuxième…

– Ayant perdu l'espérance, ils firent un radeau sur lequel ils se mirent avec quelques vivres et effets.

Jean avait partagé avec moi ces images qui, croyais-je, étaient dans ma seule tête. De rester ainsi face à face dans la pièce sombre, serrés devant le feu à évoquer si précisément un drame extraordinaire, nous en venions à le vivre en même temps. Je me raclai la gorge et dérangeai ma perruque en me frottant les tempes pour sortir du songe.

– Ainsi, précisai-je à la place de Jean, ayant refusé de monter dans le canot de bonne facture qu'ils avaient laissé partir sans eux vingt-cinq jours plus tôt, Don Antonio et le padre Juan, aidés par l'esclave du sieur Roche, ont embarqué leur troupe sur un radeau façonné de leurs mains malhabiles ? Que cela vous suggère-t-il ?

– Paix à leurs âmes, qu'ils étaient impropres à la vie d'aventure.

– Ou que ce n'était pas la lâcheté qui les avait empêchés de partir avec le sieur Roche : quelque chose les retenait sur la plage.

– Sans doute, répondit Jean trop vite. Ce qui les retenait sur la plage, c'était leur sœur, un être cher que leur affection poussait à protéger, une créature que sa nature obligeait à considérer comme plus faible qu'eux…

– Quelle erreur !

Mon ironie le prit comme un soufflet. Il perçut qu'il aurait dû se retenir ; ne l'avais-je pas averti qu'il y avait un registre que je refuseraisd'entendre ? Mais il ne pouvait s'empêcher d'y retourner, car il n'en avait pas d'autres pour m'éloigner des faits.

– Vous voyez quelle est la conclusion qui s'impose, insistai-je. Soit ces deux hommes étaient des lâches imbéciles, soit vous me cachez quelque chose. Je commence à penser que la réponse est : les deux à la fois.

– Vous raisonnez trop pour moi, mais la première interprétation doit avoir quelque fond de réalité en ce que la panique peut rendre un homme intelligent imbécile, et encore plus un homme élevé pour gérer une fortune et non pour survivre au milieu de la forêt.

– Donc le radeau s'est mis en pièces en deux coups de perche…

– Il a heurté une branche submergée et s'est retourné. Effets perdus et tout le monde à l'eau. Personne ne périt, grâce au peu de largeur de la rivière en cet endroit, mais ce fut de justesse. Mon épouse fut sauvée alors que par deux fois, elle s'était enfoncée sous l'eau.

Une femme qui se noie à cause de sa robe… Cette robe qu'elle n'a pas quittée, qui l'entraîne par le fond, qui l'aspire dans le creux du lit de la rivière, par deux fois, et qui la sauve en donnant une prise à ses sauveteurs…

Jean poursuivait :

– Réduits à une situation encore plus triste que la première, poursuivait Jean, ils résolurent tous de suivre à pied le bord de la rivière. Ils retournent à leur carbet, prennent les vivres qu'ils y ont laissés, et se mettent en route à pied.

« Ils résolurent tous… » Qui était ce « tous » ? Et qu'avaient-ils laissé sur la plage ? J'y reviendrais plus tard… Il était arrivé au moment le plus terrible de l'aventure.

– Quitter l'eau pour marcher dans la forêt… quelle entreprise ! Vous savez, monsieur, que les bords de ces rivières sont garnis de bois fourrés d'herbes, d'arbustes où l'on ne peut se faire jour que la serpe à la main, en perdant beaucoup de temps.

« Bois », « herbes », « arbustes », « serpe »… j'entendais ces mots, et je songeais que nous sommes incapables de décrire la nature du Nouveau Monde. Je les avais utilisés moi-même dans mes livres, mais jamais autant qu'à ce moment je ne m'étais rendu compte combien ce vocabulaire était pauvre. Est-ce que Jean ne paraissait pas sur le point de narrer une partie de chasse à Fontainebleau ? Ce sera la charge du siècle prochain d'inventer d'autres mots pour faire pénétrer plus réellement nos lecteurs dans ces bois.

*
* *

Bois mortels… Il n'y a pas de ciel, il n'y a pas de sol. Le ciel est caché par des frondaisons si lointaines qu'elles se fondent en un pointillé où l'œil ne perçoit aucun détail. Le sol est enfoui sous un magma de pourriture dans lequel s'enfoncent les pieds. Il n'y a pas de paysage non plus, toute perspective étant barrée par des murs de feuilles et de lianes. Les regards désespèrent de voir autre chose que les surfaces lisses et mouillées de ces plantes si charnues qu'elles en sont effrayantes. Une prison verte se déplace autour du corps, qui rougit peu à peu du sang des multiples blessures. Flagellée, lacérée, la peau bientôt suinte ses humeurs autant que les écorces alentour. Le seul chemin fiable est la rivière. Elle seule va d'un point à un autre à coup sûr. La longer, aussi pénible que soient les marécages qui la bordent, est le seul moyen d'arriver quelque part. Elle est le guide qui retient le voyageur de s'égarer dans un labyrinthe mortel. Les trois Grandmaison lui avaient tourné le dos.

Cette erreur que ni lui ni moi n'aurions commise, Jean ne la souligna pas. À quoi bon. Nous en connaissions les conséquences, qu'il me résuma en homme pressé :

– Ils s'aperçoivent en suivant le bord de la rivière que ses méandres allongent beaucoup leur chemin, alors ils entrent dans les bois pour les éviter et, peu de jours après, ils s'y perdent. Fatigués de marcher, blessés aux pieds par les ronces et les épines, leurs vivres finis, pressés par la soif, ils n'ont d'autres ressources que quelques graines, fruits sauvages et choux palmistes. Enfin, épuisés par la faim, l'altération, la lassitude, les forces leur manquent. Ils succombent. Ils s'asseyent et ne peuvent plus se relever. Là, ils attendent leurs derniers moments ; en trois ou quatre jours, ils expirent l'un après l'autre.

– Les deux frères, le neveu, les petites servantes et le serviteur du sieur Roche ?

Me trompais-je ou hésitait-il à me répondre ? Il avait repris sa posture de captif, face au feu, et jetait dans les flammes l'une après l'autre les coques déchirées des châtaignes.

– Oui, tous.

Un crépitement joyeux de petites étincelles blanches lui fit écho.

– Vous imaginez ? demandai-je encore.

– Non.

Je le vis se relever en frottant ses culottes pour en enlever les dernières miettes de notre festin. Il s'éloigna de moi et gagna l'ombre de la pièce. J'eus peur de le perdre, sans raison, et je tournai le cou pour le suivre des yeux – si vivement que je manquai de perdre conscience encore une fois, pris de vertige. Un rayon de lune qui fusait par les vitres me retint. Je m'y accrochai et distinguai en son centre la silhouette de Jean, dressée à mi-chemin de la porte-fenêtre, immobile. Ainsi posté, il était éclairé d'une double lumière, d'un côté bleue, de l'autre rouge – vraiment, je l'ai plus regardé en une soirée que je ne l'avais fait durant les sept années que nous avions passées ensemble au Pérou.

Il arrivait à la porte-fenêtre. Allait-il encore envoyer un message là-haut ? S'enfuir ? Non, il ôtait aux volets leurs attaches et les refermait l'un après l'autre. Le bruit sec était rassurant de clarté. Il sonnait comme le « non » qu'il venait de prononcer.

– Moi non plus, je n'imagine pas, dis-je.

– J'ai déjà essayé, je vous l'assure, dit-il en suspendant ses gestes sous l'effet d'une réflexion intense. J'ai essayé de me représenter au milieu de ces cadavres, comme l'a été mon épouse… Et je n'y suis jamais arrivé. Malgré toutes les mauvaises fortunes que j'ai pu rencontrer dans mes voyages, je ne peux me figurer celle-là.

Comme pour ponctuer sa déclaration, il posa la dernière clenche sur la dernière crémone. La pièce s'était resserrée sur son obscurité à présent que tous les volets étaient fermés, et le feu n'était plus assez puissant pour me réchauffer. Je sentais mes lèvres bleuir tandis que je parlais, et mes paroles aussi devenaient froides.

– Si vous ne pouvez vous figurer cette situation, dis-je, c'est parce que, dans les mêmes circonstances, vous seriez mort. Je ne vous vois pas en seul survivant…

Il ne répondait pas ; je pensai l'avoir blessé, mais non, au contraire. Il s'exclama soudain :

– C'est cela, oui ! Je serais mort, bien sûr !

Au soulagement qui perçait dans sa voix, je compris qu'il s'estimait assez pour se penser incapable de rester en vie quand tous les autres étaient morts. Cela pouvait expliquer en partie, mais en partie seulement, l'insistance qu'il mettait à dire sous diverses formes que son épouse n'avait survécu que par amour pour lui… Autrement, bien sûr, elle serait morte. Survivre pour survivre était une inconvenance. Doña Isabel ne pouvait l'avoir commise.

– Combien de temps est-elle restée ainsi auprès de sept cadavres en décomposition ?

– Elle est restée étendue là deux fois vingt-quatre heures, attendant elle-même son dernier moment, étourdie, égarée, anéantie. Ce n'est qu'au bout de deux jours que la Providence, qui voulait la conserver, lui donna le courage et la force de se traîner… Elle se trouvait sans chaussures, demi-nue : deux mantilles et une chemise mise en lambeaux par les épines la couvraient à peine. Elle coupa les souliers de ses frères, s'en attacha les semelles aux pieds…

– Ce sont ces souliers qu'elle conserve dans un coffret qu'elle ouvre au crépuscule ?

Il ne répondit pas ou peut-être avait-il répondu d'un hochement de tête, inconscient que je ne pouvais le voir. Je restai un moment à fouiller l'ombre où il se tenait, en attendant qu'il reprenne son récit, en vain ; il se taisait. Mes yeux me faisaient mal, fabriquaient des formes, au fil de mes pensées…

*
* *

Je distinguais les taches pâles des cadavres… Et, au milieu d'eux, une femme les genoux enfoncés dans le tapis mouvant des nécrophages. Elle rampe jusqu'à ses frères morts, glisse ses mains fines dans leurs vêtements à la recherche d'un couteau, s'installe, taille dans le cuir pour ôter les souliers qui ne peuvent plus glisser le long des pieds déformés. J'aurais voulu demander à Jean comment elle avait procédé. Pourquoi avait-elle fait ces semelles ? Avait-elle été portée jusque-là, pour ne pas avoir à poser les pieds sur le sol ? Comment avait-elle façonné les lanières ? Damnée curiosité jamais rassasiée.

Jean se taisait toujours, il remplaçait les descriptions qu'il ne pouvait donner par le silence et je lui en fus gré. Lui et moi développions en nous les images de ce que je n'avais pas voulu livrer à Mlle de L., dans ce salon, à Paris, où Choiseul m'avait appris la nouvelle du naufrage de Mme Godin des Odonais.

Mon hôtesse, ce jour-là, avait évoqué la belle Créole en figure à la grecque, le sein nu, les cheveux défaits, les pieds nus sur la mousse… Je l'avais rêvée ainsi, moi aussi, mon Amazone, la Diane aux yeux de feu. Les seuls dangers que nous osions évoquer, alors, étaient les fauves et les sauvages.

Mais à Saint-Amand, dans le silence de ce salon rompu seulement par les craquements des braises, nous affrontions la réalité. Nous vivions avec Doña Isabel l'étrange expérience d'être dévorés vivants.

Elle est dans la forêt, seule. Elle s'est éloignée en oubliant ce qu'elle laissait derrière. Bête parmi les bêtes, Doña Isabel avance courbée, les jambes pliées, les mains en avant, parce qu'on ne peut progresser autrement en ce lieu. Elle rampe sous les racines aériennes, elle s'agrippe aux lianes, elle écarte les fils d'araignée, elle franchit un fossé, s'enfonce dans la fange, elle se retient à une branche, une épine lui transperce l'attache du pouce ; elle retire son pied couvert de fange, arrache sa main crucifiée, réussit à s'extraire du piège. Et déjà les parasites prennent possession d'elle, comme ils le font des autres animaux, pécaris, tapirs, paresseux… Cette dentelle noire sur son bras est faite de fourmis d'un pouce de long qu'elle écrase sauvagement pour ne plus en sentir les brûlures. Des mouches ont pondu sur les plaies de ses joues, des larves y sont nées qui se faufilent sous la surface de la peau… Isabel est une créature de la forêt ; si elle ne meurt pas dans les deux jours, elle deviendra à ce point mêlée aux plantes et aux bêtes qu'on ne la reconnaîtra plus pour femme. Sa main tâtonne le long des troncs à la recherche – de quoi ? Elle soulève les feuilles, guette un changement de couleur, un mouvement, une proie… Qu'est-ce qui la pousse devant ? La pensée de l'être aimé ? Ou bien plutôt la faim et, pis encore, la soif ? Dans cette forêt née de l'eau qui glisse le long des Andes, c'est de soif qu'on meurt si la rivière se dérobe aux regards.

Tandis que je restais ainsi, les yeux ouverts sur le noir, je sentais ma bouche brûler de la soif de Doña Isabel, mes doigts s'enfler de pus, mon ventre grouiller des parasites qui l'attaquaient. Soudain, j'eus l'impression de regarder la mort en face.

Quelque chose bougeait dans l'ombre… Un visage m'apparaissait, aux orbites cernées, aux joues creuses… Je sursautai violemment. Puis je soupirai. Jean sortait de l'obscurité et revenait vers le feu, l'air épuisé. Il me fixa un instant comme pour me demander si je n'en avais pas encore assez, de tout cela. Constatant que non, il rompit le silence.

– Le deuxième jour de sa marche, elle trouva de l'eau, et les jours suivants desfruits sauvages et quelques œufs verts. Elle pouvait à peine les avaler tant l'œsophage était rétréci par la privation d'aliments. Cela suffit pour sustenter son squelette, mais il était temps que le secours qui lui était réservé paraisse.

Je m'ébrouai en me raclant la gorge.

– « Réservé » ? demandai-je en insistant sur le mot. Vous pensez que le secours lui était réservé ?

– Monsieur, me répondit-il avec un regard de biais, êtes-vous sûr de vouloir aborder cette question-là ?

– Non, certes, dis-je aussitôt avec un sourire conciliant. Du moment que je vous vois conscient de ce qu'il y a de douteux à évoquer une Providence qui tue sept âmes pour réserver son secours à la huitième.

– Seriez-vous devenu…

Son regard en biais s'était fait intrigué… voire, pour la première fois, curieux. Je me récriai :

– Non, non, je ne suis pas devenu athée ! Je reste aussi humble que toujours devant l'incompréhensible et l'incommensurable. Mais aussi irritant et mesquin que soit le hasard pour un esprit qui cherche des causes, nous ne pouvons le négliger. Regardez…

Je lui montrai son jeu de l'oie où les pions éclairés par le foyer jetaient de petites ombres tremblantes.

– Dites-moi, Jean est-ce que vos dés sont pipés ?

Sans répondre, il approcha de la table et tira le bouton d'un tiroir minuscule caché dessous. L'instant d'après il me mettait sous le nez sa paume ouverte, où étaient nichés deux dés d'ivoire. D'un geste d'habitué, il les lança sur la spirale peinte.

*
* *

Les dés sont tombés sur quatre. Une, deux, trois, quatre, la naufragée s'immobilise, aux aguets ; un son monte du fond de la forêt. Ce n'est pas un oiseau hoazin, ce n'est pas un fauve. C'est une voix humaine. La naufragée a les sens aiguisés comme ceux d'un animal de la forêt. Guidée par ce son, elle avance, s'accroupit, observe. Elle voit la rivière, enfin ! Et surtout, elle voit des Indiens. Quels Indiens ? Ils ont un vêtement de coton, le crâne allongé, une pirogue… Des Andoas, à coup sûr. La femme est sauvée. Elle ne mourra pas.

Mais le dé aurait pu tomber sur trois. Un, deux, trois, la naufragée s'écroule à terre, à bout de forces ; elle n'entend pas les voix des Indiens, elle perd conscience et meurt, seule, entre deux méandres de la rivière.

*
* *

Une idée me vint, qui bousculait toutes les autres. Elle me poursuivait depuis que j'avais reçu la *Relation* de Jean, mais je ne l'avais pas encore formulée précisément. Si le dé était tombé sur un chiffre que je ne pouvais concevoir ? S'il s'était passé quelque chose dans la forêt que Jean lui-même ignorait, que j'étais incapable d'imaginer ?

– Combien de temps, dites-vous, Jean, que Doña Isabel a vécu seule dans la forêt ?

Ce fut seulement alors que je remarquai que mon hôte était retourné à son fauteuil. Ou plutôt il s'y était écroulé comme un homme ivre, les deux jambes étendues devant lui, les bras pendants de part et d'autre, le menton sur la poitrine, les yeux mi-clos. Il ne prit pas la peine de se redresser pour me répondre.

– Ce fut à peu près entre le 25 et le 30 décembre 1769 que cette troupe infortunée périt au nombre de sept.

– De sept ?

Jean me montra ses doigts l'un après l'autre.

– Les deux frères, le neveu de Doña Isabel, ses trois petites servantes et le Nègre du sieur Roche…

– Ah oui, c'est trois servantes qu'elle avait… Je l'avais oublié.

Il tourna vers moi un œil méfiant ; est-ce que je lui avais tendu un piège ? Je ne sais plus moi-même, je le confesse ; il avait raison : tous ces serviteurs, on s'y perdait. Je revins à l'essentiel :

– Et à quelle date déboucha-t-elle devant les Andoas ?

– Si j'en juge par les dates postérieures bien constatées et sur ce que mon épouse m'a dit, elle est restée dix jours seule.

– Donc, elle est sortie de la forêt aux alentours du 10 janvier 1770. Dix jours pendants lesquels ses cheveux blanchirent, avez-vous écrit ?

– Le souvenir du long et affreux spectacle, l'horreur de la solitude et de la nuit dans un désert, la frayeur de la mort et…

– Je vois, je vois.

Il n'insista pas. Quant à moi, j'aimais ce détail des cheveux blanchis. À ce point que je me demandai, à ce moment, si ma frustration de ne pas voir Doña Isabel n'était pas celle d'être privé de contempler cette chevelure de neige au-dessus du feu noir de ses yeux.

Jean continua de m'exposer le calendrier du naufrage.

– Ce fut donc le huitième ou neuvième jour de sa marche, suivant le compte de mon épouse, qu'elle se trouva sur les rives de la Bobonaza à la pointe du jour ; elle entendit du bruit à environ deux cents pas d'elle. Elle gagna le bord et vit des Indiens qui poussaient un canot à l'eau. Les Indiens aperçurent de leur côté mon Isabel et vinrent à elle.

– Ils vinrent à elle. Elle ne vint pas à eux ?

– Un premier mouvement de frayeur la fit d'abord se renfrogner dans le bois, mais faisant réflexion que rien ne pouvait lui arriver de pis que son état actuel et qu'elle n'avait par conséquent rien à craindre d'eux…

– Croyez-vous que ces Indiens se soient demandé s'ils avaient à craindre d'elle ?

– Même nous, nous nous fussions posé la question…

Il avait chuchoté sa réponse en homme qui prend garde de n'être pas entendu de la dame dont il parle. Je levai instinctivement le regard au plafond ; je comprenais les précautions de Jean : la créature qui avait surgi devant les Andoas n'existait plus. Elle avait existé pour les quatre Indiens, mais personne d'autre ne devait pouvoir même seulement l'imaginer. C'était un sacrilège que de l'évoquer. Ainsi devait penser Doña Isabel. Dans la pénombre rougie par la lueur des braises, Jean et moi, nous commettions ce sacrilège.

J'ai ouï dire, je ne sais plus par qui, que les enfants sauvages qu'on trouve de temps à autre dans les bois en viennent à avoir la peau verte et des lichens qui naissent dans leurs cheveux… Sans doute en est-il de même pour les femmes. La belle Créole n'était plus qu'un spectre écorché, rongé, crucifié, comme possédé par la forêt, retenu par elle, ni plus ni moins vivant qu'un cauchemar, et c'était ce spectre que l'Indien Antonio avait pris en pitié, au lieu de le fuir.

– Elle les conjura de la conduire à Andoas, dit Jean d'une voix assez forte pour chasser la vision.

– Ç'aurait pu être la fin de l'histoire…

– Ses épreuves n'étaient pas terminées, comme je vous l'ai écrit.

– Oui, les jésuites, passons…

J'avais murmuré cela avec lassitude. Pour expliquer le dernier épisode du naufrage, il allait devoir s'éloigner beaucoup de la Bobonaza.

L'expulsion de l'ordre des jésuites par les rois de France et d'Espagne ! Cet événement politique européen avait eu des conséquences imprévues sur la vie des Indiens de l'Amérique méridionale… Car les jésuites qui tenaient les missions de la forêt, en avaient été chassés comme de partout ailleurs. Des prêtres séculiers avaient pris leur place, souvent recrutés dans les plus basses classes de la société, de petits curés parmi lesquels on comptait de fieffés coquins.

– Vous devez en tenir compte, insista Jean, pour en juger en toute impartialité…

– Vous avez raison, soupirai-je, c'est que la traversée de la forêt m'a éreinté.

Il m'envoya un coup d'œil indigné sans même faire l'effort de relever la tête, et commença son anecdote :

– Ces Indiens, partis de Canelos avec leurs femmes pour fuir la petite vérole, descendaient la rivière vers Andoas. Ils accueillirent mon épouse avec des témoignages d'affection, la soignèrent et la conduisirent à ce village. Elle aurait pu s'arrêter quelques jours pour se reposer, mais elle ne le fit pas pour la raison que voici. Dénuée de tout, ne sachant comment témoigner sa reconnaissance aux Indiens qui lui avaient sauvé la vie, elle se souvint qu'elle avait au cou, suivant l'usage de son pays, deux chaînes d'or du poids d'environ quatre onces. Elle en donna une à chaque couple d'Indiens. Mais le missionnaire d'Andoas, en sa présence même, s'empara des deux chaînes et les remplaça par trois ou quatre aunes de grosse toile de coton fort claire qu'on nomme *tucuyo*. Ma femme fut si irritée de cette inhumanité qu'elle demanda à l'instant même un canot et un équipage, et partit dès le lendemain pour La Laguna.

Deux chaînes d'un poids d'or de quatre onces chacune… une toile de coton nommée *tucuyo*… Cette fois, la précision des détails me prouvait qu'Isabel parlait par la bouche de Jean. Mais pourquoi ces détails, justement ? C'est, il est vrai, le propre de la mémoire que de bégayer de la sorte : on expédie en dix phrases une incroyable aventure en forêt, et l'on en utilise autant pour décrire un petit vol vulgaire. Cependant, la raison pouvait être autre : l'historiette servait à expliquer pourquoi Doña Isabel n'était restée qu'une nuit en ce lieu où la sagesse lui conseillait de rester le temps de se remettre de ses épreuves. Elle était d'ailleurs conçue pour des auditeurs parisiens, car elle n'aurait guère ému un Créole de Quito, qui aurait jugé la réaction du prêtre d'Andoas plus raisonnable que celle de Doña Isabel.

Mais je ne fis pas de remarque ; je savais qu'un épisode bien plus étrange allait venir.

– C'est à Andoas que Doña Isabel a découvert qu'on la croyait morte ?

– Je ne sais si c'est à Andoas ou à La Laguna, son étape suivante, qu'elle a appris cela : pendant qu'elle errait dans les bois, son fidèle Joachim n'était pas resté inactif…

– Vais-je enfin savoir pourquoi vingt-cinq jours s'étaient écoulés sans que MM. Roche et Baugé accompagnés de Joachim retournent secourir Doña Isabel et ses frères ?

– Hélas, non ! Isabel elle-même n'a pu me répondre sur ce point ! Elle a seulement su que le sieur Roche, plutôt que de revenir en arrière, avait poursuivi sa route avec son compagnon jusqu'à Omaguas, plus bas sur la rivière Bobonaza. Elle a su aussi que Joachim, aidé d'un équipage d'Indiens d'Andoas, était bel et bien revenu pour se porter à son secours. Mais quand il était arrivé sur le lieu du campement, c'était trop tard. Il ne trouva plus personne, mais il suivit leurs traces dans la forêt, toujours accompagné par les Indiens… C'est ainsi qu'il découvrit les cadavres déjà infectés et méconnaissables. Persuadé qu'aucun n'avait échappé à la mort, il avait repris le chemin du carbet, recueilli les affaires qui y avaient été laissées, et était reparti vers Andoas. Il n'avait aucun doute : sa maîtresse était morte. Fort honnêtement, il a gagné à son tour la mission d'Omaguas pour remettre au sieur Roche tous les effets dont il s'était chargé, c'est-à-dire une jupe de velours, une autre de persienne…

– Ho !

J'avais levé la main en même temps que je criai pour l'empêcher d'aller plus loin dans sa liste.

– Jean ! Vous êtes obsédé des frusques de votre épouse comme moi je le suis par les dates. Il se trouve que je n'en ai pas fini, avec les dates… Vous m'avez dit que Doña Isabel était arrivée à Andoas le 10 janvier. Quel jour la troupe avait-elle quitté le carbet sur la plage ?

– À la fin du mois de novembre…

– Donc, ils ont erré tout le mois de décembre dans la forêt… Prouesse merveilleuse !

– Et fatale.

Fatale et, aurait-il pu ajouter, inutile, car tandis qu'ils agonisaient entre deux méandres, le remarquable Joachim, peut-être à quelques encablures seulement d'eux, remontait la rivière à leur secours.

– C'est donc durant ce même mois de décembre que Joachim a atteint le carbet. Il faut compter le temps qu'il marche le long de la rivière, qu'il s'enfonce dans la forêt sur les traces de ses maîtres, qu'il trouve les corps méconnaissables, qu'il revienne sur ses pas, qu'il reparte vers Andoas, et continue sa route pour rejoindre le sieur Roche à Omaguas…

Comme j'avais insisté sur le mot « méconnaissables », il trouva bon de préciser :

– Vous savez à quelle vitesse les charognes disparaissent, dans cette forêt, autant sous l'action des insectes que de la pourriture intérieure.

– Quand même… Il a dû se passer quelques jours, peut-être quelques heures seulement entre le temps où Joachim est revenu à Andoas et celui où Doña Isabel est sortie de la forêt. Étranges rendez-vous manqués dans cette forêt sans limite où les quelques hommes qui y voyagent se croisent sans se voir !

Jean ne répondit pas tout de suite. Je voyais qu'il faisait le compte pour la première fois, et mon étonnement était le sien.

– En effet, dit-il simplement.

– Et pourquoi Joachim n'a-t-il pas rejoint Don Pedro ?

– Ah ! Vous ne voulez pas que j'aborde le sujet des frusques de ma femme, mais il le faut pour répondre sur ce point-là. Joachim est donc allé d'Andoas à Omaguas. Or M. de Grandmaison était plus loin, à Loreto, où il attendait ses enfants avec impatience. Il avait même demandé à Tristan d'Orcaval de remonter la Bobonaza pour en avoir des nouvelles. Pourtant, ni Tristan ni Roche ne jugèrent à propos de satisfaire mon beau-père. Au contraire, Roche renvoya le Nègre à Quito en gardant les effets qu'il avait rapportés.

– Repartant à Quito, il aurait dû rencontrer sa maîtresse qui venait d'Andoas en descendant la rivière…

– Non, car il est certainement revenu à Quito par la rivière Pastaza ou par la rivière Napo.

Certainement, oui, puisque c'étaient deux routes plus commodes et plus usitées… Jean semblait très à l'aise avec cette contradiction sur laquelle je me réservais de revenir.

– Vous n'imagineriez pas, continuait-il, quelle raison m'a, depuis, alléguée le sieur Roche pour se disculper d'avoir renvoyé un domestique fidèle qui nous était si nécessaire : « Je craignais, me dit-il, qu'il ne m'assassine. »

– « Assassiner » ! Réponse fort étrange. Joachim avait-il des motifs d'assassiner M. Roche ?

– C'est exactement ce que je lui ai demandé : « Qu'est-ce qui pouvait vous donner un tel soupçon ? Si vous craigniez qu'il ne vous impute la mort de sa maîtresse, que ne le faisiez-vous au moins mettre aux fers par le gouverneur d'Omaguas ? »

– Imputer à Roche la mort de sa maîtresse ? Pourquoi ?

– Pour n'avoir pas fait demi-tour, comme ce Roche l'avait promis à Isabel…

– Mais puisque Joachim, lui, a fait demi-tour avec diligence, la négligence coupable de Roche ne peut avoir été la cause de la tragédie…

Jean tiqua, puis tenta une explication bancale :

– Dans un esprit fruste, on ne sait.

L'esclave fidèle en assassin potentiel… Cette seule note discordante à propos de Joachim méritait qu'on s'y arrête. Au-delà de l'indignation de Jean, je me demandai pourquoi Roche n'avait pas donné de mobiles plus précis ou pourquoi Jean me les dissimulait. L'esprit fruste d'un homme qui avait conduit avec tant de célérité une expédition de secours ne me satisfaisait pas. S'il accusait Roche de la mort de sa maîtresse, il était plus simple pour lui d'en référer à Don Pedro, dont il savait qu'il serait écouté. Et s'il craignait de n'être pas écouté, quel besoin pour lui d'assassiner Roche, acte qui aurait fait de lui un hors-la-loi ? Non, la raison qu'avait Joachim de faire demi-tour n'était certainement pas celle-là.

– Si je me rappelle votre *Relation*, vous accusez aussi le sieur Roche de vol...

– Grand Dieu, de vol ! Je n'ai pas employé un tel mot !

– Vous dites que, de tous les objets remis par Joachim, ce Roche n'a rendu à Doña Isabel que des petits riens, quand celle-ci est arrivée à Loreto, où il est venu la rejoindre...

– Une jupe de velours, une de persienne, reprit-il cette fois précipitamment pour que je ne puisse l'interrompre, une autre de taffetas, quatre assiettes d'argent, un pot à boire, quelques linges et nippes. Et il a ajouté que le reste était pourri.

– Le reste ?

– Ce qui manquait : bracelets d'or, tabatières, reliquaires d'or, pendants d'oreilles d'émeraude...

Encore une fois, l'imprécision générale du récit s'émaillait d'étonnants détails : une jupe de taffetas, des pendants d'oreilles en émeraude... La mémoire de Doña Isabel était un étrange fourre-tout.

– Ces biens précieux étaient donc sur la plage, et non pas restés à Canelos.

Il aurait été enfantin et inutile de lui rappeler la bêtise de ses indignations précédentes. Aussi n'insistai-je pas et poursuivis :

– Et tout cela figurait dans ce que Joachim avait rapporté ?

– Sans doute, qui d'autre aurait pu le prendre, en un lieu si sauvage ?

Sa question, qui n'était que logique, fit apparaître malgré lui une image envoûtante : une plage déserte battue par le flot gonflé de la rivière, les cris des singes et des oiseaux, le grouillement des insectes... Et, au cœur du monde sauvage, un carbet abandonné, une jupe de velours, une autre de taffetas, des bracelets d'or, des pendants d'émeraude. J'enviai Joachim, un fugitif instant, d'avoir contemplé pareil spectacle.

– Joachim a pu les prendre et ne pas les donner à ce Roche.

– Comment le savoir... Nous n'avons plus entendu parler de lui.

– Est-ce que la lettre que vous avez reçue n'en parle pas ?

– La lettre ?

– Vous savez, cette lettre envoyée de Riobamba il y a trois ans, par votre belle-sœur Marcelina, qui dit que les juges de l'Audience l'ont traitée comme une coupable.

La pièce était sombre et ma vue basse, certes, mais je fus certain de le voir tourner machinalement la tête vers la porte de son cabinet de travail. La lettre se trouvait là, décidément, l'indication était claire.

Il secoua la tête.

– Je... je ne sais pas... C'est une lettre personnelle, d'une femme à une autre femme. Je n'ai pas à la lire.

Avec un énervement croissant, il se ploya vers l'avant, mit les coudes sur ses genoux et son front dans ses mains. Je n'entendais plus rien qu'un grommellement furieux.

– Que dites-vous ?

– Je dis, aboya-t-il en faisant fi de tout respect envers moi, je dis qu'Isabel ne supporterait pas de m'entendre parler ainsi. Joachim, que je n'ai pas connu, avait toute sa confiance, et plus encore ; n'oubliez pas tout ce qu'il a fait pour elle. Et qu'au Pérou, c'est un acte gravissime, pour un esclave, de commettre un tel vol !

– D'accord, d'accord !... dis-je en déployant les deux mains devant moi en signe de paix. Mais comprenez ma stupéfaction : si Doña Isabel pensait Roche coupable du vol, pourquoi le reprendre comme compagnon ? Vous m'avez écrit qu'elle avait accepté de continuer le voyage avec lui. C'est proprement incroyable !

– Les insistances des autorités locales triomphèrent de sa résistance. Notamment un missionnaire, un certain Romero, qui lui représenta que si elle abandonnait le sieur Roche, il ne saurait que devenir...

– Que devenir sans cette femme qui se trouvait à demi morte et dans un dénuement complet ? Cela est le plus incroyable de tout, j'insiste. Il faut croire que soit Isabel ne soupçonnait pas Roche de vol, soit elle était contrainte pour une raison ou une autre de le prendre comme compagnon. Et qu'elle a caché à ce missionnaire que Roche était un voleur...

Jean ne répondit pas. Je m'avançai sur le fauteuil pour mieux l'observer. Je me rendis compte qu'il ne m'avait pas entendu, tout simplement. Il ne m'écoutait plus. Il fixait les braises qui s'écroulaient, comme lui. Lui si jeune et si fort, je l'avais épuisé. On n'a pas l'habitude de se coucher tard, en province. Ou bien la pression morale que j'avais exercée sur lui était trop forte. Il me semblait qu'il sortait lui-même de dix journées passées au cœur de la forêt d'Amazonie. Il ne m'écoutait plus, et pourtant il parlait encore, et je le laissai tranquille, ne pouvant plus rien tirer d'intéressant de lui.

Il rappelait à présent d'une voix monotone que la naufragée avait refusé l'offre de M. Romero de la faire reconduire sous confortable escorte à Quito.

– Elle lui dit qu'elle aurait cru contrarier les vues de la Providence en rendant inutile l'assistance qu'elle avait reçue de ses deux chers Indiens…

Je réprimai un sourire d'ironie, et Jean, de son côté, m'épargna le commentaire dont il avait orné cette phrase, dans sa *Relation* : « Ma femme m'a toujours été chère, mais de pareils sentiments m'ont fait ajouter le respect à la tendresse », et patati et patata… Il préféra réciter rapidement les étapes du voyage vers l'ouest : Doña Isabel était restée auprès de M. Romero le temps de se soigner de ses multiples blessures (donc Roche était resté le même temps, me dis-je), puis elle avait rejoint son père à Loreto, avait descendu avec lui le fleuve des Amazones sur la confortable galiote portugaise… Enfin, Oyapock se profile à l'horizon, sur la berge lointaine d'un fleuve qui ressemble maintenant à une mer… Oyapock, où est resté cantonné l'époux héroïque par peur d'entrer dans les terres portugaises !

– Et ce fut sur le bord de cette galiote, conclut-il, qu'après vingt ans d'absence et de malheurs, je rejoignis une épouse chérie que j'avais renoncé à revoir.

Il se tut. Le regard vague, il restait refermé sur un souvenir qui n'appartenait qu'à lui, dans lequel je n'avais rien à faire. Quelle que soit ma curiosité, la chambre de la galiote où s'étaient déroulées les retrouvailles m'était interdite. Pourtant, fidèle à moi-même, je ne pouvais m'empêcher de regarder par le trou de la serrure.

Ce que j'y voyais aurait été jugé décevant par Mlle de L. Elle n'y aurait pas trouvé de quoi clore un roman – du moins de ceux qu'elle aimait. Mais à moi, ce dernier acte serrait la gorge.

Un théâtre mouvant posé sur les eaux d'un fleuve si large qu'on ne voit pas la berge opposée. Deux masques face à face. Une Amazone abîmée et un aventurier désenchanté. Entre eux, un tourbillon d'images terribles qu'ils n'ont plus la force de traverser. Peu importe le dialogue, car il ne fait que déguiser l'évidence : s'ils ont traversé l'Amérique pour se retrouver, ils sont incapables de faire accomplir le même trajet à leurs cœurs. Quel amateur de roman pouvait vouloir de cette scène-là ? Il n'y avait qu'un vieillard comme moi pour en avoir les larmes aux yeux.

*
* *

Il n'avait plus rien à dire. Moi non plus. Nous restâmes côte à côte un moment à nous refroidir devant le feu éteint. Je n'avais plus d'envie, que celle de me coucher.

Enfin, Jean perçut qu'il pouvait se débarrasser de moi, et cette pensée lui rendit un peu de vigueur. Il s'étira, se mit sur ses pieds, prit un chandelier sur la cheminée et un briquet, alluma les bougies, puis, se tournant vers moi, lança fermement :

– Je crois, monsieur, avoir satisfait à ce que vous désiriez !

Le ton employé était bien différent de celui qu'il avait utilisé pour dire la même phrase… combien d'heures plus tôt ? Je venais d'arriver chez lui, il était effaré de ce que j'avais fait toute cette route pour l'interroger sur la *Relation* qu'il m'avait envoyée, mais en même temps ému et somme toute heureux de me revoir… Et moi, j'étais ému aussi, mais surtout avide de la revoir, elle. Une après-midi et une interminable soirée s'étaient écoulées depuis, des heures et quarante années de nos vies. Je n'avais pas vu Doña Isabel, et avais-je appris quelque chose ? Il semblait que non, et pourtant si. J'avais maintenant cette certitude difficile à lui exposer : le récit de Jean était faux non tant parce qu'il me cachait la vérité que parce qu'on la lui avait cachée.

Devant mon silence, il eut un sourire résigné.

– Vous peinez à croire qu'une femme délicate a pu survivre dans la forêt où des hommes faits sont morts.

– « Peiner à croire » n'est pas la bonne expression puisqu'elle suggère que je doive essayer de croire. Je n'essaie jamais de croire. J'essaie de comprendre, d'apprendre…

– Ayant connu mon Isabel, et la sachant honnête, vous n'êtes pas tenté d'essayer de la croire ? Vous ne pouvez mettre de sentiment dans l'écoute ?

Je ne voulais pas répondre, pas à cela. Car, de fait, je mettais du sentiment dans mon écoute, trop de sentiment. Mais tout ce sentiment ne portait pas sur l'honnêteté de Doña Isabel, dont je n'avais aucun souvenir. L'éclat des yeux, la courbe enfantine des joues, la violence des désirs, la force de vie… oui, je me rappelais cela, mais rien d'autre. Et ce que je me rappelais ne m'enjoignait pas de croire, mais au contraire me disait que l'épouse de Jean était mystérieuse, inconnue de moi et de lui, que son aventure réelle avait quelque chance d'être plus extraordinaire que son aventure avouée.

Je ne dis rien de cela, bien sûr, mais me défendis en savant :

– Je me dois de ne pas écouter mes sentiments. Et si je doute, ce n'est pas que l'histoire soit invraisemblable, vous savez que je me suis intéressé à des sujets plus invraisemblables – qu'est-il de plus invraisemblable qu'une éruption du volcan Sangay, et pourtant vous l'avez vue de vos yeux. Il y a tant de merveilles sur la terre que je peux croire celle-ci, à condition que les témoignages soient circonstanciés. Non, si je doute, c'est à cause des bizarreries de vos réponses, des contrevérités, des sottises, des questions sans réponse qui en rompent le fil.

Tout le temps que je parlais, il me dévisageait par-dessus les bougies du chandelier qu'il tenait toujours à la main, et je voyais son visage se décomposer ; on aurait dit un enfant injustement accusé qui regarde le fouet que son père tient à la main.

– Comme vos sentiments envers moi ont changé, monsieur.

Ce n'était qu'un murmure, mais celui-là, je l'entendis, car il était un écho de ma propre pensée.

– C'est que je me demande aujourd'hui si vous avez jamais été celui auquel j'accordais ma confiance et ma protection, répondis-je tout en m'étonnant de ressentir une envie de pleurer.

– Maudite *Relation*..., murmura-t-il encore, et j'entendais dans sa voix cette même envie de pleurer que la mienne. Pourtant, je n'ai fait que transcrire comme j'ai pu les propos de la personne qui en est le sujet. Ce n'est pas de ma faute si des brouillards les voilent.

– Pour moi, il n'est qu'un moyen de chasser ces brouillards.

– Vous voulez voir mon épouse… mais elle ne le veut pas.

– Ne pouvez-vous le vouloir pour elle ?

– Comment, monsieur ? Elle m'est si chère. Ce qu'elle a accompli pour l'amour de moi, je… La déli…

Il bredouillait, conscient qu'il ne pouvait qu'accentuer l'impression qu'il était un homme berné par son épouse.

Il avait suivi mes pensées.

– La volonté d'un mari n'a rien à faire ici. Ne l'avez-vous pas deviné ? Il faut bien que je vous le dise puisque vous ne voulez pas comprendre à demi-mot. Sa beauté est finie ; Isabel ne veut plus aller dans le monde.

Il était facile de traduire : l'épreuve avait défiguré la belle Créole. Pourquoi s'en étonner ? Je l'avais toujours su, même quand j'imaginais une Amazone de marbre à chevelure de neige.

– J'y ai songé, dis-je pour moi-même autant que pour lui. Les déchirures des épines… les mouches qui pondent dans les égratignures… les larves qui vivent sous la peau, et se nourrissent de la chair…

– Monsieur !

Cette fois, c'était de la douleur que j'entendais dans sa voix, et je sus qu'il n'avait que trop imaginé ces larves.

– Je vous demande pardon. Cependant, les cicatrices de Doña Isabel me sont égales ; je suis un vieillard, à présent, et la beauté…

– Est-ce que vous n'allez pas quitter ma maison ?

Je le regardai, quelque peu abasourdi, je l'avoue, qu'il ait osé prononcer de tels mots. Il me fixait, et ses yeux, tout à coup, étaient pleins d'horreur. Mais ce n'était plus d'imaginer les insectes dévoreurs, non, c'était de me considérer.

La découverte me fit l'effet d'un coup de poing. Tout à coup je me vis dans ses pupilles tel que j'étais, le reflet des bougies dansant sur ma figure. Sinistre figure rougeoyante de boursouflures, démoniaque image d'un inquisiteur – pis, d'un voyeur.

Par instinct, je cachai d'une main le bas de mon visage. Je fermai les yeux, et là, sur le rouge de mes paupières closes, je vis le sang couler sur le visage d'une femme, de toutes ces blessures que lui avaient infligées les insectes et les épines. Dans le même temps, je sentis sur ma peau les plaies de la petite vérole telles qu'elles avaient été en ces journées de mes dix-huit ans, et mes doigts poissaient de l'humeur de la maladie et du sang de Doña Isabel.

Un vertige me prit, comme une marée de chagrin noir qui montait en moi… Je dus attraper le bras de mon compagnon de voyage.

– Si fait, Jean, je vais quitter votre maison. Je suis fatigué. Veuillez me pardonner de vous avoir tant importuné. Pourquoi vous ai-je blessé ? Pour rien. Pour satisfaire cette damnée curiosité. Vile curiosité. Je vous le promets : je ne demanderai plus à Doña Isabel de se montrer à moi ; je vous charge de lui présenter mes excuses. Je partirai demain matin.

– Avant la messe ?

La messe… Bien sûr, Doña Isabel allait à la messe tous les matins.

– Non… Je ne suis pas si matinal. Quand vous serez revenu de la messe, je serai parti.

– J'appelle votre valet, dit-il avec de la reconnaissance, et aussi de la pitié dans la voix.

*
* *

Ils durent se mettre à deux pour me hisser le long de l'escalier, devant Jean qui portait la lumière, tant j'étais fatigué. L'enquête finissait pitoyablement. Du moins était-ce ainsi, à ce moment, que je le concevais. Je n'avais rien élucidé, j'avais évoqué des souvenirs heureux, j'en avais retrouvé d'autres que je ne savais pas posséder… Ni les uns ni les autres ne me réconfortaient, et je n'avais pas vu cette femme dont je rêvais inutilement sans même savoir pourquoi. Et j'avais épuisé mes forces à tel point que Jean devait se demander s'il n'avait pas accompagné mes dernières heures sur cette terre.

Tout de même, le temps que dura l'ascension, je calculai les distances : le nombre de marches, la taille de la rambarde, son épaisseur, les endroits qui grinçaient… Une manie de mesureur.

IV

L'enquête de l'Audience

1

La chambre qu'on m'avait donnée sentait le cierge plus que la ville tout entière ; je fus aussitôt persuadé qu'on y avait veillé un mort peu de temps avant mon arrivée – je ne le demandai pas, je ne voulais pas savoir quel membre de la famille Godin des Odonais avait passé en ce lieu.

Il m'était impossible d'apprécier la décoration de la pièce, car mes pauvres yeux étaient plus fatigués que jamais. Mon valet me la décrivit, accoutumé à cette sorte de mission, avec cependant plus de mépris pour les grossières tapisseries et les figures de saints que je n'en aurais eu moi-même.

Une fois au lit, je lui demandai de m'enfouir sous les édredons et d'ouvrir la fenêtre pour chasser les odeurs. Puis je lui rendis sa liberté.

La nuit me regardait, anormalement pâle. Était-ce le voile de ma cataracte ou le reflet sur les nuages d'une lune cachée par les toits ?

Cette gaze était pour moi une feuille blanche où j'inscrivais des chiffres comme d'autres sautent les moutons. Des chiffres et encore des chiffres, compagnons facétieux mais fidèles de toute ma vie, qui m'ont apporté la fortune, la consolation, et qui allaient encore me servir, cette nuit à Saint-Amand. Dix-sept marches, environ trente pouces de hauteur de rambarde, vingt-deux pieds de couloir… Je m'endormis.

Mais à peine mes paupières furent-elles closes qu'un autre ciel m'éclaira, celui-là envahi d'étoiles, toutes en mouvement, venues du cœur de l'univers et conduites par la plus traître, la plus floue, Epsilon d'Orion. La spirale de la Voie lactée était un jeu de l'oie qui conduisait à deux joyaux noirs abandonnés sur une plage. J'étais un aventurier chanceux, les dés tombaient toujours bien, j'avançais à grandes enjambées vers la fortune.

*
* *

Quand je me réveillai, je sus que c'était l'heure. Mes nuits de vieillard se déroulent selon un rythme égal : deux heures de sommeil et deux heures de veille, si bien que je pouvais dire sans crainte de me tromper qu'il était deux heures du matin. Une vibration métallique me parvint de la fenêtre, puis une autre. Et le silence. Les volets avaient été fermés par mon valet, et le clocher n'était pas de ce côté, mais il se faisait entendre sur toute la ville. Je l'imaginais noir sur noir, énorme ; j'avais froid.

Je me redressai vivement dans mon lit. Il fallait faire vite, car une expédition plus dure que celle des Andes m'attendait, et je devais l'accomplir tant que la maisonnée était endormie.

Je passai ma redingote, mis dans mes poches ma loupe, une chandelle, son bougeoir et son briquet. Je ne m'en servirais pas tout de suite ; de toute façon, l'état de mes yeux faisait qu'il n'y avait guère de différence entre l'obscurité et la clarté d'une petite flamme.

Les quelques pas qui me séparaient de la porte de ma chambre étaient comme une marche d'approche avant les vrais dangers. Ils me permirent de constater que j'étais bien reposé, et au mieux de mes facultés – Jean aurait été surpris de me voir si bien ressuscité, lui qui avait tant et plus constaté combien j'étais infirme.

J'ouvris ma porte d'un geste vif pour prévenir un éventuel grincement, et me retrouvai sur les rives d'une rivière d'ombre. J'avais prévu de ne pas la traverser en ce point – il me fallait douze pas pour arriver au gué, face au gouffre. Je les avais comptés ou plutôt j'avais compté ceux des deux valets qui me portaient, et, selon un calcul que je ne détaillerai pas, je les avais adaptés à la longueur de mes propres pas d'invalide. Cette progression, l'épaule contre le mur, devait être la plus facile des étapes, mais je devais rester aux aguets.

Le silence régnait, à l'exception de feulements intermittents venus des profondeurs du couloir, échos plutôt rassurants d'une nuit normale – Jean ronflait. J'arrivai sans encombre face à l'escalier, que je percevais par une espèce de courant d'air qui montait du vide, et là, je marquai une pause le temps de préparer mes forces. C'est alors que j'entrevis une lueur sur ma gauche… m'avait-on entendu ? Je m'apprêtais déjà à prendre l'air idiot du vieillard qui ne sait plus où il est, quand je compris que cette lueur fusait du sol, de sous une porte. Dans cette maison endormie, je n'étais pas le seul à veiller. À travers le battant de bois, j'eus la vision d'une femme de dos, ses cheveux blancs comme neige nattés en couronne, un coffret ouvert devant elle, ses doigts caressant un objet caché. Un instant, j'eus la tentation de marcher non vers l'escalier mais vers cette lueur – savoir, enfin ! Mais c'eût été une violence indigne, et pleine de déception… Il fallait que j'accomplisse la dernière expédition de ma carrière d'aventurier pour atteindre à la vérité.

Je reportai mon attention devant moi, dans la direction de l'escalier. Il était de l'autre côté du couloir. J'avais deux pas et demi à faire, avais-je calculé la veille au soir, en étudiant les raies du tapis où ils marchaient, et en évaluant les intervalles d'après la largeur de mes propres pieds, qui le frôlaient. Mais cette mesure ne pouvait être aussi précise que la précédente ; si je faisais un pas trop long, je tombais dans le gouffre. Fugitivement, la rivière d'ombre m'en rappela une autre, quelque part dans la vallée de Quito. Mon cheval s'était s'enlisé dans le fond vaseux, et j'avais dû me jeter dans l'eau glacée pour soulager l'animal de mon poids. Cette fois, il n'y avait pas d'eau, mais le flou de ma cécité, et la faiblesse de mes soixante-treize ans. M. de La Condamine, savant et voyageur, mort dans la descente d'un escalier de Saint-Amand en Berry.

Je me lançai, le bras gauche tendu, là où je devais rencontrer mon premier point d'appui, de l'autre côté de l'ombre, sur la rambarde qui se trouvait à environ trente pouces du sol. Ma main la toucha en même temps que je sentais sous l'avant de mon pied droit le rebord de la première marche. Je ne savais pas si je devais remercier les mathématiques ou le dieu des curieux.

La deuxième étape commençait. Je m'accroupis sur mes talons en maintenant mon appui, au prix d'une douleur dans le ventre que je n'avais pas envisagée – une hernie, autre maladie de ma vieillesse, se réveillait mal à propos. Si vive elle était que je sentis la sueur me couler dans le cou et la nausée me venir. Mais je ne lâchai pas, car ma réussite était à ce prix ; finalement, bravement, je basculai sur mes fesses et projetai mes jambes en avant ; il s'en fallut d'un cheveu que je ne roule sur le côté, mais mes bras, tout ce qui me restait d'encore un peu solide, surent me retenir en s'enroulant autour du premier pilier de la rambarde.

J'étais assis sur la première marche, les pieds posés sur la troisième. La suite serait facile si mon arrière-train passant de marche en marche ne produisait pas un frottement trop audible.

J'avais calculé en m'endormant qu'il me faudrait vingt-trois minutes pour descendre toutes les marches en comptant une pause à mi-chemin.

J'amorçai la descente… et je retrouvais cette façon d'exister seconde par seconde qui avait été la mienne tout le temps que j'avais passé dans les montagnes et sur le fleuve. Mieux encore, je découvrais une nouvelle manière d'être. Les pores de ma peau percevaient ce que mes yeux et mes oreilles ne voyaient ni n'entendaient. Il me semblait être doté de filaments invisibles que je lançais devant moi comme le font les méduses, pour contrôler l'univers que je ne voyais pas. Marche après marche, je descendis, une main agrippée aux piliers de bois de la rambarde, attentif à ne pas quitter une position sans avoir deux points d'appui. Je devais concentrer mon esprit sur mes mains et mes pieds, ignorer la douleur qui montait de mes genoux et de mon ventre…

Je fis ma pause. Elle était bienvenue. Mes mains tremblaient, et mes reins étaient comme pris dans une tenaille ; je dus m'étendre sur la marche autant que possible et me forcer à respirer profondément. La torpeur me gagna… Est-ce qu'on allait trouver au matin M. l'académicien endormi sur une marche de l'escalier ? Non. Je devais réagir, rouvrir les yeux…

Soudain, je crus mourir d'une attaque : on me touchait la main droite !

Le fait était doublement stupéfiant. D'abord parce que rien n'était censé me toucher en ce lieu et à cette heure, mais aussi parce que c'était la première fois depuis bien longtemps que j'éprouvais une sensation – plus qu'un véritable contact, c'était un genre de picotement, mais une sensation tout de même !

Je pensai à ces araignées des bords du fleuve, aussi grosses qu'une soucoupe, qui m'inspiraient une terreur inavouable – mais Saint-Amand en Berry n'est pas connu pour ses mygales. Je ne bougeai pas, intrigué. Quelle bête sauvage pouvait nicher dans les ombres de cette demeure ? L'animal, car j'étais sûr, à présent, que c'était un animal, prenait maintenant ma hanche d'assaut ; je le sentais gravir la colline que j'étais avec les mêmes prudences que je descendais le gouffre de l'escalier. Puis il dégringola vers mon bras gauche, et je ne le sentis plus. Il m'avait franchi et continuait sa route… Curieusement, j'eus le sentiment d'être moins seul dans ma descente ; toutes les créatures de Dieu sont sur terre pour oser faire plus qu'elles ne s'en croient capables. Cependant, je préférai poursuivre ma route avant de servir de cordillère à une autre bête.

Enfin, j'arrivai à la dernière marche, ce que je compris en sentant le froid du carrelage sur mes fessiers. La demie de deux heures sonna au clocher, terriblement lointaine. Le plus dur était à faire : me relever. J'épargne à mes lecteurs la description des manœuvres que je dus déployer pour mener à bien l'opération ;

j'en avais prévu six, il m'en fallut neuf, à cause de cette damnée hernie.

Une fois debout, je trouvai comme je l'avais espéré un fanal. Du petit vitrail que j'avais vu en entrant dans la maison fusait un rayon de lune qui m'arrivait sous la forme d'une tache rougeâtre – elle ne me servait pas à grand-chose en soi, sauf que, si mes calculs étaient bons, le faisceau de lumière coloré devait se refléter dans le trumeau pendu au-dessus de la méridienne.

Mes calculs étaient bons.

En quelques pas, je fus dans le salon, et de nouveau en danger, car je ne voyais rien des meubles. Mais là, je pouvais allumer ma chandelle ; je la tirai de ma poche ainsi que le briquet.

Sa flamme, qui m'enfermait dans son halo plutôt qu'elle ne m'éclairait la voie, me permettait tout juste d'éviter le pire quand surgissait brusquement de l'ombre, à un doigt de moi, l'angle d'une console, le contour d'un fauteuil… J'étais un navire dans une nuit épaisse, qui vire toute quand la falaise sort de la brume haut devant lui ; le bruit même que faisait le sang dans mes oreilles rappelait le ressac sur les brisants. Je repris ma progression, pas après pas, aux aguets autant que si j'étais menacé d'une attaque subite.

Soudain, sous mon pied, retentit un cri minuscule – du moins l'entendis-je ainsi. Un autre pas, un autre cri. Qu'y avait-il sur le dallage en cet endroit ? Ployant le dos et les genoux malgré la douleur, baissant ma chandelle autant que possible, je devinai plus que je ne vis des débris noirs. Un reste de chaleur m'avertit que j'étais tout près de la cheminée. Je revis Jean accroupi devant l'âtre à défaire ses châtaignes. Mais il avait tout mis dans le feu. Or ces débris étaient dispersés… et ils avaient crié sous mes pieds. Je sursautai. Une silhouette venait de passer dans le coin de mon champ de vision… Je compris.

J'étais devant les reliefs d'un nouveau festin dont les convives étaient trotte-menu. Eux et moi partagions le même terrain d'aventure, cette nuit-là. Je m'en voulus de les avoir dérangés, mais comme ils avaient piétiné impoliment mon corps allongé sur une marche de l'escalier, nous étions quittes. Et je savais à présent qu'il me restait deux toises à peine jusqu'à la porte du cabinet de travail.

L'éclat rouge sortait du trumeau quand je tournai la poignée. Encore trois pas, et je posai la main sur les papiers de Jean, en tas sur son secrétaire. Il me suffit du parfum mêlé de bergamote et de pomme-cannelle pour repérer la lettre qui avait franchi les océans ; je la trouvai très vite, sur le dessus de la première pile ; on l'avait lue ou relue dans la journée même, et on y avait laissé son odeur, comme un contreseing.

Je tirai la chaise, posai mon bougeoir, sortis de ma poche ma loupe et m'installai ; il me restait un peu moins d'une heure et demie pour la lire, je devrais ensuite reprendre l'expédition de retour.

2

Ce n'était pas une lettre. C'était un dossier.

Une cinquantaine de feuillets présentés par un billet griffonné de cette écriture maladroite propre aux femmes de la haute société créole. L'expéditrice était bien, comme je l'avais deviné, Marcelina de Grandmaison, veuve de Don Antonio.

Je déchiffrai laborieusement son entrée en matière ; elle accusait réception d'une lettre venue de Guyane, se lamentait des nouvelles reçues (la mort de son mari et de son fils aîné, supposai-je) et signalait que le dossier joint contenait les copies des pièces d'une enquête faite par l'Audience de Quito entre le 20 mai et le 6 novembre 1770 sur le drame de la Bobonaza.

Les copies en question étaient, au contraire de la lettre, très faciles à lire : elles avaient été calligraphiées par un clerc consciencieux, et mon espagnol restait excellent. J'y reconnaissais le vocabulaire et le style des fonctionnaires de Quito – j'avais compulsé mille pages de cette prose lors du procès que j'avais fait aux assassins de Seniergues.

Je me mis à les parcourir avec avidité. Enfin, j'avais sur le sujet qui m'intéressait des avis et des témoignages variés recueillis avec rigueur.

D'abord, j'eus du mal à reconnaître l'affaire. Même les noms semblaient différents : on écrivait « Doña Isabel de Grameson », « Juan Rocha », « Phelipe Bogé », « Juaquin »… Broutilles que cela, mais plus étranges étaient les différences entre les faits, les dates, les quantités. Quant à l'interprétation… nous étions loin de tout amour, tendresse et fidélité. Je lisais les mots de *huesos humanos sin carne*, de *cadáver en un especie de pozo*, d'« ossements humains sans plus aucune chair », de « cadavre dans une sorte de fosse ». Jean n'avait prononcé aucun de ces mots.

La tête me tournait.

Il y avait une trentaine de documents au total, dont douze témoignages directs. Or, dès le premier document, la *Relation* de Jean était mise à mal.

*
* *

Daté du 30 janvier 1770 à Omaguas, ce papier était signé du gouverneur de l'immense et imprécise province où coulait la Bobonaza.

« *Muy Señor mío*, écrivait ce gouverneur, étant arrivé ici le Nègre qui a conduit la famille de Don Pedro… » Suivait l'annonce que, selon les informations recueillies, la famille Grandmaison avait péri au complet dans la forêt qui borde la Bobonaza, et l'auteur de la lettre de conclure : « J'expédie à Votre Seigneurie le Nègre pour qu'elle en tire informations… » avec les formules de politesse : « Je baise les mains de Votre Seigneurie, votre plus grand serviteur », etc.

Ainsi donc, contrairement à ce qu'avait écrit Jean dans sa *Relation*, Joachim n'avait pas été « renvoyé » par Roche, mais bel et bien « expédié » par le gouverneur d'Omaguas pour répondre aux questions que voudraient lui poser les gendarmes de Quito. La justice, absente totalement du récit de Jean, s'était emparée de l'affaire à peine les rescapés arrivés dans un établissement espagnol. On m'avait caché cela, et plus j'avançais dans ma lecture, mieux je comprenais pourquoi.

Joachim m'emmenait à sa suite… De papier en papier, je suivais ses traces. D'Andoas, l'esclave était allé rejoindre Roche à Omaguas ; là, le gouverneur lui avait donné l'ordre de retourner à Quito, et lui avait confié un rapport à remettre aux autorités royales pour rendre compte du naufrage de l'expédition. Docile, Joachim avait quitté Omaguas et entamé la remontée de la rivière Pastaza, avait franchi une fois de plus les Andes, longé la vallée vers le nord, était arrivé à Quito… mais ne s'était pas présenté aux autorités espagnoles.

Cela était expliqué dans un autre document du dossier, une lettre écrite par un colonel des « armées royales » à un juge de la « cour de l'Audience royale ». Le colonel signalait au juge qu'il avait appréhendé à Quito un « Nègre fugitif » sur lequel on avait trouvé des documents qui exposaient les « extraordinaires circonstances de la disparition de la famille Grandmaison » – Joachim, le factotum fidèle, avait été arrêté dans la rue comme un malfaiteur, un esclave marron !

Le même colonel en déduisait qu'il existait de graves présomptions contre « ledit Nègre fugitif » : comme il avait caché à la justice l'existence des documents qu'il portait sur lui, on pouvait le soupçonner d'être à l'origine de la disparition de la « susdite famille » qu'il était chargé d'accompagner. Compte tenu de la gravité des faits, le colonel demandait que ce Nègre soit maintenu en prison le temps que l'affaire soit éclaircie. Ainsi avait commencé l'enquête de l'Audience royale de Quito sur le drame de la Bobonaza.

Joachim avait été arrêté le 28 mai 1770 ; il avait comparu devant le tribunal trois jours plus tard.

Son témoignage était sous mes yeux, transcrit par un écrivain public qui, malgré les formules juridiques dont il avait empâté l'interrogatoire, n'avait pu enlever à l'esclave sa force de caractère. Elle éclatait dans le moindre de ses mots. Enfin, j'entendais la voix de Joachim ; enfin, il était devant moi.

*
* *

Le juge est en robe noire sous un grand christ peinturluré de rose et de rouge. Face à lui, un homme simple, tête nue : un esclave, mais pas n'importe quel esclave ; clairvoyant, Joachim est conscient qu'il joue sa tête.

Il jure sur la Croix qu'il dira la vérité, et fixe pour mieux rassembler ses pensées un angle du dallage vernissé.

Le juge pose la première question :

– Sais-tu qui t'a conduit jusqu'à moi et pour quoi ?

Le ton est à la fois paternel et menaçant ; nul ne peut ignorer qu'il a sur son témoin droit de vie et de mort.

– Oui, répond l'esclave avec un calme étudié. Ce sont les adjoints de la gendarmerie de la cour, pour dire la vérité sur ce qui est arrivé à mes maîtres.

– Sais-tu ce qui est arrivé à tes maîtres ?

– Ils ont été tués sur une plage de la Bobonaza.

J'étais figé de surprise. Les yeux écarquillés sur ma loupe, je relisais la réplique syllabe après syllabe pour m'assurer que ma vue ne m'avait pas trompé : « Ils ont été tués… »

Une fièvre délicieuse s'empara de moi. Mes doigts glissèrent sur le papier en quête d'indications plus substantielles : comment Joachim justifiait-il cette annonce terrible, si éloignée des propos de la *Relation* ? Mon agitation était telle que je faillis manquer le passage que je cherchais.

– Mes maîtres m'avaient envoyé, moi, avec les deux messieurs français, chercher du secours…

Nous y étions. Joachim s'apprêtait à donner le détail des faits dont il avait été le témoin et l'acteur. Mais avant cela, il se justifiait : il expliquait pourquoi lui, l'esclave, était vivant alors que ses maîtres étaient morts – selon l'ordre naturel du monde, il aurait dû périr avec eux, mais comme les frères Grandmaison lui avaient ordonné de partir chercher du secours, il avait survécu.

Il s'attardait ensuite sur les raisons qui l'avaient empêché de revenir vers eux aussi vite qu'il l'aurait voulu :

– Dès que je suis arrivé à Andoas, j'ai demandé un grand canot et réuni des Indiens pour remonter la rivière et prendre mes maîtres où je les avais laissés. J'ai emmené un chef du village, un autre notable et un certain Ignacio, très estimé du curé. Je suis reparti avec eux deux jours seulement plus tard. Mais pour le trajet que j'avais mis cinq jours à parcourir à l'aller, malgré notre diligence et les efforts décuplés que font toujours les Indiens quand il s'agit de servir les Espagnols et les gens d'Église, il nous a fallu quatorze jours pleins pour le retour, tellement la rivière avait monté ! Nous avons touché au but le quinzième jour au matin, et alors… nos cœurs se sont remplis d'épouvante.

Je frissonnai et resserrai ma robe de chambre autour de moi. Certains mots ont un pouvoir d'évocation imprévu. Quand ils apparaissent ainsi dans un rapport d'enquête, semant le trouble des émotions au milieu des faits bien rangés, ils dépassent ceux qui les prononcent pour devenir la fumée dans laquelle surgissent les visions. Joachim installait un théâtre dans mon esprit. Je relevai la tête et laissai flotter mon regard. L'ombre du cabinet de Saint-Amand fut aussitôt envahie d'odeurs de pourriture et de bruissements indistincts.

*
* *

Mes yeux sont ceux de Joachim – de bons yeux. Les flots jaunes et gonflés, les feuillages dégoulinants, les nappes de brume, les rats agoutis se faufilant le long de la berge, les cris des singes, le mouvement de milliards d'insectes… Derrière moi ahanent les Indiens arc-boutés sur les perches, cherchant au plus près de la rive un contre-courant dans la rivière en crue.

Il est dix heures du matin, ce 24 novembre. Depuis quatorze jours, je me tiens à la proue, les muscles tendus sous la cotonnade de mes pantalons, le regard braqué devant, sur la ligne imprécise qui sépare la terre ferme de son reflet dans l'eau. Je ne reconnais plus rien dans ce paysage transformé par la crue ; combien de temps reste-t-il ? Et si j'avais raté l'endroit ? Soudain, tout mon corps se fige. J'ai reconnu la plage, de loin, au carbet qui se dresse sur une éminence. On ne voit personne ; le canot avance, les Indiens ont cessé d'ahaner, ils hésitent à s'approcher encore, ils se demandent, eux aussi, pourquoi on ne voit personne… Sur le sable, il y a des taches grises.

– *¡ Ola !* – comme ma voix est forte et grave.

Je guette le carbet, la silhouette qui va en émerger… Rien. Pourquoi ? Ils avaient des vivres pour un mois, je suis parti d'ici il y a quatorze et deux et cinq… vingt et un jours… Quand donc vont-ils sortir ? J'appelle et j'appelle encore :

– *¡ Señora mía !*

Sont-ils malades ?

Le canot approche lentement, si lentement… Une peur indéfinissable me glace la nuque. Est-ce que les parois du carbet ne sont pas sur le point de s'effondrer ? Des trous y apparaissent, de la végétation en déborde. Enfin, la proue du canot heurte le sable. Je saute à terre, et je comprends. La plage est vide ; les taches grises sont des vêtements moisis – une jupe, une autre jupe… peut-être est-ce du velours ou du taffetas, comment le savoir ? Tout est rongé par la moisissure ; il y a aussi des vestes, des culottes, des jupons, des corps de robe, et même des chemises de dessous.

Un Indien me hèle : il y a un mort, là ! Un autre Indien me hèle : un autre, là… Je m'approche. Dans une espèce de fosse que forme le coude de la rivière, je vois des chairs délitées, incolores, des jambes, des bras… L'autre cadavre est encore moins reconnaissable : c'est un squelette morcelé, les os déjà blanchis, enserrés dans la végétation rampante.

*
* *

La loupe tomba de ma main. Je sursautai au bruit qu'elle fit contre le cuir du bureau. En même temps, le corps du Nègre m'abandonna… J'étais de nouveau un vieil académicien souffreteux. Je repris ma loupe en tâtonnant et la posai sur ces phrases dites par Joachim devant le juge, à l'intention de tous ceux qui, dans l'avenir, brûleraient de voir, eux aussi, ce qu'il y avait sur la plage :

– Je suis entré dans le carbet… Il y avait toujours les lits, mais on les avait traînés sur le sol. Des plantes avaient poussé dedans. Je suis ressorti… j'ai fait le compte du linge. Il ne manquait rien, pas même le linge de dessous. J'ai pris ce qui était encore bon. Quelques bijoux, des assiettes d'argent… j'ai vu qu'il manquait une hache et une machette, que j'étais sûr d'avoir laissées. Puis je suis allé regarder les morts de près. Tout ce que je peux dire, c'est que l'un d'eux était celui d'un homme fait ; l'esclave du señorRoche, je pense. L'autre, je ne sais pas. C'était bien des os humains, mais sans plus aucune chair.

Ces morts… Ces morts sur la plage…

J'essayai de reprendre les yeux de Joachim, de réinvestir son cœur « rempli d'épouvante », mais cela devenait difficile. Son épouvante ne pouvait être tout à fait la mienne. Car dedans la sienne, il entrait celle des questions qu'on allait lui poser. L'esclave avait déjà compris, alors même qu'il contemplait le désastre, qu'il devrait se défendre d'être responsable du drame – quel drame ? Il avait laissé là une femme, trois hommes, des enfants, des vivres pour un mois, des bagages… Il trouvait deux cadavres et quelques pièces de linge moisies éparpillées sur le sable. Avait-il commis une faute ? Et qui, désormais, lui donnerait sa liberté puisque avaient disparu ceux qui la lui avaient promise ?

Joachim parcourt la plage, la laboure, cherche d'autres traces, éperdument… Debout sur la rive, dans la rumeur de la Bobonaza écrasée par la forêt qui tombe des escarpements alentour, il tourne sur lui-même en quête d'une couleur, d'une ligne, d'une tache… Soudain, il aperçoit sur la berge d'en face une forme inhabituelle, des branches liées à angle droit. Il donne un ordre ; deux Indiens se jettent dans le courant et traversent la rivière en biais ; ils crient leur découverte.

– C'était un radeau mal ficelé, commentait Joachim. Il était échoué sur l'autre rive ; à peine trois personnes auraient pu s'y tenir.

Une trace, donc, mais pas une réponse. Joachim regarde encore le carbet, le linge…

Sa conviction est faite ; pourtant, il ne peut s'en satisfaire. Il devra rendre des comptes. Impossible de rentrer sans pouvoir jurer que tout a été tenté. Alors il organise les opérations en chef.

– J'ai envoyé mes gens dans différentes directions, le long de la rivière et dans la forêt… jusqu'à plus de deux lieues dans l'intérieur, et cela pendant quatre jours. Mais nous n'avons pu découvrir aucune autre trace. Quand même, après que j'ai dû prendre la décision de revenir à Andoas, j'ai laissé sur chaque berge un Indien qui cheminait le long de nous, et ces deux-là ne ménageaient pas leur peine pour trouver un signe de vie. C'est pourquoi nous ne sommes arrivés à Andoas qu'un mois plus tard.

Joachim revenait sans ses maîtres, sans rien que deux ou trois jupes et des assiettes… Il avait laissé derrière lui des os sans chair, un cadavre méconnaissable, du linge éparpillé et pourri, des lits traînés au sol, un carbet plein d'herbe haute, un radeau mal ficelé fait pour pas plus de trois personnes, pas de piste… Un mystère, en quelques mots.

Un mystère encore plus embrouillé pour moi que pour Joachim, car j'avais encore en tête le récit de Jean. Pendant notre soirée devant la cheminée, tandis qu'il me parlait, je m'étais formé une image de l'arrivée de Joachim au carbet. Les deux cadavres n'y figuraient pas. Jean n'en avait rien dit. Il avait dit qu'ils étaient tous partis ensemble de la plage. Il avait dit aussi que, trouvant la plage déserte, les Indiens de l'expédition de secours avaient marché sur la piste de la famille Grandmaison, loin dans la forêt, et qu'ils avaient trouvé les corps « infectés et méconnaissables » des personnes mortes d'épuisement autour d'Isabel – son neveu, ses frères, l'esclave de Roche, les petites servantes…

De son récit, j'avais déduit que la troupe au complet, ayant attendu vingt-cinq jours en vain, avait essayé de partir en radeau, avait échoué, puis s'était éloignée du carbet par la forêt, où tous avaient succombé ensemble.

Or le témoignage de Joachim disait bien autre chose. Tout le monde n'avait pas quitté la plage puisque au moins deux personnes y étaient mortes. Et le radeau… Joachim décrivait un esquif où n'auraient pas tenu plus de trois personnes, alors que Jean avait suggéré, encore une fois, que tout le monde s'y était mis avec quelques vivres et des effets.

Plus étrange encore : Jean avait affirmé que tous avaient attendu vingt-cinq jours avant de partir. Si tel avait été le cas, ils avaient raté Joachim et son expédition de peu, de quelques heures, à la rigueur quelques jours si le compte de l'esclave n'était pas parfaitement exact. Or Joachim décrivait le carbet envahi de végétation et le linge pourri.

Cette anomalie ne lui avait pas échappé :

– D'après ce que j'ai vu, disait-il, le linge moisi, les plantes dans le carbet, les os blanchis, j'en suis venu à penser que c'est arrivé seulement trois ou quatre jours après que nous avons laissé là la famille.

« C'est arrivé. » Qu'est-ce qui était arrivé ? Joachim n'en savait rien, mais il n'imaginait pas une seconde que les naufragés étaient morts de faim. D'une manière ou d'une autre, pensait-il, la violence s'était déchaînée sur la plage.

– Ils ont certainement été attaqués dans la nuit, continuait-il, puisque j'ai trouvé tout le linge, même celui de dessous. On les a tués et jetés dans la rivière… sauf, peut-être, ceux qui se sont noyés en voulant fuir sur un radeau.

« On » ? Joaquim va-t-il se risquer à désigner des coupables ? Il en cite deux possibles qui, dans sa bouche, semblent un autre nom de la fatalité :

– Sans doute les sauvages ou bien les tigres – *los Índios bárbaros olas fieras de tigres*. C'étaient les mots de Joaquim. Je reconnaissais l'expression : *Índios bárbaros…* On les appelait aussi *infieles*, *xibaros* ou *jibaros* – infidèles ou sauvages.

Ceux queles missionnaires désignaient ainsi étaient des peuples rebelles à la Croix qui vivaient au fond de la forêt, loin des quelques rivières où étaient plantées les églises. Ils étaient réputés farouches, imprévisibles, sanguinaires, notamment pour une coutume étrange qu'ils avaient, disait-on, de fumer la peau du crâne de leurs ennemis comme on fait d'un hareng jusqu'à ce qu'elle soit réduite à la taille d'une poupée – rumeur propre à éloigner les voyageurs de la région, et que je n'ai jamais eu l'occasion de vérifier. Seule certitude : les Indiens du bord du fleuve les redoutaient presque autant que la petite vérole.

Les *fieras de tigres* leur ressemblaient, la coutume étrange exceptée. Comme eux, ils étaient invisibles et invincibles, maîtres de la forêt, légendaires. Les Indiens les appelaient *yaguaras*. J'eus soudain, dans l'ombre de la pièce, la vision des petites servantes soumises aux prédateurs, leurs corps déchirés, leurs entrailles fouillées…

Quelle malédiction qu'un esprit trop imaginatif ! Je dus me passer la main sur le visage pour chasser l'horreur que j'avais moi-même invoquée. Le temps m'était compté ; il était malvenu de le perdre en cauchemars ; un examen savant des suppositions de Joachim était plus judicieux.

La première idée qui s'imposait était que ses avis ne devaient pas être négligés. D'autant moins que le curé d'Andoas les répétait dans un rapport écrit joint au dossier. Si lui aussi, familier de la région et informé par ses Indiens, parlait de Jivaros et de jaguars, je devais en prendre note – tout en restant conscient que Joachim avait une raison supplémentaire de nommer des suspects : celle de s'en trouver lui-même innocenté. Cependant, d'autres vues s'immisçaient dans la réflexion. Non seulement ces hypothèses ne répondaient pas à toutes les questions, mais elles en faisaient surgir d'autres.

Pourquoi Doña Isabel n'avait-elle pas mentionné d'attaque ? Pourquoi avait-elle dit avoir attendu vingt-cinq jours avant de partir puisque le drame était survenu « trois ou quatre jours » après le départ de Joachim ? Pourquoi avait-elle suggéré un départ de tout le monde ? En bref, j'avais sous les yeux la preuve qu'elle avait menti, mais je ne savais toujours pas pourquoi.

*
* *

Un choc. Je ressentis à cet instant plus que je ne l'entendis le choc d'un son, comme celui d'un marteau sur une paroi de cuir tendu. Pong ! Pong ! Le clocher de l'église sonnait trois heures sur mes tympans sclérosés. Il me restait une heure avant que la fatigue me terrasse… Je repris ma lecture.

Le juge, décidément peu intéressé par l'épouvante qui avait submergé son témoin, en venait à ce qui le préoccupait lui et la couronne d'Espagne :

– La famille Grandmaison avait-elle des passeports-pour se rendre dans ces régions interdites ? Pourquoi a-t-elle choisi un chemin si inusité et proche des colonies portugaises ? Est-elle entrée en relation avec des étrangers au préjudice de l'État ? A-t-elle commercé du drap ou autre bien en fraude internationale ?

Je ne pus m'empêcher de sourire : *fraudes de internación*, la manière juridique locale de désigner la contrebande. Je reconnaissais là les obsessions et les préjugés des coloniaux espagnols : la hantise de voir une quelconque production coloniale échapper à la mainmise de l'Espagne, plus forte encore que la peur de l'esclave fugitif… Cela, je l'avais tant et plus constaté et subi. Je me sentais donc parfaitement à l'aise pour décrypter et évacuer les soupçons inutiles – le plus incroyable étant celui dirigé contre le seul homme de l'affaire ayant montré du courage, Joachim !

En même temps, je devais me retenir de railler la bêtise supérieure des fonctionnaires qui présidaient aux destinées du peuple créole car, après tout, c'était à leurs faibles lueurs que j'allais devoir éclairer ma lanterne.

Quant à Joachim, l'homme était assez habile pour se jouer des *chapatones* : comment un esclave aurait-il su si ses maîtres avaient l'intention de rencontrer des étrangers ? À plus forte raison s'ils avaient des papiers en règle ? Tout juste pouvait-il assurer le juge que les deux Français Roche et Baugé se trouvaient à Omaguas, retenus par la force publique pour leur implication dans l'affaire. Il concluait, sans doute pour faire plaisir aux magistrats, que les deux messieurs lui avaient assuré qu'ils viendraient à Quito répondre eux-mêmes aux questions.

Ainsi Joachim donnait-il sans le savoir raison à Jean : les deux Français Roche et Baugé, en effet, avaient besoin de Doña Isabel. Heureusement pour eux, elle serait capable de convaincre le gouverneur d'Omaguas qu'ils n'étaient pas des criminels, et qu'il fallait les relâcher pour les laisser continuer leur route vers l'est. Le tout était de savoir pourquoi elle le ferait puisque, selon Jean, elle rendait Roche responsable de la catastrophe. Par charité ou parce qu'elle n'avait pas le choix ? Cela me restait à déterminer.

Le temps de la dernière question était venu. Le juge demandait à l'esclave pourquoi il n'avait pas remis aux autorités concernées les documents qu'il portait sur lui à son arrivée à Quito. Sa réponse ne me parut pas suspecte, du moins pas tout de suite.

– J'ai voulu, disait-il, mais chaque fois que je venais au palais, on me répondait que Sa Seigneurie « était occupée » !

Rien de plus vraisemblable que ces refus opposés à un esclave qui prétendait rencontrer le président du conseil de Sa Majesté… Ce ne fut qu'en lisant un autre témoignage, plus loin, que je me dis que Joachim avait probablement improvisé cette excuse à la hâte.

L'interrogatoire de l'esclave était clos. Les réponses en avaient été si clairement énoncées et si convaincantes qu'il était difficile de comprendre comment le juge osait conclure que Joachim devrait rester en prison le temps que soient ramenés d'Andoas les Indiens qui pouvaient confirmer ses dires. Ensuite, seulement ensuite, lançait l'homme en robe noire comme un avertissement, serait envisagé le problème de son affranchissement, promis selon ses dires par Doña Isabel – affranchissement d'autant plus sujet à caution, rappelait le juge, que les Grandmaison étaient suspectés d'être passés à l'étranger sans autorisation, voire d'avoir eu l'intention d'y commercer, ce qui était puni de mort et ôtait toute valeur à leur droit de propriété sur l'esclave en question.

La colère me secouait, au point que ma loupe ne me servait plus à rien. Je la posai le temps de me calmer. Pourquoi prendre à cœur des événements survenus trois ans plus tôt à des milliers de milles de France ? Parce que je les vivais, et que j'aimais à les vivre, en dépit de toute raison. Et je marmonnais ma fureur…

– Des imbéciles. Des rapaces, les mains crochées sur l'or qu'ils ont pillé. Des fesse-mathieux qui soupçonnent le pauvre monde d'être aussi avide qu'eux. Des médiocres qui marchandent la liberté d'un brave les valant tous à lui seul…

La bêtise des petits fonctionnaires continuait à m'exaspérer autant qu'elle m'avait exaspéré tout au long de mes démêlés avec la justice du Pérou. Je ne savais si c'était un avantage d'avoir des expériences communes avec les témoins dont j'examinais les interrogatoires… Rester lucide était un effort pour moi. Mon esprit restait mêlé malgré tout à celui de l'esclave conduit le long des corridors vers les geôles de l'Audience.

À quoi pensait-il, étendu sur son grabat entre les murs de briques crues qui lui cachaient la vue des nuages ? À la liberté, j'en étais sûr, quoi qu'en ait dit Don Pedro. Et aux Indiens d'Andoas dont il attendait impatiemment l'arrivée… Moi aussi, je l'avoue, j'attendais impatiemment. Je voulais entendre les paroles de ces hommes qui s'étaient trouvés sur la plage avec Joachim.

*
* *

Pour arriver plus vite à l'endroit du dossier qui m'intéressait, j'écartai les papiers les uns après les autres. Tous étaient des ordres envoyés en cascade par les fonctionnaires de Quito à d'autres fonctionnaires de plus en plus lointains et de plus en plus isolés, ordres selon lesquels devaient être amenés au tribunal les Indiens d'Andoas ainsi que les deux Français, ceux-là « sous bonne garde » afin de « les mettre dans la prison royale » et, aussi, pour que soit dressé un inventaire des biens trouvés sur la plage.

Plus facile à dire qu'à faire… Cela supposait d'envoyer un émissaire jusqu'à Omaguas en descendant la Pastaza, puis de remonter jusqu'à Andoas sur la Bobonaza, de réunir les intéressés, puis de leur faire faire la route en sens inverse.

Les juges de Quito, cependant, n'avaient pas passé les longues semaines d'attente sans rien faire. Ils avaient mis la main sur ce qui restait au Pérou de la famille Grandmaison.

Le témoignage de Marcelina elle-même figurait dans le dossier, daté du 27 juin 1770.

Rien n'était dit de la douleur de cette femme cruellement frappée. Elle avait perdu son époux et un fils dans le drame, elle se présentait en grand deuil, le visage voilé, à côté de son frère venu la chaperonner, mais le juge ne lui parlait que de passeport, encore, d'autorisation, d'argent, de « route inusitée » et de frontière interdite…

Les réponses de Marcelina étaient courtes, retenues.

– Mon mari est parti conduire sa sœur Doña Isabel, épouse légitime de Jean Godin, qui l'avait fait envoyer chercher depuis la colonie de Cayenne…

Des phrases qui sentaient la peur d'en dire trop. Cependant, quelques détails mirent mon esprit en éveil.

D'abord, la veuve de Don Antonio insistait sur le fait que la famille de Grandmaison était tombée en *suma pobreza*, dans une « extrême pauvreté ». Il n'était mentionné ni porteurs, ni bijoux, ni argenterie, juste « cent pesos » que les voyageurs auraient partagés entre eux tous. Et Marcelina de rappeler que son mari avait fait de la prison pour dettes tant la gestion de ses affaires avait été désastreuse…

Cela non plus, Jean ne l'avait pas dit ; le frère de Doña Isabel avait une raison très matérielle de quitter le Pérou : il était ruiné et pourchassé par ses créanciers. Était-ce pour cela que l'expédition voyageait sans passeport ? Ce que Marcelina disait clairement au juge :

– Ils sont partis *silenciosamente sin dar a sentir a persona alguna*, « silencieusement et sans avertir personne ».

Enfin, elle déclarait savoir que Joachim « seul était revenu ».

Cette phrase, dite sans malice, la trahissait. Bien sûr, à son retour, Joachim était venu la trouver, elle, en premier lieu ! C'était son devoir : il était la propriété des héritiers de sa maîtresse. Et bien sûr, il l'avait informée des deuils qui la frappaient ; peut-être même lui avait-il remis des choses trouvées sur la plage et qu'il n'avait pu rendre à Don Pedro.

Je repris le témoignage de Joachim. Qu'avait-il répondu au juge qui lui demandait pourquoi il ne s'était pas présenté spontanément à la justice ? « J'ai voulu, mais chaque fois que je venais au palais, on me répondait que Sa Seigneurie "était occupée" ! »

Je voyais bien, maintenant, que cette raison qu'il avait donnée était fausse : Marcelina de Grandmaison, dame de la haute société, aurait eu sans problème accès à Sa Seigneurie. Si elle n'était pas allée au palais elle-même donner le rapport du gouverneur d'Omaguas, c'est qu'elle ne l'avait pas voulu. Pourquoi ?

Marcelina et Joachim cachaient quelque chose, j'en étais convaincu.

Mais aussi, à la date de leur comparution devant le tribunal, ils ignoraient l'essentiel : Doña Isabel n'était pas morte. Ce qu'ils allaient bientôt découvrir.

*
* *

Je continuai à feuilleter le dossier. Des ordres, des consignes, des injonctions… Je cherchais ma voie au milieu des *Señor Alcade de Corte*, *Fiscal Protector*, *Gobernador* et *Comandante General* qui ne cessaient de« baiser les mains de Sa Seigneurie » et de jurer devant la Croix. Ce n'était pas facile. Dans les trente-cinq noms qui signaient un papier ou l'autre, peu m'intéressaient vraiment. La plupart étaient des écrivains publics chargés de prendre note des témoignages, des attestateurs chargés de contresigner et de certifier, et tous les intermédiaires de l'administration, de la justice et du fisc, emboîtés comme les parties d'une canne à pêche – celui qui tenait la poignée étant le gouverneur de la province de Quito.

Et tous reprenaient le fond de l'affaire : « Il faut vérifier la réalité d'un sort si terrible survenu à la famille Grandmaison sur une plage de la rivière Bobonaza, le rôle qu'a pu y tenir le Nègre Joachim, et pourquoi ladite famille se tenait si proche d'une frontière étrangère », etc.

Les soupçons ne portaient pas sur les questions qui, moi, me hantaient : qui avait attaqué les naufragés sur leur plage ? Qui avait semé la mort en ce lieu désert ? Qui avait dispersé les vêtements ? Pourquoi le radeau n'était-il fait que pour trois personnes ? Combien de domestiques étaient morts ? Qu'était-il advenu des bagages ?

Non, les lettres que s'envoyaient les fonctionnaires portaient encore et encore sur l'urgence de « faire savoir dans tous les villages, sur la route du fleuve des Amazones, qu'il est interdit aux sujets de Sa Majesté – Dieu la garde – de commercer avec les étrangers sous peine de mort ». Au fil des documents, les mots « interdit », « punition », « mort » composaient une litanie, au point que l'idée me vint, obscure, que Doña Isabel avait été punie pour avoir commis un sacrilège.

En osant pénétrer sans autorisation dans la forêt, elle avait commis une faute mortelle. Pas une erreur fatale, celle du Petit Chaperon rouge qui flâne sous les grands arbres, mais un péché. Elle avait péché contre la couronne d'Espagne, elle avait péché contre Dieu. La forêt était interdite, non seulement au sens juridique, mais au sens religieux.

Je n'avais pas à beaucoup réfléchir pour savoir d'où me venait cette impression. Pendant longtemps, les empires espagnol et portugais du Nouveau Monde avaient négligé de protéger cette imprécise frontière commune qui traversait un continent inaccessible à tout homme sain d'esprit, pensaient-ils. Aussi, chaque fois qu'un fou tentait l'entreprise de la passer, et ils avaient été de plus en plus nombreux au fil des décennies, les autorités coloniales s'affolaient de part et d'autre. En réaction, elles barraient encore plus solidement les accès à la forêt, du côté des Andes comme de l'Atlantique. Si ces barrières étaient malgré tout franchies, aucune intervention n'était plus possible. Une fois plongés dans l'inconnu, les voyageurs clandestins n'avaient plus de comptes à rendre qu'à Dieu. Doña Isabel la clandestine avait donc été punie par Dieu.

J'imaginai la stupéfaction des juges quand, trois mois plus tard, au début du mois d'octobre, les Indiens d'Andoas étaient enfin arrivés à Quito avec l'incroyable nouvelle : la dame était vivante ! La dame avait traversé la forêt !

Non seulement cette survie était troublante, mais surtout, elle était dommageable : si Dieu ne se chargeait plus d'exécuter les peines de mort, la justice du roi devrait y suppléer. Cependant, dans ces régions lointaines, la sentence était difficile à appliquer. À preuve : Doña Isabel de Grandmaison et les deux Français, loin de revenir à Quito exposer leurs faits et gestes, étaient partis dans l'autre direction. La survivante s'était même épargné le soin d'écrire un témoignage écrit. Elle s'était contentée de charger les Indiens d'un court billet signé de sa main. Il était là, sous mes yeux. En quinze lignes, il certifiait qu'elle accordait sa liberté à Joachim.

Rien de plus. Pas même le prétexte qu'avait donné Marcelina pour elle : sa belle-sœur était partie du Pérou parce que son mari l'avait « envoyé chercher », un argument qu'une femme pouvait brandir très efficacement dans cette partie du monde, de même que Joachim avait aisément convaincu le juge qu'on ne pouvait exiger d'un esclave qu'il sache quoi que ce soit des papiers de ses maîtres.

Leur pouvoir ainsi mis à mal par une femme et un esclave, les juges s'étaient tournés vers les Indiens nouvellement arrivés d'Andoas, qui avaient comparu le 26 juin.

Ce nouveau face-à-face était plus étrange encore que celui de l'esclave et des juges. Sortis de leur royaume d'eau et d'arbres, les Indiens en chemise découvraient tout à la fois ce qu'était une salle de tribunal, un palais de pierre, une ville, et l'empire d'Espagne. Confrontés à une puissance qui les dépassait, ils répétaient tous la même histoire :

– C'était à l'époque du carême. Une femme est arrivée à Andoas. Elle disait s'appeler Isabel Grameson. Elle était vêtue seulement de pantalons d'homme et d'un châle. Elle n'est pas restée. Sept Indiens l'ont accompagnée plus loin, vers Omaguas.

L'image passa devant moi dans la pièce obscure, fugitive, d'une femme en pantalons, la taille dénudée, le buste drapé d'un châle, sa chevelure de neige flottant autour d'elle… Une chaleur monta dans ma poitrine.

Mais aussitôt, je revins à la date. Les dates ne mentent pas. Le carême était une époque facile à situer pour ces Indiens convertis ; or le carême commence au début de février… soit un mois après la date donnée par Jean. Un mois ! En ajoutant au début et à la fin de l'aventure les jours qui manquaient au récit de Jean, on arrivait à ce compte : Doña Isabel avait vécu près de trois mois dans la forêt ! D'abord avec ses frères, puis seule – cela, au moins, les Indiens le confirmaient :

– Après le départ du Nègre, le curé nous a envoyés plusieurs fois fouiller la forêt. Et finalement, à quinze jours de marche d'Andoas, nous avons trouvé deux corps, dont l'un était vêtu comme un moine. Nous les avons ramenés et enterrés dans l'église…

Donc Don Antonio et le padre Juan étaient bien morts dans la forêt, pas sur la plage. Quant à l'enfant ? Nul n'en disait rien.

Je raisonnais sur le sujet quand un mot, apparu sous ma loupe, m'en détourna. Un mot énorme, indécent : *gusanos. Le saco de la cabeza los gusanos*, « Je lui ai extrait des vers de la tête », disait l'Indien.

Je fermai les yeux. Les plaies sur le visage, habitées de larves énormes… celles que Jean m'avait interdit d'évoquer. Blessures à vif, les blessures de mes dix-huit ans, les blessures de la jeune fille Carmen, les blessures de Doña Isabel. La souffrance distillée à l'état pur, liqueur forte que j'avalais avec jouissance et horreur, plongé dans une hallucination qui n'affectait ni mes yeux ni mes oreilles, mais la seule surface de ma peau.

J'en sortis tremblant et épuisé. Ma loupe glissa très vite jusqu'à la fin des témoignages des Indiens. Ils ne m'intéressaient plus guère. Il y en avait six au total, mais tous se ressemblaient : une femme qui disait s'appeler Isabel Grameson, des pantalons, un châle, des cadavres dans la forêt, « dont l'un était vêtu comme un moine » …

Il ne restait plus, dans le dossier, que deux ou trois courtes lettres : encore des injonctions du *fiscal protector* au sujet des frontières à ne pas dépasser, un ordre à faire connaître dans tous les villages limitrophes de la forêt qu'il était interdit de commercer avec les Portugais sous peine de mort, et le constat finaldes enquêteurs : « Nous n'avons pas pu en savoir plus, étant trop loin du lieu où s'est déroulé le drame. »

L'ultime papier du dossier était une transcription d'un témoignage oral de Doña Isabel. Il avait été recueilli à plusieurs semaines d'Andoas, par le curé de la mission de Pebas, où elle était passée dans sa route vers l'est, qui l'avait fait parvenir avec beaucoup de retard à Quito. Décevant témoignage pour qui attendait une description d'événements extraordinaires… à deux détails près.

Plus qu'un récit, c'était encore une attestation, celle-là destinée à forcer les juges à libérer Joachim au plus vite. Elle tenait en dix lignes. La seule survivante de la famille Grandmaison certifiait que ses frères, Juan et Antonio, ainsi qu'un neveu « étaient morts sous ses yeux de mort naturelle pour s'être perdus dans les forêts proches de la rivière Bobonaza après avoir quitté l'endroit où ils avaient été laissés par les deux messieurs français qui l'accompagnaient, désespérant de recevoir du secours, laissant sur place deux servantes et un serviteur… ».

Aussi laconique était cette attestation, elle introduisait deux indices importants – plus exactement un aveu et un indice.

L'aveu : les Grandmaison avaient quitté la plage en « laissant » derrière eux trois personnes : deux fillettes (et non trois) qui avaient accompagné Doña Isabel jusque-là et un serviteur, sans doute l'esclave de Jean Roche.

Cependant, ce n'était pas cet aveu qui m'intéressait le plus – il ne faisait que confirmer mes soupçons. Non, il y avait bel et bien un nouvel indice, dans la déclaration de Doña Isabel.

Je ne compris pas lequel, tout d'abord, et je revins sur les motsde Doña Isabel : *Donde fueron dejados por dos caballeros franceses...Dejar*, « laisser »... Le même mot qu'elle avait utilisé pour mentionner qu'elle avait « laissé » trois serviteurs sur la plage. Dans les deux cas, ce « laissé » résonnait dans mon esprit comme s'il y avait écrit « abandonné ».

Jean avait précisé clairement dans sa *Relation* que les Grandmaison avaient refusé de partir. Or Doña Isabel ne disait pas cela. Elle ne disait pas qu'il avait été décidé en commun que Roche, Baugé et Joaquim iraient chercher du secours. Elle disait que les Grandmaison avaient été « laissés par les messieurs français ».

J'essayai d'imaginer la scène ainsi corrigée. Le canot qui disparaît dans une courbe de la rivière, trois hommes qui le dirigent... Ces hommes ont délibérément volé le canot aux autres, pour aller plus vite, pour ne plus risquer le chavirage.

Avant cela... rien ne venait à mon imagination. Que s'était-il donc passé sur la plage ?

Le témoignage d'Isabel avait été recueilli par le curé de Pebas en avril, sa transcription était arrivée à Quito le 26 novembre ; la lettre avait mis six mois à parvenir aux juges de l'Audience. Entre-temps, Isabel avait parcouru beaucoup de chemin. Personne ne pouvait plus la rattraper : elle était en territoire portugais.

*
* *

Tout était dit. À Quito, l'affaire était close, et déclarée finalement sans intérêt : un accident malheureux était survenu à des imprudents désargentés.

Elle renaissait en France, au même moment, mais pas sous le nom d'« affaire ». Elle devenait une histoire, un conte élégant et sensible. Dans la nuit de Saint-Amand, je me sentais comme suspendu entre les gazes légères de la légende parisienne et les soupçons sordides des fonctionnaires coloniaux. Et le seul à rester véritablement intéressé par les faits survenus sur la plage de la Bobonaza.

Je refermai le carton qui contenait les papiers.

Qu'avais-je de plus qu'avant de l'avoir ouvert ?

Cette version du drame et celle de Jean se recoupaient et se répétaient parfois, mais d'autres fois se contredisaient et s'embrouillaient. Pourtant, il me semblait que je voyais mieux. Les lumières diverses étaient confuses mais elles avaient le mérite d'éclairer le tableau sous des angles multiples. Il en prenait du relief, des couleurs. Le contempler me rassurait : j'avais eu raison, seul contre tous, de m'agacer de cette histoire d'amour conjugal. Peut-être qu'au bout de l'enquête, je trouverais de l'amour, mais il n'aurait certainement rien de conjugal !

Cependant, le plus dur restait à faire : mettre de l'ordre dans toutes ces notes que je n'avais pas pu copier, que ma mémoire allait devoir restituer à ma raison pour en faire une construction à peu près solide. Le chantier m'effraya. J'eus la vision d'un labyrinthe envahi de lueurs… d'un labyrinthe végétal, de ceux qu'on trouve dans les jardins pour y jouer à cache-cache, où les lueurs dansaient, insaisissables feux follets. Il se déployait, se ramifiait en un réseau de rivières, puis se resserrait, et s'enroulait sur lui-même, découpé en cases closes, se resserrait encore, se resserrait, jusqu'à m'étouffer…

Je me réveillai. L'angoisse de l'apnée, au fond de ma gorge, se relâcha.

Je sentais des coups sur mes tympans. Le clocher. Quelle heure avait sonné ? Je ne pouvais pas dire. La couleur du ciel, dans les interstices des volets, ne me renseignait pas plus, mes yeux étaient plus brouillés que jamais. Je crus même un instant être devenu complètement aveugle. Juste punition de ma curiosité. Puis je compris que la bougie était éteinte ; comme je tâtonnais à sa recherche, mes doigts effleurèrent une dernière fois le carton du Pérou, que je reconnaissais à sa texture.

Un craquement retentit dans ma tête. Je levai les yeux machinalement. Était-ce un lit qui avait bougé au-dessus de moi ? Ou bien une de mes vertèbres ?

Il était temps que je regagne ma chambre. J'avais encore une demi-heure d'aventure devant moi avant d'être à l'abri.

3

Je ne dirai rien de mon expédition de retour. Dans tout récit de voyage, l'accumulation de péripéties finit par lasser le lecteur, aussi resterai-je réservé sur le sujet. Il suffit de préciser que j'arrivai sain et sauf dans mon lit, dans un état d'épuisement salutaire que je n'avais pas connu depuis mon retour d'Amérique.

Je m'éveillai tôt le lendemain. Dans un demi-sommeil, je percevais l'activité d'une maison à son plein, crépitements, fumets, courants d'air, vibrations, tout le bâtiment se gonflait des activités de la journée. Je sentis une odeur de café au lait de chèvre, et un sentiment de bonheur inexplicable m'envahit.

Les yeux entrouverts, je laissai la lumière m'arriver en même temps que le son. J'étais vivant. La sensation était douce, et je la savourais.

Les cloches se mirent en branle ; ce n'était pas l'heure qui sonnait, mais la messe. Un carillon éclatait au-dessus de la ville, un vrai chant d'allégresse que ma surdité ne parvenait pas à étouffer. Nous étions dimanche, et il devait être huit heures. Pourtant, je ne me levai pas. Quand ils reviendraient de la messe, ils découvriraient que j'étais resté, finalement…

Depuis les fentes des volets m'arrivait une clarté cotonneuse, moelleuse. Loin de blesser mes yeux, elle servait de support à mes réflexions, canalisait mes distractions. Car j'avais à réfléchir. J'avais encore, avant de conclure mon enquête, à faire le point sur ce que la nuit m'avait apporté.

Je fermai les yeux… Rien ne m'apparaissait plus. La panique me saisit. M'étais-je vraiment levé, cette nuit ? Avais-je entrepris cette expédition téméraire ? Avais-je traversé cette rivière, rampé le long d'un gouffre, rencontré des bêtes ? Avais-je trouvé ces textes d'une autre année et d'un autre continent ? Ou bien m'étais-je transporté par la pensée jusqu'à Quito pour y lire dans les dossiers déjà classés des lettres… des lettres… Tandis que je m'interrogeais, ces lettres apparaissaient sous mes paupières, noircies d'une écriture de clerc, comme si je les lisais une deuxième fois. Bienheureuse mémoire. Peut-être étais-je à l'article de la mort, mais mon esprit était plus vif qu'en mes plus belles années !

La veille, j'avais quitté Jean dans la confusion : est-ce que je n'étais pas gâteux et méchant ? Est-ce que je n'avais pas vu le mensonge là où il n'y avait que de la douleur et de la grandeur ? Ce matin-là, tandis que les mots lus dans la nuit défilaient devant moi, je formais une certitude : il y avait bien eu mensonge. Mensonges. Mais pour trouver la vérité qu'ils cachaient, je devais en formuler le détail. Les impressions ne suffisaient plus.

Toujours les yeux fermés, j'énumérai les éléments de l'enquête qui confirmaient mes doutes ou m'en donnaient de nouveaux : Doña Isabel avait pris une route inusitée ; elle avait quitté le Pérou en cachette ; son frère Antonio était écrasé de dettes ; elle avait poursuivi sa route après Canelos parce qu'elle ne pouvait plus faire demi-tour ; ses frères n'avaient pas « refusé » de partir avec Roche, ils avaient été « laissés » ; elle avait quitté la plage du naufrage quelques jours seulement après le départ de Roche ; deux servantes et un serviteur avaient été abandonnés sur la plage ; Doña Isabel était restée environ trois mois dans la forêt ; Joachim n'avait pas été renvoyé par Roche. Et enfin, Isabel avait sauvé Roche de l'emprisonnement.

Ma liste close, je pensai : « Tout cela ne peut avoir la même importance. » Il ne pouvait y avoir de solutions à toutes les contradictions, à tous les problèmes soulevés ; certains devaient être négligeables pour le fond de l'énigme. L'auteur d'un roman, bien sûr, ne gaspillerait pas son encre à aligner des indices qui n'en sont pas ; mais j'étais dans la réalité et ce qui était intrigant n'était pas nécessairement utile.

Ces quelques certitudes étaient rassurantes, malgré tout ; elles étaient des petits cailloux blancs dans la forêt des mensonges, et j'étais sûr qu'elles auraient le pouvoir de m'en faire sortir pour peu que je les suive. Déjà je les voyais se condenser en deux questions qui étaient comme des échappées, des clairières au loin vers lesquelles je marchais : pourquoi Doña Isabel était-elle partie du Pérou en cachette ? Pourquoi ne disait-elle pas ce qui s'était passé sur la plage ?

Je crispai les paupières pour mieux restaurer la vision des papiers que j'avais compulsés. Avais-je négligé un signe ? Une phrase livrait-elle la solution, que j'avais lue trop vite ? Dans ma mémoire, je ne voyais qu'un ensemble de formules juridiques pompeuses, des soupçons obsessionnels, des questions de passeports et d'autorisations, des interdictions sous peine de mort de commercer avec les étrangers… Ces mêmes soupçons risibles qui m'avaient moi-même conduit devant le tribunal de Quito en 1736.

Toutes ces années écoulées… Encore une fois, l'étirement du temps me frappa. Les années s'allongeaient comme des créatures paresseuses, et pourtant, l'ensemble du drame portait les empreintes de l'urgence et de la nécessité. Comme l'avait été notre expédition pour mesurer un degré de méridien, qui avait malgré cela duré sept ans.

Doña Isabel ne pouvait pas faire autrement que de partir… du moins elle en éprouvait le besoin impératif. Pas seulement elle : Don Pedro et ses fils aussi. Mais depuis combien de temps le désir était-il devenu nécessité ? Quel avait été le déclencheur du départ ? Qu'y avait-il dans la lettre que Jean avait fait parvenir à Quito ?

J'eus la vision de ces trente et un porteurs qui s'ébranlaient en cachette depuis les abords de Riobamba vers les pentes orientales de la cordillère des Andes. Trente et un porteurs, une expédition clandestine, sans passeports, engagée sur un sentier hostile où le demi-tour est interdit. Des hommes liés entre eux par un pacte du silence, à ce jour inviolé, même au-delà du drame…

L'évidence était sous mes yeux.

Le sentiment d'excitation qui me saisit était si vif que j'en éprouvai comme un fourmillement au creux des mains. J'eus une pensée pour les petits juges du Pérou. Pensée reconnaissante. Leur mesquinerie, leur incapacité même avaient été le support de mes réflexions. Support solide fait d'un maillage serré de soupçons au milieu d'un marécage de contradictions.

Doña Isabel… cette fois, je vous avais débusquée. Vous ne pourriez plus laisser Jean seul face à mes accusations.

4

Je laissai tout son temps à mon valet pour ma toilette. Il me parlait de cette ville qu'il avait arpentée en tous sens, la veille. Triste à mourir, disait-il.

– Les tavernes sont vides et les églises… ma foi, les églises sont comme ces pierres plates, dans les jardins humides. Il s'y cache dessous des colonies de créatures grises et lisses à pattes courtes…

Je précise que ce valet était libertin dans l'âme ; mon lecteur aura deviné que je l'avais engagé pour qu'il joue auprès de moi le rôle de Jean, mais le gueux se voulait spirituel et averti, ne comprenait pas que le récit devait être teinté d'ingénuité pour être évocateur. Donc, le plus souvent, je le laissais parler sans chercher à l'entendre.

Une fois propre, vêtu d'une robe de chambre en manière de lévite et coiffé d'un bonnet de velours, je m'avançai dans le couloir à petits pas, la main sur l'épaule du valet qui continuait son bavardage.

– Pourtant les filles sont aimables. J'en ai avisé une qui descendait du porche de l'église d'à côté. Son fichu et sa jupe et même son bonnet étaient couleur de la pierre, tout à fait ton sur ton, et j'ai failli ne pas la voir. Mais elle a raté la dernière marche, et ç'a été soudain comme un lever de soleil ! Du rose, du blanc, de la nacre, des rais de lumière qui fusaient de là et me frappaient les yeux. Bien sûr je me suis précip…

Je fis signe au drôle de se taire. Du bas de l'escalier nous venait un remue-ménage significatif. Des gens étaient devant la porte donnant sur la cour, au rez-de-chaussée, dans l'entrée. Nous restâmes tout deux rencognés sur le palier, aux aguets. Les créatures que je devinai en contrebas m'évoquèrent d'abord les cloportes dont avait parlé le valet : grises, enveloppées de laine et de cette odeur de cierge. Mais, au milieu des effluves berrichons, un parfum fit son chemin jusqu'à moi, trop puissant pour être noyé. Je me penchai en maudissant ma cécité qui me faisait voir une tache floue là où je voulais voir la couleur d'une robe et le détail d'une chaussure. J'imaginai de la soie noire rehaussée de jais, une peau blanche de fantôme, et le naphte du regard.

Mais la tache restait insensible à mes efforts ; elle se mouvait sur elle-même, sans doute pour défaire un capuchon, une mante, je ne sais quoi ; une lumière pâle atteignit le fond de mes yeux, scintillante comme l'Epsilon d'Orion dans le verre de ma lorgnette – la chevelure de neige ? Je ne respirai plus. Devais-je manifester ma présence ? Je m'en découvrais incapable, pétrifié. Allait-elle monter l'escalier ? Non, elle prit le corridor du rez-de-chaussée et disparut dans un murmure d'espagnol sans doute adressé à Don Pedro, dont les grognements la suivaient de près.

Tout à coup, une idée s'imposa. Elle était dans les communs et j'étais encore en haut. Je montrai au valet le bout du couloir, là où était cette porte où j'avais vu de la lumière, la veille. Quand je fus devant, je lui enjoignis de faire le guet, et tournai la poignée.

*
* *

Je ne vis rien d'abord. La pièce était plongée dans la pénombre, les volets clos. Puis je vis un chandelier d'argent, sous une image, sous des images… J'approchai le nez tout près des gravures. Une madone ; des martyres ; une gravure de la vierge de Guadalupe, le pied sur un croissant de lune. Tout cela n'était guère engageant, mais guère étonnant non plus, chez une Créole, même aussi éduquée que Doña Isabel.

Pas de miroirs. C'était plus étonnant. Pourtant, j'étais dans un boudoir, comme le montrait l'ensemble de brosses et d'épingles rangé sur une coiffeuse. Je frôlai du bout des doigts l'ivoire, l'écaille… Les sensations étaient mentales plus que physiques et pourtant bien réelles. J'en arrivai aux angles durs d'une boîte à bijoux… Elle portait donc tout de même des bijoux.

Je soulevai le couvercle, autant par curiosité que pour réchauffer la glace de ma peau à l'éclat de belles pierres. Mais au lieu du jais que j'avais attendu, je vis un petit tas de fibres écrasées, du raphia semblait-il, posé sur un linge blanc.

Je me penchai au plus près ; c'étaient des semelles, munies de lanières délitées. Ce que m'avait dit Jean au jardin me revint en mémoire : « Doña Isabel avait dû découper les souliers de son frère pour se faire des semelles. » J'avais imaginé du cuir et je trouvai du raphia. C'était donc pour regarder cette pauvre chose qu'elle se cachait. Même sur ce point modeste, le récit de Jean était contredit par la réalité.

Je bougeai les débris, soulevai le linge blanc… et aperçus dessous ce dont rêve tout policier fureteur : un cahier relié de parchemin, et dedans, des pages écrites, bref, quelque chose qui avait l'apparence d'un journal.

Vite, je parcourus mon habit à la recherche de ma loupe, mais je tremblais si fort que je ne pouvais rien sentir. Je fouillai une poche, l'autre, puis l'intérieur de mon gilet… Non, rien. J'avais oublié de prendre ma loupe. Contre toute évidence, je m'acharnai en approchant toujours plus mon nez du papier pour tenter de distinguer au moins une phrase, un mot, quelques lettres, ne serait-ce qu'une seule lettre… Peine perdue. Tout était mêlé, entremêlé, empâté, raturé. Mon indiscrétion se trouvait mise en échec par une écriture de femme et cette satanée distraction. La solution de l'énigme était sous mes yeux, mais je ne la voyais pas.

– Psst.

Je dus remettre en place le linge, le raphia, le couvercle.

– Psst.

Mon guetteur m'avertissait aussi discrètement que ma surdité le lui permettait. Quelqu'un venait. Je sortis du boudoir et fermai la porte. Quand Pimpette surgit sur le haut du palier, j'avais pu m'en éloigner assez pour qu'elle ne voie qu'un vieillard progressant à petits pas glissés vers l'escalier, lourdement appuyé sur son valet. Elle se plaqua contre le mur pour nous laisser passer, pas assez cependant pour esquiver le baiser que mon drôle planta dans son cou.

– Maudit Parisien ! lâcha-t-elle en levant un coude qui percuta si bien la mâchoire visée que j'entendis les dents claquer…

Je fis mine de rien comprendre. La fureur de la soubrette m'arrangeait ; elle l'empêchait de s'interroger sur la raison de notre présence dans ce bout de couloir.

5

Je crus d'abord que le salon était vide. Il y régnait le froid de l'absence. Le feu était éteint, le soleil voilé, le ménage fait…

Mais une voix éclata dans l'air inodore.

– Monsieur dé La Condamina ! Ah, quel soulagement de vous voir ! Je craignais que vous ne soyez parti…

Le vieillard m'apparut en contre-jour tandis qu'il se levait de la méridienne, ombre noire aux contours imprécis comme une tache d'encre pressée par un papier.

– Je ne serais pas parti sans vous faire mes adieux, Don Pedro.

– Vous seriez excusable de fuir ce lieu, où tout est teinté de notre malheur.

Je regardai au-dehors. La veille, rien ne m'avait paru, dans le paysage, teinté d'aucun malheur. Mais ce nouveau jour donnait raison à Don Pedro. Par les fenêtres fermées, je voyais un ciel gris et une lumière blafarde sans aucune touche de rose. J'imaginai les fleurs dépouillées de leurs pétales, nues et tremblant des premiers froids. L'hiver approchait, aurais-je le temps de… de quoi ? Je ne savais pas, mais je craignais tout de même de manquer de temps.

– J'ai encore quelques points à régler avec Jean, dis-je.

Quelque chose dans ma voix dut alerter le Créole, car il s'immobilisa, le temps de me dévisager. Puis il demanda :

– Vous savez, n'est-ce pas ?

Sa voix n'avait rien de douloureux ni de grave ; il énonçait le fait comme inévitable.

– C'était folie de vouloir vous le cacher, reprit-il. Mais Isabel n'a plus tout son bon sens. Elle fait comme si elle pouvait effacer une saison de sa vie en la renfonçant dans sa tête à s'en faire mal.

J'aurais pu, à cet instant, lui demander de préciser ses propos, mais je prévoyais sa réaction : dès qu'il comprendrait que je n'étais pas sûr de mon fait, que je sollicitais des éclaircissements, il ferait machine arrière. Il valait mieux feindre de tout savoir, en effet.

– L'attitude de Doña Isabel est bien compréhensible, dis-je. Cependant, en cachant les événements de la sorte, elle fait supposer pis que ce qui est réellement arrivé.

J'eus l'impression que le vieux Créole s'effondrait sur lui-même. Pourtant, il n'avait pas bougé, à peine avait-il baissé le menton sur sa cravate.

– Pouvait-il arriver pis ? demanda-t-il dans un souffle.

L'hypothèse que je brûlais de formuler s'évanouit en fumée. Il me restait à revenir à ma première stratégie : trouver Jean, et l'occasion de poser le piège qui les confondrait tous les deux.

Comme s'il avait deviné mes pensées, Don Pedro tendit le bras vers la porte du cabinet. Elle était ouverte ; je la franchis lentement, annoncé par les coups de ma canne contre le dallage.

*
* *

Jean leva les yeux à mon entrée. Je reconnus les papiers qu'il avait sous les yeux, ceux-là mêmes que j'avais feuilletés dans la nuit. Il les réunit sans paraître avoir deviné mon indiscrétion.

– Je vais demander qu'on prépare votre voiture.

– J'ai promis à Don Pedro une partie de jeu de l'oie, imaginai-je tout de go.

– Je pensais que ce divertissement de hasard…

– Le hasard, parfois, aide l'esprit à développer sa logique. J'en suis à cette étape de mon raisonnement.

Où était l'émotion de nos retrouvailles ? Nous nous parlions l'un à l'autre comme deux ennemis courtois. Nous étions deux jouteurs à armes égales – et nues.

Sans lui laisser le temps de répondre, je m'avançai dans la pièce, l'œil attiré par le décor que je n'avais pu voir dans les ombres de la nuit.

Les volets étaient ouverts, mais les fenêtres étaient grises. Aux ombres qui se mouvaient au-delà, je compris qu'il y avait grand vent. La pluie ne tarderait pas. Il me serait difficile de repartir ce jour-là. Autant prendre mon temps.

Malgré le vilain ciel, le bureau de Jean restait une pièce gaie. Il y avait plusieurs consoles alignées le long des murs tendus de jaune et, sur chacune d'elles, de larges feuilles de papier griffonnées et d'autres encore épinglées sur les tentures. Au-dessous, les caisses d'un emménagement récent. Le genre de fouillis qui me plaisait. Je m'approchai des colonnes de mots calligraphiés ; même sans ma loupe, je reconnaissais l'écriture emmêlée et pleine de pâtés que je venais d'entrevoir dans la pièce au bout du couloir.

– Ma grammaire quechua, précisa Jean.

Encore une fois il avait négligé le « notre ». Cela m'irrita.

– Vous écrivez donc aussi mal que cela ?

– Mon épouse me sert de source, parfois. Vous vous rappelez qu'elle…

– Parle la langue des Incas. Oui, cette particularité m'avait frappé. Je suis sûre qu'elle lui a été utile durant son naufrage.

Je parcourus les colonnes sans pouvoir les lire. Aussitôt, il fut près de moi.

– Savez-vous que cette langue est pleine de nuances ? Regardez, là, par exemple… ce sont des suffixes. Il y a celui qui exprime le rêve, celui qui exprime la certitude, celui qui exprime le doute indifférent…

Son humeur avait changé ; ma curiosité ne le gênait plus à présent qu'elle s'exerçait sur ses œuvres. Il continuait son explication, qui m'intéressait, en effet, malgré ses carences en matière de grammaire.

– Voici un exemple, dit-il. En quechua nous dirions : je t'aime*mi*, je t'aime*si*, ou je t'aime*cha*, selon que nous exprimons un espoir, une certitude, une habitude…

– Joli.

Avec quelle légèreté il suggérait malgré lui qu'il avait entendu ces mots prononcés sur tous les tons ! Cependant, moi qui n'y avais jamais perçu que des nuances tarifées, il ne m'amusait plus. Plus encore que la veille, je me formulai cette réalité nouvelle : quelque chose était mort entre nous. Je l'avais tué en venant ici chercher ce que cachait un récit mensonger. J'avais tué notre amitié. Pour parfaire le meurtre, je demandai :

– Peut-on dire dans cette langue « je ne t'aime plus » sur autant de nuances ?

– Je…

– Ne me répondez pas. Ma question est sotte. Allons plutôt faire ce jeu de l'oie.

Je crois bien qu'il aurait préféré que je demeure avec lui tant ma lubie lui semblait inquiétante. J'aurais d'ailleurs été bien en peine de l'expliquer. J'étais le chat devant une souris. Je jouais avec ma proie. Ce n'était pas si simple. Je voulais rester plus longtemps dans cette maison, oui, mais pas seulement par cruauté. Rester peut-être pour sauver un peu de la chaleur de ma jeunesse. Il me semblait qu'une fois parti, je n'aurais plus à envisager que ma mort prochaine. Et que je devais trouver le moyen de repousser ce moment. Jean ne pouvait comprendre cela.

– Vraiment ? demanda-t-il.

– Vraiment. Regardez le temps qu'il fait dehors : je ne pourrai repartir que demain matin.

Depuis le seuil du salon, je lançai :

– N'est-ce pas, Don Pedro ? Nous allons faire un jeu de l'oie ?

– Je l'espère, monsieur dé La Condamina, depuis tout ce temps que nous en parlons. Après cela, nous dînerons.

Le grincement qui suivit devait être une expression de contentement. Jean me dépassa pour installer une chaise puis une autre de chaque côté de la table de jeu. Je tâtai mon habit et me souvins.

– Je n'ai pas de loupe, vous devrez me décrire ce que je fais. Je compte sur vous, Jean, pour être mon guide sur ce chemin semé d'embûches.

Je pris place et piquai du nez sur la spirale enroulée autour d'un stupide volatile.

– Quel est le motif de ce parcours-là ?

La mode étant aux jeux instructifs, je m'imaginais avoir affaire à un parcours « géographique » ou « historique », voire « quechua ». Mais non.

– C'est celui de mon enfance, répondit Jean. J'ai reçu ce jeu dans la succession de mon père, tout simplement. Le paysage est celui d'une campagne française, la prison une bastille, les pions de petites oies blanches dont le plomb est un peu écaillé… Mais puisqu'il vous plaît d'y voir une parabole de nos épreuves, je ne vous priverai pas de cet amusement-là, croyez-m'en.

J'ignorai l'ironie et lançai les dés. Six… je rencontrai une oie. Je rejouai. Six, une autre oie…

– Je voyage comme le vent, vous voyez ?

Pauvre Jean ! La parabole s'imposait à nous sans même que j'y pense.

Don Pedro put enfin prendre les dés, puis Jean, et moi, et ainsi de suite. Bientôt je me trouvai dans l'hostellerie à me reposer, et Don Pedro au fond du puits ; Jean jouait seul… et je commençai à m'irriter de cette situation que j'avais organisée. Mais soudain, la dernière oie libre tomba en prison. L'occasion en valait une autre.

– Ahaha ! m'exclamai-je. Hasard ? Jean, vous voilà là où la famille Grandmaison se serait trouvée si votre lettre avait été lue par d'autres. Quelle imprudence !

– Ma lettre ?

Il en avait envoyé tant qu'il hésitait. Je dus l'aider :

– Celle que vous avez fait parvenir à Quito pour signaler à Doña Isabel que la galiote portugaise l'attendait à Loreto.

– Mais personne ne l'a lue, je vous l'ai dit… Elle a été perdue, tout à fait perdue, vraiment… Ces moines, à Quito, l'ont égarée, voilà tout… Isabel n'a eu que la rumeur, pas la lettre.

J'étais sur le point de me mettre en colère, quand une voix vint m'en dispenser, qui résonnait comme le frottement de la pierre sur le sépulcre qu'elle ferme.

– *¡ Ojalá esta carta fuese leída por otros que nosotros ! ¡ Ojalá mis hijos estuviesen en la cárcel hoy en día !*

Je n'avais entendu qu'un mot sur deux, mais je lus sur le visage de Jean le sens de la phrase. Don Pedro regrettait que la lettre de Jean n'ait pas été lue par les autorités. Don Pedro regrettait que ses fils n'aient pas été jetés en prison. Il était le premier à s'écrouler, finalement.

Figé de stupeur, Jean regardait son beau-père, qui regardait le jeu. Que distinguait-il là où je ne voyais qu'un magma vert hérissé de boules de plomb ? Les cadavres de ses deux fils rongés par les fourmis géantes, l'agonie d'un enfant à la peau fendillée comme celle d'un vieillard, une troupe d'hommes qui descend dans les ruissellements des Andes, la femme en son centre, trente et un porteurs alignés sur le chemin qui part de Riobamba, le 1er octobre 1769… En cachette et sans passeport.

Je parlai doucement pour ne pas sortir tout à fait le vieillard de sa vision.

– Don Pedro, vous, vous l'avez lue, n'est-ce pas ? Et vos fils l'ont lue aussi… Et votre fille l'a lue aussi… Et vous êtes tous partis… Vous n'aviez rien à perdre. Qu'y avait-il dans cette lettre ?

Le Créole quitta des yeux la petite oie et reporta sur moi son regard qui voyait au-delà des apparences

– peut-être étais-je pour lui sans mes cicatrices, beau comme au jour de mes vingt ans ?

– À quoi bon, monsieur dé La Condamina ? murmura-t-il. Qui se trouvera bien de votre enquête ? Quelle justice pouvez-vous rendre ?

– Aucune, je ne cherche que la vérité.

– En l'occurrence, c'est une bien stérile raison.

Je ne pouvais le nier. Dans cette affaire, les coupables et les victimes étaient les mêmes personnes, le crime pas bien grave, mais la punition terrible. J'avais deviné la moitié au moins de cette vérité, c'était assez pour repartir content. Mais il resterait l'obscure explosion de violence qui avait ensanglanté la plage… Don Pedro disait juste : serait-elle éclaircie dans toute sa précision qu'aucun verdict n'en serait rendu pour autant.

Ils me regardaient, tous deux, fixement. Si ma vue avait été meilleure, nul doute que je n'aurais pas supporté leur air de me pousser dehors. Mais ne distinguant que des estompes, je restai là, buté, stupide.

Je ne sais pas combien de temps nous sommes restés ainsi à nous considérer, les nerfs à vif. Enfin, un frémissement m'avertit que la situation allait changer. Un parfum envahit la pièce, mes deux compagnons tournèrent la tête.

Je l'avais débusquée, mon Amazone. Elle était là.

6

Ils s'étaient levés ensemble, le mari et le père. À la force de leur élan, je décelai que la personne entrée dans la pièce possédait sur eux un ascendant sans rapport avec la courtoisie. Moi-même, je ne pouvais encore la voir, car je me tenais le dos à la porte. Je me redressai sans me retourner. Je voulais la voir droit dans les yeux.

J'étais debout, devant elle, non pas face à elle, mais au-dessus d'elle, car elle était si petite, aussi petite qu'au jour de son mariage, me semblait-il. Elle était là et je ne la voyais pas. Je voyais une poupée déguisée d'une robe à la française qui ne lui appartenait pas, celle que j'avais apportée la veille, le visage caché par un éventail ouvert là où devait être la bouche, et une épaisse mantille là où devaient être les yeux. Même la main qui tenait l'éventail était invisible, enveloppée d'une longue mitaine noire.

Pourtant, ce devait être elle. Sous la mantille, j'entrevoyais l'éclat blanc de ses cheveux.

Il y avait longtemps que mes révérences n'avaient plus de grâce, mais par coquetterie, je voulus rappeler à cette femme l'image qu'elle avait eue de moi jadis. Aussi, sans égard pour mes vieilles douleurs, je pliai le genou, reculai le pied et courbai le dos.

– Pardonnez-moi, monsieur, de ne pas me découvrir. Des blessures cruelles…

La voix était imprévue. C'était une voix d'alto, que je n'aurais pas reconnue s'il n'y avait eu son accent, sa façon de mouiller les *r*, d'arrondir les *u* et de scander les syllabes comme dans une chanson à danser. Je lui répondis avec sincérité :

– Mon émotion de vous revoir, après…

– Trente et une années et trois mois.

Encore cette voix d'alto, dont le ton était de plaisanterie et de défi – cette fois pour m'étonner par le compte si précis qu'elle avait tenu du temps écoulé. Elle reprit sans attendre :

– La dernière fois que nous nous sommes vus, vous m'aviez promis de m'emmener à Versailles.

Je revis la jeune épousée de Jean sous ma tente, à Quito, devant moi comme ce jour-là à Saint-Amand, les yeux pleins de larmes.

– Me ferez-vous l'honneur de me laisser tenir ma promesse ? dis-je avec une tendresse dont je ne me croyais pas capable. Nous pouvons partir pour Paris quand bon vous semblera. Je vous promets une faveur extrême auprès de tous mes amis.

– Vous ne comprenez pas. Vous vous obstinez à ne pas comprendre. Vous me forcez à sortir de ma retraite, quoiqu'il m'en coûte beaucoup.

– J'aurais cru que notre amitié…

– Quelle amitié ? M'avez-vous jamais regardée ?

Il y avait du dépit, dans la voix, un dépit qui lui venait de ses douze ans, à sa propre surprise, sans doute.

– Je vous regarde.

– Vous ne me voyez pas.

– Je vous vois dans ma mémoire.

Cette fois, elle ne répondit pas. Il n'y avait rien à répondre puisque j'étais sincère et qu'elle le décelait. Nous nous tûmes sans cesser de nous dévisager, à travers nos voiles, dentelle noire pour elle, cataracte pour moi, voiles des cicatrices sur la beauté enfouie.

Ce silence entre nous était d'une nature particulière. Il n'avait rien de gênant, contrairement à ceux qui avaient pesé entre Jean et moi. Elle et moi nous y mouvions fort bien. Mais il menaçait de devenir une forteresse dont Jean devrait sortir s'il le laissait s'installer. Il accourut se poster près de son épouse et murmura avec douceur :

– Mon âme, M. de La Condamine refusait de partir sans vous souhaiter la bienvenue en France.

– Voilà qui sera vite fait.

Sa remarque aurait pu être un congé, et pourtant, j'y sentais une trace de chaleur. Je la percevais plus provocatrice qu'indignée.

– Je voulais vous questionner, madame, aussi.

Elle ne répondit pas. Un éclat fusa de sous la mantille, reflet sur une surface lisse, liquide, noire. Lac de naphte. Le malaise me vint, celui d'un homme observé à travers une jalousie, et, avec lui, l'envie d'arracher le voile et de bousculer l'éventail. Doña Isabel avait été une fillette devant laquelle tout pliait. Je pris le parti de lui résister. J'attendis… Nous attendions tous, posés comme des pions pour un autre jeu de société, des plus étranges.

Finalement, elle céda. Mais les mots qu'elle prononça furent pour moi inaudibles.

Je ne voulais pas attraper mon cornet devant elle. Je préférai avouer :

– Pouvez-vous répéter, Doña Isabel, je suis devenu bien sourd… Il faut énoncer vos phrases comme à un vieil infirme.

– Je disais : questionnez, donc.

Haussant la voix, elle avait oublié d'adoucir son accent. Les mots avaient résonné comme une chute de roches sur les pentes du volcan Pitchincha.

– Bien, dis-je. Très bien. Installons-nous, voulez-vous ?

– Non. Je ne resterai pas longtemps. Je suis impropre désormais à toute conversation de salon. Je ne suis venue que pour libérer M. des Odonais de votre harcèlement. Puisque c'est un interrogatoire que vous menez, je garderai la place de l'accusée.

S'attendait-elle à des dénégations confuses de ma part ? Encore une fois, je perçus sous les paroles hostiles qu'au lieu de me couvrir de honte, elle m'encourageait. Sans doute était-ce le lien ambigu qui unit inévitablement les parties d'un procès. Je jouai le jeu.

Appuyé sur ma canne, je pris le temps de baisser la tête, de la relever lentement comme un procureur, avant de darder sur son absence de visage mon absence de regard.

– Vous m'avez menti, madame.

Rien en elle ne trahit le moindre trouble. Elle appuya le bras qui tenait l'éventail sur l'autre qui vint se placer sur sa taille, une posture plus confortable qui indiquait qu'elle s'apprêtait à rester longtemps debout, et accentuait son air de défi.

– Comment cela ? Je ne vous ai rien dit, rien écrit…

– Votre mari m'a menti, en tout cas.

– Monsieur…, commença Jean.

Elle lui coupa la parole, à mon adresse :

– Est-ce que vous ne lui avez pas menti, vous aussi ?

Avais-je menti à Jean ? Je n'avais pas d'éventail, moi, pour masquer mes réactions. Ma perplexité était très visible.

– Ces contes à dormir debout, dit-elle, que vous lui servez…

Des contes… de quoi parlait-elle ?

– Ces histoires de vieux prêtre, d'Indien mourant, de murs en poussière d'or, de…

– Vous avez tout entendu.

Ma constatation était stupide. J'imaginai le sourire sous l'éventail.

– Votre surdité a rendu la chose fort commode.

– Ce n'était qu'une plaisanterie pardonnable…

– Pardonnable ? Il me semblait, tandis que vous décriviez cette cité de légende, que vous vous vengiez de Jean, pour quelque chose qu'il a et que vous n'avez pas.

Elle n'avait pas besoin de prononcer le mot. Je me détournai d'elle en un geste de pudeur que je n'avais pas eu depuis ma fleur de l'âge.

– Votre père en était complice, plaidai-je pauvrement.

– Mon père, aussi, se venge…

Je sentis que Don Pedro faisait un pas pour se trouver à ma hauteur.

– Dans notre pays, déclara-t-il du ton de grandiloquence qu'il adoptait chaque fois qu'il était en difficulté, on ne se venge pas à coups d'historiettes, mais à coups d'épée !

Ses propos semblaient sans grand rapport avec les nôtres, mais Doña Isabel sembla les comprendre.

– Si vous ne l'avez pas fait, lui répondit-elle, c'est qu'il n'y a pas eu d'offense.

Un perceptible mouvement montra que le vieux Créole considérait que si, il y avait eu offense. Jean l'avait-il offensé ? Le considérait-il comme coupable du drame ? Je maudissais mes infirmités qui m'empêchaient de bien distinguer dans les attitudes du père et de la fille les nuances d'une querelle ancienne.

Mais soudain, entre Doña Isabel et moi, s'interposèrent les larges épaules de Jean. Il me faisait face, à présent. Allait-il parler de duel, de vengeance, de crime ?

Non, c'était la petite humiliation subie qui le préoccupait.

– Monsieur, dit-il, la voix sourde, qu'est-ce que ce mensonge qu'évoque mon épouse au sujet de la mine d'or ?

J'étais furieux de son interruption, mais je ne pouvais pas écarter sa question d'un geste. Mieux valait lui répondre aussi brièvement que possible

– Pardonnez-moi, Jean, je vais vous le confesser *illico*. Je n'ai pas cru qu'il fallait l'appeler « mensonge », vraiment. Car, après tout, c'est vous-même qui avez inventé cette histoire de mine d'or… Je n'ai fait que broder le conte que vous souhaitiez entendre. La réalité de ma fortune à Quito est plus… commerçante que celle imaginée par vous. Le premier acte s'en est joué dès mon arrivée avec ces dentelles que j'avais apportées de Paris, informé par l'abbé Tournemine du goût des Créoles pour les produits d'importation que la couronne d'Espagne se réserve de leur vendre.

– Cela, vous me l'avez dit…, m'interrompit-il. Je parle de la mine d'or. De cette farce que Don Pedro et vous m'avez jouée…

– Vous auriez pu déduire la vérité, ce que je vous ai dit de mes dentelles. Il s'agit d'un autre bon tour, que les fortunes de Quito et moi-même avons joué à la couronne d'Espagne. Qui aurait pu me coûter la vie s'il avait été découvert.

– La mine d'or n'existait pas, donc.

– Je ne sais pas. Peut-être existe-t-elle… Cette cité aux murs de poussière d'or aussi.

Soudain retourné à ses rêves, il murmura, tout près de moi :

– Peut-être que j'avais dressé mon campement dessus, pour installer un de vos maudits signaux… Tout cet or, sous mes pieds…

Un élan d'affection me reprit. Je ne pouvais le mépriser ni le condamner tout à fait quelles qu'aient pu être ses fautes. Il était séduit par le rêve d'or plus que par l'or lui-même, au contraire de moi et de Don Pedro.

– Je ne vous ai pas tout à fait menti, Jean. Le train de mules que je conduisais vers Lima portait bien de l'or : celui des cassettes des corregidors et des plus grands noms de la ville. Les Créoles, vous le savez, répugnent à laisser sous forme de taxes une partie de l'or qu'ils accumulent à Sa Majesté très catholique. J'avais prévu d'aller à Lima négocier des traites pour notre expédition, et donc j'ai emmené sur mes mulets l'or de Quito, dont le marchand anglais a fait des piastres. Beaucoup de piastres.

– Les juges de l'Audience qui vous ont fait procès, et dont je me moquais, n'avaient donc pas tort de vous accuser.

Grâces au ciel ! Jean me ramenait sur le terrain où je voulais tous les conduire.

– Non. J'étais coupable. Les juges de l'Audience nous exaspéraient par leur mesquinerie et leurs obsessions… Mais en effet, ils n'avaient pas toujours tort. N'est-ce pas, Doña Isabel ?

Elle répondit sur le même ton :

– Formulez donc plus précisément votre pensée, monsieur. Le moment n'est-il pas venu ? Dites-nous ce que vous a inspiré la lecture des papiers que vous avez lus dans la nuit.

Le coup était bien porté. Dire que j'avais pris tant de précautions…

– Je pensais avoir été aussi silencieux que les souris de la maison.

– Vous avez été silencieux, puisque je ne vous ai ni vu ni entendu.

J'attendais la suite, sans m'abaisser à poser la question. Avais-je laissé couler de la chandelle, déplacé les papiers par mégarde, imprégné la pièce d'une odeur de camphre ?

– Vous avez oublié votre loupe sur le bureau, à côté de la lettre de Marcelina. Je l'ai trouvée ce matin, avant que mon mari ne descende.

Je me voilai la face d'une main, tandis que don Pedro poussait une exclamation de surprise.

– Monsieur ! *¡ Que vergüenza !*

Doña Isabel reprit, plus explicite :

– Monsieur de La Condamine, je suis partagée entre l'amusement, l'admiration et le mépris… Amusement de vous voir distrait à ce point. Admiration pour votre sagacité. Mépris pour votre indiscrétion…

– Je vous demande pardon, mais si vous aviez été plus honnêtes, tous les trois, je n'eusse point été contraint de céder à la tentation.

– Voilà un curieux argument pour justifier une pure grossièreté, tonna Don Pedro en se cambrant comme pour me souffleter.

Je devais bien l'admettre. Ce que je fis d'un mouvement de manche.

Cet intermède comique, par bonheur, en apaisant l'atmosphère, permit aux quatre personnages de la pièce de bouger un peu… Don Pedro se rassit d'une masse sur sa chaise, et Doña Isabel s'autorisa à baisser son éventail, mais en me tournant le dos pour marcher vers la cheminée. Je la voyais un peu mieux maintenant, éclairée par le jour gris venu des fenêtres. Sous la transparence de la mantille, je distinguai sa taille, si fine, où je devinai qu'on avait dû mettre des épingles pour ajuster la robe que je lui avais offerte, d'un beau satin écarlate. Les torsades blanches de son chignon étaient si épaisses que le cou, au-dessous, en paraissait ployer sous le poids. Pour la première fois, je remarquai un tremblement de la nuque, qui aurait été imperceptible s'il n'avait fait frémir la dentelle noire. Un grand vide se fit en moi, creusé par ce qui aurait pu être et n'avait pas été.

Elle appuya un coude sur le manteau de la cheminée, laissant tomber la main qui tenait l'éventail le long du satin rouge.

– Ce que je conçois mal, dit-elle d'un ton faussement pensif, presque moqueur, c'est comment vous avez pu descendre seul et sans bruit cet escalier, vous diriger dans le noir jusqu'à ce bureau… Avec toutes vos infirmités.

– J'ai franchi les Andes à trente-cinq ans. Je peux bien descendre un escalier à soixante-douze. L'exploit est ni plus ni moins grand.

Au mouvement qu'elle eut, je crus qu'elle allait se retourner pour me sourire. Mais elle interrompit son élan et resta attachée à sa posture. C'était à moi de faire avancer l'affaire.

– Puisque vous savez ce que j'ai lu, inutile de nier.

– Qu'avez-vous lu ? Les soupçons des fonctionnaires de l'Audience, des phrases qui se répètent, qui ignorent le drame pour ne s'intéresser qu'à des règles…

– C'est ce que j'ai cru à la lecture. Puis j'ai réfléchi : les juges de l'Audience, pour mesquins et médiocres qu'ils soient, n'ont pas toujours tort d'être soupçonneux. J'en suis un exemple… j'ai été contrebandier.

Un silence suivit ; je me demandai qui le premier relèverait le mot.

– Contrebandier. *Contrabandista.*

Doña Isabel l'avait répété avec étonnement.

– J'ai été contrebandier, dit-elle encore avant d'ajouter avec un point d'interrogation : Contrebandière ?

Il y avait du plaisir dans sa voix, comme si la sonorité du mot lui plaisait.

– Le niez-vous ? demandai-je.

– Est-ce le bon mot, êtes-vous sûr ?

– Vous avez quitté Riobamba en cachette avec une expédition chargée de richesses dont la nature m'échappe encore, mais qui avaient en commun de n'avoir pas été déclarées. Vous vous dirigiez vers une puissance étrangère avec l'intention de réaliser ces richesses d'une manière ou d'une autre, tout cela sur les conseils ou la demande d'une personne installée à Cayenne, qui vous avait écrit pour vous signaler qu'une galiote envoyée par ladite puissance étrangère accueillerait volontiers ce que vous apportiez… Cela s'appelle de la contrebande. Un crime puni de mort.

– Le mot est trop léger ou trop lourd. Trop léger pour les souffrances endurées. Trop lourd pour qualifier le simple transport de mes quelques biens.

– Quelques ?

– Les Grandmaison étaient perclus de dettes.

– Certes. Ils ne pouvaient plus vivre dignement au Pérou, mais en réalisant le foncier qui vous restait, vos maisons, vos terres, vos esclaves… vous pouviez chercher une autre fortune ailleurs.

Le silence accueillit mon exposé, qui était trop clair pour être discuté. Don Pedro était plongé dans la contemplation du jeu de l'oie. Jean s'était écarté de la scène et regardait son jardin par la fenêtre, soulagé d'avoir cédé sa place sur la sellette.

Je fis un pas vers Doña Isabel. Elle ne bougea pas, me tournant obstinément le dos. J'étais si près d'elle que la chaleur de son corps me fut perceptible. Les plis de sa robe me frôlaient les jambes, pleins de l'odeur de bergamote ; j'aurais pu mettre la main sur sa taille sans que son père et son mari le voient. Au-delà des torsades blanches de ses cheveux, la ligne de sa joue m'apparut, et je vis qu'elle n'était plus une petite fille : sous la pommette haute, la courbe avait changé d'angle. Le tremblement de la mantille s'était accentué.

– Oui, dit-elle enfin. Je l'avoue, mon père et moi avons réalisé nos biens, nous les avons convertis en laines du Pérou et d'autres choses plus précieuses…

– De l'or ? De l'argent ? Des émeraudes ?

– Mettons… de tout ce qui peut être transporté commodément pour être transformé avec profit de l'autre côté de la frontière.

– Et vous avez agi ainsi parce que la lettre de Jean vous expliquait que le faire était sans danger du moment que vous parveniez jusqu'à Loreto, où vous attendait une galiote portugaise…

– Ce pourquoi nous avons prétendu ne jamais l'avoir reçue. Oui.

– Mais ce n'était pas sans danger.

– C'était une aventure. L'aventure n'est jamais sans danger, par définition. Ne couriez-vous pas de plus grands dangers en allant de Quito à Lima chargé de notre or ?

– Je suis moi. Je file comme le vent… Je tire des double six… Je descends la rivière des Amazones comme un cavalier sur sa monture… Votre aventure était dangereuse parce que vous êtes partie avec les mauvaises personnes.

Pour la première fois, je la sentis plier. Elle réagit comme si je venais de la frapper. Elle baissa la tête brusquement, et crispa sa main gantée sur le bord de la cheminée.

Don Pedro, lui, se redressa si violemment qu'il renversa sa chaise.

– Vous parlez de mes fils !

Je me retournai pour lui faire face.

– De vos fils et de ces deux hommes qui ont partagé les charges de l'expédition. Sans doute étaient-ils de mèche avec vous. J'imagine cela : ils étaient pour une raison ou pour une autre dans les parages, ils voulaient rentrer en France, vous vous êtes confiés à eux. Sans doute vous ont-ils paru solides, des aventuriers à ma manière… Mais ces hommes vous ont abandonnée, Doña Isabel. Ils ont fait plus que proposer d'aller chercher du secours à Andoas. Ils se sont emparés du canot et se sont enfuis, et, pour ne pas avoir à se sentir coupables de votre mort, ils ont emmené Joaquim, qui devait revenir vous chercher. Si vous ne les avez pas dénoncés, si vous vous êtes obligée à voyager avec eux, si vous les avez sauvés des geôles espagnoles… c'est parce qu'ils vous faisaient chanter. Il leur suffisait de dire au gouverneur d'Omaguas que vous étiez coupable de contrebande et pourquoi pas d'adultère pour que vous soyez ramenée avec eux « sous bonne garde » vers Quito. Est-ce que mon hypothèse n'est pas claire ?

Je dois avouer que, tout au plaisir de résoudre l'énigme, je n'avais pas prévu ce qui allait arriver. Ma recherche de la vérité est si impérieuse qu'elle m'enlève parfois le bon sens le plus élémentaire. Pourtant, s'il y avait un point sur lequel j'aurais dû croire Jean sans douter de ses paroles, c'était que l'organisme de Doña Isabel avait subi durant son naufrage un choc inguérissable.

Elle s'effondra comme si sa robe avait été d'un coup de baguette magique vidée du corps qu'elle contenait. Je ne voyais plus sur le parvis de la cheminée qu'un tas de satin rouge et de dentelle noire. Et je ne verrais rien d'autre, d'ailleurs, car Jean s'était précipité si vite que l'étrange spectacle disparut aussitôt à mes yeux.

– Isabel ! Mon cœur ! Mon âme ! Tu n'aurais pas dû venir… Je le savais, je le savais…

Son large dos recouvrait entièrement la femme prostrée au sol, qui proférait des sons semblables à ceux d'un petit animal pris au piège.

– Ma fille est sujette à des convulsions de ce genre…, dit Don Pedro en se rasseyant si lourdement que je crus qu'il perdait connaissance, lui aussi. Mais il poursuivit sa phrase : Depuis qu'elle est sortie de la forêt. Elles ne sont pas simulées, croyez-moi.

Je ne l'avais pas cru un instant, si sceptique que je sois de nature.

Il était inutile de présenter des excuses ; ni le père ni l'époux n'en attendaient. Déjà, Jean avait soulevé dans ses bras sa frêle épouse et s'éloignait à pas de géant, enveloppé par le satin marqué de longues traînées de cendres. Il trouva tout de même la force de se retourner sur le seuil pour me lancer :

– Mon récit, monsieur, était en effet plein de mensonges. Vous l'avez vu. Mais vous n'avez pas vu cette vérité : j'aime ma femme.

Il disparut avant que je puisse répondre.

*
* *

Ma voiture était devant la porte, secouée par le vent, marquetée de feuilles mortes. Les chevaux étaient inquiets et mon valet maugréait contre ma nouvelle manie : je n'étais qu'un vieux fou qui mourrait écrasé sur le bas-côté d'un chemin plein de boue. Il avait raison, mais je ne voulais pas rester.

Ni Jean ni Don Pedro, d'ailleurs, ne me le proposaient. Que la tempête m'emporte n'était pas un problème, à leurs yeux.

Debout sur le seuil, ils me regardaient remonter le col de mon manteau, vérifier que j'avais mon cornet, ma loupe, glisser sur un bras mon manchon de martre… J'eus un regard pour la marche de l'escalier, derrière moi, que j'avais partagée avec les souris de la maison, la nuit précédente. C'était mon seul vrai succès du voyage, cette expédition nocturne d'un impotent aveugle et sourd.

Enfin, sans un mot, je serrai les mains de Don Pedro, pris Jean dans mes bras. Nous avions épuisé les paroles, les sentiments. Nous étions vides et, pour cela même, nos gestes étaient plus sincères qu'ils ne l'avaient jamais été…

Je descendis les deux marches du perron appuyé sur mon valet, levai le pied vers le marchepied de la voiture…

– Monsieur !

C'était la voix de Pimpette, et tout naturellement, je crus qu'elle interpellait son maître.

– Monsieur l'académicien !

Je faillis tomber en me retournant. Mon valet me retint.

La soubrette dévalait l'escalier comme une chevrette, le volant de son bonnet dansant joliment au rythme de ses sauts.

Une fois en bas, elle tendit la main vers le palier, au-dessus d'elle, et me dit en écarquillant les yeux.

– Mme Godin veut vous voir.

V

Le récit de Doña Isabel

1

Mon ascension de l'escalier se fit sans pause, et même sans aide. D'un geste, j'avais empêché mon valet de m'approcher et refusé que Pimpette me suive. Tous me regardaient d'en bas, prêts, en cas de chute, à recueillir les morceaux épars de mon anatomie. J'arrivai au sommet entier, mais épuisé.

La porte, au bout du couloir, était ouverte. Je marchai vers elle avec l'impression qu'elle reculait au fur et à mesure que j'en approchais. J'avais le souffle court, les jambes flageolantes. Effet de l'âge ou de l'émotion ? Les deux se confondaient en un même sentiment d'être sur le seuil d'un royaume inconnu. Je m'arrêtai.

Le boudoir était tout aussi obscur et tout aussi désert que le matin… Où était-elle, ma naufragée ?

– Monsieur de La Condamine.

Cette voix qui m'appelait, venue du fond de la forêt. Je la suivis. Elle me conduisit jusqu'à une autre porte, elle aussi ouverte. Il en fusait une moiteur douce, la chaleur d'un feu, les senteurs du linge.

En un pas, je fus au Pérou. Ce n'était pas le décor, puisque Doña Isabel était arrivée en France sans même une robe à elle. C'était l'organisation des lieux. Les volets étaient fermés, le sol couvert de tapis, les chaises de châles, les murs d'images religieuses. Le lit poussé dans le coin de la pièce rappelait l'estrade des salons de Quito. Il était rempli de coussins et de traversins jetés sans ordre.

Là, tout au fond, assise les pieds repliés sous elle à la manière créole, se tenait Doña Isabel. Elle avait abandonné la robe à la française pour un déshabillé si austère qu'il semblait une tenue de nonne. Son visage était nu mais je ne le voyais pas. La pénombre remplaçait la dentelle noire de la mantille. Les bougies placées sur son chevet n'éclairaient que son buste et la naissance du cou ; seules ses nattes torsadées en couronne étaient visibles, à peine, comme une auréole livide. Il était difficile de ne pas se faire cette remarque : Doña Isabel avait brûlé de venir en France ; à présent qu'elle y était, elle y vivait comme une veuve créole au fond de sa demeure.

– Asseyez-vous, je vous prie, nous en avons pour longtemps.

Il y avait tant de solennité dans cette voix ! Elle évoquait celle du soldat qui dit adieu avant de partir pour la guerre, ou celle du marin qui règle ses comptes avant de prendre la mer.

Je débarrassai une chaise d'un linge qui s'y trouvait et la tirai vers son lit…

– Pas trop près.

Elle tendait le bras devant elle en un geste d'arrêt. Comme un rai de lumière tombait dessus, je vis nettement que sa main était déformée, le pouce tordu, la chair creusée, les tendons atrophiés. Elle avait sans doute suivi mon regard, car elle expliqua :

– Une plaie que je me suis faite dans la forêt. En voulant me rattraper, pour sortir d'un fossé… Une épine effilée comme une dague m'a transpercée. Je ne me souviens plus de la douleur ni de comment je me suis dégagée. Il y a des régions blanches, dans ma mémoire, vous le constaterez. Je me souviens en revanche que la blessure est restée ouverte, puis que l'infection s'y est mise et l'a creusée. Des bêtes s'y sont nichées, mais je crois bien qu'elles m'ont aidée en rongeant toute cette chair pourrie. La forêt a de ces contradictions. Elle vous mange et vous sauve en même temps.

Elle se tut. Le silence s'installa. J'attendais. Elle aussi. Aucun commentaire, aucune question ne me venait à l'esprit. J'étais fatigué de jouer les procureurs. Je n'avais plus qu'un désir : qu'elle continue à parler, à raconter, qu'elle reste maîtresse du récit, qu'elle joue avec mon envie de l'entendre et de rester là, à regarder cette flaque d'ombre où elle se cachait à demi, à demi seulement pour mieux me garder captif.

Elle le comprit. Sa voix s'éleva de nouveau, dont les *r* étaient comme le ronronnement d'un chat.

– Regardez ce que vous avez sur les genoux.

Je baissai les yeux. J'avais conservé entre les mains, par distraction, le linge dont j'avais débarrassé la chaise où je m'étais assis. Je l'étalai, l'examinai. C'était une pièce de tissu rêche, rude et sans couleur.

– Voilà le vêtement qu'une Indienne a fait pour me couvrir, lorsque je suis arrivée à Andoas. Je n'avais plus rien sur moi que des pantalons d'homme et un châle. Cette femme ne m'a pas demandé d'où je venais ni où j'allais. Elle m'a cousu un jupon pour couvrir ma nudité.

– Vous me faites honte de vouloir mettre votre âme à nu.

– Mon âme, mon corps.

Elle ouvrit les mains devant elle. Une fois encore la lumière frappa sa blessure.

– Donnez-moi cette robe, je vous prie. Non, pas trop près de moi. Posez-la sur le bord du lit.

Je lui obéis encore et elle se pencha juste assez pour l'attraper, sans rien me montrer de plus d'elle-même.

Une nouvelle idée me vint.

– Doña Isabel… depuis mon arrivée, vous cherchez à me faire sentir coupable de cruauté envers vous. Mais l'on me dit que vous passez du temps à regarder ces semelles qui vous ont servi dans la forêt… Et cette robe qu'a cousue cette Indienne d'Andoas vous est tout aussi précieuse. C'est donc que vous éprouvez un plaisir quelconque à vous replonger dans les souvenirs du naufrage. Peut-être est-ce là le plus grand mystère.

– Vous voulez encore savoir ce qui s'est passé sur les bords de la rivière Bobonaza.

– J'ai conscience qu'un gentilhomme digne de ce nom devrait répondre non. Mais je suis trop aventurier pour être gentilhomme.

– Aventurier ? Qu'est-ce que vos aventures ont à voir avec l'importune curiosité dont vous m'accablez ?

– En l'occurrence, ce n'est pas de mes aventures qu'il s'agit, mais des vôtres. Je veux les vivre à vos côtés. Je veux repartir là-bas, je veux aller où vous êtes allée, et où je ne suis pas allé. Marcher derrière vous, entrer dans la forêt, souffrir et découvrir en même temps, apprendre à survivre… On ne guérit jamais de cette curiosité-là. Elle est comme la fièvre des marais, elle ressurgit quand on s'en croit débarrassé à jamais, elle vous enflamme, exalte l'esprit…

– Il n'y a aucune exaltation dans la survie, aucun vertige. Imaginez ce que c'est de manger un œuf cru où l'oisillon se forme déjà, de briser sa coquille les mains pleines de boue et de sang, d'aspirer la matière palpitante et d'y puiser de la jouissance.

Ma réaction ne fut pas celle qu'elle attendait… ou peut-être si.

– Comme j'aime entendre votre voix ! murmurai-je. Elle me manquait. J'avais celle de Jean, celles des juges de l'Audience, celle de Joachim. La vôtre est la seule capable d'évoquer avec tant de vérité cette chair que vous avez dévorée vivante.

– Vous ne me remettez plus en cause ? Vous ne pensez pas que je vous mens à présent ? Que j'invente cet œuf, cette épine ?

– Non, ils apparaissent sous mes yeux tandis que vous parlez.

– C'est étrange. Vous avez relevé mille contradictions et omissions, dans le récit de Jean. À juste titre, vous y avez vu du faux : dans les raisons de mon départ, dans celles du séjour de Jean à la Guyane, dans le choix du chemin, dans mon compagnonnage avec Jean Roche, dans celui de Jean Roche avec Joachim… Mais vous semblez ne pas douter un instant que j'aie pu survivre seule dans la forêt pendant…

– Pendant combien de temps ? Dites-moi…

– Que ce soit pendant dix jours ou pendant trois mois, le fait est tout aussi invraisemblable aux yeux du monde. Jean a imaginé cette fable de l'amour conjugal pour expliquer l'inexplicable. Vous n'y avez pas cru, mais vous ne m'accusez pas pour autant d'avoir inventé ce passage-là de mon naufrage…

– C'est que j'ai envie d'y croire. Je ne suis pas si froid ni si lucide que je le pensais moi-même. Je veux simplement entendre votre récit à vous.

– Je me demande s'il ne faut pas dire mes récits.

– Il y en a plusieurs ?

– En y repensant, je vois que les imprévus, dans mon histoire, se sont accrochés les uns aux autres comme les bordages d'une barque à clins. Chacun d'entre eux mériterait un conte, et pourtant, c'est bien une seule aventure que j'ai vécue comme il n'y a qu'un seul bateau. Si vous voulez rester auprès de moi, vous devrez tout entendre.

Une infinie jouissance me parcourut le dos, les bras, les doigts… Que se passait-il ? Quel enchantement s'était produit depuis que j'avais franchi le seuil de cette chambre ? J'étais jusque-là un monstre venu arracher dans la souffrance des lambeaux de vérité, et voilà que j'étais soudainement changé en un postulant au seuil de l'initiation, prêt à se soumettre à l'épreuve imposée par une fée.

– Je n'osais rêver pareil bonheur.

Alors Doña Isabel me conta ses aventures.

2

– Si vous ne trouvez pas la vérité, dit-elle, c'est que vous n'accordez pas à tous les membres de l'expédition la même attention. Vous en négligez certains, vous en comptez d'autres excessivement…

– Vous pensez aux deux médecins français ?

– Non, je pense à Martin.

Martin… Je dus réfléchir un moment avant de mettre une identité sous ce nom qu'elle prononçait avec un accent et une douceur qui le transformaient.

– Martin, l'enfant ?

– L'enfant. Vous l'avez négligé. Pourtant… Songez : comment avez-vous pu l'écarter de votre examen ? N'est-ce pas étrange d'emmener un enfant en laissant derrière lui sa mère – du moins celle qui passe pour sa mère ? Dans un voyage si dangereux ? Un enfant de cet âge…

J'attendais, interdit.

– … mon enfant.

Il me fallut un long moment pour me remettre d'une pareille confidence. Pendant ce temps, elle restait immobile, les mains resserrées sur ce linge blanc qui prenait des tons de linceul.

Ce qu'elle avait dit n'était pas si étonnant que cela. Ne l'avais-je pas soupçonné ? Fausses fortunes et fausses vertus. Un mari envolé, une femme esseulée, jeune encore, d'autres hommes… une naissance dissimulée.

– Les reliques que je conserve, ces petites chaussures étaient celles de Martin. C'est tout ce que j'ai de lui.

Je revis en pensée les maigres objets de raphia que Jean croyait être les semelles découpées par Doña Isabel. C'était donc qu'elle lui avait caché l'existence de l'enfant. Une avalanche de suppositions tomba sur cette découverte, que je formulai en vrac :

– Cet enfant, que vous avez dit à Jean être votre neveu, vos frères savaient ce qu'il en était… Pensaient-ils le cacher à votre époux ? Ou bien au contraire le convaincre de vous pardonner votre infidélité ? Don Pedro avait pris les devants pour sonder ses intentions à l'égard d'une femme dont l'existence avait été notoirement adultère… Peut-être même étiez-vous prisonnière de ces frères, et alliez-vous à Cayenne contre votre gré…

– Vos déductions sont rapides et osées… mais justes, monsieur de La Condamine.

Un sourire de satisfaction étirait déjà mes rides quand elle reprit :

– Sauf sur un point.

– Lequel ?…

– Je n'allais pas à Cayenne.

– Ah !

Dans le silence qui marquait ma surprise, elle bougea pour s'appuyer mieux sur les coussins dressés contre le mur de l'alcôve ; de sous son déshabillé s'échappa un bout de pied chaussé d'un bas à jour qu'elle rentra sans hâte, paresseusement, me sembla-t-il. Je compris qu'elle allait commencer son récit.

– Je vivais heureuse à Quito…

La paix s'installa dans la pièce ; je me sentis plongé dans le calme cotonneux des histoires contées à la chandelle.

– Quand Jean fut parti, poursuivait-elle, j'ai pensé qu'il ne reviendrait jamais. Mon père aussi, qui le considérait comme un coureur de fortune. Or notre fortune baissait beaucoup. Nous pensions qu'il était rentré en France ou bien installé en un autre endroit d'Amérique, où il cherchait à faire ce qu'il avait raté au Pérou. Je m'en suis bien remise. Après tout, j'étais très occupée et très courtisée… J'ai élevé ma fille, j'ai gouverné mes terres, j'ai tenu un salon, j'ai eu des amants… cela n'avait guère d'importance, car j'étais discrète, et mes amants aussi. Mais l'un d'eux m'a attachée à lui plus qu'il n'aurait fallu. Il avait tout pour me plaire… Il était beau et français. Vous voyez, je dis que j'étais heureuse à Quito et, l'instant d'après, je vous confesse que je ne pouvais oublier la France. C'est que vous aviez bercé mon enfance, vous, les gentilshommes du méridien. Mon amant français gardait ma jeunesse et mes rêves intacts.

– Roche ?

– Baugé.

– Baugé ! Encore un de l'expédition que j'ai négligé, n'est-ce pas ?

– Vous l'avez à peine cité. Il est vrai que son compagnon occupait toute la place. Cependant, mes goûts me portaient à préférer le plus jeune des deux Français, Philippe Baugé. Il était tendre. Je n'ai pas su pourquoi il était au Pérou ni s'il était vraiment médecin. Je ne crois pas… Il disait trop bien la poésie pour cela. Je l'ai aimé… Nous avons eu un enfant, que j'ai confié à Marcelina pendant un long séjour que nous avons fait ensemble à la campagne. Elle l'élevait comme le sien.

– Une histoire bien commune, somme toute, laissai-je échapper avec une pointe de déception. Et comment tant de bonheur a-t-il pu être détruit ?

– Tout est la faute de l'argent…

– Commune et banale.

– Laissez-moi donc raconter ! Si vous me coupez tout le temps, nous n'arriverons jamais au bout !

Cela m'était bien égal ; je me sentais d'humeur à rester mille et une nuits avec elle. Mais elle avait raison : ce n'est pas le rôle du sultan que d'interrompre sans cesse la conteuse. Et puis, le plaisir d'être entretenu se partageait en moi avec l'envie d'arriver à une conclusion que j'attendais, que je devinais pleine de jouissance, sans savoir pourquoi.

– Pour comprendre, dit-elle plus posément, il faut se figurer toutes ces ombres de la vie coloniale que cachaient les maisons, en revers de la lumière crue du dehors… Ma famille savait que j'avais des amants. Mon père et mon frère, cependant, prétendaient ne pas le voir. Ils l'acceptaient comme une autre marque de la décadence des Grandmaison, dont ils étaient responsables plus que moi. Mon père s'était ruiné. Antonio menait très mal ses affaires. Il a fait de la prison pour dettes. J'étais seule à conserver quelques biens. J'ai été obligée, au fil des ans, de subvenir aux besoins de ma famille… et je le faisais de moins en moins volontiers. Mon frère et mon père devenaient pressants, parfois menaçants. Puis ma fille… ma fille a passé.

Voyant que je ne comprenais pas, elle précisa :

– Carmen est morte.

– Votre peine…

Un mouvement dans l'ombre m'empêcha d'aller plus loin. Ses deux mains s'ouvraient comme sous l'effet d'un spasme.

– Je vous en prie ! s'écria-t-elle. Pas de condoléances ! Sachez que Carmen me haïssait. Elle avait deviné ma liaison avec Philippe. Parce que, je le crains, elle s'était entichée de lui.

Il y eut un silence, comme chargé du ressentiment d'une jeune fille morte pour sa mère survivante. Puis Doña Isabel reprit avec une complaisance sans doute destinée à écarter une douleur qu'elle niait, mais que je sentais dans chacune de ses paroles :

– Elle me détestait, oui, et révérait outre mesure son père absent. Pendant sa maladie, j'ai souffert autant qu'elle a souffert et je l'ai assistée jusqu'à son dernier souffle. Mais au lendemain de sa mort, Philippe m'a proposé de gagner la France avec lui et notre enfant. À cet instant, mon deuil a été terminé. Jugez-moi froide si bon vous semble…

– Froide ? C'est le dernier mot que j'emploierais… Ce rêve de France, il vous a embrasée et puis il vous a consumée.

– Sinon froide, alors futile. Aller au bal de l'Opéra et porter des robes à la française…

– Définir ainsi votre désir de partir, c'est comme définir celui que nous avions de voyager au Pérou en disant que nous rêvions d'aller planter des signaux de pierres et de toile sur les montagnes.

Je devinai sans le voir le sourire de gratitude. Elle renchérit avec une sorte de fièvre qui augmentait son accent :

– C'était écrit là-haut, mon jeune amant me le disait : j'étais celle qui partait pour Paris. Rien ne pouvait se mettre en travers de mon chemin.

Comme tous les obstinés, elle mettait la Providence à son service, mais sa manière d'agir avait une fraîcheur qui forçait l'indulgence.

– Philippe…, reprit-elle, et sa voix se cassa ; elle dut attendre un instant avant de poursuivre : Philippe… si charmant, si discret, m'est apparu comme un instrument, un messager, un masque qui agissait pour le compte d'un autre…

Elle se tut encore. Ce n'était pas qu'elle était fatiguée de parler. Elle voulait me laisser réfléchir sur cet « autre ». Mais avant que j'aie pu formuler un nom, elle avait repris :

– Il me fallait agir vite si je voulais empêcher ma famille de me prendre tout. J'ai commencé à vendre mes biens en cachette… Antonio s'en est aperçu. Pour la première fois, il m'a menacée du couvent ; la justice pouvait m'enfermer comme adultère… C'est alors qu'est arrivée la lettre de Jean. Je n'ai pas pu l'intercepter, car elle avait été remise par un intermédiaire à mon frère religieux, Juan, qui l'a lue, et l'a donnée à notre père.

– Elle parlait de contrebande…

– Elle parlait avant tout de l'amour de Jean pour moi, puis seulement de Cayenne, de la belle situation qu'il s'y était faite, des fortunes qu'il restait à y gagner, et précisait qu'un bateau portugais m'attendait, prêt à m'accueillir, moi, et tout ce que je pourrais emporter, susceptible de se changer en marchandises.

– Il vous aimait et vous ne l'aimiez plus.

– Vous l'avez dit vous-même, hier… Tant d'années avaient passé. M'aimait-il encore ? Je n'y croyais pas. J'ai même pensé qu'il avait appris d'une manière ou d'une autre qu'il me restait des biens, aussi peu probable que ce soit.

– Mais vous êtes partie…

– Mes frères et mon père ont vu dans ce hasard une chance de fuir le Pérou en emportant de quoi se faire une position en France. Mon père, en tant que chef de famille, est parti devant pour le sonder, comme vous l'avez deviné, et le préparer à notre arrivée : il attendait une Grandmaison, quatre autres débarquaient avec elle.

– Ils ne pouvaient vous emmener de force !

– À quoi bon leur opposer un refus, puisque je voulais aller en France ?

– Mais pas avec votre mari…

– Non, pas avec mon mari, et pas par Cayenne.

– Et donc vous avez imaginé de fausser compagnie à vos gardiens sur la route de la rivière des Amazones, aidée en cela par Philippe Baugé.

– Plutôt par Jean Roche, bien plus entreprenant que son ami. Philippe lui avait confié notre projet, et ce que disait la lettre de Jean. Tout de suite, l'homme s'est enflammé pour cette opportunité : faire transiter des valeurs par la forêt en franchissant la frontière *silenciosamente*… C'est avec lui que j'ai conspiré.

– Conspiré contre l'Audience, mais surtout contre vos frères.

– Et pourquoi pas ? Ils voulaient se servir de moi ! Nous allions nous servir d'eux. Grâce à eux, j'étais une mère douloureuse qui rejoignait son mari accompagnée de ses frères, et non pas une femme adultère qui s'enfuyait avec son amant. Cette apparence pouvait demeurer jusqu'à ce que je trouve la galiote portugaise – enfin, pas tout à fait jusqu'à ce point, car je voulais être seule à négocier avec les Portugais mes valeurs et mon passage vers l'Europe.

– Seule… À vous entendre, on pourrait croire que c'est vous qui avez tué vos frères.

Pourquoi tardait-elle à répondre ? Se découvrait-elle quelques regrets de ne pas l'avoir fait ? Après tout, si Don Antonio et le padre Juan n'avaient pas été là, dans ce canot trop chargé…

– Comme vous y allez ! dit-elle enfin, avec une indifférence étudiée. Vous avez trop lu les Grecs. Mais non, il s'agissait plutôt, avant d'arriver à la galiote, de renverser les liens d'autorité. Ce qui n'aurait pas dû être difficile, car l'argent m'appartenait, les deux Français étaient de mon côté, et mes frères guère courageux. Nous avions tout arrangé. Je suis partie le regard porté par-delà la forêt qui s'étendait à nos pieds…

Elle marqua une pause, puis ajouta une phrase, mais d'une voix si basse que ne l'entendis pas.

– Pardonnez-moi, Doña Isabel, dis-je, submergé de honte et de rage, rappelez-vous : je suis sourd !

Elle répéta à peine plus haut :

– Je suis partie le regard porté loin devant, mon fils serré contre moi.

*
* *

Je fermai les yeux sur la scène évoquée. L'aube se levait sur le Chimborazo ; sa lumière glissait sur les toits de Riobamba… Une longue file d'Indiens s'avançait en silence, un drap de laine sur les épaules, une courroie de cuir tendue entre le front et leur charge, le faciès fermé, le regard impénétrable. Au milieu d'eux, une litière close entourée de quelques hommes blancs et deux hommes noirs. La famille Grandmaison fuyait le Pérou. Une femme habitée d'un rêve, un enfant clandestin, deux hommes peureux qui s'essayaient à la contrebande, deux autres qui s'imposaient par goût du lucre… Étrange colonne en marche vers l'enfer de Canelos.

– Même sans la petite vérole, dis-je, votre voyage était promis au naufrage.

– Il n'a été qu'un long cauchemar. Mon fils a eu la fièvre dès que nous avons commencé la descente des Andes. Philippe ne disait rien. Jean Roche parlait pour tous, décidait pour tous, mes frères disaient qu'il était le Diable…

– Laissez-moi deviner. Une fois à Canelos, vous avez dû abandonner la plupart de vos valeurs. La suite du récit de Jean est certainement exacte… jusqu'aux événements de la plage. Là, je suppose que Roche a décidé qu'il n'avait nul besoin de s'encombrer de vous pour se sauver. Il s'est emparé les armes à la main des quelques richesses que vous aviez gardées, a convaincu votre jeune amant de partir avec lui, et ils ont emmené Joachim… Je ne vois pas bien comment, mais une échauffourée a éclaté… La mort a frappé… Qui ?

– Tout est si confus… Ma mémoire refuse de me faire souffrir.

Ses mains disparurent dans l'ombre. Je ne distinguais que le linge dans lequel elle enfouissait son visage.

– Vous ne pouvez vous taire maintenant. Votre jeune amant est parti sans vous, n'est-ce pas ?

– Son premier mouvement a été de m'emmener, j'ai marché vers le canot, Joachim m'aidait à passer le bord. Un de mes frères, je ne sais plus lequel, a voulu nous retenir… Roche a tiré, je crois, ou bien son esclave avait une machette à la main, je ne sais plus.

Mon frère n'a pas pu empêcher le canot de quitter la berge, il m'a juste fait tomber à l'eau… Le canot est parti ; Philippe a fait un geste… un seul. Il n'a pas sauté. Le canot s'éloignait. Joachim a crié qu'il reviendrait nous chercher. Le canot s'éloignait toujours plus vite. Philippe ne nous regardait plus, il regardait l'eau, devant lui. Aucun d'eux ne nous regardait plus. Ils regardaient l'eau, devant eux, tous…

– Sans doute le courant était-il violent. Ils devaient diriger le canot.

– Sans doute, mais je ne pouvais le comprendre. Je les regardais qui ne nous regardaient pas. Et le canot a disparu dans le méandre.

Dans la flaque d'ombre qui nous séparait, je percevais son horreur. Ce canot n'en finissait pas de disparaître depuis quatre ans.

– Après cela, nous sommes partis très vite dans la forêt, certains qu'ils ne reviendraient pas… Tout le reste est exact.

– Non. Vos petites servantes, dites-moi.

– Je les ai abandonnées. Jean a supposé que nous étions partis avec elles. C'est faux. Je les ai laissées derrière moi. Elles sont restées seules, sur la plage.

– J'osais à peine le penser.

– Je ne cherche pas le pardon, répondit-elle. Je ne le demande même pas à Dieu. Je ne pensais qu'à survivre. Je voulais arriver à Andoas… Voyez-vous, quand je me rappelle cette image du canot qui s'éloigne, ce n'est pas de la terreur que j'éprouve. Et le sentiment qui m'a soutenue, dans la forêt, n'est pas l'amour, qu'il soit conjugal ou non. C'est le désir de me venger. J'ai laissé les petites filles sur la plage avec un peu de vivres – pas beaucoup, car nous voulions en emporter pour quinze jours de marche. J'aurais laissé mes frères si j'avais pu, tellement je les sentais inaptes à vaincre la mort. Je serais partie seule avec mon enfant, et nous aurions avancé plus vite. Je voulais arriver vivante devant ces hommes.

– Pour vous venger ? Mais comment ? Vous ne les avez pas livrés à la justice, que je sache.

– Si, à ma manière. J'ai réussi : je suis arrivée vivante devant eux. Une vivante qui était l'image de la mort. Tous les jours que j'ai descendu le fleuve des Amazones avec eux, Philippe m'a eue sous les yeux comme une monstrueuse sentence que je lui appliquais jour après jour. Je ne lui ai pas laissé un instant de repos. Il était pitoyable de remords et de mélancolie. Finalement, il en est tombé malade. Il a succombé avant d'arriver à Oyapock.

– Dites-moi… cela est-il bon de voir mourir son assassin ?

– Non. Je n'avais plus personne en face de moi que Roche, et j'ai dû accepter l'évidence : j'étais comme lui. J'avais survécu, et j'avais tué pour survivre. Toutes les nuits, depuis, je retourne sur cette plage. Toutes les nuits, je vois mes fillettes serrées l'une contre l'autre sous le carbet dans un nuage de mouches, leurs maigres corps déchiquetés… Juanita et Tomasina, c'étaient leurs noms. Les croix de leurs tombes sont plantées dans ma chair. Je ne pense plus à Philippe, ni même à mon enfant. Je pense aux petites filles abandonnées sur la plage.

3

– Vous me faites peur, Doña Isabel.

Elle m'effrayait, en effet, à présent. Je fixais le lit, devant moi, et son image dans l'ombre grandissait en perdant ses contours. Elle m'effrayait comme une divinité effraie. L'auréole blanche de sa chevelure s'étalait, diffuse… Les stigmates de ses mains et d'autres que je ne voyais pas s'étiraient en étoiles au-delà de l'alcôve, au-delà de notre face-à-face jusqu'à des confins qu'elle seule connaissait. Les épreuves infligées et subies se plaçaient sous le signe du sacré. Celui qui expie chaque jour un crime atroce est seul capable d'atteindre l'immortalité.

J'étais sur le point de me prosterner quand son rire résonna.

– Ce roman vous a-t-il donc tant plu ? s'étonna Doña Isabel sur un ton de raillerie indulgente. Une femme enlevée, un enfant caché, un amant fuyard, une vengeance froide…

Je me sentis pris en faute, obligé de me justifier.

– Ce récit a du moins le mérite de combler les trous et d'expliquer les contradictions sans enfreindre la logique des sentiments humains.

– La logique des sentiments ! Voilà un mot bien français ! Je vous parle de haine entre une fille et sa mère, de lâcheté d'un homme envers une femme, de cruauté d'une femme envers des enfants, et vous me dites que ces sentiments sont logiques ! Je me corrige : c'est un mot non pas bien français, mais bien libertin !

– Je ne suis pas un libertin, madame, et je ne l'ai jamais été ; cependant, je le confesse, j'aime mieux cette terrible lucidité que les sentiments servis assaisonnés de larmes par votre mari aux lectrices de M. Rousseau.

– La fée Lucidité ne dort jamais. Elle doit vous chuchoter, la nuit, que les sentiments n'ont jamais rien de logique ni dans le bien ni dans le mal. Encore moins en voyage qu'autrement. Comme vous allez pouvoir vous en rendre compte quand j'aurai tout dit, vraiment.

Nous y étions. Je comprenais son jeu, à présent. Elle n'allait pas me tendre le fil de la vérité comme on dévide celui d'une bobine. Elle allait broder avec lui une riche tapisserie dans laquelle son aiguille se faufilerait, poussant un brin de soie au milieu des autres, décelable, mais aussi tortueux que la Bobonaza dans la forêt. Cela ne me déplaisait pas.

– Je vous en prie, Doña Isabel, donnez-moi la vérité et, si possible, faites-la plus jolie !

– Je ne sais pas si « joli » est le terme qui convient. Elle est du moins plus vigoureuse. Et, pour se conformer à son annonce, elle continua d'une voix aussi claire que celle d'une actrice : Nous avons abordé les personnages négligés de votre enquête, monsieur de La Condamine, je voudrais maintenant aborder le sujet des dates.

– Je ne les ai pas négligées ! protestai-je. Les contradictions m'ont frappé.

Elle poursuivit sans relever mon interruption :

– Jean a voulu les expliquer par la faiblesse de mon esprit. C'est commode. Comment n'aurais-je pas perdu la notion du temps, dans une telle épreuve ? Cependant le fait est là : j'ai disparu aux yeux de Joachim le 13 novembre ; je suis réapparue au début du mois de février. Et comme Joachim a pu établir que j'avais quitté la plage très peu de temps après le départ du canot, c'est un vide de trois mois que je vais maintenant combler.

Un soupir de satisfaction m'échappa. Quelque chose de bien extraordinaire m'attendait, je le pressentais, et je ne me trompais pas.

– Vous rappelez-vous, reprit-elle, les accusations formulées par les Indiens d'Andoas quand ils virent quel carnage était survenu sur la plage ?

– Ils l'attribuaient aux jaguars ou aux sauvages…

– Laquelle des deux hypothèses vous paraît la plus probable ?

– Les jaguars ne dispersent pas les vêtements, n'emportent pas les objets de valeur…

Un silence fut sa réponse. Je ne savais pas bien comment le combler… Aucune image ne me venait. Je n'avais aucune idée de l'allure qu'ont ces sauvages des marches des Andes.

– Comment sont-ils ? finis-je par demander, ma curiosité décuplée.

– Fidèles à la légende.

– Quelle légende ? Il en court tellement dans ces régions, des plus horribles aux plus belles… D'un côté, on dit que ces Indiens de la forêt sont des démons qui passent leurs loisirs à boucaner les têtes de leurs victimes pour les réduire à la taille d'une miniature. De l'autre, on dit qu'ils vivent dans une ville au bord d'un lac dont le prince s'enduit le corps de poudre d'or…

L'une et l'autre histoires sont tout aussi invraisemblables.

– Fidèles à une autre légende, pour laquelle vous avez de la tendresse.

– Je ne…

J'avais failli lui dire qu'en homme de science, je n'aimais aucune légende, mais c'était faux. Il y en avait une au moins que j'avais aimée au point de la vouloir réalité. Le souvenir me revint, je me vis les yeux braqués sur les abysses de végétation qui bordaient la berge du fleuve tandis que mon canot glissait, porté par les eaux. Si je les fixais assez fortement, peut-être feraient-ils vivre la légende, peut-être apparaîtraient-elles devant moi…

Une excitation d'enfant s'empara de moi.

– Vraiment ? Vous avez vu… Vous les avez vues ?

– Osez prononcer leur nom.

– Les Amazones…

– Nom si peu approprié ! Savez-vous qu'elles ont leurs deux seins bien en place ?

Il y avait dans sa réponse un ton de plaisanterie qui me fit douter.

– Si c'est cela qui vous est arrivé, pourquoi ne pas l'avoir dit ?

Son rire fusa de nouveau, mais il sonnait faux. J'eus envie de la tirer de l'ombre malgré elle. Pourquoi se cachait-elle puisque tout cela était si amusant, si excitant ?

– Je pense qu'on m'aurait emmenée à La Salpêtrière si l'idée m'était venue de raconter mon histoire dans les salons que vous fréquentez, monsieur.

Je n'avais rien à répondre. J'inclinai le menton pour montrer que je me rendais à son argument, et la priai d'un geste de la main d'aller plus loin.

– Notez, dit-elle, que vous avez déjà beaucoup deviné, à savoir : j'ai bien eu la lettre de mon mari entre les mains et, oui, elle parlait de contrebande ; j'ai bien laissé une partie de mes richesses à Canelos ; j'ai bien été abandonnée par ces deux vauriens français… C'est après que le cours de mon histoire sort de son lit.

– Ce sont elles qui ont fait ce massacre sur la plage ? Les Amazones ? Elles sont donc féroces !

Mon interruption était quelque peu puérile, mais Doña Isabel ne le fit pas remarquer. Elle me répondit au contraire avec conviction :

– Autant qu'on le dit des sauvages, car ce sont elles, les fameux sauvages de cette région.

– Mais elles ne tuent que les hommes, bien sûr ?

– Bien sûr.

– Mais elles gardent ceux dont elles veulent des enfants, bien sûr ?

– Bien sûr. Provisoirement.

– Racontez-moi, Doña Isabel.

– Il faut bien que je raconte, murmura-t-elle, puisque vous me le demandez…

Dans cette manière de céder, il y avait une invite. Le temps d'un éclair je me vis jeune homme – la rejoindre, la prendre contre moi pour écouter son histoire, environné de linges frais et de parfums ; je sentis contre mes lèvres le velouté de sa joue, la tiédeur de son cou… J'étais ivre. Il me fallut fermer les yeux et respirer profondément pour revenir dans ma vieille carcasse.

– Racontez-moi, Doña Isabel, répétai-je, la gorge serrée.

Elle reprit, cette fois distinctement :

– Sachez d'abord que les Amazones sont bien femmes, belles et nues, comme le dit la légende. Elles tirent à l'arc et portent de longues tresses, comme l'écrit Carvajal. Mais elles ont la peau sombre, le nez plat, les yeux bridés, car ce sont de vraies Indiennes.

– Du genre impitoyable.

– Elles ont surgi sur la plage, armées de lances et de casse-tête. Elles ont abattu d'abord le seul homme qui s'est opposé à elles, l'esclave des deux Français, qui lui-même avait réussi, je crois bien, à tuer l'une d'elles. Puis elles ont poussé devant elles le reste de la troupe. Le sort de mes frères a été réglé fort vite ; je crois qu'elles les ont assommés dans la forêt, en chemin, mais je n'ai rien vu. Leur ont-elles fait subir les pires délices auparavant ? Je le souhaite à mon pauvre Juan, qui s'était, selon moi, jusque-là trop bien conformé à ses vœux. Quant à ce qui restait, créatures femelles et enfantines, nous avons été traînées jusque dans un établissement qui n'avait rien de celui de l'El Dorado. Que j'ai trouvé fort propre, néanmoins.

– N'éludez pas, je vous en prie ! Laissez-moi le temps de construire le tableau.

– Voulez-vous que je le décrive ? Il me vient par touches désordonnées. De grands auvents au toit de paille tressée plantés sur des piliers de bois au-dessus d'un sol en terre battue. Sur le côté, un foyer formé de trois troncs d'arbre qu'on pousse vers le feu au fur et à mesure qu'ils brûlent. La fumée baigne les lieux, s'enroule sur les piliers, autour des châlits, monte vers le toit où elle reste suspendue en un nuage bleu. Une grande jarre de terre cuite, où fermente le vin. De fines poteries aux dessins ocre et blanc. Des plates-formes de branchages… C'est là qu'on dort, dans la rumeur de la forêt. Des fleurs partout, et des arbres géants, des stramoines et des balisiers, des flamboyants et des fromagers, des canneliers et des orchidées… Il suffit de marcher dix pas pour cueillir le fruit de son dessert. En guise d'animaux familiers, des agoutis et des perruches. Et des enfants libres de courir et de rire tout le jour…

– Je crois entendre M. de Bougainville.

– Ne vous y fiez pas. Je force le trait pour mieux dévoiler la part d'ombre. Imaginez au centre du village une longue maison au sol couvert de nattes épaisses. C'est là que se tient la chamane, qui écoute ses rêves et lit dans l'avenir. C'est là aussi que les Amazones jouent avec leurs captifs.

– Jouer ? relevai-je avec gourmandise.

– Cela aussi, vous voulez que je le décrive ?

Une indignation modérée perçait dans sa phrase. Je secouai la tête avec résignation ; je ne pouvais demander à une dame de qualité de reprendre le rôle autrefois tenu par mon porte-chaîne – son mari.

– Je peux tout de même vous dire, dit-elle, conciliante, que ces captifs sont des jeunes bien conformés qu'elles gardent à cet effet.

– À cet effet ?

– Jouer.

– Ah, comme j'aime ce mot !

– Je peux vous le répéter à loisir : jouer… je l'aime aussi. Le français lui convient. Alors que l'espagnol le fait si rude, *jugar*. N'est-ce pas laborieux que de *jugar* ? Mais en français… jouer, jouer… entre caresse mouillée et frôlement de fourrure.

– Vous auriez dû venir en France plus tôt, Doña Isabel ! Votre esprit…

– C'est là que j'ai vu mes petites servantes pour la dernière fois.

– Là où ?

– Dans la longue maison, un soir d'orgie. Les cérémonies battaient leur plein, il y avait des flûtes, des transes, du vin, de la violence et du plaisir. Elle fit un geste de la main pour prévenir toute remarque de ma part, avant de poursuivre : Non, je ne vous décrirai rien ! Vous n'êtes pas cette sorte d'homme qui allie le plaisir à la souillure ; dites-vous que vous êtes du même sexe que les victimes, et cela éloignera toute tentation d'en savoir plus sur ce tableau, que vous découvririez peint avec du sang. Les détails vous en hanteraient jusqu'à la fin de vos jours, et même s'il vous en reste peu à vivre, ils seraient encore trop longs.

– J'avais rêvé mes Amazones vigoureuses, mais non cruelles.

– Étant du sexe protégé, je me suis émerveillée de leur vigueur, mais vous l'auriez modérément appréciée.

– Puisque vous étiez protégée, pourquoi vous enfuir ?

Un silence me répondit. S'il avait duré plus longtemps, peut-être me serais-je interrogé sur l'étrange conte qu'elle brodait, et peut-être y aurais-je cherché un sens caché, mais elle reprit soudain, comme soulagée d'avoir trouvé quoi dire :

– À cause de mon fils.

– Vous vouliez le sauver ?

– Non. J'y ai pensé, tout d'abord. Mais dans la forêt, il serait mort des fièvres ou de faim, et d'une mort sans utilité. Prisonnier, me disais-je, au moins vivrait-il jusqu'à être capable de procréer, et connaîtrait-il une forme de jouissance avant que de mourir. Cependant, il ne m'appartenait pas de voir cela. Devenir une Amazone n'entrait pas dans mes projets. Je suis restée assez longtemps parmi elles… Plus de deux mois et la moitié d'un autre, semble-t-il. Je les ai admirées pour leur beauté, je les ai enviées pour leur force, j'ai reconnu qu'elles savaient mieux que moi se soumettre à la Nature, et j'ai feint de devenir l'une d'elles… Mais jamais je n'ai renoncé à l'idée de les fuir. Elles me faisaient horreur.

– Horreur ?

Elle ne répondit pas à mon étonnement et poursuivit aussitôt :

– Enfin, j'ai trouvé le moyen de m'échapper.

– Pendant une de ces… orgies, ce devait être facile ?

– La difficulté a été de m'arracher à leur magnétisme. On imagine une bacchanale pleine de bruit et de fureur, mais ce n'est pas le cas. Il y a beaucoup de silence dans ces cérémonies, les mouvements sont lents, les esprits concentrés, les corps denses. Cependant, personne ne me gardait, ni me regardait. Ce soir-là, un moment repoussée par les acteurs, j'ai dû reculer d'un pas qui m'a placée hors des lumières. Je me suis fondue dans l'ombre et, ce faisant, j'ai cassé l'enchantement qui liait mes regards. Je n'ai plus vu que la porte et, au-delà, le sentier bleu de lune qui quittait la ville pour disparaître dans la forêt. J'ai attrapé les pantalons et les sandales d'un homme qui n'en avait plus besoin, et j'ai couru vers le chemin… J'ai marché… je ne sais plus… plusieurs jours, dix ou douze, sans doute, à en juger par la profondeur des blessures que les insectes m'ont faites. Le reste, vous le connaissez…

– Et vos servantes ?

– Je les ai bien abandonnées, comme je vous l'ai dit, mais en un lieu meilleur pour elles que tous ceux où elles avaient vécu jusque-là. Elles doivent encore y être. Je les vois devenues des guerrières. Peut-être veillent-elles sur Martin. La nuit, quand je pense à lui, j'aime à imaginer qu'il s'est acquis l'amour d'une Amazone qui le garde chez elle pour s'en réjouir à ses retours de chasse. Il doit être un bel enfant aux boucles brunes qui a les yeux de sa mère et le sourire de son père… Il est capable de leur ravir le cœur, à toutes. Comme ces pensées me consolent, aujourd'hui ! Il est un homme de la forêt…

Ses pensées étaient miennes, le temps qu'elle parlait. Je voyais un éphèbe aux yeux noirs se laisser caresser par une déesse nue. Je voyais des nymphes aux seins menus chasser le fauve une arme de pierre à la main. Je voyais… Je voyais…

Le doute, soudain, troubla mes rêveries. Tout cela ne pouvait être vrai. Si son séjour chez les prétendues Amazones avait été celui-là, Doña Isabel n'aurait pas bravé la forêt pour en partir. Une pensée montait en moi. L'éphèbe, les déesses, les orgies, tout cela faisait un paravent qu'elle posait dans sa mémoire pour cacher ce qu'elle ne voulait plus voir. Il y avait certainement une vérité dans ce songe qu'elle déroulait, mais tournée à l'envers. Aurais-je jamais le courage de la remettre à l'endroit ?

J'en étais au même point que Jean : je refusais d'en savoir plus. Je ne pouvais imaginer que cette pensée que je refoulais me reviendrait exposée au grand jour par une autre personne après que j'aurais quitté Saint-Amand. Pour le moment, je me rendais à Doña Isabel. Je me penchai vers l'alcôve, comme aspiré, et murmurai :

– Doña Isabel… je vous comprends mieux que vous ne pensez. Oublions la plage et ses cadavres. Remontons la Bobonaza et les années… Repartons ensemble vers la vallée de Quito… Redevenons jeunes.

– Non, je ne le peux pas. Je ne suis plus ni la fillette qui regardait la montagne en rêvant de France, ni la jeune femme que vous avez laissée en larmes le jour de votre départ. Je suis un monstre.

– Les femmes sont toutes des monstres, non ?

– Vous plaisantez encore ; vous avez tort. Regardez.

En même temps qu'elle parlait, je vis se mouvoir l'auréole de ses cheveux dans l'ombre, ses mains s'appuyer sur la percaline de la courtepointe, les plis de son déshabillé blanc ondoyer. Elle venait vers moi… Mon cœur s'arrêta, puis battit la chamade.

*
* *

Ses yeux m'apparurent d'abord. Noirs et liquides comme je me les étais figurés, mais en même temps d'une profondeur insondable. Ils me rappelèrent aussitôt ce que j'avais entendu dire des Aztèques ou des Mayas, je ne sais plus, qu'ils ont des puits dans la forêt où ils jettent de l'or et des vierges en manière de sacrifice à leurs dieux.

Tout à l'heure, dans le salon, avant de s'effondrer, Doña Isabel m'avait dit : « M'avez-vous jamais regardée ? » Sa question était pertinente. Elle avait été trop jeune, puis trop mariée pour que je la regarde vraiment. Pourtant, ces yeux étaient tels que je les avais imaginés – c'était donc bien qu'ils étaient logés dans un recoin de ma mémoire, eux aussi.

Elle bougea encore, à peine, et, à la frontière de la zone d'ombre, sur ses pommettes, je vis les bords dentelés des cicatrices, là où l'Indien d'Andoas avait dû fouiller la chair pour en extraire les parasites. Mais elle avait interrompu son mouvement. Elle était un animal sur le seuil de sa tanière.

– N'ayez pas peur de moi, Doña Isabel. Rappelez-vous que je suis défiguré depuis plus longtemps que vous.

– En effet. Si l'on m'eût dit, la première fois que je vis votre figure, qu'un jour je serais comme vous…

Pensait-elle ce qu'elle disait ? Elle était si peu comme moi ! Ses yeux sous des sourcils trop grands pour son visage étroit, trop noirs pour sa couronne de cheveux blancs, ne se baissaient pas. C'étaient ceux d'une créature qui n'avait jamais eu besoin de parler pour être admirée, d'une créature qui croyait n'être plus rien parce qu'elle était devenue laide, et qui pensait ne pouvoir survivre à sa déchéance qu'en se terrant – tout le contraire de moi.

– Vous ne l'êtes pas, dis-je d'un ton assez grave pour me dispenser de développer.

Un pli sous son regard m'apprit que je la faisais sourire. Mais elle ne bougeait pas ; elle choisit de me distraire, encore.

– Vous voulez retourner à Quito au temps de notre jeunesse, monsieur de La Condamine ? Écoutez cela…

4

Notre jeunesse, encore une fois, une dernière fois… chantée par elle. Était-ce là qu'était cachée la clé de son histoire ?

Je l'encourageai en me réinstallant sur ma chaise dans une position confortable.

– Je vous écoute autant que je le peux, Doña Isabel. Dites-moi… Dites que vous rêviez de moi quand vous étiez petite fille dans votre couvent.

– De vous ?

Son étonnement était blessant. Je rouvris les yeux.

– On m'a dit que vous rêviez de moi. Je commençais à le croire.

– Pas de vous. Pas de vous seul : je rêvais de vous tous.

Ce fut comme une étincelle sur une feuille morte. La réalité était tellement plus subtile que la romance inventée par Charlotte. Je lui souris en silence pour l'inciter à poursuivre.

– Vous tous…, répéta-t-elle doucement, avant de se faire plus précise : vous étiez dix voyageurs venus de France. Et je vous imaginais comme un seul. Je rêvais d'un chevalier, d'un héros, d'un homme qui serait assez savant pour mesurer la Terre, assez audacieux pour découvrir de nouvelles médecines, assez courageux pour monter au sommet des volcans, assez ingénieux pour fabriquer des machines, assez charitable pour soigner les pauvres malades, assez gentilhomme pour danser le soir dans nos demeures, assez…

– Dix… comme un seul. Je n'y avais pas pensé. Il est vrai que nous étions à nous dix l'homme parfait. La pénétration du mathématicien, la patience du botaniste, l'ingéniosité de l'horloger, l'humanité du médecin, le talent du dessinateur, la force du porte-chaîne… et puis nos tempéraments : la rigueur de Bouguer, la fougue de Seniergues, la simplicité de Hugo, l'idéalisme de Jussieu, l'aisance de La Condamine, la beauté de Jean… Réunis en un seul, nous étions ce que l'humanité produit de meilleur.

– Quand j'ai su votre venue, une certitude a envahi mes jours et mes nuits : ce héros unique et multiple m'était destiné, non pour apporter du sang d'Europe dans ma famille, comme le souhaitait ma mère, mais pour m'emporter au loin.

– Quitter Quito.

– Ce n'était pas que j'étais malheureuse, reprit-elle, vous savez combien j'étais choyée. Mais j'avais en moi un ailleurs qui me venait d'avant ma naissance.

Sa voix avait baissé jusqu'au silence. Elle remonta soudain avec une fièvre nouvelle.

– Je ne sais plus quand je me suis fait le serment de repartir avec vous tant ma détermination est ancienne.

– Vous ? Qui, vous ? Nous dix ? L'homme dont vous rêviez n'existait pas.

– Je n'étais pas capable de tant de lucidité. N'oubliez pas que j'étais une enfant. J'attendais seulement qu'on me prenne par la main et qu'on m'emmène.

– On fut Jean.

– Jean avait promis de m'emmener.

Quel dépit dans sa voix ! La conteuse était une petite fille déçue, les poings serrés sur une désillusion lourde de menaces. Jean n'avait pas tenu sa promesse. J'eus un accès de sympathie pour mon porte-chaîne fourvoyé dans cette union qui devait lui apporter la fortune et ne lui avait laissé au bout du compte qu'une compagne amère et des attentes toujours trompées.

Elle reprit, plus calme, avec, cette fois, le ton d'une femme qui s'évertue à mieux se connaître :

– C'est le jour de mes noces que le mirage s'est défait. Vous étiez tous réunis autour de moi. Je vous voyais de sous mon voile de gaze l'un à côté de l'autre… Comment ne pas reconnaître que j'avais choisi un homme quand je brûlais d'amour pour dix ? Et que mon choix était le plus mauvais ?

– Pas si mauvais, tout de même, dis-je en me penchant vers elle… Jean était le plus beau, le plus aimable.

– Il était le seul à m'avoir fait la cour.

– Je…

– Pas de galanterie ! coupa-t-elle en posant sa main sur mon genou, si brièvement que je ne pus l'attraper – déjà elle avait repris : Non, monsieur de La Condamine, vous ne m'avez pas fait la cour. Vous ne m'avez pas promis de m'emmener en France. Pourtant, vous auriez pu mieux que les autres, vous que mon père admirait tant, vous qui aviez un peu de la pénétration, de la fougue, de l'ingéniosité et de l'humanité de chacun de vos compagnons, vous qui aviez plus d'argent et plus de noblesse que tous les autres. Oui, pourquoine me regardiez-vous pas ? N'étais-je pas parmi les mieux dotées, les mieux éduquées, et la plus belle de Quito ?

– Vous oubliez que j'étais aussi, et de loin, le plus laid. Vous courtiser, moi, dont le visage vous faisait horreur ?

– Qui vous a dit cela ?

Je manquai de répondre : « Tout le monde », mais en même temps que les mots me montaient aux lèvres, je me rendais compte que c'était faux. Personne, personne ne me l'avait jamais dit. Même Jean, la veille, ne l'avait pas dit clairement. C'était moi qui avais mis des mots sur sa pensée.

– Ce ne sont pas des choses qu'on dit, ni qu'on s'entend dire. Mais des choses qu'on sent.

– Vous ne pouviez rien sentir, rien entendre de moi. Vous n'avez remarqué que j'existais qu'au jour de mon mariage.

Encore ce reproche. Je ne pouvais la laisser se cacher derrière.

– Osez me dire, madame, que la petite oie que vous étiez n'a pas été horrifiée par ma figure ? Osez dire qu'elle n'a pas été séduite par celle de M. des Odonais ?

– J'ai été horrifiée, oui !

La vivacité de sa réponse était telle que je ne pus que m'étonner de cette querelle que nous entamions trente ans après en avoir eu le motif – cela ne me déplaisait pas, et à elle non plus, à en juger par la note amusée qui perçait sous la riposte. Elle poursuivit sur le même ton, celui d'une coquette qui expose sa contrariété sans pour autant la prendre au sérieux – et qui, ce faisant, donne à ses caprices de la profondeur :

– Je vous en ai voulu de ne pas avoir la figure de M. des Odonais ; je vous en veux encore. Vous qui étiez dix hommes en un. J'étais trop jeune, trop sotte, vous auriez dû me forcer à le voir ; vous auriez dû demander ma main ; mon père m'aurait obligée à l'accepter, j'aurais fermé les yeux quand vous preniez mon pucelage et je serais partie avec vous sur la rivière des Amazones. Monsieur de La Condamine, je vous en veux tellement !

Le badinage, tout en se déployant, se teintait de tristesse.

– Le jour de mon mariage, enfin, vous avez vu que j'étais belle, continua-t-elle comme si c'était une conclusion évidente, et elle ajouta, froissée : Mais vos yeux se sont échappés aussitôt comme s'ils craignaient d'être brûlés.

– Ils craignaient bien d'être brûlés.

– Finalement, soupira-t-elle, ma seule réussite auprès de vous, je l'ai obtenue en épousant Jean ! Vous nous rendiez visite… Vous veniez me voir pour voir votre protégé. Et je déployais tous mes artifices pour attirer votre attention. Rire, pleurer, réciter vos sonnets en français, chanter en quechua, jouer, bavarder, rester muette, vous enjôler, vous bouder…

« Artifice » : le mot ramenait entre nous cette page de notre passé avec l'allégresse des feux du même nom. Je voyais, en effet, mes après-midi dans la jolie demeure de Quito sous une autre lumière. Ses yeux ne se détournaient plus de moi.

– Doña Isabel, une image me vient, dont je ne sais si c'est une rêverie ou un souvenir. Je vous vois me tendre la joue pour que j'y pose moi-même une mouche.

– Vous m'avez pris le menton…

– Il y avait une fossette, sur ce menton… Dites-moi, est-ce vrai, cela ?

– C'est vrai. Vous en doutez ?

– Disons que j'hésite entre plusieurs vérités qui encombrent ma mémoire…

– Vous aussi ?

– J'aime celle-ci. Racontez-moi ce jour où je suis parti de Quito.

Sans lui avoir demandé l'autorisation, j'avais quitté ma chaise pour venir m'asseoir au bord de son lit. Cette fois, elle n'avait pas protesté, d'autant que je ne cherchais pas à voir plus de son visage qu'elle ne voulait m'en montrer. Il me suffisait de sentir sa chaleur, de percevoir le poids de son corps sur le matelas de laine. Elle ne bougeait plus, mais quelque chose en elle vivait perceptiblement.

– Vous raconter ce que vous avez vécu ? s'étonna-t-elle. Car vous étiez là aussi bien que moi à ce moment !

J'étais là et pourtant il s'était passé quelque chose que j'avais oublié. Quoi ?

– Oui, dis-je, mais la scène est comme voilée… Il y a la grand-place, il y a la foule, il y a la tente que j'avais fait dresser… Nous étions à l'écart de la foule et vous me tendiez ces deux boutons de diamant que vous vouliez m'acheter… la couronne de vos cheveux au-dessous de moi… vous pleuriez.

– Je n'ai pas acheté ce bijou, finalement. Vous me l'avez offert parce que je pleurais. Vous disiez que je pleurais pour rien, que nous nous reverrions à Versailles, et je vous ai regardé dans les yeux pour voir si vous mentiez, et…

Je levai la main. Je n'avais plus besoin du récit. Le voile était tombé. Ses yeux levés vers moi… Ils avaient aspiré ma mémoire ; mon souvenir était tombé dedans, s'était noyé sous leur surface noire liquide. Ses yeux, ses lèvres… je les avais baisées, puis j'étais parti. Une terreur que je n'avais jamais éprouvée avant et que je n'éprouverais plus jamais m'avait saisi ; en un éclair, le meurtre de Seniergues, les condors des Andes, les plaies de mon visage s'étaient mêlés pour fabriquer une panique de lâche qui avait implosé dans ma poitrine, rétracté mes veines, atrophié mes organes. J'avais fui et effacé de mon esprit ma lâcheté et l'infini plaisir qui l'avait précédée.

*
* *

Je crois bien que c'est à ce moment-là qu'enfin, Doña Isabel sortit de l'ombre pour se montrer à moi. Mais je ne la regardai pas. Je gardai les yeux fixés sur le creux léger qui, entre son cou et son épaule, m'apparaissait nu, sans chaîne d'or et sans diamant. La lâcheté me reprenait.

– Puisque je n'ai pu partir avec vous, murmura-t-elle, il a bien fallu que je parte seule.

– Vingt-sept ans plus tard ?

– Le temps écoulé vous donne la mesure de ma détermination, qui m'a conduite au naufrage, et qui m'en a sauvée.

Nous étions revenus sur les bords de la Bobonaza ; en trois phrases, elle avait tracé une ligne droite entre mon départ de Quito et son arrivée à Andoas. Pour me défendre contre la panique qui revenait, je pris l'arme que je connaissais le mieux, la dérision :

– Êtes-vous en train de me dire que… le mirage de votre enfance vous a aidée à vous relever quand vous attendiez la mort, couchée entre deux méandres de la Bobonaza ?

– C'est le seul vrai mystère de mon aventure, le seul qui vaille qu'on s'y attache dans les temps futurs : pourquoi ai-je lutté contre la pourriture qui me gagnait, qui m'attachait à l'humus de la forêt ?

– Plutôt que la Providence ou la haine ou moi, ne serait-ce pas la soif ?

– La soif, non, le sentiment que je pouvais l'assouvir, qu'il y avait quelque part de l'eau qui m'attendait, en un endroit que j'étais capable d'atteindre à condition d'être obstinée.

– Obstinée : c'était ainsi qu'on vous décrivait, quand vous étiez petite fille. Vous êtes restée une enfant habituée à voir tout et tous céder à votre volonté. Vous avez plié la forêt tout entière à votre désir.

– La soif, le désir… ce mot qui signifie « loin de l'étoile ». Je croyais qu'elle descendrait jusqu'à moi, je me suis trompée.

Elle se tut, mais la force de sa pensée était telle que ce fut moi qui la formulai, finalement :

– Vous me reprochez de ne pas avoir fait la route avec vous.

– Vous vous reprochez de ne pas avoir fait la route avec moi.

Ai-je relevé les yeux, à ce moment-là ? Je n'en garde aucun souvenir. De nouveau les siens ont tout englouti. Peu importe… Je lui avais demandé de revenir avec moi à Quito au temps de notre jeunesse, et je me rappelle que, ce matin-là à Saint-Amand, nous nous sommes embarqués tous les deux sur le cours du fleuve. Elle a dû prendre ma main car, lorsque je suis revenu à moi, j'ai senti en son creux une présence. Sa tiédeur pénétrait dans ma paume, le long de mon bras et jusqu'au cœur. J'ai baissé les yeux et ouvert les doigts. Une pierre verte. Ronde et douce, et remplie d'une lueur irréelle. Je la garde sur moi pour preuve que je n'ai pas rêvé… Je la sors de mon manchon et je la serre. Elle existe. Alors pourquoi pas les Amazones ?

Cette histoire-là de Doña Isabel serait la dernière. Je n'en voulais pas d'autre.

Épilogue

Quatre mois ont passé depuis mon départ de Saint-Amand.

Demain, le 2 février 1774, je serai au septième jour de ma soixante-treizième année. Le roi de France est bien vieux lui aussi. Son fils et son petits-fils sont morts, je vis la fin d'un règne, la fin d'un siècle, et je ne sais pourquoi, peut-être simplement parce que je suis vieux, j'ai l'impression, aussi, de vivre la fin d'un monde.

Demain, je vais peut-être mourir. Je me fais opérer par ce jeune chirurgien qui vient de réparer avec succès les hernies de deux malades de l'Hôtel-Dieu. Sa méthode est nouvelle, et c'est ce qui me plaît. Ma jeune épouse me supplie de ne pas prendre un tel risque, me dit que je peux vivre avec ma douleur et un bandage. Mais l'entreprise m'intéresse et je compte bien tout observer tandis qu'il opérera.

Cependant, je serais un idiot d'ignorer que je risque ma vie. C'est pourquoi je consigne au plus vite le récit de ma dernière enquête.

Une enquête dont l'issue n'était pas là où j'étais allé la chercher, mais là d'où j'étais parti : chez moi. De la chambre de Doña Isabel, j'étais ressorti le cœur aussi embrumé qu'une valllée des Andes. Je pensais avoir renoncé à savoir ce qui s'était passé sur la plage ; mais la vérité est que je le savais, et que je le refusais.

Charlotte n'a pas eu cette retenue.

Quand elle m'a vu revenir de Saint-Amand, ce jour d'octobre dernier, au bord de l'épuisement et déjà tout prêt à lui servir une explication évasive, ma jeune épouse a pris les devants :

– Ne me dites pas pourquoi vous avez l'air si affligé, mon oncle. Je sais bien ce que cette femme vous a dit ou fait deviner. Vous auriez pu faire l'économie de ce voyage. Les mots sont écrits là, dans ce texte que son mari vous a envoyé. Je les ai lus et relus pendant que vous étiez parti, si bien qu'ils ont fini par me sauter à la figure.

– De quels mots parlez-vous ?

Elle est allée chercher la *Relation* de Jean que j'avais laissée imprudemment à portée de main – comment lui reprocher son indiscrétion ? Et m'en a montré les pages une à une, cherchant des yeux ce qu'elle voulait me citer :

– « Elle est toujours triste », « Ses malheurs lui sont toujours présents », « Que ne m'a-t-il pas coûté pour tirer d'elle les éclaircissements dont j'avais besoin pour vous les exposer ! », « Je pense qu'elle m'a tu, par délicatesse, des détails dont elle voudrait perdre le souvenir », « Elle ne voulait même pas que je l'interroge »…

– Et ces mots vous disent ce qui s'est passé ? Au contraire, ils ne disent rien !

– Si, car je sais bien dans quelles circonstances je les emploierais, moi. Je sais aussi que, dans ces circonstances-là, je deviendrais ce qu'elle est devenue. Si son mari n'était pas à ses côtés, elle irait s'enfermer dans un couvent, mais ce brave homme est présent. Il ne l'a pas laissée disparaître. Donc vous allez cesser d'importuner cette malheureuse, et rester tranquille à côté de moi.

– Votre indignation semble admirable, cependant je n'entends rien à ces circonlocutions !

J'accompagnai ma remarque d'un sourire amusé, mais c'était une grimace d'acteur. J'entendais très bien : Charlotte suggérait qu'il y avait eu rapt.

La pensée ne m'était pas étrangère. Pour tout dire, elle tentait de se frayer un chemin en moi depuis Saint-Amand. Je l'avais entendue suggérer dans chaque phrase de cette fable où il était question d'Amazones. Je l'avais repoussée parce que Doña Isabel elle-même m'avait exhorté à ne pas lui donner de forme : « Les détails vous en hanteraient jusqu'à la fin de vos jours », m'avait-elle averti.

Charlotte non plus n'osait pas la formuler, contrainte encore plus que moi à l'allusion par son sexe. Elle lisait et relisait le texte de Jean comme s'il était possible d'y trouver quelque part, décryptée, une confirmation, tout en répétant à mi-voix :

– C'est écrit là.

Pour la faire taire, je répliquai avec ironie :

– Puisque c'est écrit, dites-moi, ma mie, quel soudard aurait pu surprendre cette malheureuse et lui ravir son honneur trois mois durant et dans une forêt déserte ?

Ma jeune épouse fronçait les sourcils et restait le nez sur le papier, de plus en plus troublée. Entre elle et moi, la pensée du rapt était comme de l'eau croupie qui monte de sous un pavé disjoint, qui s'infiltrait et se répandait dans l'histoire, dans ce vide de trois mois qui séparait la fuite de Roche et Baugé de l'arrivée de

Doña Isabel à Andoas, qui se faufilait entre les mots et entre les silences… La question que j'avais posée pour égarer Charlotte se retournait sur moi comme un miroir, où je ne voyais que fausseté.

*
* *

La forêt n'est pas déserte. La forêt est un univers peuplé d'hommes. Ceux qui circulent sur la rivière ne les voient pas, mais ils n'ignorent pas leur présence. Les Jivaros ou les jaguars… mais les jaguars ne dispersent pas les vêtements. Et les Amazones n'existent pas.

Xibaros est un mot vide de sens. Les Créoles pensent désigner ainsi un peuple monstrueux qui réduit les têtes. Cependant, ils confondent tout. Ils appellent indifféremment « sauvages » tous les irréductibles, qu'ils dorment nus dans les arbres et vivent de chasse, ou qu'ils portent tunique et cultivent le manioc. Ils ne connaissent pas les hommes de la forêt. Qui les connaît ? Un jour viendra où on croira les connaître si bien qu'on leur mettra dessus des étiquettes, mais celles-ci seront aussi infondées, d'une autre manière, que celle de Jivaros – Shuars, Achuars, Shiwiars, Huaronis… La proximité des consonances dira l'incapacité à raconter clairement l'histoire mouvante de nations sans frontière et sans chroniqueur.

Qui peut savoir lequel de ces peuples vit dans les escarpements qui surplombent la Bobonaza en cette année 1769 ?

Ils se cachent. Quels qu'ils soient, ils se protègent en fuyant les berges de toutes ces rivières qui ont amené les conquistadors et leur descendance. Ils les observent de loin. De là, ils dominent les arrivants qui glissent sur l'eau en s'efforçant de ne pas penser à eux.

Ils cheminent, les pieds nus sur l'humus élastique, la sarbacane à la main, les joues peintes de rouge et de noir. Ils attaquent ou non, à leur guise. Certains viennent de loin pour lancer leurs maraudes sur les *Índios* de Canelos ou d'Andoas, parfois même d'au-delà de la Pastaza. Certains autres ont leur village tout près des rives, mais invisible ; aucun chrétien n'y est jamais entré – non, décidément, on ne peut savoir qui, ce jour-là, a attaqué le carbet dressé sur la plage.

Peut-être, s'il n'y avait pas eu la petite vérole, auraient-ils plutôt assailli Canelos, mais s'ils s'en sont approchés, l'évidence de la maladie les aura repoussés plus sûrement qu'une muraille. Alors ils ont descendu le long des berges, alors ils ont vu le canot trop lourdement chargé et entendu les cris d'hommes blancs. Ils ont vu l'embarcation s'échouer sur la plage, puis repartir et filer dans le courant vers le sud-est. Ils ont vu les naufragés bâtir un abri, ils les ont vus tenter de s'enfuir sur un radeau… Le moment est venu. Ils attaquent. Qui est mort ? Et où ? L'esclave des Français sur la plage, les deux frères dans la forêt, peut-être un des attaquants, peut-être une servante… Le but, en tout cas, était de tuer les hommes et de prendre les femmes.

*
* *

Je ne pouvais m'en défaire, la pensée du rapt noyait ma raison, mon ignorance y flottait comme une épave entre deux eaux.

Une question me brûlait les lèvres, mais je n'osais pas la poser à ma nièce et épouse : « Peut-on s'habituer ? » Se peut-il qu'en trois mois, ce qui était survie devienne vie ?

Un fait véridique me revint en mémoire. Il m'avait été livré par un officier de l'armée de Montcalm, revenu du Canada ; connaissant mon goût pour les curiosités, ce soldat m'avait signalé qu'on avait trouvé du côté de Niagara, dans la nation indienne des Senecas, alliée aux Français, une femme blanche. D'origine anglaise, elle avait été enlevée à son village de colons longtemps auparavant, suffisamment longtemps pour qu'elle ait eu le temps de donner des enfants à un roi seneca. Elle avait oublié sa langue natale et ne pensait plus à quitter ses ravisseurs. On peut donc s'habituer ?

– Trois mois…

Charlotte avait relevé les yeux de la feuille de papier. Il semblait qu'elle me regardait, mais non. Elle fixait un point derrière moi, je ne sais où. Sa physionomie changea. Je la perdais. Enfin, je perdais sa présence. Elle voyageait loin de moi. Au bout d'un moment je compris qu'elle rejoignait un territoire que je n'avais pas exploré et que je n'explorerais jamais, familier à toutes les femmes et étranger aux hommes. Sans la connaître, elle perçait mieux que moi les sentiments de Doña Isabel, elle la devinait dans la forêt comme elle l'avait devinée dans le couvent de Quito, mais cette fois la gorge serrée.

Elle parla d'un ton absent, d'abord hésitant, puis précipité. Elle s'interrogeait elle-même, et se répondait ou m'interrogeait, en refusant par avance ma réponse. Tantôt il me semblait qu'elle voyait ce qu'elle décrivait comme le ferait une sibylle. Tantôt je pouvais croire qu'elle avait elle-même vécu ces scènes.

C'était comme les dernières pièces de la barque, venues tenir entre eux les bordages de la coque et faire du récit de l'aventure de Doña Isabel un bateau entier capable de prendre la mer.

– L'enlèvement…, commença-t-elle. Il s'est fait si vite… Elle n'a sans doute pas pu voir ses frères tomber à terre. Sans doute s'est-elle débattue, mais elle ne s'en souvient pas. Depuis ce moment de l'enlèvement, elle a fait son choix : vivre. L'a-t-elle fait ou s'est-il imposé à elle ? Il s'est imposé instant après instant – ou bien une fois pour toutes. En tout cas, depuis, elle lave sa mémoire des événements au fur et à mesure qu'ils se produisent. Elle dilue son être dans ce qui l'entoure pour n'en plus garder qu'une petite flamme. Oui, une veilleuse reste allumée en elle, au cas où elle pourrait se recomposer, renaître. Il lui arrive de penser à Dieu. Rarement, car Dieu ordonne de mourir à celles de ses créatures qui subissent ce qu'elle subit – du moins est-ce ainsi que l'interprètent les juges quand ils ont à traiter devant leur cour des affaires de viol, le saviez-vous, mon oncle ? Ils s'étonnent toujours de ce que la victime n'ait pas succombé et en déduisent qu'elle n'a pas assez refusé. Nous le savons, le pressentons toutes, jusqu'à la moelle de nos os, que nous sommes coupables des assauts dont nous sommes victimes, et cela explique plus que tout le reste le silence de votre naufragée. Elle refuse. Elle refuse de mourir. Et Dieu n'a rien à faire dans ce marché passé avec la violence. Passé avec des hommes. Pardonnez-leur parce qu'ils ne savent pas ce qu'ils font… Doña Isabel les ferait rire si elle leur parlait d'outrage, d'honneur, de crime odieux, si elle leur adressait toutes ces plaintes accusatrices que lance la pitoyable Clarisse à son Lovelace. Ces hommes-là ne peuvent être appelés « soudards », ni « débauchés ». Leur étrangeté éclate au premier regard ; Doña Isabel ne partage avec eux qu'une réalité : elle est une captive. Elle ne le serait pas si elle avait préféré mourir, mais elle a préféré vivre… vivre…

Charlotte se tut un moment sur ce mot répété qui prenait une valeur nouvelle. Puis elle continua :

– Vivre… c'est si long de vivre. Un matin, un jour, une semaine… Comment vit-elle ? Je ne vois pas tout, mon oncle ! Je n'ai pas votre science. Dites-moi, vous qui connaissez les mœurs de ces gens : comment passent les jours et les nuits dans les villages de la forêt ?

Elle reprit aussitôt, me laissant la bouche ouverte :

– Non, je ne veux pas savoir. D'ailleurs vous l'ignorez autant que moi. Vous l'avez avoué : vous n'êtes pas entré dans la forêt. Vous l'avez seulement regardée depuis la berge. Je préfère laisser venir les mots.

Charlotte avait raison : je l'ignorais, je ne pouvais que faire comme elle, laisser venir les mots, lire en moi, lire en nous, sur ce livre d'images floues venues d'on ne sait où, peut-être d'un passé commun à tous les hommes.

*
* *

Dans le village de la forêt, les guerriers sont rentrés fatigués. Faire la guerre et chasser épuisent le corps. Ils se sont distribué les captives, puis ils se sont reposés.

Leurs femmes creusent la terre avec des houes de pierre et cuisent les racines. On se nourrit, on boit dans des calebasses. On rit, on se peint le corps, on joue avec les enfants. Surtout, on parle. On parle beaucoup et on dort beaucoup. Ils s'allongent, les corps serrés les uns contre les autres sur des plates-formes de branches. La captive s'étonne : même là, avec ces hommes sauvages étendus près d'elle, la nuit est moins terrifiante que sur la plage. La fumée des feux de bois a chassé les insectes et rien de pis ne peut plus arriver.

Elle garde les yeux ouverts, elle s'efforce d'entretenir sa peur. Être captive, c'est cela : garder la conscience de soi et accepter le reste. Il arrive qu'une captive cesse de l'être sans pour autant se libérer. On ne l'attache plus, on ne la contraint plus, on ne regarde plus ce qu'elle fait… Il est possible qu'elle ne s'en aperçoive pas. Elle s'est endormie, finalement, elle a perdu la conscience de soi. Elle s'est tant diluée dans l'air qui l'entoure qu'elle en fait partie. La violence n'est plus violence. Le viol est consommé.

Ces fillettes que Doña Isabel a laissées sur la plage… elles porteront les enfants de leurs ravisseurs. La violence n'est plus violence. L'horreur qui les a écrasées quand elles se sont vues abandonnées, minuscules et fragiles au milieu des prédateurs, l'horreur n'est plus. À présent, elles ne sont plus seules et leur destin est devant elles : différent de ce qu'elles croyaient quand elles brossaient les cheveux de leur maîtresse, mais plus profondément tracé. Trois mois ont suffi pour que leur espagnol s'efface. Dès que leur ventre s'arrondira, elles deviendront des femmes de la forêt.

*
* *

– Bien sûr, la question se pose, et vous vous la posez, n'est-ce pas, mon oncle : Doña Isabel aurait-elle pu devenir une femme de la forêt ?

Je me la posais, mais je n'en dis rien. Si Charlotte construisait un dialogue, ce n'était pas avec moi.

– Eh bien, non ! poursuivit-elle aussitôt. Il n'y avait pas assez de jeunesse en elle. Trois mois ne pouvaient suffire à effacer sa mémoire ni ses espoirs. Pense-t-elle à son mari ? Au bal de l'Opéra ? À vous, mon oncle ? En tout cas, un jour, elle s'est aperçue qu'on ne s'occupait plus d'elle. Cette veilleuse qu'elle avait entretenue au feu de sa peur a grandi d'un coup. Regardez-la, mon oncle… Hier, c'était un corps sali, blessé et prostré au pied d'une palissade de bambous, dont on ne voyait que la ligne courbe du dos. Maintenant, elle est accroupie, les genoux ramassés contre la poitrine – ça se ne voit pas tout de suite, mais elle est prête. Ses yeux brûlent, et elle surveille tout à la fois les hommes, les sentiers, la forêt, le ciel. Encore un autre jour passe… Elle recule d'un pas, d'un autre… La voilà masquée par un buisson. L'instant d'après, elle n'est plus là. Les hommes la chercheraient qu'ils la trouveraient un peu plus loin, titubant et trébuchant sur le sentier qu'elle a pris… Mais ils ne la cherchent pas.

– Et le sentier conduit à la rivière, n'est-ce pas ?

Charlotte ferma les yeux et se tut. Le songe était terminé ; les faits avérés pouvaient prendre le relais.

J'attendis. Il nous fallait laisser s'effacer la vision qu'elle avait si bien installée. Ce fut long, car il y avait une forme d'enchantement en elle, dont nous nous défaisions mal.

Enfin, elle soupira et reprit le nœud de satin noir qu'elle était en train de coudre sur son bonnet ; je ramassai les pages de la *Relation* tombées à terre, les pliai et les mis dans le portefeuille sur lequel j'avais écrit : « Doña Isabel – L'histoire d'une dame perdue dans la forêt des Amazones. » Puis je me levai et glissai le portefeuille derrière un lambris que j'avais démonté à cet effet. Mon enquête était terminée.

*
* *

Il ne me reste qu'à prendre une dernière précaution. Je sais bien qu'après ma mort, Charlotte gardera secrets les papiers qu'elle m'a vu cacher derrière ce lambris. Mais je rédige une note à l'intention de nos héritiers : rien n'en doit être ébruité avant… très longtemps.

Mon silence n'a pas seulement le respect pour cause. Toutes ces hypothèses que nous avons échafaudées, Charlotte et moi, si elles sont vraisemblables, restent sans preuve ; le temps et la distance ont déjà effacé les dernières traces.

De toute façon, qui ce récit pourrait-il intéresser ? Il ne présente pas l'agrément d'un vrai roman, j'en ai conscience. Il s'y trouve des détails encombrants, des pistes sans issue, des indices inutiles… Jean Godin des Odonais est-il un naïf ou un fourbe ? Doña Isabel est-elle une héroïne ou une falsificatrice ? Je ne peux en juger, et personne ne pourra en juger après moi puisque la postérité n'aura pour pièce à conviction que le texte fallacieux de Jean, les minutes de l'enquête faite à Quito, les lettres de Jean à M. de Choiseul, les rapports de M. de Fiedmont. Tout le reste ne sera que rêverie.

Pourquoi écrire le récit de ma dernière enquête, alors ? Parce que j'ai pour fierté de ne pas laisser prospérer la fausseté là où je la surprends. La tromperie et l'hypocrisie ont été démasquées, j'en suis assez satisfait pour souhaiter que cela se sache. Au-delà de l'histoire pitoyable inventée par Jean et par ceux qui l'ont crue, j'ai trouvé une aventure d'or et de sang ; au lieu d'une créature de cire molle sanctifiée par la douleur et transportée par l'amour, j'ai trouvé un être humain avide de vivre et de survivre. Rien que pour cela, hommage soit rendu à ma curiosité.

2 février 1774, Paris

Charles Marie de La Condamine est mort le 4 février 1774 « après deux fois vingt-quatre heures » d'agonie, écrit Grimm, des suites d'une opération de la hernie qu'il avait voulu tenter pour expérimenter et observer une nouvelle méthode chirurgicale.

Don Pedro de Grandmaison est mort à Saint-Amand le 28 novembre 1780.

Jean Godin des Odonais est mort à Saint-Amand le 2 mars 1792.

Isabel Godin des Odonais est morte six mois plus tard, le 28 septembre.

Elle avait légué ses biens à son neveu venu vivre chez elle, Jean-Antoine de Grandmaison, qui avait épousé le 21 février 1792 une jeune fille de Saint-Amand prénommée Madeleine. Leur petit-fils, Félix de Grandmaison, disparut en mer au large du cap Horn, tombé du bateau qui l'emmenait vers la République d'Équateur, où il partait rechercher les traces de sa famille.

Sources

Sources principales

Jean Godin des Odonais, *Relation du naufrage de Mme Godin sur la rivière des Amazones, Lettre de M. Godin des Odonais à M. de La Condamine.* Ce texte a été écrit à la demande de La Condamine par Jean Godin des Odonais en 1773 et publié en annexe de la réédition de son propre récit de voyage, t. 12, 1778. Il est la source de tous les autres livres écrits sur le sujet par la suite. Sa véracité n'a jamais été remise en question, malgré ses incohérences. Je l'ai réparti tout au long du livre, soit cité entre guillemets par La Condamine, soit mis dans la bouche de Jean lui-même.

Charles Marie de La Condamine, *Journal du voyage fait par ordre du roi à l'équateur, servant d'introduction historique à la mesure des trois premiers degrés de l'équateur*, Paris, Imprimerie royale, 1751. L'exemplaire qui m'a servi est conservé à la Bibliothèque d'Amiens.

Charles Marie de La Condamine, *Relation abrégée d'un voyage fait dans l'intérieur de l'Amérique méridionale, depuis la côte de la mer du Sud jusqu'aux côtes du Brésil de la Guiane en descendant la rivière des Amazones.* Je me suis servie del'édition La Découverte Poche, 2004, parue sous le titre *Voyage sur l'Amazone.*

Charles Marie de La Condamine, *Lettre à Mme*** sur l'émeute populaire excitée en la ville de Cuenca au Pérou,* *le 29 août 1739, contre les académiciens des sciences, envoyés pour la mesure de la Terre*, Paris, 1746. Je me suis servie de l'édition La Découverte Poche, 2004, texte publié à la fin du volume *Voyage sur l'Amazone*.

Carlos Ortiz Arellano, *Una historia de amor*, Riobamba, 2000. Ce livre est à ce jour malheureusement inaccessible ailleurs que dans les bibliothèques de Quito et de Riobamba. C'est le mieux documenté sur la partie équatorienne de l'histoire.

Henri Froidevaux, « Documents inédits sur Godin des Odonais », *Journal de la Société des américanistes*, 1895-1896, p. 91-148.

Don Jorge Juan et Don Antoine de Ulloa, *Voyage historique de l'Amérique méridionale fait par ordre du roi d'Espagne*, t. 1 et 2, Paris, 1749.

Condorcet, *Éloge de M. de La Condamine, l'un des quarante de l'Académie française, de la Société royale de Londres, et des Académies de Berlin, de Pétersbourg et de Cortone, Les Œuvres complètes de Condorcet*, t. 1, Paris, 1808.

L'abbé Le Sueur, *La Condamine d'après ses papiers inédits*, Paris, 1911, consultable à la bibliothèque du muséum d'Histoire naturelle.

Des lettres de La Condamine sont consultables à l'Académie des sciences de Paris (fonds La Condamine, correspondance active et passive), mais sa correspondance privée est pour la plus grande part perdue, ou plutôt dispersée dans le domaine privé.

Jean Descola, *La Vie quotidienne au Pérou au temps des Espagnols, 1710-1820*, Hachette, 1962.

Luis Martin, *Daughters of Peru, Women in the viceroyalty of Peru,* Dallas Southern Methodist University Press, 1983.

Histoire générale des voyages, t. XX, Paris, 1773.

Florence Trystram, *Le Procès des étoiles*, Petite Bibliothèque Payot, 2001.

Le livre le mieux documenté écrit à ce jour sur Doña Isabel est :

Robert Whitaker, *The Mapmaker's Wife, A true tale of love, murder and survival in the Amazon*, New York, Bantam Books, 2004. C'est dans ce livre que j'ai trouvé les pistes vers des sources autres que françaises.

Sur Jean et Isabel à Saint-Amand

Plusieurs documents sont conservés à la bibliothèque municipale Isabel-Godin (31, cours Manuel, 18200, Saint-Amand-Montrond). J'ai consulté :

– un manuscrit inédit attribué à Félix de Grandmaison, *Un drame inconnu*, résumé de l'aventure d'Isabel d'après le texte de la *Relation*;

– une copie du testament manuscrit de Jean en faveur d'Isabel (17 mars 1756) ;

– un article de Marc Lemaire descendant de la famille Godin, « À la recherche de la famille Godin », *Bulletin des amis du musée Saint-Vic*, été 1989, p. 7-11 ;

– une plaquette : *Un Saint-Amandois célèbre, Godin des Odonais*, par Henry de Laguerenne, Honoré Champion, 1913.

Jean Godin des Odonais, *Anecdote sur la grammaire péruvienne*, octidi 28 thermidor, lisible sur Googlebooks.

Sur l'enquête faite à Quito

L'enquête faite par l'Audience royale de Quito que j'utilise est intitulée *Sobre la perdida de la familia de don Pedro Grameson en la provincia de Mainas*. Elle a été faite entre mai et décembre de 1770. J'ai feuilleté les originaux aux archives de Quito, mais je me suis servie de la transcription intégrale dont elles ont fait l'objet dans le bulletin *Archivo nacional de historia* (Arnahis), n° 18, Casa de la cultura ecuatoriana, 1970.

Sur les mœurs des Achuars, et sur la vie dans la forêt

Philippe Descola, *Les Lances du crépuscule*, Plon,« Terre humaine », 1993.

Michael J. Harner, *The Jivaro*, Los Angeles, University of California Press, 1972.

T.R.P. Magalli, *Voyage d'exploration d'un missionnaire dominicain chez les tribus sauvages de l'équateur*, Paris, Bureau de l'*Année dominicaine*, 1889.

Sources par chapitre [1]

Prologue

• « *Vous me demandez, monsieur, une relation du voyage de mon épouse par le fleuve des Amazones...* » *Relation*, p. 387.

• « *Notre ministre de la Marine m'avait abordé.* » Choiseul-Praslin (1712-1785), cousin du duc de Choiseul (1719-1785), fut secrétaire d'État aux Affaires étrangères de 1761 à 1766, puis ministre de la Marine jusqu'au 24 décembre 1770. Dans les sources, j'ai trouvé le même nom pour les deux cousins : « Choiseul ». Lorsque Jean Godin lui écrit depuis Cayenne, pour lui décrire les infortunes de son épouse Isabel, il n'est plus ministre – ce que ne peut savoir son correspondant. La lettre de Jean à Choiseul-Praslin se trouve dans Froidevaux, p. 91-148.

• « *À moins que ce soit son ami Grimm ?* » Grimm écrit à Diderot (avant de raconter l'anecdote ici citée) : « La Condamine a eu toute sa vie la curiosité et l'étourderie d'un enfant, mais d'un enfant bien né, et très piquant par son esprit et par sa naïveté » (*Correspondance inédite de Grimm et Diderot*, Paris, 1829, p. 347). Grimm raconte une autre étourderie de La Condamine, qui se fait porter des

1. Les ouvrages sans indication bibliographique et noms d'auteur se réfèrent aux titres mentionnés dans les sources principales.

bartavelles à l'adresse d'un ami, sans le prévenir qu'elles sont pour lui-même, et les trouve déjà mangées quand il vient les chercher. Il en fait un conte en vers que Grimm commente ainsi : « Sa mésaventure prouve qu'il est toujours également étourdi. Son conte nous est garant qu'il n'a rien perdu de sa gaieté » (*Correspondance inédite*, *op. cit.*, p. 343).

• « *Certes, j'avais parlé tant et tant de mon voyage dans les Andes. Il m'avait rendu célèbre dans le royaume.* » On trouve dans une lettre de La Condamine à sa sœur : « On me reçoit partout parce que j'ai descendu la rivière des Amazones et remarquez bien que, si elle ne s'appelait pas de ce nom, cela deviendrait une chose ordinaire et que je perdrais la moitié de ma réputation » (Le Sueur, p. 85).

• « *... de La Nouvelle Héloïse...* » Paru en 1761 sous le titre *Lettre de deux amants, habitants d'une petite ville au pied des Alpes*, le roman épistolaire de Jean-Jacques Rousseau a connu un succès qui n'avait eu de précédent que celui du *Clarisse Harlowe* de Richardson.

• « *Il m'arrive de m'assoupir, de m'absenter...* » Sur les endormissements de La Condamine, Le Sueur cite ce bon mot prononcé pendant une séance de l'Académie française où La Condamine s'était endormi : « Regardez donc La Condamine, il dort comme s'il entendait quelque chose » (Le Sueur, p. 260).

La Condamine parle fort peu de Doña Isabel, dans ses textes. Juste pour citer son mariage et son ascendance ; mais il est certain qu'il a été en relation épistolière avec elle puisqu'il a su la naissance de Carmen avant Jean lui-même (*Relation*, p. 416).

• « *Pardon ? dis-je en sortant mon cornet.* » La surdité de La Condamine était célèbre (*Correspondance littéraire, philosophique et critique de Grimm et de Diderot*, t. 5, p. 209, Paris, 1829), Le poète Piron avait fait un quatrain sur le sujet, au moment de l'élection du géographe à l'Académie française (20 novembre 1760) : « La Condamine est aujourd'hui/Reçu dans la troupe immortelle/ Il est bien sourd, tant mieux pour lui :/Mais non muet, tant pis pour elle » (Le Sueur p. 247). Le cornet de La Condamine était connu jusqu'à Londres où, durant son voyage de 1763, il présenta une figure plutôt comique qu'il décrit lui-même dans sa réponse à un article de l'*Evening Standard* : cornet de fer-blanc d'une main, carte de Londres de l'autre, le parapluie sous le bras, « je n'étais pas plus étonné de voir quelquefois les enfants et les badauds de Londres m'entourer que je l'aurais été dans Paris. Je les ai apprivoisés en feignant de ne pas les remarquer » (Le Sueur, p. 293).

• « *Jean… n'était "des Odonais" que parce que sa famille…* » Arellano, p. 30 : « La deuxième partie du nom s'explique parce que la famille avait acheté la propriété de ce nom à Charenton » près de Saint-Amand-Montrond.

• « *… qu'il était temps que je quitte mon époque.* » Voltaire à d'Alembert lorsqu'il apprend la mort de La Condamine : « La mort de ce pauvre La Condamine qui croyait avoir exactement mesuré un arc du méridien m'avertit qu'il faut que je fasse mon paquet. Je suis un peu sourd comme lui, et de plus aveugle. Les cinq sens dénichent les uns après les autres. » (*Œuvres de Voltaire, Lettres choisies, correspondance avec d'Alembert*, édité par M. Palissot, Paris, 1792, p. 450).

• « *… les jambes enveloppées d'une peau d'ours…* » C'est un conseil que Saussure donne aux voyageurs dans son *Agenda, ou tableau général des observations et des recherches dont les résultats doivent servir de base à la théorie de la Terre* (an IV).

• « *À travers le voile de la cataracte…* » On peut supposer que La Condamine souffrait de cet inconvénient en plus de toutes ses autres infirmités, du fait qu'on a parfois dit qu'il était mort pour avoir essayé une opération de la cataracte. En faitil est mort pour avoir voulu essayer une nouvelle technique d'opération de la hernie. Voir plus bas à ce sujet.

• « *J'avais résolu de n'en parler jamais, écrivait-il, tant le souvenir m'en est douloureux...* » *Relation*, p. 388.

• « *... j'appris que vous étiez décédé depuis quatre à cinq mois.* » *Relation*, p. 388.

• « *... en l'année de mes soixante-douze ans.* » La Condamine est né le 27 janvier 1701.

• « *... la mère est la sœur du marquis de Valleumbroso et le père allié aux Grandmaison...* » Les informations concernant la généalogie de Doña Isabel sont tirées de Arellano, p. 28 et suivantes.

• « *... la rivière Bobonaza...* » On trouve parfois « le Bobonaza », par référence à l'espagnol *el ríoBobonaza* ; j'ai préféré féminiser, puisque en français on parlera de « rivière ».

• « *Leur physionomie est étrange...* » Les Indiens Andoas étaient considérés comme disparus, jusqu'à ce que des ethnologues retrouvent quelques personnes âgées parlant encore la langue ; aucun peuple de ce nom n'existe plus, cependant (cf. turismo.moronasantiago. gov.ec). La description que j'ai faite est celle que La Condamine fait des Indiens Omaguas (*Voyage sur l'Amazone*, p. 70) qui vivent plus bas sur l'Amazone – c'est une des rares traces existantes des costumes précoloniaux portés par les peuples des rives de l'Amazone et de ses affluents.

• « *... el Dorado...* » Cf. Philippe Conrad, *L'Or dans la jungle*, Philippe Lebaud, 1991, p. 82 et 96.

• « *Le seul d'entre eux dont l'Histoire retiendra le nom est Antonio.* » Arnahis, p. 143.

• « *... aux fauves, aux* xibaros. » Voir plus loin.

• « *Une Amazone comme celles que décrivaient les Andoas aux conquistadors...* » Conrad, *L'Or dans la jungle*, *op. cit.*, p. 107.

Ire partie

Chapitre 1

• « *Parce que c'est là que votre père a rencontré votre mère...* » Le Sueur, p. 3.

• « *... votre curiosité, mon oncle...* » La curiosité de La Condamine était aussi légendaire que son étourderie. Citons seulement l'abbé Delille, dans son éloge de La Condamine devant l'Académie française (*Discours prononcé dans la séance publique le lundi 11 juillet 1774*), lisible sur le site Internet de l'Académie française : « Sa passion dominante fut cette curiosité insatiable [...] Cette qualité, dis-je, fut dominante dans M. de La Condamine ; elle lui rendait tous les objets piquants, tous les livres curieux, tous les hommes intéressants [...] On a prétendu que cette curiosité, précieuse dans le savant, ressemblait quelquefois à l'indiscrétion dans l'homme de société. Mais ces petits torts qu'on remarque dans un homme ordinaire s'éclipsent dans un homme célèbre, par la considération des avantages que retire la société de ces défauts même, et c'est peut-être le louer encore que d'avouer qu'il porta cette passion à l'excès. »

• « *Ma nièce a voulu ce mariage...* » Sur le mariage de La Condamine avec sa nièce Charlotte, née Bouzier d'Estouilly, en août 1856, voir Le Sueur, p. 100 et suivantes. Sur la volonté de Charlotte d'épouser son oncle, on trouve, dans une lettre de La Condamine à sa sœur au sujet d'un projet de mariage de Charlotte avec un homme plus jeune qu'il a lui-même appuyé : « Je suis très mortifié de l'avoir chagrinée et affligée. Je croirai donc, puisque vous le voulez tous, que l'autre mariage ne peut avoir lieu et qu'elle a raison de me préférer ; du moins je tâcherai de me le persuader et surtout de l'empêcher de s'en repentir. »

• « *... notre domaine de Picardie...* » Le château d'Estouilly, près de Ham. Il appartenait au père de Charlotte, et fut embelli par La Condamine. Il a été détruit pendant la Première Guerre mondiale.

• « *... intrigué par un culte populaire...* » Le Sueur, p. 292. Une autre anecdote est racontée par Condorcet, au sujet d'un vase d'émeraude que les Gênois révéraient, et que La Condamine était prêt à attaquer au burin pour en vérifier l'authenticité. Quelquefois, son attitude le pousse à douter même de l'évidence. Ainsi, devant les canaux de Venise, écrit-il : « C'est une chose bien singulière que Venise. Les rues sont de mer. J'imagine que c'est une inondation passagère et que cela séchera. »

• « *... le vieux comte de Davalos a traîné son épouse en justice...* » Jean Descola, p. 116-117. L'anecdote est de 1755.

• « *... l'un d'eux a choisi de traverser les Andes...* » *Journal du voyage*, p. 13 ; lettre à la duchesse de Chaulnes, Le Sueur, p. 40 et suivantes.

• « *... cette robe, que m'a donnée la duchesse de Chaulnes...* » La duchesse de Chaulnes était une amie des La Condamine ; son château était voisin de celui d'Estouilly. La Condamine lui adressa de longues lettres depuis le Pérou. Plusieurs sont citées *in extenso* par Le Sueur.

• « *Autour de moi d'autres volcans.* » La graphie des noms de volcans et de tous les autres lieux du Pérou (situés dans l'actuel Équateur) et de Guyane, est celle donnée par les voyageurs français du XVIIIe siècle.

Chapitre 2

• « *... d'un modeste hôtel, sa cour pavée, son premier étage, ses œils-de-bœuf...* » L'hôtel de Jean Godin des Odonais existe toujours, à Saint-Amand-Montrond (Cher).

• « *... son beau visage aussi franc et ouvert que toujours...* » S'il existe des portraits de La Condamine et d'Isabel Godin des Odonais, il n'y en a pas de Jean, ni aucune description physique. Jean Godin des Odonais est né en 1713 (d'après l'acte de décès, Laguerenne, p. 167).

• « *La pièce dans laquelle je me trouvais…* » L'intérieur de l'hôtel tel qu'il est décrit est imaginaire.

• « *Vous rappelez-vous Don Pedro ? Le père de mon Isabel ?* » Sur l'état civil de don Pedro et sur celui de son père, parti de France à la suite de Philippe d'Anjou, voir Laguerenne, p. 160 ; Ortiz, p. 27.

• « *Il ne se montrera, dit-on encore, que lorsqu'il aura retrouvé ses bagages…* » *Journal du voyage*, p. 16 ; lettre à la duchesse de Chaulnes, Le Sueur, p. 43.

• « *J'avais une recommandation, donnée à moi par le père Tournemine.* » *Journal du voyage*, p. 16.

• « *D'abord, Joseph de Jussieu…* », Joseph de Jussieu était le neveu du médecin Antoine et du botaniste Bernard de Jussieu. L'orthographe choisie pour les noms de Hugo et Seniergues est celle de La Condamine dans son *Journal du voyage.*Louis Godin, chef nominatif de l'expédition, en donne une autre (Hugot, Séniergues). Voici la liste complète des membres de l'expédition : Louis Godin (1704-1760), mathématicien ; Pierre Bouguer (1698-1784), mathématicien, géomètre ; Joseph de Jussieu (1704-1779), médecin, botaniste ; Verguin (dates inconnues), dessinateur-cartographe, ingénieur ; Couplet (mort des fièvres le 17 septembre 1736, d'après Juan et Ulloa, t. 1, p. 194) ; Morainville (disparu en forêt à une date inconnue pendant son voyage de retour en France), dessinateur naturaliste ; Seniergues (mort à Cuenca en 1739), chirurgien ; Hugo, horloger (mort en 1748, en voulant réparer l'horloge d'un clocher de Quito, d'après Trystram, p. 238 – ; Whitaker donne une version différente, p. 263). Il y avait aussi, que je n'ai pas cités dans le livre, deux Espagnols dont la présence était imposée par le roi d'Espagne : Jorge Juan et Antonio de Ulloa. La Condamine écrit : « Nous ne sommes que trois académiciens dans notre troupe. Il y a trois frère, neveu ou cousin d'académicien, deux dessinateurs, un chirurgien, un horloger et six valets y compris le cuisinier, cela fait seize en tout. Le roi nous fournit ici des armes, des lits, des tentes, de la batterie de cuisine, de la poudre, du plomb pour chasser, des draps, des serviettes, que sais-je ? » (lettre de La Condamine à sa sœur, Le Sueur, p. 33). Louis Godin parle d'une caisse d'instruments de chirurgie et de médicaments, d'une caisse d'eau-de-vie et de quelques liqueurs, d'un four de campagne, de lits de vaisseau, matelas, couvertures, et de hamacs (Archives de l'Académie des sciences, correspondance active, 3).

• « *Notre mission était glorieuse : mesurer un degré de l'arc du méridien sur l'équateur.* » Condorcet, p. 197 ; *Journal du voyage*, introduction. Les explications les plus simples sont dans Trystram, p. 25.

• « *... le vice-roi du Pérou se montre envers nous soupçonneux à l'extrême...* » Trystram, p. 61. Sur les reproches faits à Louis Godin, Trystam, p. 34 et 67. On trouve dans une lettre de La Condamine à la duchesse de Chaulnes : « Nous avons un chef qui n'est point du tout pressé » (Le Sueur, p. 44).

• « *Jean fut le seul à se montrer simplement joyeux de mon arrivée.* » Il n'y a pas de document prouvant l'affection particulière de La Condamine pour Jean. Cependant, le fait que le second s'adresse au premier chaque fois qu'il a besoin d'une intercession semble indiquer une relation de protecteur à protégé.

• « *La Mariquita...* » Nom cité par Ricardo Palma, in Jean Descola, p. 154. J'ai imaginé Jean en séducteur parce que, bien que sans nom et sans fortune, il a conquis le cœur d'Isabel de Grandmaison, fille de « bon lignage » qu'on disait instruite, fait rare au Pérou, qui peut laisser supposer qu'elle était choyée par ses parents (Arellano, p. 40.)

• « *... la señora de Alzedo y de je ne sais quoi.* » Don Dioniso de Alzedo y Herrero (*Journal du voyage*, p. 17).

• « *Laine de vigogne, cannelle, cacao, cascarille...* » Sur les commerces au Pérou, Jean Descola, p. 229. Sur le goût de Jean pour le commerce, Jean Froidevaux, p. 51 ; Laguerenne, p. 155.

• « *... Juana, Yolanda, Francisca, Rafaela...* » Martin, chap. 4 et 5.

• « *... des biens dont il hériterait à la mort de son père.* » Laguerenne, p. 174.

• « *Ainsi M. de Choiseul, alors notre ambassadeur à Rome...* » L'anecdote est racontée par Le Sueur, p. 292. Il s'agit ici du duc de Choiseul qui était ambassadeur à Rome en 1753. Ce qui suscitait la curiosité de La Condamine pouvait être lié aux négociations de Choiseul avec le pape au sujet de la résistance des jansénistes à la bulle Unigenitus – sujet hautement important à l'époque.

• « *Quelques soins que l'on se donne pour égayer mon épouse...* » *Relation*, p. 421.

• « *... là où sont mortes sept personnes...* » *Relation*, p. 405. C'est le chiffre donné par Jean. On voit plus loin que Joachim et Isabel comptent une personne de moins (une servante).

• « *... l'anecdote du siège de Rosas...* » Condorcet, p. 189.

• « *La grande mante noire qui les enveloppait des pieds à la tête...* » Sur le costume, Juan et Ulloa, t. 1, p. 231 ; *Histoire générale*, p. 52 et 54.

• « *Le marquis de Maenza, le marquis de Lizes, don Joseph Davalos, don Fernando Guerrero...* » Noms cités dans le *Journal du voyage*. La Condamine écrit à la duchesse de Chaulnes : « Je ne manque de rien et, sans sortir, je puis, à mon choix, être seul ou avoir la meilleure compagnie de la ville » (Le Sueur, p. 43).

• « *... corregidor...* » Arellano, p. 36.

• « *... à demi ruinée par le système de Law...* » Le Sueur, p. 14.

• « *... un étranger noble...* » Le Sueur écrit : « de bonne noblesse » (p. 1).

Chapitre 3

• « *Les nobles créoles du Pérou sont si attachés à garder leur peau blanche...* » Jean Descola, p. 25.

• « *… vous aviez retrouvé une famille, à Saint-Amand.* » *Relation*, p. 420. Sur Don Pedro à Saint-Amand, Laguerenne, p. 160.

• « *… de bons tours…* » La Condamine ne dit pas qu'il avait intentionnellement apporté une grande quantité d'affaires en vue de les revendre. Mais on peut imaginer qu'il a pu le faire, sachant qu'il n'était pas indifférent à l'art de faire de l'argent à la limite de la légalité (affaire de la loterie, voir plus bas), qu'il était le seul de l'expédition à avoir vendu « ses frusques », et du fait qu'il était le seul, encore, à trouver de l'argent là où ses collaborateurs échouaient (*Journal du voyage*, p. 23-26).

• « *Étranges endroits que ces maisons…* » *Histoire générale*, p. 54. La même constatation peut être faite aujourd'hui à Quito et à Cuenca.

• « *Guirlandes de jasmin…* » Jean Descola, p. 139.

• « *… pyramides de grenadilles et d'avocats…* » Juan et Ulloa, t. 1, p. 249.

• « *… de ces friandises baroques, et saintes.* » Jean Descola, p. 138 ; Juan et Ulloa, t. 1, p. 251.

• « *Seuls leurs tapis…* » Le Sueur, p. 47 ; Jean Descola, p. 95, 102, 228.

• « *… du seul fait d'être Français…* » Le Sueur, p. 56.

• « *Les* chapatones… » Sur les castes au Pérou, Jean Descola, p. 25 ; Juan et Ulloa, t. 1, p. 227.

• « *L'Audience royale* – la Audiencia real. » Juan et Ulloa, t. 1, p. 223 ; Jean Descola, p. 41-42.

• « *… je me rends compte que j'ai manqué de pénétration …* » Sur le regard qu'il porte sur les Indiens, La Condamine écrit à la duchesse de Chaulnes : « J'ai amené ici deux Indiens, c'est à dire deux espèces de singes, aussi malins et moins spirituels. L'un est allé garder les mules, l'autre chercher du bois et dieu sait s'ils reviendront, car il leur arrive souvent de nous laisser là » (Le Sueur, p. 55).

• « *C'est un homme au masque de lion.* » Cf. Condorcet, p. 190. Je n'ai pas trouvé la date de sa maladie. Sur la petite vérole au XVIIIe, François de Gourcez, *Qoëlet*, Robert Laffont, 2006.

• « *... je m'interdisais de courtiser les dames...* » Condorcet, p. 190. On ne connaît pas de liaison à La Condamine. Il devait pourtant avoir une vie sexuelle, si l'on en croit les madrigaux qui suivent. Il écrit le premier à Charlotte au lendemain de leurs noces :

> *« D'Aurore et de Titon vous connaissez l'histoire,*
> *Notre Hymen en rappelle aujourd'hui la mémoire ;*
> *Mais Titon de mon sort pourrait être jaloux.*
> *Que ses liens sont différents des nôtres !*
> *L'Aurore entre ses bras vit vieillir son époux,*
> *Et je rajeunis dans les vôtres. »*

Et lorsqu'un poète de salon lui répond, toujours en vers, qu'il le soupçonne de n'avoir fait pendant sa nuit de noces rien d'autre qu'un madrigal, il répond :

> *« Hélas dans mon printemps pour tribut conjugal,*
> *J'eusse achevé ma neuvaine à Cythère,*
> *Aujourd'hui moins fervent, pour me tirer d'affaire*
> *J'en remplis les deux tiers avec un madrigal. »*

Où l'on retrouve le goût de La Condamine pour les chiffres : les deux tiers de neuf font tout de même six... Il faut aussi citer Grimm : les infirmités de La Condamine, écrit-il à Diderot, seraient selon le médecin Tronchin « une suite nécessaire de la vieillesse d'un corps usé par les travaux et les fatigues de toute espèce, même du plaisir » (*Correspondance littéraire*, *op. cit.*, t. 5, p. 209).

• « *... vous connaissez l'histoire de la loterie, avec Voltaire ?* » Cf. *Être riche au siècle de Voltaire*, actes du colloque de Genève, réunis et présentés par Jacques Berchtold, faculté des lettres de Genève,1994, p. 163.

• « *... d'une mine d'or oubliée du côté de Pitchincha...* », *Journal du voyage*, p. 148. C'est Florence Trystram (p. 69), qui met la fortune de La Condamine en relation avec cette mine d'or – ce qui ne peut être, puisque la date à laquelle est survenue l'anecdote racontée par La Condamine est postérieure au voyage à Lima. La supposition d'un transport clandestin d'or issu des familles créoles m'est imputable. Elle m'est inspirée par le goût de La Condamine pour les aventures financières autant que géographiques. Dans une lettre à la duchesse de Chaulnes, il écrit : « J'ai fait le voyage de Quito à Lima pour aller réaliser les lettres de crédit dont je m'étais pourvu fort à propos. » Il dit qu'il a emprunté douze mille piastres et, dans la même phrase, évoque la sortie du Pérou de « sept millions de piastres ». « Je me suis assez bien tiré de tout cela… », dit-il plus loin, avant de faire, sous la forme d'un long poème, une description de la ville de Lima (Le Sueur, p. 47).

S'il est vraisemblable qu'il n'a pas hésité à se livrer à une forme de contrebande, il ne semble pas que La Condamine ait fait fortune. C'est au service de l'expédition qu'il a utilisé ses talents de financier. Grimm, dans sa correspondance, s'étonne qu'il n'ait tiré d'autres bénéfices des services rendus qu'une pension de quatre mille livres, qui lui est supprimée au départ de Choiseul avant d'être rétablie en 1771 par d'Aiguillon (lettre de 1772, Le Sueur, p. 72).

• « *… le ciment qui liait les pierres de l'édifice était mêlé de poudre d'or.* » *Histoire générale*, tout le chapitre V, sur le Pérou, et le chapitre VI, sur les voyages sur l'Amazone.

• « *Le marchand anglais avait encore une frégate…* » *Journal du voyage*, p. 23.

• « *Et pour ne pas y penser, je composais un madrigal.* » Le Sueur cite plusieurs des poèmes que La Condamine écrivit au fil de la plume pour la duchesse de Chaulnes.

• « *… j'avais quitté l'expédition pendant six mois…* » De janvier à juin 1737, selon le *Journal du voyage.*

• « *… je vous les avais confiées pour que vous les embarquiez à destination de la France.* » *Journal du voyage*, p. 97 et 104.

• « *Ce n'est pas l'endroit d'expliquer la triangulation...* » Pour comprendre la triangulation, on peut se référer à Trystram, p. 78. Le professeur Jean Lefort a mis en ligne une explication plus fine, avec schémas : irem.u-strasbg.fr.

• « *Je prie celui qui n'y prend aucun intérêt de passer...* » *Journal du voyage*, p. 107. La Condamine utilise ce procédé par politesse envers son lecteur. L'usage que j'en fais est un hommage que je lui rends.

• « *... nous avions choisi pour cela la plaine de Yarouqui.* » *Journal du voyage*, p. 19.

• « *... il y avait près de cent lieues...* » Une lieue des postes, entre 1737 et 1793, est égale à quatre kilomlètres – à peu près la distance que peut parcourir un homme à pied en une heure.

• « *L'opération dans sonensemble nous prit trois années.* » De mars 1737 à mai1740, selon le *Journal du voyage*.

Chapitre 4

• « *Nous campions, M. Bouguer et moi, sur le Pitchincha...* » *Journal du voyage*, p. 45. « Une hutte dont le faîte est soutenu par deux fourches... » (Le Sueur, p. 53).

• « *Placée à deux mille quatre cent trente toises au-dessus de la mer...* » À quatre mille six cent dix-sept mètres (Trystram, p. 104).

• « *Les nuages qui enveloppaient notre hutte s'étaient affaissés...* » Juan et Ulloa, t. 1, p. 196.

• « *Grâce à quoi j'ai pu faire l'expérience du pendule simple...* » *Journal du voyage*, p. 35.

• « *J'avais peu parlé de mes otites...* » Sur La Condamine et ses « rhumatismes d'oreille », Lesueur, p. 101.

• « *Mon premier signal, précisa-t-il, je l'ai planté sur la montagne Cota-Catché, vers le nord...* » *Journal du voyage*, p. 45. La Condamine cite peu Jean dans son *Jour-*

nal du voyage. Et il fait une allusion dépréciative dans une de ses lettres à la duchesse de Chaulnes : « Nous avons des aides destinés à ces commissions préparatives, mais c'est en grande partie pour nous en être rapportés à eux que nous ne sommes pas plus avancés » (Le Sueur, p. 55).

• « *Le volcan de Sangay...* » *Journal du voyage*, p. 77.

• « *... MM. Bouguer et Godin ne voulaient pas partager leurs résultats entre eux et ni l'un ni l'autre avec vous...* » Trystram, p. 133 ; *Journal du voyage*, p. 103.

• « *Ce pauvre La Condamine qui croit avoir mesuré l'axe du méridien...* » Cf. lettre de Voltaire à d'Alembert, *Œuvres de Voltaire*, *op. cit.*, p. 450.

• « *En septembre 1738 m'était arrivée une lettre à Quito...* » *Journal du voyage*, p. 62. Pierre-Louis Moreau de Maupertuis (1698-1759) était un des amis les plus chers de La Condamine, qui serait son exécuteur testamentaire. Son expédition en Laponie, parallèle à l'expédition sur l'équateur, partie en 1736, revint en 1737, ses mesures faites.

• « *... comment les tremblements de terre renversaient nos instruments...* » *Journal du voyage*, p. 97 ; sur les ouragans, p. 79 ; sur les orages qui inondent les instruments, p. 113 ; sur les averses de grêle, p. 37.

• « *... en exigeant des enquêtes de justice...* » Sept ou huit au total (*Journal du voyage*, p. 127).

• « *... du drame de Cuenca.* » Sur la mort de Seniergues, voir *Lettre à Mme****, dans *Voyage sur l'Amazone.*

• « *... Manuela attendait le début de la course* » *Lettre à Mme****, p. 149.

• « *... du bruit des charités qu'il y distribuait aux pauvres malades.* » *Lettre à Mme****, p. 142.

• « *... moi qui mesurais tout.* » Sur La Condamine et la manie de la mesure, Le Sueur, p. 99.

• « *On l'avait sortie du couvent car le temps approchait de la marier.* » Martin, chap. 5.

• « *Ils la transportent loin, par-delà la barrière des Andes.* » Sur l'envie de Doña Isabel de venir en France, *Relation*, p. 389.

• « *Il a ce sourire des yeux.* » Le portrait de La Condamine, par Quentin de La Tour, montre ce sourire, celui de l'époque. Il avait été exposé au salon de l'Académie royale de peinture de 1753, et était pendu dans le salon d'Estouilly ; on le connaît par la reproduction qu'en a publiée Le Sueur (p. 223).

• « *… M. de La Condamine n'a pas pris de maîtresse…* » Condorcet, p. 190. La Condamine raconte lui-même dans une lettre à la duchesse de Chaulnes avoir imprudemment fait des compliments à une « novice de quinze ans » qui, après cela, écrit-il, lui a envoyé « plus de billets qu'il n'en faut pour ajouter un tome aux *Lettres portugaises* ». Et quand il argua de sa maladresse en espagnol pour expliquer pourquoi il ne répondait pas aux lettres, la jeune fille lui demanda d'écrire « comme il parlait, et qu'on serait contente » (Le Sueur, p. 56).

• « *… je les réchauffai par un bain naturel…* » Anecdote postérieure (*Journal du voyage*, p. 150).

• « *… si effrayée à mon aspect qu'elle prit la fuite…* » *Journal du voyage*, p. 150.

• « *Il fait rire à ses dépens avec tant de grâce !* » La Condamine met en en-tête d'une de ses lettres à la duchesse de Chaulnes : « Des nuages de Cotopaxi, premier poste sur le grand chemin de la Lune, 29 avril 1738. » Sur ses conditions de voyage, il écrit plus loin, dans la même lettre : « Là je suis campé sous une toile sans valet, sans eau, sans feu pour fondre la neige qui couvre la tente », avant de raconter son idylle avec la « novice de quinze ans » (voir plus haut ; Le Sueur, p. 54).

• « *On le dit aussi serviable qu'il est beau.* » Selon l'acte de décès de Jean, il est mort en 1792 à soixante-dix-neuf ans ; il est donc né en 1713 et a vingt-huit ans en 1741. Sur l'état civil de Jean, Laguerenne, p. 167 ; Arellano, p. 29.

• « … *Amadis des Gaules…* » Incarnation du chevalier idéal, il est le héros de la chanson de geste espagnole la plus célèbre, œuvre de Garci Rodriguez de Montalvo. Le texte a été traduit en français en 1577. Curieusement, au lieu où, approximativement, s'est déroulé le naufrage, se trouve aujourd'hui un village du nom de Montalvo. Deux preuves de taille que les conquistadors connaissaient par cœur la geste d'Amadis : le nom de Californie en est tiré, ainsi que celui de la rivière des Amazones (voir plus bas, sur les Amazones).

• « *En un instant, je noyai le fiel sous le miel de mon indéfectible affection.* » Sur la bonté de La Condamine, le comte de Tressan dit de lui à Maupertuis : « L'hommes aux armes blanches et au cœur à vingt-quatre carats. » Plus loin, dans la même lettre : « Le mariage de notre cher La Condamine est encore un acte d'un cœur unique qui cherche sans cesse à faire le bonheur de ce qu'il aime. Certainement, il n'est pas amoureux de sa nièce, mais il veut lui assurer un état et du bien » (Le Sueur, *Maupertuis et ses correspondants*, p. 349). Diderot, dans sa correspondance, parle de lui comme d'un homme plutôt difficile à vivre : « J'ai commencé la semaine par me quereller avec La Condamine ; je ne saurais m'accommoder de ces gens stricts » (lettre à Sophie Volland du 5 août 1762, *Œuvres complètes*, *Correspondance*, Robert Laffont, 1997, p. 401), mais il est de treize ans plus jeune que lui.

• « … *que lui et son beau-père n'avaient pas vécu avec le même bonheur.* » La littérature consacrée à Doña Isabel tend, au contraire, à présenter ce mariage comme chaudement approuvé par toute la famille (Arellano, p. 40). Je pense, avec Whitaker, cet enthousiasme peu probable, compte tenu de la différence de condition et, surtout, de revenus.

• « *Le 27 décembre 1741.* » Sur le mariage de Jean et Isabel, *Journal du voyage*, p. 132. L'acte de mariage est cité par Arellano, p. 41.

• « *... envoyé par magie depuis Versailles jusqu'à cette demeure en briques crues...* » *Journal du voyage*, p. 106.

• « *... tandis qu'on dansait le fandango...* » Juan et Ulloa, t. 1, p. 234.

• « *... une dot de sept mille sept cent quatre-vingt-trois pesos, des joyaux, des caisses d'argenterie, de linge...* » Arellano, p. 41.

• « *... nous avions perdu notre premier enfant...* » Whitaker, p. 228.

• « *Les funérailles sont une mascarade.* » Jean Descola, p. 129.

• « *... avec la même attention que j'observerais en 1759...* » Diderot, *Œuvres complètes*, *Correspondance*, *op. cit.*, p. 93.

• « *Bien sûr, à l'époque, je ne savais rien de ce Joachim.* » On connaît l'existence de Joachim par Jean et par l'enquête, qui donne son âge en 1770 : vingt-six ans.

• « *Je l'avais fort bien connue, oui, chez elle, à Quito.* » La Condamine ne précise pas, dans son *Journal de voyage*, qu'il séjournait chez Jean et Isabel, mais c'est très probable, compte tenu du temps qu'il passa à Quito dans l'année 1742 (*Journal du voyage*, p. 142). Sur le lieu de résidence de Jean et Isabel, Arellano, p. 41.

• « *... à boire du maté...* » Juan et Ulloa, t. 1, p. 235.

• « *l'étoile Epsilon d'Orion...* » *Journal du voyage*, p. 84.

• « *... mis dans ses cheveux dénattés des fleurs de jasmin...* » Jean Descola, p. 154.

• « *La grand-place de Quito. Une tente y est dressée.* » *Journal du voyage*, p. 165.

• « *Elle a l'habitude des Créoles du Pérou de s'envelopper d'odeurs...* » *Histoire générale*, p. 30

• « *... la route qu'il compte prendre...* » *Voyage sur l'Amazone* ; *Journal du voyage*, p. 122, puis 166 et suivantes.

• « *... il a pris soin d'écrire en France pour en obtenir l'autorisation.* » *Journal du voyage*, p. 123.

• « *… nous brûlions tous de quitter le Pérou.* » Sur le retour du Pérou et la querelle entre La Condamine et Bouguer, voir Grimm, et La Condamine dans le *Journal des savants*(19 mars 1754), cité par Le Sueur, p. 74.

• « *Deux d'entre nous étaient morts…* » Sur le sort des membres de l'expédition, Trystram, p. 279 et suivantes ; *Journal du voyage*, p. 214-215.

• « *C'était faux… mais j'avais gagné.* » Trystram, p. 275.

• « *Bouguer est oublié, pas moi.* » Sur la victoire de La Condamine, Condorcet écrit : « La Condamine, répandu dans toutes les sociétés, possédant l'art de persuader les ignorants qui l'entendaient, rapportant des observations singulières et propres à amuser la curiosité frivole des gens du monde, écrivant avec assez d'agrément pour se faire lire, avec trop de négligence et un ton trop simple pour blesser l'amour-propre a pu exciter l'envie, intéressant par son courage et piquant même par ses défauts, avait entièrement fait oublier les savantes recherches de son collègues. » On note le ton peu admiratif de Condorcet dans ce qui est pourtant un « éloge » prononcé devant l'Académie des sciences (Condorcet, p. 231).

IIe partie

Chapitre 1

• « *En 1748, vous avez reçu la nouvelle de la mort de votre père…* » *Relation*, p. 389.

• « *Quatrième enfant…* » Carmen del Pilar est née en août 1749 (Arellano, p. 52). Elle est morte en avril 1768 (Arellano, p. 65 ;*Relation*, p. 416).

• « *À peine arrivé à Cayenne…* » *Relation*, p. 389.

• « *La voie la plus commode pour une femme…* » *Relation*, p. 389. Cette assertion de Jean est le premier point suspect de son exposé, car les récits de l'époque tendent à montrer le contraire, à commencer par celui de La Condamine lui-même : il raconte, dans le *Journal du voyage*

(p. 167), que lorsque Maldonado, natif du pays, déclara son intention de l'accompagner à travers l'Amazonie, sa famille le blâma de « préférer une route inconnue et dangereuse à celle qui était généralement suivie ». Il faut aussi citer la précision trouvée dans l'enquête de Quito : *por caminos prohibidos*(Arnahis, p. 120) ; (…) *por caminos extraviados…*, p. 122 ; *…cuyo derrotero es inusitado y no permitido…* (p. 124).

• « *… je recevais chez moi à Paris des nobles de Quito…* » *Journal du voyage*, p. 63 et 167.

• « *Un autre que vous, monsieur, peut être surpris que j'aie entrepris…* » *Relation*, p. 389.

• « *… vous aviez installé une table et une écritoire sur votre radeau…* » On voit La Condamine ainsi représenté dans la gravure mise en illustration de son *Voyage sur l'Amazone*.

• « *… il avait écrit à M. Rouillé, alors ministre de la Marine, pour obtenir des passeports…* » *Relation*, p. 389-390.

• « *… pomme-cannelle…* » sur le goût des Créoles pour les pommes-cannelles ou *chirimoyas*, Jean Descola, p. 155. La Condamine est l'auteur de l'article « Chirimoya » dans l'*Encyclopédie* (t. III, 1753). Cf. Anne-Marie Chouillet, *Recherches sur Diderot et sur l'Encyclopédie*, n° 11, 1991, Société Diderot.

• « *Alors que je reçois régulièrement des lettres du Pérou.* » *Journal du voyage*, p. 217.

• « *Je profitai de cette occasion pour envoyer plusieurs morceaux d'histoire naturelle…* » *Relation*, p. 390.

• « *… et une grammaire imprimée à Lima de la langue des Incas…* » *Relation*, p. 390. Sur les tentatives de publier sa grammaire à son retour en France, voir Laguerenne, p. 158. On voit dans ce même document la trace d'une demande que Jean a faite pour lui du cordon de Saint-Michel, qui n'a pas eu plus de succès que sa grammaire.

• « *… et tenté de convaincre la France d'envahir le Brésil à partir de la Guyane.* » Froidevaux, p. 91-148.

• « *Un misérable rafiot qui s'est démantelé à peine en vue de l'île de Marajó…* » *Relation*, p. 419. Le nom de Marajó figure dans la carte dressée par La Condamine du cours de l'Amazone.

• « *… c'est tout juste si on ne fait pas de moi l'inventeur de l'inoculation…* » On trouve un beau portrait de La Condamine en défenseur de l'inoculation dans le roman de François de Gourcez, *Qoëlet*, *op. cit.* La Condamine a écrit plusieurs mémoires sur l'inoculation (le premier, paru en 1754, fut très remarqué). Une anecdote : La Condamine avait connu Lady Montagu, un des premiers promoteurs de l'inoculation, à Constantinople en 1730 ; en 1756, de retour de Rome, il fit le détour pour la revoir, à Brescia. Tous les deux avaient en commun d'avoir été défigurés par la petite vérole.

• « *… elle qui possédait parfaitement le quechua.* » Juan et Ulloa, t. 1, p. 237 (Arellano, p. 36).

• « *… ses travaux restaient entassés, inutiles, dans les resserres de M. de Buffon.* » Laguerenne, p. 159.

• « *… quelques relais féminins…* » Sur l'importance des relais féminins : au moment où La Condamine pense à se présenter à l'Académie française, il écrit à Maupertuis, qui tente de le persuader : « Si j'avais mes oreilles et l'activité que j'aurais eue il y a vingt ans, je serais bien sûr d'y réussir. Il ne s'agit en sorte qu'une femme de la cour d'une certaine volée l'entreprenne et j'en serais bien venu à bout » (Lettre à Maupertuis, Le Sueur, p. 227). Toutes les démarches de La Condamine, comme celles de Diderot en faveur de son ami Caroillon La Salette et d'autres prouvent l'importance des « relais féminins ».

• « *… dix mois plus tard, je vis arriver à Cayenne un bateau portugais venu de Pará…* » *Relation*, p. 391.

• « *Je l'ai éprouvée pour la première et dernière fois…* » Sur son état de santé à Cayenne, *Journal du voyage*, p. 204.

• « *… un embarquement pour Amsterdam.* » *Voyage sur l'Amazone*, p. 133.

Chapitre 2

• « *À Omaguas, un Indien me dit que je trouverais à Coari…* » *Voyage sur l'Amazone*, p. 86-87. Sur La Condamine et les Amazones, voir plus bas.

• « *… de ces pierres vertes…* » Voir plus bas.

• « *… sur la sauvagesse de Songi…* » *Histoire d'une jeune fille sauvage trouvée dans les bois à l'âge de dix ans,* publiée par Mme H…, 1755.

• « *Vous avez là un beau domaine, Jean…* » Laguerenne, p. 167.

• « *Mon Isabel songe à faire venir le fils de son frère décédé…* » On trouve les traces de ce neveu, qui a fait souche en France sous le nom de Jean-Antoine de Grandmaison (ou Degrandmaison selon les époques) dans les archives d'état civil de Saint-Amand-Montrond. Il était dit « enfant mineur » en 1792 au moment de son mariage avec Madeleine Picot (Laguerenne, p. 161). On ne sait rien de plus sur lui.

• « *Il avait énoncé cette nouvelle avec quelque réticence.* » On apprend dans Laguerenne (p. 161-163) que Jean allait se brouiller avec ce neveu de Doña Isabel venu s'installer à Saint-Amand.

• « *C'est d'elle que vous avez reçu une lettre partie il y a trois ans ?* » Ce point est imaginaire. On peut cependant supposer qu'Isabel est restée en relation avec sa famille.

• L'âge de Martin : Jean dit neuf à dix ans, le gendre de don Pedro dit sept ans (Arnahis, p. 129).

• « *… je me félicite même qu'une mort prématurée ait préservé ces fruits…* » Texte exact de la *Relation*, p. 416.

• « *… d'une galiote pontée avec un équipage de trente rameurs…* » *Relation*, p. 391.

• « *Plus policier que philosophe, en l'occurrence…* » Sur l'attitude de La Condamine envers les faits, les exemples sont nombreux ; on peut noter la part qu'il prit à l'affaire Calas (cf. Hubert Bost, Claude Lauriol, *L'Affaire Calas d'après les lettres de La Condamine à La Beaumelle*, Oxford, Voltaire Foundation, 2000).

• « *Mais alors je tombai malade…* » *Relation*, p. 392.

• « *Parce qu'entre-temps, vous aviez envoyé en France un rapport…* » Froidevaux, p. 54.

• « *En l'année 1763, le Canada étant perdu…* » Cf. http://www.tlfq.ulaval.ca/axl/amsudant/guyanefr3.

• « *Une paire de sandales…* » Dans le manuscrit de Félix de Grandmaison, petit-neveu d'Isabel, *Un drame inconnu*, on lit : « Mme Godin vivait encore avec ses souvenirs. Son mélancolique sourire causait une impression étrange ; nul ne l'approchait sans être pénétré d'un sentiment de respect et d'admiration pour son héroïque courage. Elle ne raconta qu'une seule fois les détails du terrible drame, mais souvent, lorsqu'elle était seule, elle ouvrait un petit coffre d'ébène et contemplait avec des larmes de souvenirs les souliers qu'elle avait pris à son frère sur son cadavre, et la pauvre robe de toile que lui avait donnée l'Indienne d'Andoas. » Difficile de distinguer, dans ce témoignage, la part de la légende familiale, celle du romantisme propre à l'époque où il été écrit (1830) et celle de la réalité.

Chapitre 3

« *… j'ai lu dans sa* Relation *qu'il avait fait envoyer une lettre par ce M. d'Orcaval…* » *Relation*, p. 392.

• « *Et savez-vous ce que M. de Fiedmont pensait de ces activités ?* » Les phrases entre guillemets mises dans la bouche de Don Pedro sont extraites d'une lettre de M. de Fiedmont (Froidevaux, p. 50).

• « *… l'ayant connu bien malhabile en affaires, au Pérou.* » Arellano, p. 41.

• « *Le vôtre, abîmé comme un plâtre mouillé…* » L'expression est de Diderot, au sujet de La Condamine (*Œuvres complètes*, *Correspondance*, *op. cit.*, p. 949).

• « … *soupe au lait…* » La Condamine a écrit une longue poésie qui décrit sa vie quotidienne dans sa propriété d'Estouilly (Le Sueur, p. 194).

• « *La commission dont je chargeai Tristan d'Orcaval…* » *Relation*, p. 394.

• « *J'ai dans mon cabinet celle que vous avez levée du cours de l'Amazone…* » *Relation*, p. 393.

• On trouve cette carte dans les éditions anciennes du *Voyage sur l'Amazone.*

• « *Le deuxième frère de mon Isabel, don Juan, qui était religieux de Saint-Augustin…* » *Relation*, p. 395 ; Arellano, p. 43.

• « *Les lettres se perdent rarement, en effet, surtout celles que transportent les pères jésuites…* » L'insistance que met Jean, dans sa *Relation*, à exposer la perte des lettres et à en incriminer d'Orcaval paraît en effet excessive. Et il est vrai que les jésuites constituaient une organisation très bien gérée, et parfaitement à même d'acheminer un courrier. Peut-être imputer une erreur à un jésuite, dans la France de 1770, était-il commode et sans danger ? L'expulsion des jésuites de France datait de moins de dix ans, et l'interdiction de l'ordre par le pape venait tout juste d'être décidée.

• « … *mon fils Antonio et ma fille lui avaient promis de l'affranchir pour prix de ses…* » L'expression est d'Isabel elle-même : … *la libertad que le tenía ofrecida…* (Arnahis, p. 147).

• « … *lorsque je retrouvais ma mère et ma sœur à la sortie du collège Louis-le-Grand.* » Sur La Condamine au collège Louis-le-Grand, Condorcet, p. 187.

• « … *l'étoile que j'avais traquée durant trois ans…* » Entre août 1739 et juillet 1742.

IIIe partie

Chapitre 1

• « *Vous avez perdu connaissance.* » *Journal du voyage*, p. 102.

• « *… le Nègre Joachim était revenu de Loreto…* » *Relation*, p. 395.

Chapitre 2

• « *… sa maison de Riobamba, le jardin et les terres de Guaslán, un autre bien qu'elle possédait entre Galte et Maguazo, à son beau-frère.* » *Relation*, p. 396 ; Arellano, p. 65.

• « *L'un, le padre Juan, se rendait à Rome pour les affaires de son ordre ; l'autre, Don Antonio, en Espagne pour ses affaires particulières.* » *Relation*, p. 397.

• « *C'était pour cela que je m'étais décidé à partir en petit équipage.* » *Journal du voyage*, p. 185.

• « *Vous-même, dans votre récit, vous mentionnez à peine mon existence…* » En effet, mais La Condamine mentionne bien qu'il est en relation épistolaire constante avec Jean, et qu'il l'a aidé à obtenir son passeport pour traverser les terres de Portugal (*Journal du voyage*, p. 218).

• « *Mon épouse, dit-il, parle de Joachim, et de trois petites servantes.* » *Relation,* p. 405. Le nombre des serviteurs varie : Jean mentionne trois servantes plus le serviteur de Roche (*Relation*, p. 405) ; Marcelina et son mari mentionnent une servante plus une petite fille de sept ans (Arnahis, p. 129) ; Joaquim mentionne trois serviteurs, deux filles et un petit garçon (Arnahis, p. 118). J'ai retenu le nombre donné par Isabel elle-même (Arnahis, p. 150) : deux servantes.

• « *Ceux que vous appelez "le sieur R. et son compagnon"…* » *Relation*, p. 396.

• « *Doña Isabel avait toujours su s'opposer à son père…* » Sur le caractère de Doña Isabel, Marc Lemaire écrit : « une intelligence précoce, un caractère très vif et volontaire » (p. 3). On ne sait si Marc Lemaire tient cette information d'une tradition familiale ou s'il l'imagine d'après l'histoire de son mariage. Arellano fait un portrait semblable.

• « *J'avais rapporté de Carthagène, en 1740, un passeport...* » *Relation*, p. 398.

• « *Ma femme partit avec une escorte de trente et un Indiens...* » *Relation*, p. 399.

• « *Vous a-t-elle parlé de l'eau qui dévale les pentes ? Des nuages qui serpentent... des morphos... l'oiseau hoazin...* » Ces détails sont ceux que le voyageur peut aujourd'hui encore admirer dans la région de Sarayaku, sur la Bobonaza.

• « *Que lui inspirent les profondeurs qui l'enveloppent ?* » On trouve une description de la route qui va de Baños à Andoas dans le récit de voyage de Richard Spruce, *Notes of Botanist on the Amazon and the Andes (1849-1864)*, édité par Alfred Russel Wallace, Londres, MacMillan, 1908, p. 139-170. Spruce a fait le chemin en sens inverse, d'Andoas vers Baños ; son récit, qui apparente le trajet à un chemin de croix, confirme que les difficultés étaient assez grandes pour décider l'expédition à ne pas faire demi-tour (sans évoquer des difficultés financières que la famille aurait retrouvées à son retour à Riobamba).

• « *... la Créole en robe de velours...* » Il est probable que la notion de costume de voyage, très récente en Europe, ne soit pas encore entrée dans les mœurs du Pérou. Faire connaître son rang était un souci plus grand que celui de voyager commodément – d'autant plus si Doña Isabel transportait avec elle des marchandises illicites.

• « *... parmi toutes les maladies qui me frappent, il en est une qui rend mes extrémités insensibles.* » Grimm décrit la maladie de La Condamine : « Ce pauvre La Condamine qu'on appelle le syndic des insupportables parce qu'il est sourd et curieux à l'excès, deux qualités qui ne s'entraident guère, et qui le rendent fatigant à tous ceux qui sont étrangers à la véritable commisération, se trouve attaqué d'une maladie extraordinaire. Elle consiste en une insensibilité répandue sur toutes les extrémités de son corps, quoiqu'il se porte d'ailleurs parfaitement bien. Ainsi il marche sans sentir ses pieds, il s'assied sans sentir ses fesses. On les lui frotte avec les brosses les plus dures jusqu'à l'écorcher. Comme il est naturellement distrait, il lui arrive cent aventures, avec cette nouvelle infirmité. Il se couche, par exemple, avec ses pantoufles, croyant les avoir quittées. » Grimm cite ensuite un long poème que La Condamine a écrit pour se moquer de cette nouvelle infirmité qui lui interdit d'accomplir le devoir conjugal (*Correspondance littéraire*, *op. cit.*, t. 5, p. 209).

• « *Sachez seulement que les premiers attaqués étaient morts sur place…* » *Relation,* p. 400.

• « *Canelos, le pays des arbres à cannelle.* » Conrad, *L'Or dans la jungle*, *op. cit.*, p. 94.

• « *… l'origine possible de l'épidémie…* » L'idée est venue à d'autres auteurs (Whitaker) mais Arellano rappelle que la petite vérole frappait régulièrement la région.

• « *… c'est bien à ce point que les trente et un porteurs ont disparu…* » *Relation*, p. 400.

• « *… je n'étais pas sûr que Voltaire soit un ami…* » Leurs relations étaient suivies ; ils ont été « complices » dans l'affaire de la loterie ; Voltaire s'adresse à lui, dans une de ses lettres, en ces termes : « Mon cher arpenteur des astres… » (*Œuvres complètes de Voltaire*, *op. cit.*, tome 15, p. 215) mais Maupertuis dit de La Condamine qu'il « estime » Voltaire – le mot même indique qu'il n'était pas son ami (Le Sueur, *Maupertuis et ses correspondants*, *op. cit.*, p. 220).

• « *Le désir de revoir son époux après vingt ans d'absence lui a fait braver tous les obstacles…* » *Relation…*, p. 400. Félix de Grandmaison, petit-neveu de Doña Isabel, qualifie son héroïne de « martyre du devoir » (*Un drame inconnu*).

• « *Son être n'était plus que la machine soutenue par je ne sais quoi.* » Froidevaux, p. 29.

• « *... qu'elle ne pourrait pas faire demi-tour.* » Arnahis, p. 112, dans le rapport du curé d'Andoas, Juan Suasti, fait d'après les indications de Jean Roche, on lit : ... *el disistir el viaje les pareció menos acertado, por no regresar por unas monas tan asperas.*

• « *Qu'a-t-elle fait du chargement des trente et un porteurs ?* » En fait, personne ne semble s'être jamais posé la question.

• « *... ces embarcations, qui peuvent faire jusqu'à quarante pieds de long...* » *Voyage sur l'Amazone*, p. 66.

• « *... cet Indien, en voulant ramasser le chapeau du sieur Roche qui était tombé à l'eau, y est tombé lui-même et s'est noyé.* » Il apparaît dans les textes une contradiction que je n'ai pas relatée, ne sachant comment l'interpréter : dans l'enquête de l'Audience, la raison donnée à la mort de cet Indien n'est pas celle donnée par Jean ; le curé Suasti, qui fait son rapport suivant les indications données par Jean Roche, signale que l'Indien avait au cou une tumeur grosse comme une coiffe de chapeau : ... *una apostema en el pescuezo del tamañode una copa de sombrero...* (Arnahis, p. 113).

• « *Le sieur Roche avait promis en partant à Mme Godin et à ses frères que, sous quinze jours, ils recevraient un canot et des Indiens...* » *Relation*, p. 402. Dans sa lettre à Choiseul-Praslin, Jean est plus brutal : « Le médecin s'offre, part avec son camarade et le Nègre de ma femme, avec promesse que sous douze ou quatorze jours le secours arriverait ; le médecin arrive à Andoas, et, au lieu de faire partir canot et Indien sur-le-champ et avec lui ou son camarade ou même le Nègre de ma femme, se contente d'en faire la recommandation au curé et s'en va à Omaguas, trois cents lieues environ plus bas. Vingt-sept jours après, le curé fit sortir ce secours, qui fut en vain parce que les Indiens livrés à eux seuls n'allèrent pas jusqu'au carbet, ayant dit qu'ils n'avaient rien trouvé. » Ces affirmations de Jean sont fausses – pourquoi lance-t-il de telles accusations ?

Chapitre 3

« *Un abri de palmes.* » Le curé Suasti dit : *rancho* (Arnahis, p. 113). Spruce décrit le genre d'abri qu'on dressait en voyage : perches plantées à l'oblique et toit de palme (*Notes of…*, *op. cit.*, p. 136).

• « *Le padre Juan de Grandmaison tombe à genoux…* » Dans Arnahis, p. 113, on trouve cette précision : *por… una misa a la Virgen que orletieron mandarla decir yendo a oírla descalzos*, « en échange d'une messe à la Vierge qu'ils promettaient d'entendre les pieds déchaussés ».

• « *… un châlit…* » La Condamine parle de hamac pour lui-même, mais Joachim dit :*las camas arrastradas por el suelo*, « les lits avaient été traînés » (Arnahis, p. 112).

• « *… la ration de maïs…* » Jean Descola, p. 136. Spruce (qui fait la route dans l'autre sens) se nourrit surtout de bananes plantain, quand le gibier disparaît (*Notes of…*, *op. cit.*).

• « *Ayant perdu l'espérance, ils firent un radeau…* » *Relation*, p. 402.

• « *"Bois", "herbes", "arbustes"…* » Ce sont en effet les mots employés par Jean, mais aussi par La Condamine dans ses récits. Les mots de « forêt vierge », « jungle », « brousse » ne sont pas encore employés ; ils apparaîtront au cours du XIXe siècle. Il faut ajouter à la liste le mot « canot », qui n'a pas encore été remplacé par celui de « pirogue ».

• « *Flagellée, lacérée…* », « *… mes doigts s'enfler de pus, mon ventre grouiller des parasites…* » La *Relation* est très elliptique, sur les épreuves subies par Doña Isabel, n'évoquant que « la faim, la soif, l'épuisement, l'horreur de la solitude et de la nuit dans un désert… » (p. 404). On trouve les détails dans les récits de voyages postérieurs, surtout au XIXe et au XXe, notamment dans

Spruce (*Notes of…*, *op. cit.*, p. 108), et Philippe Descola (p. 82). Je n'ai pas vécus ces affres durant mon séjour à Sarayaku, n'y étant pas restée assez longtemps pour cela et m'étant protégée des parasites par des produits chimiques divers.

• « *… il était temps que le secours qui lui était réservé paraisse…* » *Relation*, p. 405.

• « *… ce qu'il y a de douteux à évoquer une Providence qui tue sept âmes pour réserver son secours à la huitième.* » Sur les rapports de La Condamine avec la Providence, il faut citer sa réponse aux opposants à l'inoculation, qui prétendaient que le malade de la petite vérole était « naturellement destiné » par la Providence àêtre frappé : « Ne pourrais-je pas vous répondre que celui qu'on inocule était prédestiné pour l'inoculation ? » (Le Sueur, p. 122).

• « *Non, non, je ne suis pas devenu athée !* » Pour preuve que La Condamine n'était pas athée, son long poème « Le système de nature », cité par Grimm (*Correspondance inédite*, *op. cit.*, 1829, p. 365). La Condamine était cependant bien apparenté au mouvement des philosophes, par son attitude d'observation scientifique appliquée à tous les domaines, et aussi par sa lutte contre toutes les formes d'obscurantisme et de fanatisme.

• « *J'ai ouï dire, je ne sais plus par qui, que les enfants sauvages…* » Le détail des cheveux couverts de lichens est cité sur http://www.feralchildren.com.

• « *Deux chaînes d'un poids d'or de quatre onces chacune… une toile de coton nommée* tucuyo… » *Relation*, p. 408.

• « *Non, car il est certainement revenu à Quito par la rivière Pastaza ou la rivière Napo.* » *Relation*, p. 410. Dans Arnahis (p. 145), on apprend que les Indiens d'Andoas, eux aussi, sont passés par une route autre que celle de la Bobonaza pour se rendre à Quito.

• « *Je craignais, me dit-il, qu'il ne m'assassine.* » *Relation*, p. 410-412.

• « *Sa beauté est finie...* » Sur les séquelles des épreuves subies par Doña Isabel, on lit dans Laguerenne (p. 164), ce témoignage d'un Louis Rollet de la Châtelette dont la mère avait connu Doña Isabel : « Ma mère qui est morte en 1864 à un âge assez avancé m'a parlé plusieurs fois de Mme Godin des Odonais ; elle avait, elle qu'on disait avoir été si belle, la figure toute tavelée par les piqûres venimeuses, elle conservait un tic nerveux provenant de ses anciennes terreurs ; quand on faisait allusion à ses aventures, ce tic augmentait et elle vous priait de cesser ; l'obscurité lui causait un tremblement nerveux... »

IVe partie

Chapitre 1

• « *Cette fois, il n'y avait pas d'eau, mais le flou de ma cécité...* » Sur la traversée d'une rivière en crue par La Condamine, *Journal du voyage*, p. 181.

• « ... *une hernie...* » On sait que La Condamine souffrait d'une hernie puisqu'il mourut d'avoir voulu en tenter l'opération.

Chapitre 2

• « *Ce n'était pas une lettre. C'était un dossier.* » Ce dossier est l'enquête faite par l'Audience royale de Quito, *Sobre la perdida de la familia de don Pedro Grameson en la provincia de Mainas*, faite entre mai et décembre 1770. Il est peu probable que La Condamine et Jean aient lu ces papiers ; ils devaient savoir, en revanche, par leurs correspondants à Quito, qu'il y avait eu enquête. J'ai imaginé la présence de ces copies dans la maison de Saint-Amand pour permettre au lecteur d'en avoir connaissance. Je me suis servie de la transcription intégrale dont elles ont fait l'objet dans le bulletin Arnahis. J'ai su l'existence de cette enquête par le livre de Whitaker.

Pour exposer cette enquête tout en évitant au lecteur les déclarations répétitives, j'ai mélangé dans l'interrogatoire de Joachim deux documents. Le premier est un rapport écrit par le curé d'Andoas, Juan Suasti, qui transcrivait les déclarations de Jean Roche et Philippe Baugé, ainsi que celles de Joachim et des Indiens au retour de l'expédition de secours ; ce document est daté du 15 décembre 1769 (Arnahis, p. 111). Le deuxième document est la déposition de Joachim devant le tribunal le 31 mai 1770.

Parmi les documents non cités dans le corps du texte, on trouve dans le dossier Arnahis, outre le rapport du curé Suasti, un reçu de Jean Roche des effets remis par Joachim ; un certificat signé Nicolas Romero, juge ecclésiastique, certifiant la véracité des faits exposés par Suasti ; l'ordre donné par le *coronel de los reales*, Don Joseph Diguja, de maintenir Joachim en prison pour *descubrir el delito que pueda haber cometido*, et l'injonction de lancer une enquête pour savoir pourquoi la famille Grandmaison avait emprunté un itinéraire *no permitido* frontalier des territoires portugais ; la transmission de ces ordres signée Don Joseph Ferrer, *del consuelo de Su Majestad*, auditeur et alcade de la *corte de esta Real Audiencia* ; un ordre d'envoyer chercher les Indiens d'Andoas qui avaient accompagné Joachim dans l'expédition de secours, ainsi que Jean Roche et Philippe Baugé – ce même ordre demandait que soit publiée et répétée l'interdiction de communiquer avec des étrangers en vue de commercer sous peine de mort (*se impone pena de la vida a los vasallos del rey que trataren con extranjeros...* ; la répétition en deux exemplaires de ces ordres par d'autres instances ; le témoignage d'Antonio Zabala, beau-frère de Doña Isabel ; le témoignage de Marcelina Vallejo-Grameson ; le témoignage du frère de Marcelina, Don Felipe Vallejo ; les dépêches donnant interdiction de commercer sur les frontières portugaises, destinées à être publiées ; des attestations que les dépêches avaient bien été proclamées par crieurs publics dans divers villages sur les routes conduisant aux régions de l'Amazone ; six témoignages des Indiens ayant accompagné Joachim ; un billet signé de Doña Isabel par lequel elle confirmait qu'elle affranchissait Joachim ; des attestations sur la véracité dudit billet ; une lettre d'un certain Luis Peñaherra, curé du village de Santa Rosa, transcrivant le témoignage que lui avait fait Doña Isabel pour attester que ses frères étaient morts de mort naturelle, et que Joachim en était innocent, lettre signée par trois témoins.

• « *... cette écriture maladroite propre aux femmes de la haute société créole.* » La faiblesse de l'éducation dispensée aux femmes créoles est mentionnée par tous les témoins : « L'éducation des jeunes filles était on ne peut plus extravagante... » (cité par Jean Descola, p. 118). Isabel de Grandmaison semble avoir fait exception (Arellano, p. 21). La Condamine cite une autre exception : les filles de Don Davalos (*Journal du voyage*, p. 67).

• « *... à peine les rescapés arrivés dans un établissement espagnol.* » Arnahis, p. 114.

• « *Il comparut devant le tribunal le 31mai 1770.* » Arnahis, p. 117.

• « *Sais-tu qui t'a conduit jusqu'à moi et pourquoi ?* » Arnahis, p. 117 : *Preguntado quien le prendió, de orden de qui y por que.*

• « *Ils ont été tués sur une plage de la Bobonaza.* » Arnahis, p. 117 : *los mataron en la paya del río de los Canelos llamodo Bobonaza.*

• « *... je faillis manquer le passage que je cherchais...* » (Arnahis, p. 118).

• « *Mes maîtres m'avaient envoyé, moi, avec les deux messieurs français...* » Arnahis, p. 118 : *lo enviaron a el y a los dos Franceses...*

• « *... un certain Ignacio, très estimé...* » Arnahis, p. 112 : *... conceptuado.*

• « *... et les efforts décuplés que font toujours les Indiens quand il s'agit de servir les Espagnols et les gens* *d'Église.* » Cela figure dans le rapport du curé Suasti (Arnahis, p. 112).

• « *… j'ai vu qu'il manquait une hache et une machette…* » Arnahis, p. 118.

• « *De son récit, j'avais déduit que la troupe au complet…* » Page 405 de la *Relation*, on comprend nettement que tous sont morts sous les yeux de Doña Isabel : « … voit expirer les deux frères beaucoup plus robustes qu'elle, un neveu à peine sorti de l'enfance, trois jeunes femmes, ses domestiques, un jeune valet du médecin… »

• « Los Indios bárbaros o las fieras de tigres. » Arnahis, p. 113. C'est dans le rapport Suasti qu'on trouve les deux expressions. Joachim, lui, ne parle que des « Indiens infidèles » (*Indios infieles*, non christianisés), précisant que c'est un ouï-dire, une présomption émise par les Indiens qui l'accompagnaient (Arnahis, p. 118).

• « *… on me répondait que Sa Seigneurie "était occupée"* ! » Arnahis, p. 119.

• « *… comment le juge…* » Dans les documents de l'enquête, sur ce point, c'est en fait le *fiscal protector* qui agit.

• « *Ils avaient mis la main sur ce qui restait au Pérou de la famille Grandmaison.* » Le témoignage de Marcelina figure dans le dossier de l'enquête, daté du 27 juin 1770. Les déclarations de Don Alonso, beau-frère de Doña Isabel, et celui de Don Felipe, frère de Doña Marcelina, sont similaires à celles de Marcelina, à quelques détails près (Arnahis, p. 129-131).

• « *Mon mari est parti conduire sa sœur Doña Isabel…* » Arnahis, p. 130.

• « *… la famille de Grandmaison était tombée en* sumo pobreza… » Arnahis, p. 129.

• «… silenciosamente sin dar a sentir persona alguna… » Arnahis, p. 131.

• « *… que Joachim "seul était revenu".* » Arnahis, p. 130.

• « *Et Marcelina de rappeler que son mari avait fait de la prison pour dettes…* » Ce détail ne figure pas dans le dossier de l'enquête. Il a été découvert par Arellano (p. 44), au cours de ses recherches dans les Archives équatoriennes.

• « *… un court billet signé de sa main.* » Arnahis, p. 147.

• « *… les Indiens nouvellement arrivés d'Andoas…* » On trouve dans les documents six témoignages (Arnahis, p. 141-146).

Dans les papiers de l'enquête figure à plusieurs reprises un détail que je n'ai pas mentionné par souci de simplification, mais très curieux : aussi bien Marcelina, son frère et son beau-frère que les Indiens venus d'Andoas disent avoir « entendu dire » qu'il restait à Canelos deux serviteurs de Doña Isabel. Ni Joachim ni Jean ne le mentionnent. Pourquoi ? On peut supposer que ces deux serviteurs ont été chargés de la garde des biens laissés à Canelos.

• « *Nous n'avons pas pu en savoir plus…* » Arnahis, p. 149.

• « *L'ultime papier du dossier…* » Arnahis, p. 149.

• « Donde fueron dejados por dos caballeros franceses… » Arnahis, p. 150.

Chapitre 3

• « *Je sentis une odeur de café au lait de chèvre…* » La Condamine a décrit la vie quotidienne au château d'Estouilly dans un long poème en vers. Il y évoque non seulement le café au lait de chèvre, mais le salmis de bécasse, le vin de Graves, les parties de whist, les quadrilles, les promenades, la lecture des journaux : « J'ai mes papiers, j'ai de bonnes lunettes/ Je me recueille et je lis les gazettes » (Le Sueur, p. 194).

Chapitre 4

• « *… je vis un petit tas de fibres écrasées, du raphia, semblait-il…* » Voir l'article de Marc Lemaire, qui répète ce que lui a dit sa tante Emma, arrière-petite-nièce de Doña Isabel : « … puis la tante Emma sortait de son armoire une paire de sandales complètement déformées et aplaties faites de tissu et d'un genre de raphia d'un aspect gris et poussiéreux. C'étaient les sandales que la tante Godin portait quand elle a traversé la forêt vierge. »

• « *… ce dont rêve tout policier fureteur : un cahier relié…* » Marc Lemaire mentionne que sa tante Emma « sortait d'un tiroir un petit livre, une sorte de très vieux cahier recouvert d'un parchemin beige et nous expliquait qu'il contenait des notes que la tante Godin avait prises durant son voyage dans l'Amazonie ».

Chapitre 5

• « *Savez-vous que cette langue est pleine de nuances ?* » Pour en savoir plus sur le kichwa, un entretien avec César Itier est visible sur Internet : http://www.archivesaudiovisuelles.fr, « Introduction à la langue et la tradition orale du quechua ».

Chapitre 6

• « *Contrebandier.* Contrabandista. » En faveur de cette hyp thèse d'une expédition de contrebande, outre les indices trouvés dans l'enquête de l'Audience et dans la *Relation*, on peut citer ces commentaires faits par l'historien équatorien Jaramillo dans son livre *Corregidores de Otavalo* sur Don Pedro : « Il a réalisé beaucoup de commerces, *a pesar de estar terminantemente prohibido.* » Et l'historien San Felix (*Monografía de Otavalo*) : « Il ne laissait passer aucun commerce qui pouvait lui être favorable » (cité par Arellano, p. 32).

• « *… vous pouviez chercher une autre fortune ailleurs.* » En réalité, Doña Isabel n'a pas vendu l'intégralité de ses biens ; une partie a été laissée en dépôt à Doña Josefa, sa jeune sœur (Ortiz, p. 44).

• « *De l'or ? De l'argent ? Des émeraudes ?* » Sur la contrebande au Pérou, Jean Descola, p. 228.

V^e partie

Chapitre 1

• « … *mon enfant.* » Si on peut imaginer, comme je l'ai fait, que Martin était non le neveu mais le fils de Doña Isabel, une autre hypothèse serait que Jean-Antoine (Juan-Antonio), l'enfant qui rejoignit Jean et Isabel à Saint-Amand, soit cet enfant naturel. Cela expliquerait que Jean se soit brouillé avec lui (Laguerenne, p. 161-163).

• « *Je vivais heureuse à Quito…* » Aucun témoignage n'existe sur la vie menée par Doña Isabel à Quito. On peut la déduire de ce qu'a dit La Condamine des dames créoles, dans une lettre à la duchesse de Chaulnes (Le Sueur, p. 56). Cf. aussi *Histoire générale*, p. 52.

• Jean Roche et Philippe Baugé : on ne sait rien de ces deux hommes, hormis ce qu'en dit Jean dans la *Relation*.

Sur la suite de ce chapitre et les deux chapitres qui suivent, le récit que j'ai mis dans la bouche de Doña Isabel réunit plusieurs hypothèses – dont aucune ne peut être vérifiée en l'absence de sources autres que celle citée.

Chapitre 2

• « *Elles ont abattu d'abord le seul homme…* » Joachim a trouvé deux cadavres sur la plage ; on peut supposer que l'attaque a fait deux morts.

Le passage sur les Amazones est inspiré à la fois par le goût du XVIIIe siècle pour les contes orientalisants et indianisants (cf. l'opéra *Thalestris, reine des Amazones*, écrit en 1760 par Antoinette de Bavière, régente de Saxe), et aussi par le mythe arrangé par Montalvo (voir plus haut).

On attribue souvent l'origine de la légende de la présence d'un peuple d'Amazones en Amérique aupère Gaspar de Carvajal, qui les décrit dans son récit de l'expédition de Orellana, la première à avoir descendu l'Amazone depuis les Andes jusqu'à l'embouchure (environ 1490-1510). En fait, avant même le début de la conquête, imprégnés des chansons de geste espagnoles *Amadis des Gaules* et *Las Sergas de Esplandian*, les Espagnols étaient convaincus de l'existence d'Amazones dans le Nouveau Monde. Christophe Colomb évoque leur présence dans les Antilles, Cortez les recherche dans l'ouest du Mexique. Une rumeur atteint l'Espagne en 1533 selon laquelle les Amazones avaient débarqué à Santander pour s'accoupler avec des Espagnols (Conrad, *L'Or dans la jungle*, *op. cit.*, p. 109). Aussi, Carvajal, quand il décrit un affrontement avec une tribu de femmes « si pugnaces que nous fûmes sur le point de nous perdre tous... » est sûr d'être cru par ses lecteurs. Cf. Garci Rodrigo de Montalvo, *Las Sergas de Esplandian*, éd. par Carlos Sainz de la Maza, Editorial Castalia, 2003.

La Condamine, sur les Amazones, est étonnant. Alors qu'il se pose dans toutes les autres circonstances en sceptique, alors qu'il n'a, par ailleurs, aucune confiance dans les propos des Indiens, il transcrit les témoignages sur le sujet avec bienveillance, en homme tenté de les croire : « Un Indien de Saint-Joachim d'Omaguas... nous assura en effet vu passer ces femmes à l'entrée de la rivière Cuhiara... Plus bas que Coari, les Indiens nous dirent tous la même chose avec quelques variétés dans les circonstances, mais tous furent d'accord sur le point principal. » Et, bien de son temps, pour expliquer qu'aucun Européen ne les ait récemment aperçues, il suppose qu'« ennuyées de leur solitude, les filles [ont] à la fin oublié l'aversion de leurs mères pour les hommes » (*Voyage sur l'Amazone*, p. 84-89).

Chapitre 3

• « *Il y avait une fossette, sur ce menton...* » Le seul portrait connu d'Isabelen montre une, en effet. Ce portrait est une interprétation contemporaine d'une représentation d'Isabel faite sur vitrail du château d'Igny, près de Saint-Amand-Montrond. Ce vitrail aurait été lui-même réalisé d'après un portrait plus ancien, aujourd'hui perdu. Information donnée par Évelyne Baudon, présidente de l'association Berry-Chimborazo.

• « *Une pierre verte.* » La Condamine mentionne ces pierres dans son *Voyage sur l'Amazone* (p. 86).

Épilogue

• « *Demain, je vais peut-être mourir.* » Sur la mort de La Condamine, Grimm conclut ainsi son récit : « Il est difficile de pousser plus loin le caractère, il est difficile aussi d'être plus généralement regretté qu'il ne fut. »

• « *Elle est toujours triste…* » *Relation*, p. 421.

• « *Charlotte suggérait qu'il y avait eu rapt.* » Sur l'usage du mot « rapt », et sur le viol dans les mentalités du XVIIIe siècle, Georges Vigarello, *Histoire du viol, XVIe-XXe siècle*, Points Seuil, 1998.

• « Xibaros *est un mot vide de sens.* » C'est en effet un mot d'origine espagnole qui fait référence à plusieurs peuples non christianisés. L'ethnologue Michael J. Harner l'emploie cependant encore en 1957 pour désigner le peuple qu'on appelle aujourd'hui les Shuars. C'est l'orthographe de La Condamine, qui évoque ces peuples dans *Voyage sur l'Amazone* : « une nation indienne appelée Xibajos, autrefois chrétiens et révoltés depuis un siècle contre les Espagnols… » (p. 56).

• « *Shuars, Achuar, Shiwiars, Huaronis…* » Pour la liste des ethnies vivant dans la région qui s'étend entre Canelos et Andoas, cf. les sites Internet du ministère du Tourisme équatorien.

• « *Qui peut savoir lequel de ces peuples vit dans les escarpements qui surplombent la Bobonaza…* » La lecture des livres du père Magalli, de Michael J. Harner, de Philippe Descola, mes investigations sur Internet et mes conversations avec Gerardo Gualinga, de Sarayaku, en Equateur, m'ont inspiré l'idée qu'on ne peut déduire de l'actuel découpage des frontières entre les ethnies une désignation précise des habitants de la région en 1769. Les populations semblent avoir été mouvantes ; sur les cartes, selon les époques, certains noms disparaissent, d'autres apparaissent ; certaines tribus christianisées sont retournées en forêt ; de nombreux mélanges se sont faits, par le mariage et le commerce. Même la division entre les habitants des rives, christianisés, et ceux de l'intérieur, fuyant les contacts, n'est pas évidente (Magalli, p. 211).

• « *Peut-être, s'il n'y avait pas eu la petite vérole, auraient-ils plutôt assailli Canelos.* » Sur les attaques des « Jivaros » sur Canelos, voir Magalli, p. 275. Corina Gualinga, à Sarayaku, m'a transmis quelques souvenirs de famille sur les contacts violents entre les Kishwas etles Shuars (au cours des attaques, disait-elle, les femmes et les enfants étaient enlevés).

• « *Un fait véridique me revint en mémoire.* » Il s'agit de Mary Jemison (cf.*Life of Mary Jemison who was taken in the year 1755*, New York, 1823). On peut aussi consulter Fanny Kelly, *My Captivity among the Sioux Indians*, réédité en 1993, Carol Publishing Group, *A Narrative of the Captivity and restorationof Mrs Mary Rowlandson*, librairie en ligne Gutenberg, 2000, et beaucoup d'autres récits de captives des Indiens, genre qui a fait florès aux États-Unis tout au long du XIXe siècle. Ces témoignages, comme ceux de Clara Rojas (cf. *Captive*, Plon, 2009) et d'Ingrid Betancourt – des captives dont l'aventure n'est pas si différente de celles subies par les femmes du XIXe siècle –, rendent compte de l'irrationalité des choix des ravisseurs : difficile d'imaginer par avance laquelle sera tuée, laquelle sera violée, laquelle deviendra l'épouse du chef. Le témoignage de Fanny Kelly semble montrer que la docilité est importante pour la survie, mais on peut penser que l'exemple de Cynthia Parker, enlevée à neuf ans par les Comanches en 1836 et devenue l'épouse du chef de la tribu, qui avait gagné le surnom de Celle qui lève le poing, le contredit (cf. Christel Mouchard, *La Rivière des âmes perdues au Purgatoire*, Le Seuil, 1992).

• « *… toutes ces plaintes accusatrices que lance la pitoyable Clarisse à son Lovelace.* » Le viol de Clarisse Harlowe par Lovelace est un épisode du roman éponyme que connaissent tous les lecteurs éclairés du XVIIIe siècle (Samuel Richardson, *Lettres anglaises ou histoire de Miss Harlowe*, réédité par Benoît Tane, Presses de l'université de Laval, Montréal, 2007).

• « *Dans le village de la forêt…* » Pour décrire la vie dans un établissement indien de la forêt, je me suis servie de Philippe Descola, et de mon bref séjour chez les Kichwas de Sarayaku.

• « *… elles porteront les enfants de leurs ravisseurs.* » L'âge de la captive semble déterminant pour sa capacité d'adaptation. On peut encore citer l'exemple de Cynthia Parker (Christel Mouchard, *La Rivière…*, *op. cit.*) et celui de Mary Boyeau (Fanny Kelly, *My Captivity…*, *op. cit.*, p. 113), elle aussi enlevée pendant son enfance.

• « *L'instant d'après, elle n'est plus là.* » Je n'ai pas trouvé de récits d'évasions réussies. Pourtant cette version des faits me paraît la plus vraisemblable, si on suppose que la rivière était très proche du lieu de détention. Plusieurs notabilités kishwas de Sarayaku, avec lesquelles je me suis entretenues de Doña Isabel, m'ont dit juger impossible une longue survie solitaire dans la *selva*. Un exemple : le frère de Gerardo Gualingua, qui s'était perdu au cours d'une chasse solitaire en forêt, était considéré comme mort par sa famille lorsqu'il revint au village après seulement cinq jours de disparition.

• « *Il ne présente pas l'agrément d'un vrai roman…* » Qu'on me pardonne cette coquetterie, que je m'autorise en pensant au *Jacques* de Diderot.

Charlotte survécut trente ans à Charles de La Condamine, elle mourut le 22 novembre 1806 à Estouilly.

« *Don Pedro de Grandmaison est mort à Saint-Amand le 28 novembre 1780.* » Acte de sépulture dans Laguerenne, p. 160.

« *Jean Godin des Odonais est mort à Saint-Amand le 2 mars 1792.* » Acte de décès de Jean transcrit dans Laguerenne, p. 167.

« *Isabel Godin des Odonais est morte six mois plus tard, le 28 septembre.* » Acte de décès de Doña Isabel transcrit dans Laguerenne, p. 167. Elle est appelée « Elizabeth Grandmaison » et son âge exact n'est pas connu : « âgée d'environ soixante-quatre ans ».

Sur la venue de Jean-Antoine (Juan-Antonio), fils cadet de Don Antonio de Grandmaison, à Saint-Amand, voir Laguerenne, p. 161.

Remerciements

Je remercie François de Gourcez pour avoir rappelé à mon souvenir Charles de La Condamine ; Pierre Roudil pour avoir été le premier à me parler d'Isabel Godin des Odonais ; Patric Nottret pour avoir partagé avec moi ses connaissances sur La Condamine ; Claire Marcus pour avoir été mon interprète en Équateur ; elle encore, ainsi que Laure Marcus, pour m'avoir relue avec intelligence et sans complaisance. Bernard Faulle pour son appui indéfectible.

Je remercie pour leur aide la bibliothèque d'Amiens, où j'ai consulté un exemplaire original du *Journal du voyage* de La Condamine ; la bibliothèque du muséum d'Histoire naturelle où j'ai pu consulter le livre de l'abbé Le Sueur ; la bibliothèque de Saint-Amand-Montrond pour son accueil ; Evelyne Baudon, présidente de l'association Berry-Chimborazo ; les archives de l'Académie des sciences, où j'ai pu lire quelques lettres autographes de La Condamine ; les Archives nationales de Quito ; la Casa cultural de Riobamba, où j'ai pu photocopier un des rares exemplaires encore en circulation du livre de Carlos Ortiz Arellano.

Je remercie plus encore mes éditrices, Sylvie Delassus et Nicole Lattès.

Remerciements particuliers à la communauté kishwa de Sarayaku

Je remercie Gerardo Gualingua et son épouse Rosa, ainsi que sa mère Corina Gualingua, Aureliano, Nina, Virgilio.

Pour en savoir plus sur Sarayaku et le travail passionnant que sa communauté réalise pour garder un équilibre harmonieux entre ses traditions et la modernité : www.sarayaku.com et www.frontieredevie.org.

RÉALISATION : IGS-CP À L'ISLE-D'ESPAGNAC
IMPRESSION : CPI BRODARD ET TAUPIN À LA FLÈCHE
DÉPÔT LÉGAL : MAI 2013. N° 111464 (72607)
IMPRIMÉ EN FRANCE